艺术设计类专业指导丛书

二维空间设计

郑林风　姜喜龙　徐娟芳　编著

U0131944

机 械 工 业 出 版 社

本书主要从平面构成、色彩构成的课程整合来研究二维空间设计的基础理论、构成方法、构成技法和应用规律。突破以往三大构成之间的界限，改进以往程式化的教学，通过整合模式来注重二维空间设计的基础训练，并加强了与艺术设计专业之间的应用与关联，更好地体现专业基础教学和注重技术性与实用性相结合的特点。本书适用于高等艺术院校艺术设计专业的师生，并对当前处于前沿的设计师有所启迪。

图书在版编目（CIP）数据

二维空间设计/郑林风，姜喜龙，徐娟芳编著 . —北京：机械工业出版社，2010.8
（艺术设计类专业指导丛书）
ISBN 978-7-111-31585-8

Ⅰ.①二…　Ⅱ.①郑…②姜…③徐…　Ⅲ.①造型（艺术）—高等教育—教材　Ⅳ.①J06

中国版本图书馆 CIP 数据核字（2010）第 158460 号

机械工业出版社（北京市百万庄大街22号　邮政编码100037）
策划编辑：宋晓磊　责任编辑：肖耀祖
责任校对：常天培　封面设计：鞠　杨
责任印制：乔　宇
北京汇林印务有限公司印刷
2010 年 10 月第 1 版第 1 次印刷
184mm×260mm · 14.75 印张 · 335 千字
标准书号：ISBN 978-7-111-31585-8
　　　　　　ISBN 978-7-89451-673-2（光盘）
定价：48.00 元（含1DVD）

凡购本书，如有缺页、倒页、脱页，由本社发行部调换
电话服务　　　　　　　　　网络服务
社服务中心：（010）88361066　　门户网：http：//www.cmpbook.com
销 售 一 部：（010）68326294
销 售 二 部：（010）88379649　　教材网：http：//www.cmpedu.com
读者服务部：（010）68993821　　**封面无防伪标均为盗版**

丛 书 序

设计当然也包括设计艺术，是一种智力型、整合性的系统创造活动。设计对重组知识、资源和产业结构，技术转化与开发、提升企业品牌竞争力和价值，塑造先进的社会文化，创造更合理和更健康的生存方式，构建可持续发展的和谐社会都会产生积极作用。

对于本套丛书的读者，也包括对艺术设计学勤于思考的人而言，不应该将艺术设计学深陷于科学和艺术之争中。艺术设计学是门新兴的艺术学二级学科，在它诞生的这十来年里，其目录下陆续涌现出不少社会急需的专业方向，它们的涌现和发展是由社会需要和它们自身具备的内涵和外延特征所决定的。我之所以不提倡将艺术设计学深陷于科学和艺术之争中，是基于这么一个事实：当一个成熟的设计者接受一项设计目标之际，也就是说，当一个设计者思考应该如何进行具体设计时，他丝毫就不会考虑当下所进行的工作是科学工作还是艺术工作，他会根据需要，实事求是地选择、组织、整合各种可能的方法和手段，这其中自然包括科学手段和艺术手段了。从这个意义上看，设计艺术是一种发现、分析、判断和解决人类生存发展问题的方法或途径。如果把艺术设计理解为人类第三种智慧系统中的一个子系统，或称之为人类第三种智慧系统的某一要素，不言而喻，其成果也就必然是科学与艺术相结合的结晶。据此而论，将设计艺术视为人类主动适应生存环境，重组生存结构的一种"创造"活动，进而形成的一个"新结构系统"并非言过其实。

随着心理学、符号学、经济学、人类学、社会学等学科专业的知识在设计艺术研究领域的应用和发展，特别是新型材料的运用和工艺技术的进步，使产品的结构方式、工艺流程、甚至包括形态细节和色彩都发生了一定程度的改变，由此促使人们开始注意对人因、语意、品位、品牌战略、可持续发展等问题的重新思考，而这类研究成果不仅对产品的消费、使用和服务方式产生了深刻影响，而且对当今社会意识形态或生产方式、生活方式的变革也产生着积极的促进作用。

然而，从我国现代工业技术多年发展的过程来看，一直存在着从蓝图进口到产品大量仿制，忽略产品研发机制建立的恶性循环现象，致使中国一些企业的产品研发机体发生畸形。这种现象在国内大部分中小企业中尤为令人担忧。因此，我国设计教育的责任就显得更为艰巨了。

设计艺术教育是一种能力和智慧的培养，总体来说，是从观念、思维方法、知识获得直至评价体系的建立，并在这一个范畴中整合科学与艺术"结构关系"方法论的培养。

本套丛书涉及国内设计艺术实践和称之为"热门专业"所急需的内容，图书的作者大都有着多年在中国改革开放前沿进行设计实践的背景，又具备多年立身第一线从事设计教育的过程，有的还有在国外研究进修的经历，他们曾经培养了许多设计艺术人才，所论之言，并非空洞无物。这七部著作凝聚了作者多年的经验、体会和感悟，其内容全面、知识点新颖；既有理论与基本概念，也有原理、方法和工作程序；而且还在介绍设计实践案例的过程中，运用点评的方法解析设计对象的同时，引导读者建立科学评价的意识，既能启发设计创意又能训练设计技巧，图文结合的形式还会使该套丛书具有较强的可读性和学习性。

从丛书的读者定位情况来看，本套丛书的读者对象主要是初、中级读者，也就是说，是专门为那些正在学习或者已经具有一定专业基础而想继续学习的读者写的。由读者定位所决定的写作内容、陈述方法和探究深度，与探索型的研究性著作是有区别的。实用性和即时性是设计艺术的一个重要特点，它将前沿理论、新的设计理念和问题的思考方法深入浅出地体现在写作中，让人看得懂，学得进，并能直接指导设计实践。其实，能够做到这一点并非是容易的事情。因为，这不仅要求作者对本专业甚至学科体系要有深入正确的把握，还要求作者必须了解读者的学习动机和缺失所在。令人感到欣慰的是，本套丛书的作者们有着教育和设计实践的双重经历，有的作者还在国外接触和参与过世界性的前沿课题，他们的经历和专业背景为实现既定写作目标奠定了良好的基础。

设计艺术的即时性要求无论面对一项具体设计任务还是著书立论，都要求其成果能体现当今设计艺术研究的前沿及发展趋势。因为设计艺术的出现不仅与行业需求有关，而且还与行业发展紧密相连。从我接触到的本丛书的资料来看，本套丛书中的单本都较系统地从基本原理、专业内容、设计程序方法、实践评价等方面阐述了各自领域的基本内容，其中的几部著作在选题和内容上还补充了目前国内设计艺术教育方面的不足。总体来看，本套丛书在设计艺术专业的各个研究方向上，初步构建了一个相对科学和较为完善的专业知识框架，其探索成果对完善我国设计艺术教育及相关领域的评价体系、建立一个适合中国的现代社会发展需要的设计研究方法也有直接的支撑作用。

我愿藉此"序"与设计界和设计艺术教育界同仁分享，真诚希望国内设计艺术专业的学生和青年设计师们能在阅读这七部著作与交流互动中，获取观念、知识、方法、技巧、启迪和兴趣。

前　言

平面构成、色彩构成、立体构成均为艺术设计学科的核心基础课程，简称三大构成。自19世纪德国魏玛包豪斯设计学校的创立就已确定这三大构成为实用美术设计的核心基础课，也就是从这个时期开始渐渐把三大构成引入亚洲。我国高等院校艺术设计教育这个时期也确立了三大构成设计，直至今日在国内各个高校的艺术设计类学科中还在以不同的方式和方法延续着。在当今国际艺术设计教育学科体系飞速发展和改革的形式下，为更适应当代艺术设计教育的发展趋势，在2006年年初，欧洲一些知名高等艺术设计院校，如巴黎高等美术学院、巴黎高等装饰艺术学院、柏林艺术设计学院等，首先把三大构成教学体系改为二维空间设计（平面构成、色彩构成）和三维空间设计（立体构成），并在教学授课上也进行了相应的调整。调整后该类基础课程更加符合当今艺术设计教育发展的大趋势，也使该类基础课程更具有技术性与实用性。

在编著本书之前，编者花了大量的时间对当前的艺术设计行业及学校的构成基础课程进行了较为详细的调研和考察，从中寻找本书的落脚点和依据，这对本书的编著有极大的帮助和启发。本书立足于艺术设计的"基础学习和系统学习"角度，对从构成的基本了解，到构成应用的具体内容、设计程序、设计方法、设计注意事项以及设计实施等各项内容进行综合阐述，尽量给读者一个完整清晰的思路，使读者通过本书，对基础构成这一课程有一个相对比较完整、全面地了解，从而可以系统地学习到有关二维空间设计的基础知识。

本书非常注重与当前艺术设计各专业方向发展现状的结合，尽量把设计与构成应用紧密联系在一起，使读者通过本书学习，在掌握二维空间方面知识的同时，还对设计的构成应用情况有更多的了解。希望读者通过本书，掌握的不只是单纯的认识和了解，而最好将本书的知识转化成为一种专业技能，那便是本书的最终意图。本书作者留学于巴黎高等艺术设计学院多年，对欧洲的艺术设计基础、专业课程都有较为深入的了解和学习，把欧洲较为领先的艺术设计教学理念融入到本书中，并加以本土化的整合，使本书在基础理论、专业发展等方面都能与国际接轨，使读者真正体会到二维空间设计课程在艺术设计前沿领域的重要性，为社会培养出全新型人才打下基础。

全书分为二维平面空间设计、二维色彩空间设计两个部分（共6章），附CD光盘1张，收录了多年的教学成果和构成设计案例等600余个。二维平面空间设计分为3章，主要讲述二维平面空间设计的基本概念与学习目的、二维平面构成的基本要素、基本构成形式和表达方法等，并从实际设计案例出发，不仅阐述了形式美的基本原理和二维平面构成的基本形式，还运用大量实例来说明如何根据形式美的法则进行形象创造及构成组合，这个部分秉承了现在二维平面构成的基础理论从而拓展了对二维空间设计的研究；二维色彩空间设计分为3章，从二维、三维视觉，二维色彩、心理等不同角度为艺术设计提供理论上的研究和支持，主要讲述二维色彩构成的基本要素、色彩的对比与调和、色彩与心理、色彩的主调、色彩元素自身的结构和组织上寻求各种可能的设计表现形式，极大地丰富和完善了整个色彩设计的基础理论，为培养创新意识和全方位的设计思维方式提供了新的教学手段和教学模式。本书每部分都有与艺术设计各专业方向相互过渡的设计案例分析，它是二维平面空间设计与二维色彩空间设计的理论形式、表现方法在设计中的运用与体现，包括构成在商业设计中的应用、在视觉艺术设计方面的运用及在环境艺术设计中的应用等。本书的重点在二维平面空间设计和二维色彩空间设计两个部分有效整合，并为各个艺术设计专业方向打下良好的基础。在这其中能够找到很好的学习切入点，也是本书的特色所在，即在现有构成教学基础上而增加的对专业设计课程的整合，同时对二维空间设计的技术性、应用性作了新的阐述。

本书在教学上的探索目的在于启发和引导读者在二维空间设计方面开发出自己内在的潜力，向大师学习，靠近市场，为21世纪的艺术设计领域输入新鲜血液。本书适用于高等艺术院校艺术设计专业的师生，对当前处于前沿的设计师也会有所启迪。

非常感谢姜喜龙、徐娟芳老师和刘思敏、顾哲明、曹晟、鲁译临、章芷骞等同学为本书所做的大量工作，正是你们的支持和鼓励才使这本书有机会与读者见面。同时还要感谢图片的提供者。

在编著过程中，由于任务量很大，时间也比较紧张，再加上个人水平所限，难免出现一些疏忽，还请读者谅解、批评和指正。

编　者

2010年1月于杭州

目 录

第一部分　二维平面空间设计

第一章　认识二维平面空间

☞ **本章学习关键点**

① 充分认识和了解二维平面空间的概念、二维平面空间形态及二维平面空间形象。

② 深入掌握二维平面空间的基本骨架、基本构成原则和形式法则等。

③ 熟练掌握二维空间设计中的材料和工具的应用。

☞ **本章命题作业**

① 通过第一章的知识点，搜集15张左右的二维平面空间构成设计作品，从中选出5张作品，用400字来阐述自己的观点，例如：它的形态怎么表现，都应用哪些基本骨架和构成原则等。

② 找10张有基本骨架、构成形式法则等要点的作品，用300字从批评的角度来阐述自己对相关作品的认识。

③ 通过对二维空间设计材料和软件工具的认识，绘制两副二维平面构成图形，要求考虑到设计材料和软件工具的结合。

第一节　了解二维平面空间

二维平面空间训练主要是对艺术设计思维的训练，它不仅能培养学生善于发现美、正确审视美、灵活创造美的能力，还能让学生初步了解艺术创作中一般的艺术设计思维规律、形式表现规律和艺术设计的基本表现语言，激发学生丰富的想象力、敏锐的观察力、高效的记忆力，引发学生的创新意识。日本著名构成教育家朝仓直巳先生说过："一位优秀的设计艺术家，需要有敏锐的美感及丰富的创意，最重要的是要有创新思维。"如何使设计作品具备美感，如何创造美的形式，如何在二维平面空间上创造出"有意味的形式"，是二维平面空间研究的主要课题。

一、二维平面空间

二维平面空间是视觉元素在二次元的平面上，按照美的视觉效果和力学原理进行编排和组合的，它以理性和逻辑推理来创造形象，研究形象与形象之间的排列方法，是理性与感性相结合的产物。二维平面空间是具有共性的设计语言，已为当今社会各个艺术设计门类所应用。二维平面空间与其他应用设计的学科一样，都是为了完善与创造更富有现代感的设计理论和表现形式，它以一个全新的造型观念，给艺术设计课堂注入了新鲜血液。高科技的融入，大大地拓展了设计艺术的视觉审美领域，丰富了设计的思维及表现手段。它相对于传统的基础构成不光是一个巨大的冲击，曾有一时，大有取代传统基础构成之势，传统基础构成岌岌可危。的确，二维平面空间的出现不得不让人对固守已久的传统进行反思。

二维平面空间构筑于现代科技美学基础之上，它综合了现代物理学、光学、数学、心理学、美学等诸多领域的成就，带来了新鲜的观念元素，并且它已成功应用于艺术设计诸多领域，是现代艺术设计基础的必经途径。

（一）平面及空间的概念

平面的概念最直观的表述来自于它在数学上的定义：一个平面就是基本的二维对象。直观地讲，我们可以把它看成是在一个只有长和宽的二维空间的平面范围内，多数几何、三角学和制图的基本工作都在二维空间内进行；或者说，给定一个平面，可以引入一个直角坐标系以便在平面上用两个数字标示一个点，这两个数字也就是它的坐标。从另外一个角度理解，平面也可以是无数点或直线按照某种规律密密麻麻地排布而形成的一个元素，当然，这些点、直线都是在二维空间平面上的。那么，当平面以外的点或直线要与此平面发生相对位置关系时，我们便引入了空间的概念。

空间的概念非常广泛，从哲学层面、物理层面等方面都可延伸展开，领域十分广阔。事物均可以一分为二，空间也不例外，空间是具体空间和一般空间组成的对立统一体。所谓具体空间，就是有具体数量规定的认识对象，有长、宽、高三维规定的空间体和一般空间的具体存在和表现形式，也是存在于具体事物之中的相对抽象事物或元实体。再有就是一般空间，是指没有具体数量规定的认识对象，无长、宽、高三维限制的空间体和具体空间的本质和内容，也是存在于具体事物和相对抽象事物之中的绝对抽象事物或元本体。以上这些都只是对平面和空间这两个概念的基本理解，具体到设计领域，可以将这些概念延伸开来（见图1-1）。

基于以上对平面和空间的认识，我们研究的重点是在二维平面空间的基础上进行充分的认识、理解、研究并把它作为艺术设计基础专业课程的基本视觉元素的点、线、面、形、色、质的发

图1-1　二维空间

现、创造及构成的内在规律，与之紧密相关的形式法则，进行学习和培养符合现代艺术设计需要的观察方法、思维方式和基本表达能力。浓缩并提升了艺术设计专业对二维空间设计基础构成中的相关理论、技法的精髓，按照先感性后理性，先简单后复杂，由浅入深、循序渐进的顺序安排课程，从感性中寻找逻辑，从逻辑中研究规律，从规律中掌握方法。

（二）二维平面空间设计

二维平面（Second Dimension）一词的定义是：二维平面指的是一个仅由宽度→水平线和高度→垂直线（即几何学中的X轴和Y轴两个要素）所组成的平面空间，而且所有的元素都只在此平面内延伸扩展。同时，二维平面一词也是美术上的一个术语，这是我们在此要重点深入研究的内容。我们生活在一个三维空间的世界里，但是当想要做出某种标示时，就需要通过诸如绘画或拍照将三维空间的事物进行记录，以便用二维空间的形式表现。假设我们是生活在二维空间里的扁片人，就只有平面空间的概念，若要将扁片人中的一个关起来，只需要用线在他周围画一个圈即可，这样在二维空间的范围内，他无论如何也走不出这个圈。从这个有趣的比方中，可以感受到二维平面空间所构建的空间中各个元素之间的联系，从某种程度上讲，这种联系在实际生活中要紧密得多。现在，我们已经对二维平面空间的概念有了一定的了解，下面就来简单了解一下什么是设计。

设计一词来源于英文"Design"，设计是一个过程，是把一种计划或概念，设法通过视觉的形式传达出来的活动过程。人类的劳动改变着世界，不断地创造和发展着文明，创造出物质和精神财富。最基础也是最主要的创造活动是造物，设计便是造物活动进行前所要做的计划或所要提出的概念。在这里，可以把任何造物活动的计划技术和计划过程理解为设计。

设计包括很广的设计范围和门类：建筑、工业、环艺、装潢、展示、服装、平面设计等。而二维平面空间设计这一名称在平常的表述中却显得有些尴尬，因为现在学科之间的交璧越来越深，也越来越广。传统定义的叫法有平面设计（Graphic Design）、装潢设计、视觉传达设计等几种，而这些其实是不太合适的，这或许与二维平面设计的特点有很大关系。因为设计无所不在，二维平面设计也就无所不在。从范围来讲，用来印刷的内容都和二维平面设计有关；从功能来讲，对视觉通过人自身进行调节达到某种程度的行为是为了视觉传达，即用视觉语言传递信息和表达观点；而装潢设计或装潢艺术设计则被公认为是极不准确的名称，带有片面性。

（三）二维平面设计的范畴

在了解二维平面设计范围和内涵的情况下，再深入对二维平面设计的分类进行了解，如形象系统设计、字体设计、书籍装帧设计、型录样本设计、DM杂志设计、新闻报刊设计、包装设计、海报/招贴设计等，可以这样说，有多少种需要就有多少种设计。著名的设计理论家王受之先生曾在他的著作《世界平面设计史》中对"平面设计"有过如下界定："平面设计是设计范畴中最重要的组成部分，所有二维空间中的、非影视的设计活动都基本属于平面设计的内容。"应该说，"平面设计"这一术语如今已经达到了比较规范的程度，并得到了国际的认可。书中也进行了如下详尽解释："所谓平面设计，指的是在二维平面空间上的设计活动，其设计的内容主要是在二维空间中各个元素的设计和这些元素组合的布局设计，其中包括字体设计、版面设计、插图、摄影的采用，而所有这些内容的核心在于传达信息、指导、劝说等，而它的表现方式则是以现代印刷技术达到的。"

设计是有目的的策划，二维平面设计是为实现这些策划而采取的一个重要形式。尽管平面设计是在二维空间中通过图形语言进行思想传达的活动，但是它绝不仅仅是局限于所谓的二维空间内，因为其重点是要通过各种造型性活动将其概念表达出来，无论是抽象的还是具体的概念，都要求是具有空间立体感的概念表现。在二维平面设计中，需要用视觉元素来传播你的想法和计划，用文字和图形把信息传达给受众，让人们通过这些视觉元素了解你的设想和计划，这才是我们设计的任务（见图1-2）。

（四）二维平面构成与空间

二维平面构成的空间形式，具有平面性、矛盾性以及幻觉性。在二维平面设计中，为了表达空间立体效果，按照透视学的原理，通过将平行直线集中消失到灭点的方法，来表现其空间感。形体所体现出来的空间感觉，是视野中多种形态相互发生作用而得到的结果。熟悉的形体和环境关系，很容易对距离和空间作出判断，反之，则很难甚至不能判断某个形体的大小和距离。任何形体空间感的形成，必须要有相对应的形体作为参照。因此，可以在平面中制造具有纵深感的二维空间。

二、二维平面空间的形态要素

（一）点的形态要素

1. 点的定义 数学概念上，点是只有位置没有大小的几何存在，但在造型上，点如果没有形便无法作为视觉的表现要素，所以它必须具有大小这一要素，即要有面积和形态。对于点的认识，人们通常把它视为数学中一个最易理解的符号，即作为记号而点的小标记。在几何学上，点只有位置，而不具有大小面积，是零次元的最小空间单位。点表示着一条线的开始与结束，或者两条线相交及相接之处，所以点是依靠知觉判断而得知的。

而在造型学要素中的点，是以视觉表现为前提，是被我们感知到的形象，因此点是一种具有空间位置的视觉单位。点的感觉与人的视觉相联系，依赖于与周围造型要素相比较，或者与所处的特定空间框架相比较，显得细小而被感知。点并无一定的大小和形状，只要与周围其他造型要素共同比较时，有凝聚视觉的作用，都可以称为点，即点的判断完全取决于与它所存在的空间的相互关系上。例如，帆船置于海洋，房屋置于草原，在遥远的视

图1-2 平面设计

觉中都能够形成"点"的感觉。又如，放在桌面上的书和图钉，书相对桌面而言成为点的形象，当图钉与书相比较时，书由点的形象转化为面的形象，图钉就成为点的形象了。因此，在二维平面空间中，点的概念是相对的。点与所处平面的关系、点的数量以及点在平面中的位置等，都能够引起不同的心理感受，但无论"点"是何种形式，它相对于所处的平面首先是可见的、细小的（见图1-3）。

2. 点的特征　点能够被想象成很多形状，并给人以不同的心理感受。根据人们的想象，典型的点是小而圆的，而造型上的点是相对平面而言的，各种形状和大小都可以在特定情形中成为"点"。相对于面，点在视觉中的面积较小，其边沿容易变得模糊，因此任何不同外形的点都极容易被圆化。点的大小、特征、位置、强弱要在一定的环境对比下才可以得到确认；独立的点由于聚集性，也会使其具有视觉上的简明稳固性；但是多个点组合，又容易使人们分散注意力，比较容易形成点与点之间的对比关系；点沿一定轨迹有序排列产生线的联想，近距离三只的点容易引起面的感觉，并产生机理效果。利用材质、机理、立体等形成的点会产生特殊的视觉感受。

3. 点的作用　点是力的中心，当画面上存在一个点时，人们的视线就集中到这个点上，它具有紧张性，因此，点在画面的空间中具有张力作用，它可以在人们的心理上，制造一种扩张感。比如在一幅商品招贴画中，其中的商标就起到了点的作用。点在构成中具有中心感，具有集中、吸引视线的功能。同时，点的连续排列能产生线的感觉，点的集合会产生面的感觉，点的大小不同能产生空间深度感，而不同大小的点的密集排列能产生光影感和立体感。

图1-3　点

4. 点的造型表达　点的依次排列成为线，点的片状排列则成为虚的面。根据这个原理，可以通过点来表达多种造型，形成不同的心理感受：点以等间隔排列，具有井然有序的美感，如加上点的大小变化，就会产生丰富多变的视觉效果；点依据水平或垂直方向排列，成为静的构成；相反，点沿着斜线、曲线、涡状线排列，或者以自由方式排列，则形成动的构成；应用点作大小渐变运动的排列，能形成有动感和深度感的构成；应用点的大小、多少、聚散、连接或不连接等变化排列，能形成有节奏韵律感的构成。通过点的均散排列，以形成画面的肌理效果（见图1-4）。

（二）线的形态要素

1. 线的定义　线是点移动形成的轨迹。几何学上的线是没有

图1-4　点的造型表达

粗细的，只有长度与方向。而作为平面构成中可见的线，则具有一定的长度和宽度。在平面造型上，线除了有长度和宽度外，还有多种表情姿态，而且在造型要素中是比点更为活跃的因素。

2. 线的特征　线分为直线、斜线、曲线等。直线传递的最直接的感受是明快、简洁、以及具有速度感和紧张感，直线还具有男性的阳刚特征。其中的水平直线具有稳重、平静、无限的整体感觉；垂直直线具有瞬间上下的强烈运动感，给人以直线的紧张感。斜线则冲破了水平线与垂直线的生硬，具有运动感和速度效果，它的不安定性容易产生强烈的视觉效果。曲线让人感到变化、流畅且具有女性的柔美特征。折线产生曲折、不安定感，但具有较强的变化和动感。线的紧密排列产生面的感觉。线按照粗细或间隔渐次组成，会构成虚面，而且产生具有动感的空间（见图1-5）。

图1-5　线

3. 线的作用　在几何学中线有位置、长短，没有宽度、厚度等。构成设计中，不仅有位置长短而且有粗细、空间、方向的变化，形成多种装饰线形。粗线有力，细线锐利。线的组细产生远近关系，垂直线有庄重上升之感，水平线有静止安宁之感，斜线有运动速度之感，曲线有自由柔美之感。大面积使用线就会形成面的感觉：曲线会造成曲面感，倾斜直线会造成扭曲的曲面感，而线的方向改变及疏密造成的效果均可造成曲面感。

图1-6　线的造型表达

4. 线的造型表达　与点的性格表情一样，不同形态性质的线具有不同的艺术风格，并对审美主体产生不同的形式美感。各线型的特点如下（见图1-6）

（1）垂直线。正直、坚毅、严肃、刻板、果敢、向上、有秩序等。

（2）水平线。开阔、稳定、平缓、寂静、松弛、统一等。

（3）倾斜线。运动、突破、发射、勇猛、不稳定等。

（4）折线。坚强、挺拔、挣扎、转折等。

（5）曲线。女性、温和、自然、圆满等。

（6）直线。男性、刚毅、力量、死板、单纯等。

（三）面的形态要素

1. 面的定义　点移动成线，线移动闭合成面，面的移动则构成立体。在数学上，它们被视为是没有"量"的形体，纯粹就其形态、位置与方向来进行讨论。在造型上，由于不能处理眼睛看不到的东西，故把点和线看成有面积的形体，并赋予其大小、粗细和宽度，但这一面积的大小、宽度如果加得太多，自然就减弱了点和线的形象特征，而逐渐具有了面的倾向（见图1-7）。

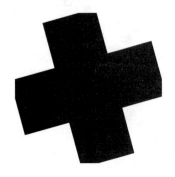

图1-7　面

2. 面的特征 面的分类与表现力有：

（1）几何形。纯粹数学意义上的几何形在自然界里是找不到的，它是数学家脑中的函数形式，是纯形态的。几何形态由于其"专求意象"和"清空性质"，使它的单纯外表表现出巨大容量，并在现代审美意识中越来越受到重视。

（2）自然形。它以不背离自然法则为美，形成守秩序的艺术审美特征。它在自然界中到处可见，如动物、植物、山水等。

（3）偶发形。与几何形相反，具有强烈的非理性化倾向，是创作过程中偶发而成的，具有随意性和经验性。

（4）不规则形。这是人造的形态，是设计过程中运用较多的富有变化的形态。

（5）面的表情。面的形态可用各种方法来表现立体感，也可有韵律、动态之感，或透明、错觉之感。而且单纯几何形本身也具有一些表情特征，如正方形的稳健大方、三角形的扎实稳定、圆形的完美封闭、椭圆形的亲切和生命感等（见图1-8）。

3. 面的作用 根据前面所说到的面的分类以及其相对应的表现力，我们不难发现面的作用：面作为点和线的集合单位，有着强烈的整体感和刺激性，很自然地将这些元素所承载的感情或思想进行了一个统一的呈现，同时也将元素所表达的内容变化表达了出来。总的来说，面的作用可以从两方面来讲。对于单个完整的意象而言，面是表现其完整性的最为核心的元素，面的大小、宽窄、曲直的变化，广泛地应用于设计的各个方面。三角形、方形、圆形等各种不同形态的面，构成了不同的画面，传达着不同的语义。面将意象所要表达的情感或思想进行了一个整体性的呈现，就像之前所讲到的，面有其丰富的表情特征，同时又不失其艺术的审美特征，故而可以艺术地将感情或思想进行表达，同时又不失严谨。对于画面整体而言，面的作用就是提供一种整体的背景基调，无论是感情基调，还是思想基调，无论是一片统一的环境描述，还是富有变化的背景烘托，这种宏观上的，从整体上给观者以第一印象的任务，通常就是由面来完成的。这就好比是一台好戏从一开始就要通过灯光、音乐或者舞美等手段将故事背景和戏剧基调进行说明和渲染是一样的道理。

面是设计中的重要语言，如何对其构图，如何将其分割，如何对实面和虚面进行合理分布，都在很大程度上影响着设计作品的优劣。形态上所具有的强烈的整体感和刺激效果，使得面的地位分外重要。

4. 面的造型表达 在二维空间设计中，面的形态变化是非

图1-8 面的表情

7

常丰富的。因为面具有其他元素无法替代的特质，如面所体现出的整体感和视觉上的刺激性，所以对于整体画面所要体现出的形态的空间、速度、质感等特征，往往都是靠面的造型来表达的。因此，如何对这些特质进行正确分析，是能否对面的造型进行正确表达，乃至能否创造出好的艺术作品的重要前提。面的造型形态与人的心理有着十分密切的关系，不同的形态给人以差别很大的心理感受。法国巴黎的埃菲尔铁塔的三角造型给人以崇高、庄重的感觉，而澳大利亚的悉尼歌剧院的取自帆船的灵感造型设计则给人以优美、雍容华贵的感觉。直线形的特点是制作方便，故而便于复制，视觉上具有容易被人识别、信赖、理解以及记忆的特点。它给人一种简洁明快、秩序井然的感觉，与现今信息化时代背景下追求效率和理性的审美取向很吻合。曲线形则比直线形要更加复杂，更加富于变化。弯曲的形态给人以流动和极富柔韧的感觉，勃勃的生气从流动的曲面上散发出来，弥漫出一股生命的活力，使人不由得产生一种亲近的感觉，有一种想要温和地去接触这种优雅、柔美画面的冲动。偶然形，顾名思义，是偶尔得到的视觉形态，是通过对特殊技法和材料的运用不经意而获得的（见图1-9）。

此外，调子、肌理、色彩以及外轮廓也是面的造型表达中十分重要的内容，它们决定了面所传达出的感觉，会让人感到是温和还是坚强，是精致还是粗糙，是激烈的矛盾还是欢乐祥和。在设计过程中，我们可以根据不同的场合环境，来对面进行一定的变化和处理。

（1）面的轮廓。面的轮廓因绘画方式的不同而不同。徒手绘画得到的面的轮廓往往是灵活多变的，而计算机或机械则比较容易绘制出光洁而无变化的面的轮廓。

（2）面的明暗对比。画面的黑白灰之间的关系可以产生很多种不同的效果，比如说，可以通过画面黑白灰的关系产生一种强烈的对比，从而达到很强的视觉冲击效果。

（3）面的虚实对比。在简单单纯的背景上，能够将形象突出的主体部分视作实面，周围的部分则成为了虚面。

（4）面的大小对比。当一个画面中出现了不止一个面的时候，就会出现面与面之间的大小比较了。这些面的面积大小对画面的结构，以及整个画面的总体特征都会产生很大的影响。

（5）有机面和几何形的对比。这种对比主要运用和体现在一些宣传图片和招贴海报中。有机面是画面所要传达的最重要信息，几何形则是用于引起注意力和诠释有机面的部分。

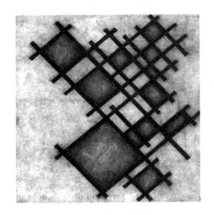

图1-9　面的造型表达

（6）面的质感对比。面的质感是面所传达出的一个重要信息，它能够在很大程度上丰富我们的视觉感受。根据通感的原理，面的质感的对比往往可以从视觉上给我们以超出视觉范围的感受，如触觉、嗅觉等。

（四）形与形的要素

在点、线、面的简单组合之下，便形成了基本形。基本形是设计者的语言字符，通过基本形的各种不同组合，设计者将这串"字符"所要表达的语义传达出来。因而，当设计者将基本形与基本形放在一起时，就会产生出各种各样不同的关系，从而创造出无穷无尽的形象来。对于形与形之间的关系，我们不妨按照它们之间的亲密度来分类。

1. 重合 这其实是一种双胞胎的关系，两个形象相同的形，你就是我，我就是你，于是其中的一个干脆直接覆盖在另一个的上面，形成了完全重合的形象。

2. 联合 这种联系的方式就像是两个特别亲密的朋友，形与形之间交错重叠地联合在一起，形成一个在同一空间平面内较大的新的形，你中有我，我中有你。

3. 差叠 差叠给人的感觉就像是两个心有灵犀的闺蜜，两个形通常相互交叠着，通过二者的共同努力，交叠部分成为了一个新的形，其余部分则通通被减去了。

4. 减缺 减缺就好像是家长与孩子的关系，形与形相互重叠，覆盖产生了前后上下关系，就像是孩子从小受到父母的影响一样，故而保留在重叠部分的内容是覆盖在上面的形，然而家长并不能把孩子完完全全影响到，孩子还会有很多自我成长的部分，因而，后面被上面覆盖之后，留下的剩余形便是减缺后得到的新形。

5. 透叠 两个图形相互叠透出重叠的部分，并产生一种特定图形形态，有效地丰富单纯的图形形象，显示出一种独特的透叠图形视觉效果。透叠构形手法能展示独有的二维平面空间感，图形相互透叠的平面空间转换，产生不同的平面空间层次和深邃的平面空间含义，有助于设计意念的表达。

6. 复叠 这种关系有点儿像是一个强者在欺压一个弱者的感觉。一个形复叠在另一个形之上，覆盖在上面的形不变，而被复叠的形则会因而发生变化。当然了，复叠的位置不同，产生的形也就不尽相同。这种形之间的关系，自然是会产生上与下、前与后的空间关系的。

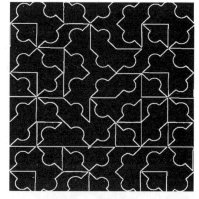

7. 接触 这是两个初次约会的年轻人的样子，两个人都很紧张，虽然想要靠近一点却又总是小心翼翼，所以形和形的边缘也是不偏不倚刚好相切的感觉。

8. 分离 一如大街上的陌路人，各走各的路。分离的形与形之间保持着一定的距离，并不会接触到彼此，呈现出的是各自的图形，相互独立（见图1-10）。

图1-10 形的要素

（五）形与空间的要素

在一个大小一定的二维平面空间里，形与形之间的安排和相互组合，势必会牵扯形与空间的关系问题，也就是所谓的图和底的关系。随着形与形之间的相对关系的不同，各个形所担任的角色也是不同的，有的形是用来构造空间背景的，而有的形则是用来体现主体内容的。不同的关联方式具有不同的视觉美感，给人的视觉心理感受也是不一样的，这样，便可以表达出不同的设计意念。

三、二维平面空间的形象

（一）基本二维空间形象

平面构成里的基本形是平面形象的基本单位，是容易用来构成具有重复意味的设计形态的基本单位。因此，基本形相对单纯又具有显著的视觉特征。在基础样式的构成，如重复构成、渐变构成中，赖以变化的基本形因为必须在单元网格中进行，因此又被称为单位形。基本二维空间形象又被称为是平面构成的视觉元素，是平面构成的四大元素之一，另外三个元素分别是概念元素、关系元素和实用元素。

其中，概念元素指的就是之前提过的那些实际不存在，仅在意念中感受得到的由点、线、面构造出的概念，其作用是促使视觉元素的形成。关系元素则是视觉要素的组合形式。概念、视觉和关系元素之间的关系可以用这样一句话来解释：在平面构成的框架，一切用于平面构成中的可见的视觉元素，通称形象，二维空间的基本形即是最基本的形象；限制和管辖基本形在平面构成中的各种不同的编排，即是关系要素，也就是我们下一节将要讲到的骨骼的概念。而这些元素一切的努力都是为了帮衬实用元素，即设计所表达的含义、内容、设计的目的等。视觉元素指的是将概念元素转化为可视的形象，并将其呈现在画面上，即用点、线、面这些基本元素构造出设计形态的基本单位形象来，或者说通过看得见的形状、色彩、肌理、大小、位置、方向等对基本形进行加工，以体现出具体的形象来。

（二）形象与形态的组合

形象和形态很多人对这两个概念都不能很好地区分开。的确，这两个概念很相似，但是如果能把握住两者的侧重点，明确形象和形态的不同方向，也就不难分清它们了。形象这一概念强调的是物象外在形式的具象性，其特征是描绘保持物体原有的形、体、质感及其构造规律，借助于物体的形状、大小、色彩、肌理等表现方式，是被人的视觉实际感知的写实形。而形态则强调的是物象外在形式的抽象性，其特征描绘剥离物象的个性特征、组织结构，保留了物象所反映的普遍规则，视觉上保持原物象的特征越少，形的抽象性越强。因此，形象一般指具象形，形态指抽象几何形。而单一个"形"字，则指的是造型要素，指一切可利用的可见物的外形、状貌，它涵盖了形象与形态两个方面。可以说，只要是我们能够看到的东西，都是可以通过一定的平面"形象"反映在二维空间内的画面上，而所有的形象又可以通过一定的抽象化处理以"形态"的形式反映在二维空间内。不仅如此，很多用"形象"无法体现在画面上的内容，比如某些思想或意识，也可以通过某种处理以一种"形态"表现在二维空间的画面上。由此可见，形象与形态的组合方式千变万化，所体现的效果自然也是变幻莫测（见图1-11）。

图1-11 形态的组合

形态是形式诸要素的总称。在人类活动和改造的世界环境要素中，形态可分为物质形态和概念形态两个方面。凡是我们可以通过自身的感官，如视觉、触觉等能够直接感受到的实际物质形象均称之为实形态，也就是物质形态；而那些无法直接看到的和触摸到的，不得不借助于第二信号系统（心理学术语，即利用语言和词汇的方式）感知的形态，我们称之为概念形态。例如一部手机我们不仅能用眼睛看到它，而且还能用手摸到它，在现实世界中它是实际占有存在于空间之内的物质实体，它在空间中实际上的形态就是现实中我们所看到的形态。而我们从现实中实际感受和体验到的现实形态在头脑里形成了概念，并通过语言的形式表达出来，这种用词汇形式表达出来的手机形态就是概念形态。这种概念形态是看不到也触摸不到的，所以也叫抽象形态。

这种抽象的概念形态本来是不能感知的，但是如果想要研究造型形式理论，我们就必须通过某些抽象形式把它们表现出来。依照这种方式，从理论的高度上来科学地研究形态构成的审美规律和方法，以提高我们对于美的鉴赏能力和水平。

1. 点的形态

（1）点的形态概念。从几何学的概念上讲，两条线相交的地方称之为点，它是无形的、没有大小的，也没有上下左右四面八方的连续性和方向性。但是作为视觉单位，它的大小是存在的，而且是相对的，其属性是依从于点所处环境空间的相对大小关系的，比如说有的视觉单位，在相对比较大的环境中可以将其视作是点，但是到了相对小的环境空间中，它可能就变成面了，许多心理学的测试图都是根据这样一种原理，或者说是心理学现象展开的，即将同样大小的图形分别放置在相对空间环境大小不同的情形下，这样就会出现不同的视觉效果。一般来说，点的形象相对是圆的，它是形式要素中最小的单元，不过在分析和研究造型形式时，通常会将相对小的、相对集中的不同形象都看成是点要素。

（2）点的特征。从本质上来说，点这个名词是一个位置的概念。在日常生活中经常被提到的地点、出发点、终点、立脚点等都是这样的一个位置概念，而这些都是单独性的概念。当点被群化后，就不单单是一个方位概念了，它也具有距离的内涵，诸如点之间的远近、聚散等各种关系都有距离的内涵。

（3）点的效应。为了研究点要素，首先要研究点的效应，而作为研究这一切的前提条件，首先必须要明确点的分类。点一般可以分为单点、双点、多点和群点四个类型，在不同的情况下，伴随着数量以及构成关系等的不同，这些点就会产生不同的构成效应。在一定的二维空间平面的限制条件下，如果只有一个点要素存在的话，它很容易就会引起观者的注意力，从而很自然地成为视觉中心。这一现象在我们的日常生活中无时无刻不在被印证着。单点要素具有确认、或者说是肯定的效应。如在一面白墙上固定着一个钉子，露出来一个钉头，这样的场景就会使人不自觉地产生一种将这个点加强的感觉，这就是因为在特定的空间之下，单点有被视觉强化的属性。再有就是单点要素具有向心的收缩效应，之前我们提到过，点是没有大小、没有方向的二维空间平面元素，所以点对周围环境没有向外扩张的方向，因此就产生了向内压缩，向内聚拢的向心性。总之，单点要素具有中心、肯定、内聚的三大效应。

双点有两个大小相同的点要素同时出现在同一个二维空间内，而且在此空间内有一定的距离，此时，我们就会不由地对它们产生消极的线的联想。之所以会这样，是因为此两点之间的视觉张力导致了人的心理反应，而且双点并不会像单点那样产生中心效应。并且，当这两个点的大小不同时，我们的注意力就会很本能地首先投向优势一方，这一现象使得双点的二维空间平面构成关系产生了动感（见图1-12）。

当在某一个二维空间平面领域内同时存在着三个点要素时，就会有一个联想出的三角形的面空间从这三点之间消极地抽离出来。当然了，如果是四个点的话，此图暗示出的消极面空间便会是四边形的，这就形成了多点的构成形式。点群，就是点的群化，即数量较多并且又较为密集的点的构成。如果是大小相同的点通过均衡组合而构成的点群，由于这些点相互之间产生的空间张力较大，所以从整体上看，这样的点群会产生出面的效应。但如果是大小不同的点组合而形成的点群的话，根据透视的原理，即近大远小，会让人很本能地产生出空间感的联想，使此时的二维空间平面构成具有深度感，即有了三维空间的效果。

2. 线的形态　在现实世界中，线是不可能以一种孤立的形态存在的，但是在我们的二维空间平面构成形式设计领域里，却完全可以把线从现实中抽象出来。与之前的点要素联系起来，可以说线是点由起点到终点的运动轨迹，换言之，线是拥有一定长度属性的形式要素。之前在研究点要素时提到的大小是一个相对的概念，同理，由于线是点的位置移动，所以线的粗细自然也是一个相对的概念。

线的类型有两大体系，一类是自由型体系，另一类是几何型体系。每一种体系中又都分别有直线和曲线两个系列。其中，曲线系的分类要比直线系的分类更加细致，曲线系的几何曲线包括：圆弧线、椭圆曲线、双曲线、抛物线、涡旋曲线和变径曲线，而自由直线也有S型曲线、C型曲线以及交叉曲线三类。

线要素是有性格的，但在研究线要素的性格之前，首先要明确线要素有哪些属性和类型。在形式设计要素中，线比点对心理的影响更加深刻，因为线要素所蕴含的内容要比点要素的更多，线要素在长度、粗度、方向、角度等不同的方面都具有关系特征，而线的类型也比较复杂（见图1-13）。

线要素的分类，主要是根据其形态特征来进行的，可分为两大系统，分别是直线系和曲线系，各系统又分为几何线和自由线两大类，各类中又分别有量的不同。具体而言，直线系的几何曲线和自由直线都有粗直线和细直线之分，它们都拥有长度和方向

图1-12　点的效应

图1-13　线的形态

两个属性。曲线系的几何曲线和自由直线同样也都是有粗细两种直线之分的，不过它们得以区分的属性较之直线系有所不同，是长度和韵律。此处提到的自由直线指的是徒手画出的直线；几何曲线指的是用仪器画出的曲线，即有圆心的曲线，比如三弧形的曲线、波形曲线等。

线形态的构成要点无疑是方向的对比和统一关系的处理的问题。构成中要有主导方向、对比方向和过渡方向。例如，线要素之间的90°相切关系就属于对比方向，而45°及相邻的10°左右均匀地进行调和的关系就属于过渡方向，也是线要素之间连接的良好角度。一个很典型的例子就是我国传统的毛笔绘画中的竹谱图，其中的竹叶和枝的相接关系中并没有出现90°的直角关系，体现出了一种飘逸随性，仿若在风中飘动的动感和闲云野鹤般的心情。除此之外，中国传统的水墨画中线条的粗细和角度的构成都是很值得我们借鉴的。在线形态构成中，还要注意各线要素之间的疏密、粗细、比例、呼应、平衡等异同的有机整合关系，从而符合平面构图的审美标准。

3. 形象的正形与负形 基本形有"正"有"负"，构成中亦可互相转化；基本形相遇时，又可以产生分离、接触、复叠、透叠、联合、减缺、差叠、重合等多种关系。所谓的"正"与"负"，在此我们做如下说明。在二维平面空间中，将画面上的形的轮廓区域填上黑色，并将填色区域认知为正形，其他区域为空，认知为基底、负形；反之，将原来的涂色方案逆转，原来填色区域留为空，留空区域上色，可以将这样的画面图形认知为反白效果。在二维平面空间中负形的作用往往被忽视，其实负形在设计中也有十分重要的作用，尤其是画面上被正形分割而产生的负形。在某些具象形的设计中，正负形的巧妙应用会带来奇妙的视觉效果（见图1-14）。

4. 形象的群组化 在进行基本形群化过程中，由于形态多变，有时很难事先在头脑中预想出其最后的组合效果，所以，为求得最佳效果，可以事先将设计好的基本形用剪刀剪下若干个（包括正形和负形），然后进行随意地排列组合。一开始，可以无目的、无目标地进行，对基本形排列组合的方向、位置、距离、形与形组合关系应多尝试，然后将比较好的记录下来。

形与形之间的多种组合给我们的设计提供了无数种可能，对基本形进行群组化通常有如下特点：

（1）基本形宜少不宜多（一般2~4个），而且外形不宜太过繁杂，构成之后也应当尽量追求精炼、醒目、不琐碎、细小等特点。

图1-14 正负形

（2）基本形群化，一般为将某基本形围绕某个中心集中有序排列成重复的群化图形，基本形既可以进行平行或旋转对称排列，也可采取不对称的自由排列。

（3）排列组合时，在方向、位置等方面可灵活多变，且充分运用接触、叠透等多种组合关系，但须紧凑严密，不松散。

（4）所构形独立完整具有美感，特别是整体效果，黑白、虚实等关系应得当。

（5）结构稳定、平衡。

在许多商品的商标、指示标识以及公共场所的一些标志多是以符号形式来表达的。它们有的采用具象图形来表现，有的采用抽象图形来表现。

群化构成的基本条件：有两个以上相同的基本形集中排列在一起并互相发生联系的时候，才可构成群化；基本形的特征必须具有共同元素才能产生同一性而形成群化；基本形排列必须有规律性和一致性，才能使图形产生连续性和构成群组化。

群组化构成的基本要领：群组化构成要求简练、醒目，设计基本形的时候数量不宜太多、太复杂；基本形的群化构成要紧凑、严密，相互之间可以交错、重叠和透叠；注重构图中的平衡和稳定；基本形要简练、概括、避免琐碎；群组化图形的构成要美观，并注重外形的整体效果。

群组化构成的基本构成形式：基本形的平行对称排列；基本形的对称或旋转放射排列；多方向的自由排列。

因此，掌握群化构成的方法和设计规律是非常实用、也是非常重要的。

5. 单形切除　单形指的是由对称要素联系起来的一组晶面总合。单形也是对称型中全部对称要素的作用可以使它们相互重复的一组晶面。因此，同一单形的所有晶面彼此都是等同的。所谓等同，是指它们具有相同的性质以及在理想情况下晶面彼此同形等大（见图1-15）。

第二节　二维平面空间的构成

一、二维平面空间的骨骼形式

（一）骨骼的概念

骨骼也被称为框架，是构成中的内部结构，骨骼在二维平面空间设计中起着管辖形象位置的作用。无论哪一种构成组织规则，其基本结构关系均离不开骨骼设定，它支配整个设计的秩

图1-15　晶体面

序，决定构成形象之间的关系（见图1-16）。

（二）骨骼的作用

骨骼在二维平面空间设计中非常重要，是经过设计者精心编排的。骨骼可以将画面的空间进行分割，同时也可以固定基本形的位置。在日常生活中，练习本上的条形格，写毛笔字用的米子格、十字格、回字格等对于我们都不会陌生，这些其实都算作是骨骼。骨骼线的交叉点叫做轴心。一般来说，骨骼只能管辖基本形的位置，但是不能限制其大小，无论形大还是形小都可以放在同一大小的骨骼中，并非是大骨骼放在大形体内，小骨骼放在小形体内。

（三）骨格的分类

1. 规律性骨骼　规律性骨骼是严谨的，呈数字的构成，令形象组合有强烈的秩序感。规律性骨骼运用极为普遍，在重复、渐变及发射等中都会用到。

2. 非规律性骨骼　与规律性骨骼相反，它有着很大的随意性，仅起着不严格的定位作用。在今后的对比、密集、打散等中将涉及。

3. 有作用骨骼　它限制各骨骼单位的形象彼此分离，可以在骨骼单位内将形象、背景作正负变动，形象受骨骼线切割。另外，图形在骨骼单位内可以上下左右移动，离骨骼单位越近的图形部分受骨骼单位线的切割、融合。当形象与邻近骨骼单位形象相遇时，可产生透叠、联合、减缺、差叠及套叠等多种变化。

4. 无作用骨骼　这是纯粹概念上的骨骼，仅引导形象编排定位，不起明显分割形象的作用。

5. 重复骨骼　重复骨骼是经常运用的一种骨骼，若将画面空间划分成若干相等的小空间就构成重复骨骼。在规律性骨骼中，重复骨骼是常见的一种，如果将构成骨骼的主要元素（即水平线与垂直线）加以宽窄、方向、线质等变动，就可以求得不同的骨骼形式。

二、二维平面空间基本原则

（一）平衡与和谐

平衡是对称结构在形式上的发展，由形的对称转化为力的对称，体现为"异形等量"的外观。在应用美术的设计表现中，平衡格式是一种比较自由的形式，它不像对称形式那样要求有一个对称轴，左右上下的造型、元素分布必须和谐。平衡没有对称轴，它是靠正确处理视觉的平稳度而获得的。平衡格式虽然容易

图1-16　骨骼

使人感到活泼，但是，如果处理不当，则会给人一种松散零乱的感觉。平衡可以体现在器物造型上，体现在纹样结构上，也可以体现在构图和元素运用上。从平衡与和谐的比较中可以看出：

1.和谐形式　在视觉心理上偏于严谨和理性，因而具有庄重感。

2.平衡形式　在视觉心理上偏于灵活和感性，因而具有轻松感。

和谐是人的一种生理功能和要求，而人除了要求自己身体的和谐外，还要求周围环境也具有一种和谐感，即安全感。和谐可以使人产生稳定、安全的心理，不和谐就会使人产生危险、动荡、紧张的心理，所以人们从生理上、心理上甚至美学上都要求和谐，因而和谐形式也就产生了美感。

在艺术设计中，常常运用虚实、疏密的对比照应等手法达到在形体、元素、空间和动势等方面的综合平衡。具体地说，就是在形体面积的大小多少、元素分量的轻重比例以及空间的虚实、疏密的配置上，使画面产生平衡感。平衡原指平衡器两端承受的重量由一个支点支撑，当双方处于力学上的平衡状态时，称为"平衡"。二维平面空间设计中的平衡则指在同量、异形、异色、无中轴线的支配下构成的一种形式。一般采用聚散、虚实、对照、远近等形式造成视觉上的均衡。平衡的特点是使画面显得灵活多变，带有动感，它没有一定的组织原则，只要能在形式结构上掌握好重心即可（见图1-17）。

（二）整体与局部

任何事物都有它的整体和局部，整体和局部两者既相互区别又相互联系。对于事物而言，整体与局部的界定是相对的，有些看似整体的事物，在更大的尺度空间观察时可能表现为局部；而有些看似局部的事物在更小的尺度空间观察时则表现为整体。整体处于统率的决定地位，局部也制约着整体，甚至在一定条件下关键局部的性能对整体起决定作用。因此，要求我们既要树立全局观念，设计从整体着眼，寻求最优目标；又要搞好局部，使整体功能得到最大发挥。小的细节造就大的整体，大的整体规整小的局部，相互约束，相辅相成。具体到二维平面空间设计上，在处理局部时，要注意整体画面，要时常跳出局部观望整体，尤其是要着重关注整体的黑白灰关系，不能仅仅关注局部而忽略整体，拣了芝麻丢了西瓜，而应当该疏就疏，该密就密，该深就深，该浅就浅，注意整体画面的层次，该忽略的就要果断忽略，该强调的则要着重强调，突显主体，做到主题明确，让人

图1-17　平衡与和谐

一目了然。

在艺术设计之前要按照先整体后局部的顺序进行观察，也就是要做到"成竹在胸"，这样就等于是达到当大脑已经形成画面后再作画的境界。要注重整体感觉地进行二维平面构思，以强调构图的明暗、对比以及色调关系（见图1-18）。

（三）比例与尺度

世界上任何整体的事物，都是由若干个部分配置、组合而构成的。在整体形或结构上，存在着各方面的比例与尺度的问题。在艺术设计的形式美学中，同样存在着比例与尺度的关系问题。平时所说的"匀称"，就包含了一定的比例关系。古代宋玉所谓"增之一分则太长，减之一分则太短"指的也是比例关系。在艺术设计创作中，如果不能掌握正确的比例，往往会产生形象不真实，使用不方便，视觉感受不够美的感觉。视觉上最美的黄金律，它所成立的客观基础存在于大自然的各种形象之中，不仅在植物、动物身上可以找到，在人体上也存在着这个比例。例如人的手臂和身长之比大约是0.382，就合于黄金律。此外，海螺的涡线的每一轮旋转宽度增加值也符合黄金律。这些客观现实充分说明，黄金律之所以美，既有客观现实的基础，又揭示了比例与尺度的形式特点。

设计中的尺度，是指根据人们的视觉、审美习惯、对事物的美丑所进行的判断。在一幅图形中，花头形过大或过小也都不能产生美感，必须将多少、方圆、姿态、色彩方面的关系表现得恰到好处，才能成为美的设计。应用美术设计中比例和尺度的运用，其最终目的和原则有如下两点：

（1）满足人的生理需要。设计的东西要符合人体工程学。

（2）满足人的心理需要。设计出来的东西要在视觉感受上满足人的审美要求，比例、尺度和数理是分不开的，因此也有人称之为数理美。

宇宙之中就存在着数的比例和平衡美的规律，据著名工艺美术理论家雷圭元先生考证，太阳与行星的距离为4、7、10、16、28、52…，也就是在0、3，6、12、24、48…的倍数、几何级数上加4而成。各个星球的运行律，都有它正规的比例：前面所讲的黄金矩形，也就是数理美的矩形。

中国自古就喜欢使用1、3、5、7、9…这种奇数组数的比例，如古代的回纹图案、云纹图案、如意纹样、万字纹样、八结纹样等，其中都含有等级、差级数渐进的比例之美。总之，黄金律、比例、尺度是形式美的一个重要法则，但也不能把它奉为

图1-18　整体与局部

永恒美的比例。因此，在实际应用中又必须灵活，遵守法度而又不拘泥于法度，这是很重要的。我们所追求的比例美与生理适应是相互关联着的，它首先要符合人的生理功能，然后才谈得上美观。绝对美的东西在世界上并不存在，所以黄金律被教条式地说成是永恒的比例美、绝对的比例美，也是不对的，它也必须随着时代的前进而发展变化。像现在广泛应用的等差数列、等比数列、根号比、宽银幕比等，也都是美的比例关系，不能说它们就比黄金比差。所以，比例关系恰当与否，必须根据实用功能及其与各方面的关系等多种因素来进行判断。比例是决定事物整体美的重要元素，也是构成各单位之间匀称、和谐的主要因素，完美的构成设计都有着适度的比例尺度。比例常常以一定的数据为基准，在二维平面空间设计中常用的比例有以下几种：

1. 黄金分割比　当一条线段被分割为大小两段时，小段与大段的比等于大段与全长的比，它的特定比值是0.618:1，例如雅典帕特农神殿（Parthenon Temple）屋顶的高度与屋梁的长度便具有黄金分割比；维纳斯雕像的比例也含有黄金分割比等。

2. 等差数列比　指数列中相邻的两个数之间有一定的公差数。例如差数为1，即1、2、3、4、5…；差数为2，即1、3、5、7、9…。

3. 等比数列比　指数列中两个相邻的数之间有一定的公比数。例如比数为2，即1、2、4、8、16…；比数为3，即1、3、9、27、81…。

4. 斐波那契数列比　指数列中前两项数据的和作为该项数据而组成的散列，其相邻数的比值都接近于1:0.617的特定值，是相近于黄金分割比的一种比例形式，即1、1、2、3、5、8、13、21…（见图1-19）。

（四）节奏与韵律

"节奏"与"韵律"经常结合使用，有时还交换使用，因为这两个词在含义上没有本质上的区别。"韵律"的"韵"是变化，"律"是节律，有节奏的变化才有韵律的美；"节奏"是讲变化起伏的规律，没有变化也无所谓节奏，但在这两个词中，"韵律"较多地强调"韵"的变化，"节奏"则较多地强调"律"的节拍，所以，在实际运用上它们还是有一定的差别。一般讲韵律感不够，是指缺少变化，过于平板；讲节奏感不强，主要是指变化缺乏条理规则，其侧重点不尽相同。节奏也是形式美中一个很重要的表现形态，任何艺术形式都离不开节奏。诗歌有诗歌的节奏，音乐有音乐的节奏，舞蹈有形体动作的节奏，绘画

图1-19　比例

有色彩转换的节奏等。这些艺术的节奏，实质上都是客现世界中物质运动节奏的反映。在自然界和日常生活中，无时无刻不存在着节奏。

《易经》日月阴阳相推而生造化中记载："日往则月来，月往而日来，日月相推而明生；寒往则暑来，暑往则寒来，寒暑相推而岁成焉。"节奏的构成有两个重要关系：一是时间关系——指运动过程；二是力的关系——指强弱变化。将运动中的这种强弱变化有规律地组合起来加以反复，便形成了节奏。因此，二维平面空间设计的节奏可以说是指视线在时间上所作的有秩序的运动，具体地说，它是一个基本单位元素或某一局部形象的反复和连续展现，这是产生节奏效果的主要原因。反复运动是一种有节奏的运动，在构成上一般表现为相同形状的反复出现。这种形与形的反复使人产生心理上的联系。"视线的时间上的运动，就是人们感受到的节奏"，反复运动是节奏的体现（见图1-20）。

要想取得好的二维平面空间设计，节奏变化的处理就是重要的手段之一，但是仅有简单的节奏效果是不够的，那会让人感到枯燥和乏味。因此，二维平面空间也要具有像乐曲旋律一样有高低、长短、轻重、缓急等有规律、有秩序的变化，这样才能创造出美好的节奏和韵律。二维平面空间的变化，大体可归结为以下几方面因素：形状上的变化、排列上的变化、分量上的变化等。二维平面空间设计在这多样的变化之中便会产生美的节奏；反之，如果图形采用无规律、无秩序的突变，就会给人留下不舒服的印象。节奏的运用在绘画、书法、建筑艺术中也是很常见的。二维平面空间中的节奏感，表现在形象排列组织的动势上。

（五）对称与均衡

有人认为对称是形式美法则的核心。人体本身是对称的，人类在形式方面最先发现和运用的也是对称美，古希腊美学家曾指出："身体之美在于各部分之间的比例对称。"自然界中的植物同样也存在着这种对称的形式，如对称的树叶、对称的果实、对称的花卉等。动物中的对称如躯体、五官等更是比比皆是，如漂亮诱人的孔雀羽毛，其形象和色彩都是对称美的形式。再如中国古代青铜器造型艺术，由于其主要是用于祭祀和体现等级区别的礼器，所以人们在青铜器的造型上巧妙地运用了对称形式，如对称的器物造型、对称的纹样造型等，在视觉上造成一种庄重、神秘、严肃的感觉。其中的纹样造型中运用了较多的对称平行线、对称垂直线等元素，垂直线在人的视觉上造成上升或下降的感觉，而水平线是平静的、稳定的，有向左向右移动的感觉。这两

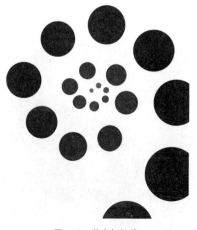

图1-20　节奏与韵律

图1-21　对称与均衡

种抽象线条的运用和严格的对称形式，形成了青铜器的神秘感和威严感，并诱发了人们对天堂、地狱等神秘境界的联想。在水平和垂直的形式中，加上非现实的形象，更加强了它威严而神圣的感觉（见图1-21）。

对称的变化形式是"均齐"，即以相同的元素，按照相等的距离，由一中心点或线向外放射或向内集中。"左右均等"就称为左右对称，"上下均等"又称为上下对称，依此类推。对称形式有着严格的格式和规则，其特征是结构规则、平稳，具有较安静、稳定的特性，富有浓厚的装饰意味。同时，对称还可以起到衬托中心的作用，如天安门两侧对称的建筑，可以很好地衬托出天安门的中心地位。对称有美感，但并不能说凡是对称的就一定是美的，不恰当地使用时，反而会显得单调、刻板和机械。

对称的基本形式有两种：

1. 绝对对称　即对称轴的两边，在形、色、量上完全一致，给人一种工整严肃之感。我国的铁路标志图案即巧妙地采用了左右对称的形式，造型简练大方，形象生动易记。这种左右对称的形式，在日常应用美术中也得到了广泛应用（见图1-22）。

图1-22　绝对对称

2. 相对对称　是一种局部不对称、等量而不同形的形式。和绝对对称形式相比较，它更能显示出活泼自由的特点。它在大的格局分布上采用严谨的对称形式，而局部则以等量而不同形的不对称形式加以变化，使整个严谨的画面产生活泼、自由的效果。对称又叫均齐，是以中轴线为基础，两侧的形象同形、同量又同色。左右两部分的形量完全相等的，称左右对称圆形；上下两部分的形量完全相等的，称上下对称图形；垂直轴水平轴交叉组合为四面对称，两轴相交的点为中心点，这种对称形式称为点对称。其中向心的叫求心对称；离心的叫发射对称；旋转式的叫旋转对称；逆向组合的叫逆对称；自圆心逐层扩大的叫同心圆对称等（见图1-23）。

（六）夸张与平和

新华词典里对"夸张"一词有如下三种解释：一是夸大，言过其实；二是修辞手段，指为了启发听者或读者的想象力和加强所说的话的力量，用夸大的词句来形容事物；三是指文艺创作中突出描写对象某些特点的手法。而对于"平和"一词也有如下两种解释：一是调和；秋思而今不入时，平和节奏苦嫌迟。二是温和；性情平和，药性平和。在二维平面空间设计中，夸张与平和很像是一个外向活泼的人与一个内敛稳重的人，前者喜欢通过各种手段将自身的特点无限放大，造成很强的视觉冲击力，而

图1-23　相对对称

后者则像是一片平静的湖水，即使是有微风拂过，也只是升起段段涟漪，依然不改那份静态，只是添了几分柔和之色罢了（见图1-24）。

图1-24 夸张与平和

三、二维平面空间的形式法则

（一）形式设计的概念与原则

二维平面空间构图的美学是多种要素的组合，正如复调音乐是通过对位法和多声部进行处理加工而形成统一的和声一样。二维空间构成的形式是骨骼和绘画手法的外在表现，是由一定的线条、色彩、结构等在二维平面空间内的表现属性所构成的整体。二维空间构成的形式设计是设计师依据其思想和感情所作出的创造性活动，每一种二维空间构成形式的产生都是含有一定的形式意义的。就单纯的形式美而言，它不依赖于其他内容。因此，德国哲学大师康德称之为"自由的美"，狄德罗则称之为"绝对的美"和"独立的美"。但是，二维空间构成设计的形式美却是依存美，确切地讲二维平面空间设计的形式只有与情绪和思想紧密地结合在一起，方能称为形式设计美。形式设计规律是指导总体设计的纲要，而设计原则是设计过程的具体行动准则，但是很重要的一点就是形式设计中必须遵守原则。大体上，我们可以把二维空间设计分为以下一些形式。

1. 二维平面的基本格式　基本格式大体可分四种格式：90°排列格式，45°排列格式，弧线排列格式，折线排列格式等。

2. 重复构成形式　重复构成指的是以一个基本单形为主体，在基本格式内进行重复性排列，排列时可对基本单形的方向和位置进行变化。重复构成的特点是具有很强的形式美感。此形式大体上可分为简单重复构成和多元重复构成两种（见图1-25）。

图1-25 重复构成

3. 近似构成形式　近似构成是发生在有相似之处的形体之间的构成，其特征着重体现在"统一"之中发生的"变化"。在设计中，通常采取的做法是将两个或更多的基本形体进行"相加"或"相减"，以得到近似的基本形（见图1-26）。

图1-26　近似

4. 渐变构成形式　渐变构成的做法是把基本形体按照其大小、方向、虚实、色彩等特征进行渐次变化排列的构成形式。这种形式大体上可以分为以下五种渐变形式：形的大小、方向渐变，形状的渐变，疏密的渐变，虚实的渐变，色彩的渐变（见图1-27）。

5. 发射构成形式　发射构成形式通常是以一点或多点为中心，呈现出向周围发射、扩散开来的视觉效果，具有较强的视觉动感及画面节奏感。发射构成形式通常有以下三种方式：一点式发射构成形态，多点式发射构成形态，旋转式发射构成形态（见图1-28）。

6. 空间构成形式　这种形式利用了透视学中的视点、灭点、视平线等原理，从而得到了平面上的空间形态。所得的空间因构成手法的不同而不同，大致可分为以下五类：点的疏密形成的立体空间，线的变化形成的立体空间，重叠而形成的空间，透视法则形成的空间（以透视法中近大远小、近实远虚等关系来进行表现），矛盾空间的构成（又名错觉空间构成，是以变动立体空间形的视点、灭点的方式构成的不合理空间，"反转空间"就是矛盾空间的重要表现形式之一）（见图1-29）。

7. 特异构成形式　这种构成形式感觉上有点像是基因突变的感觉，它的方式是在一种较为有规律的形态中进行小部分的变异，以突破原有的那种较为规范，或者说是单调的构成形式。特异构成的因素有形状、大小、位置、方向及色彩等，但是要求局部变化的比例不能变化过大，否则会影响整体与局部变化的对比效果（见图1-30）。

图1-27　渐变

图1-28　发射

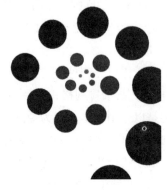

图1-29　空间

图1-30　特异

8. 分割构成形式　对形的分割可以有多种方式，依据构图的情绪而变，如果要表现的是一种严谨的态度，可以采用"等形分割"的方式。但如果希望表现出的是一种有大小变幻的效果，则可以采取"等量分割"，因为这种分割方式只求比例的一致，不要求形的统一。如果希望呈现在画面上的是一种自由、活泼的感觉的话，不妨根据"自由分割"的方式进行分割，因为它的特点就是灵活、自由（见图1-31）。

9. 肌理形态构成　凡是凭借视觉就可以分辨的物体表面的纹理，称为肌理，依照肌理的特点而构成的设计，就是肌理形态构成。这种构成往往是利用照相制版技术，或者是用描绘、喷洒、熏炙、擦刮、拼贴、渍染、拓印等多种手段来完成。当然了，制作肌理图案的方法远不止这些，制作更多的肌理图案，不妨试试以下这些办法，如滴色法、水色法、水墨法、吹色法、蜡色法、撕贴法、压印法、干笔法、木纹法、叶脉法、拓印法、盐与水色法等（见图1-32）。

10. 密集构成　密集构成是指一种相对自由度比较高的构成形式，包括预置形密集构成与无定形密集构成两种。预置形密集构成是依靠在画面上预先安置好的骨格线，或是对中心点组织基本形进行密集与扩散的变换处理，也就是说以数量非常多的基本形在某些地方密集起来，然后又从密集处逐渐地扩散开来。"无定形的密集"则不需要预置点与线，而是要靠画面的均衡，即通过密集基本形与空间、虚实等产生的轻度对比来进行构成。"基本形的密集"，须有一定数量的增减、方向的移动变化，常会出现由集中到消失的渐移现象。除此之外，为了加强密集构成的视觉效果，还可以对基本形之间进行复叠、重叠和透叠等变化，以加强二维空间画面中基本形的空间感（见图1-33）。

11. 对比构成　所谓的对比构成，是一种比密集构成更为自由的构成方式。这种构成不依靠骨格线，而是仅仅依靠基本形的形状、大小、方向、位置、色彩、肌理等的对比，以及重心、空间、有与无、虚与实的关系元素的对比，给人以强烈、鲜明的感觉（见图1-34）。

（二）形式设计的特点

1. 形式设计的审美涵义　视觉艺术家们普遍认为，艺术作品的审美是以人的直观感受为参照，其最终的目标是人类对自身的自我意识的表达，是人类本质力量在社会实践中的确证，它的实质是以审美为中心的一种精神产品。艺术作品借助于一定的物质媒介，创造出一种具有情感意蕴的形象体系，这种形象体系是一

图1-31　分割

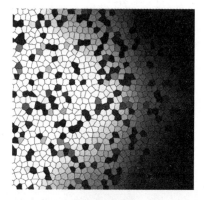

图1-32　肌理

图1-33　密集

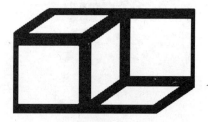

图1-34　对比

种视觉或听觉的审美存在物，是艺术家对现实的一种审美反映，其中既包括对社会生活内容的再现，也包括艺术家自身思想情感的表达，因此艺术的美是反映美。

黑格尔所说的"感性材料的抽象统一的外在美"就是呈现在二维平面空间上的美。形式美感的产生直接来源于构成形态的基本要素，即点、线、面所产生的生理与心理反映，以及对点、线、面形式意蕴的理解。在点、线、面的形态要素中，线是最活跃、最富有感情的要素。平面上的形与空间中的形态，其跳跃与静谧、繁杂与单纯、安定与轻巧、严肃与活跃等情感性质无不与线密切相关。由于人的实践活动和审美经验的积累，促使人类对模仿自然形态、概括自然形态和抽象形态等造型产生不同的审美联想和想象，因而也就产生了不同的审美感受。

正如高尔基所说，形式美是"一种能够影响情感和理智的形式，这种形式就是一种力量"。二维平面空间设计的形式美与所有事物的形式美一样，遵守着共同的美学原则，这个原则就是美的形式法则。美的形式法则是人类的审美积淀，是社会实践中总结出的形式规律。在二维平面空间设计上，同样涉及变化与统一、对比与调和、对称与均衡、比例与尺度、节奏与韵律等形式法则的运用。统一使人感到整齐；变化带来刺激，打破单调与乏味；对比强调了个性；调和则强调了事物间的共同因素。当然，形式美法则也不是金科玉律，一成不变的，随着时代的进步，人们审美观念的更新，形式美法则也必然会发生变化（见图1-35）。

2. 形式美应具有符号功能　德国当代著名的哲学家恩斯特·卡西尔提出了人是"符号的动物"的著名观点，揭示了符号化思维和符号化行为是人类生活中最富于代表性的特征。语言、神话、宗教、科学、艺术、技术都是人造的符号宇宙。实际上，人不仅仅是生活在单纯的物理宇宙之中的，而是生活在一个由自己创造的符号宇宙之中的。从某种层面上讲，人是在不断地与自身打交道而不是在与事物打交道。恩斯特·卡西尔的这些论述，在相当程度上揭示了人类活动的本质，同时，也揭示了设计活动的本质。在广泛的视觉领域，人通常是通过符号系统来完成人类信息传递的任务，符号就相当于是信息的载体。有专家认为，科学、技术、艺术是三种不同的符号，一般认为科学符号是抽象的，属于智力因式；技术符号是具象的，属于意志因式；艺术符号则是集具象与抽象于一身的，属于情感因式。关于符号的构成，瑞士语言学家弗迪南·德·索绪尔（1857—1913）指出，符

图1-35　形式

号是"能指"和"所指"结合的产物。构思设计的形式也具有两种不同的符号功能，即指示功能和象征功能，因而也就形成两种不同的形式符号：指示符号与象征符号。

所谓构成形式的指示符号是用来表达设计者的思想与感情的功用，即"我要表达什么"，它使形式具备了认知功能。人们通过构成设计的指示符号，结合以往的生活经验和个人的想象能力，进一步理解设计者的深层思想以及作品的精神意义。象征符号则是通过造型要素及其组合使人产生一定的联想。象征符号表达的内容往往是间接的、隐含的，具有较强的抽象成分。要准确理解和体会这种象征符号所表达的意义，必须借助于一定的抽象能力和想象能力。符号是信息的载体，它对人具有认知功能，不仅为信息传播功能的发挥提供了指引，而且它的思想形态和含义也具有审美功能。因此，并不存在单独的审美符号，审美功能的获得正是它的现实意义传达的结果（见图1-36）。

3. 形式美相对的自由度 构成设计可以作为一个时代文化发展的体现，构成设计的风格伴随着一个时代背景下某种文化的价值取向及趋势，以及设计师个人的才华与智慧，留下了时代信息、文化风貌、个人感情，有时还会伴有一些企业的文化特征的印迹。希罗卡诺夫·斯列姆涅夫在《现代科学的发展规律性与认识方法》一书中讲到，设计仍然"存在着对客体、主体及其相互作用的条件所固有的可能性的自由选择。客观规律的普遍性和必然性并不意味着它是单一的和一成不变的，规律的作用途径和形式是多种多样的。客观规律表明，普遍存在于多样之中，不变存在于变化之中，必然存在于偶然和自由之中"。也就是说，设计师是在技术的限制之下开展创作活动的，但事实上，把握科技规律并不会妨碍设计师的创作活动，恰恰相反，可以为创作提供自由的选择。当然，作为一件完整的构成作品，设计师既不能让形式的审美功能取代并影响其信息传播功能，同时也不能容忍为极力地追求某种思想的灌输或是一些个人情感的宣泄而忽视人类自身的情感要求和风格特征。因此，二维平面空间作品的形式设计以及由此而生的形式美感应该体现相对的自由度。

设计师掌握了形式的自由度，就可以发挥自己的主观因素和想象，设计出具有美感的个性化和多样化的二维空间平面构成作品。但是如果形式设计的自由度被过度利用，则会适得其反，容易出现表达不清或是难以被人所接受等问题。就形式因素而言，二维平面空间设计的表面肌理装饰比改变其形体结构具有更大的自由度，例如，线的变化比面的变化更为自由。当然，设计意象

图1-36 符号

的本质是设计师对二维平面空间形式的构思过程，它是融合着理性和审美情感的创造性想象活动（见图1-37）。

（三）形式设计的内容

二维平面空间设计的形式很丰富，有重复空间形式、近似空间形式、渐变空间形式、发射空间形式、特异空间形式、密集空间形式、肌理空间形式等，这些形式各自都有很独立完整的体系，各自针对不同的表达需求和风格走向。因此，如果能将这些形式各自的特点明确并且掌握，做到正确、合理运用，必然会在进行二维空间平面构成时拥有很大的灵活性，从而更好地设计表现。

1. 重复空间形式　通常理解的重复的概念指的是在同一设计中，相同的形象出现两次或两次以上。重复是二维平面空间设计中较为常用的一种手法，其视觉特点是可以加深此形象对人的印象，在画面中形成有规律的节奏感，使整个画面协调统一。所谓相同，在重复的构成中主要指的是形态上的相同，其次是指在色彩、大小、方向、肌理等方面的相同。重复中的基本形指的是用来重复构成的单形，且通常都是结构非常简单的形象。以一个基本形作为一个基础单位，然后以重复的手法进行二维平面空间设计。如果基本形过于复杂的话，不仅在组合时难度过大，而且也很容易把整个构成搞得松散而凌乱不堪，因而，除非极特殊情况，基本形大多选择简单的几何形，这一点应特别注意。重复空间形式还因重复的对象的不同而分为以下几种具体的重复形式。

（1）基本形的重复。在二维空间构成设计中，使用同一基本形构成设计的重复方法称为基本形重复，这种重复在日常生活中到处可见，比如高楼上一个个的窗子，或者是地面上的砖，又比如布上的四方连续图案等都有着基本形的重复。基本形的重复是规律性最强的一种平面构成设计手法，给人以一种安定、整齐的构成美感。

（2）骨骼的重复。如果进行重复的每一单位的形状和面积大小都完全相同，那么此时的重复方式就形成了一个重复的骨骼。重复的骨骼是规律骨骼的一种，也是规律骨骼中最简单的一种。

（3）各种要素的重复。可进行重复的要素是多种多样的，只要是遵循简单这一基本条件，各种视觉要素在二维平面空间设计中都是可以重复的。

（4）大小重复。这种重复方式对基本形的形状进行了限制，各个基本单位必须是相似或相同的形状，但是大小上可以作出调整，并依此进行重复。

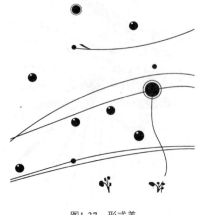

图1-37　形式美

（5）色彩重复。色彩重复方式较之于以上的集中，显得更为灵活一些，其具体含义是在肌理相同的条件下，形状、大小、色彩均可按需有所变动。

（6）肌理的重复。此重复方式唯一的变量是肌理，具体而言，就是在基本形的形状、大小、色彩都相同的条件下，对肌理可有所变动，并依此产生重复。

（7）方向的重复。形状不同于点，形状本身带有很明显的方向性，因而在二维平面空间设计中可以通过对相同形状进行方向上的变换排列形成方向的重复（见图1-38）。

2. 近似空间形式　此处所说的近似，严格意义上一般指的都是基本形的近似。在自然界中，近似的现象是普遍存在的，例如形状相同而大小不同，或者是颜色、肌理不同等。有的近似现象呈现出的差别较大，有的则呈现的差别较小，但无论差异大小，它们都具有共同的要素。因而，这些单位之间的关系都可被看做是近似关系。借助生物学上的术语，从某种程度上讲，可以把近似空间形式看做是重复空间形式的轻度变异。近似空间形式的规律并不十分严格，同样的形象，以不同组合方式或采用不同角度对其进行处理加工，都会造成各不相同、富于变化的近似效果。还可以从某些意义或功能相同的事物去联想，例如中外文字母、阿拉伯数字等。尽管外形相距较远，但人们感觉到的仍然是相关联的近似（见图1-39）。

3. 渐变空间形式　渐变是指基本形或骨骼作渐进的规律性变动。这种变动是循环的，以具有节奏性、韵律性及自然性而取胜。渐变不仅对形而言，形以外的大小、色彩、肌理、方向、位置等都可以产生渐变。渐变也来自日常生活经验，例如近大远小的透视规律，或者是生物的生长发育过程，都是由小到大的渐变过程。渐变的规律比近似要严格，也可以造成视幻感。

（1）渐变骨骼。除基本形的渐变外，还可以进行骨骼渐变，骨骼渐变也可以借助数比关系建立。

（2）单元渐变骨骼。一组骨骼线仍然等距离，而另一组骨骼线则产生宽窄惭变，从而使骨骼空间产生疏密感。

（3）双元渐变骨骼。水平的、垂直的骨骼线同时产生宽窄变动，形成双元渐变骨骼，从而使骨骼空间产生上下左右的疏密渐变，双元渐变较为复杂，但是它更具立体感和运动感。

（4）分条渐变骨骼。这是指每一骨骼单位进行宽窄分条变动。

（5）等级渐变。这是指水平线或垂直线产生宽窄分条变

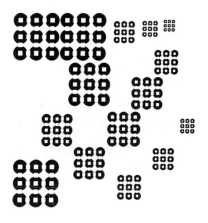

图1-38　重复空间

图1-39　近似空间

动，形成台阶似的效果。

（6）阴阳渐变。将骨骼线扩成面来使用，无须基本形，阴阳渐变中还加上骨骼线的方向变动和分条变动。

（7）基本形的渐变。基本形的所有视觉元素都可渐变，如大小、色彩、肌理、方向、位置等；基本形可作方向平行旋转、位置平面移动、空间旋转、空间移动渐变、形状渐变等。

渐变中不论骨骼还是基本形，都必须注意渐变的速度，太快则形象急跃，渐变效果不强，太慢则有错视，在一幅画面中，大小之差以10步左右为宜。

4. 发射空间形式　发射构成形式表现为以一点或多点为中心，呈向周边放射、扩散等视觉效果，具有较强的节奏韵律感。在日常生活中发射构成的例子随处可见，如太阳的光芒、开放的花朵、声波的传导、贝壳的螺纹、投石于平静水中所引起的圈圈涟漪等。发射构成具有三大特征：第一，具有多方向的对称性；第二，具有强烈的焦点，此焦点通常位于发射点的中心；第三，能造成光学的动感，或产生爆炸性的感觉，使所有形象向中心集中或由中心向四周散射。发射构成主要有以下几种形式：

（1）一点式发射形式。以一点为中心，呈直线状向四周扩大变化，此种形式整体感强。

（2）多点式发射形式。以多点为中心，呈直线状向四周扩散并相互衔接，体现多元式放射效果。

（3）旋转式发射形式。以一点或多点为中心，呈曲线式向四周旋转变化，具有层次感。

另外，还有不规则发射和抽象形发射等形式。发射构成的骨骼单位，通常除重复和渐变以外，也可以是近似等形式。在同心式骨骼中，骨骼单位是一层层环绕，只能容纳线条式的基本形。在向心式的骨骼中，骨骼单位由一组组指向中心的平行线层造成，也可用另一些平行线层、另一组向心式骨骼线或一组同心式骨骼线将它分出更精细的骨骼单位。设计发射构成时，应注意以下几点：一是要注意中心点的位置、数目及安排（一元或多元，明显或隐蔽）；二是要注意骨骼线的方向、变动以及基本形与骨骼的配合等；三是注意最后的发射要具有强烈的视觉效果，并注意遵循精简与集中的原则（见图1-40）。

5. 特异空间形式　所谓特异是指构成要素在有秩序的关系里，有意违反秩序，使少数个别的要素显得突出，以打破规律性。所谓规律，这里是指重复、近似、渐变、发射等有规律的构成。特异的效果是从比较中得来的，通过小部分不规律的对比，

图1-40　发射空间

使人在视觉上受到刺激，形成视觉跳动焦点，打破单调，以得到生动活泼的视觉效果。在二维平面空间设计中应注意，特异的成分在整个构图中的比例，如果特异效果不明显，不会引人注目，若过分强调特异则破坏了统一感。在一般特异的构成中，只使一两项视觉元素出现特异。

（1）形状的特异。在许多重复或近似的基本形的构成中，出现小部分特异的形状，且形成差异对比，成为画面上的视觉焦点。

（2）大小的特异。在相同的基本形的构成中，只在大小上作些特异的对比，但应注意，基本形在大小上的特异要适中，不要对比太悬殊或太相近。

（3）色彩的特异。在同类色彩构成中，加入某些对比成分，以打破单调。

（4）方向的特异。大多数基本形有秩序地排列，在方向上一致，少数基本形在方向上有所变化以形成特异效果。

（5）肌理的特异。在相同的肌理质感中，造成不同的肌理变化（见图1-41）。

6. 密集空间形式　传统中国画论中的"疏可走马，密不透风"讲究聚散疏密关系的视觉对比。密集在设计中是一种常用的组织画面的动感手法。基本形在整个构图中可自由散布，有疏有密，最密或最疏的地方常常成为整个设计的视觉焦点，在画面中造成一种视觉上的张力，像磁场一样，并且富有节奏感。密集也是一种对比的情况，利用基本形数量排列的多少，产生疏密、虚实、松紧的对比效果。

（1）点的密集。在设计中将一个概念性的点放于构图的某一点上，基本形在组织排列上都趋向于这个点密集，越接近此点则越密，越远离此点则越疏，这个概念性的点在整个构图中可超过一个以上，但要注意，基本形的组织不要过于规律，否则会有发射的感觉。

（2）线的密集。在构图中有一概念性的线，基本形向此线密集，在线的位置上密集最大，离线越远则基本形越疏。

（3）自由密集。在构图中，基本形组织没有点或线的密集的约束，完全是自由散布、没有规律的，基本形的疏密变化比较微妙。

（4）拥挤与疏离。拥挤是指过度密集，所有基本形在整个构图中是一种拥挤的状态，占满了全部空间，没有疏的地方。疏离与密集相反，是指整个构图中基本形彼此疏远，散布在各个角

图1-41　特异空间

落，散布可以是均匀的，也可是不均匀的。

7. 肌理空间形式 肌理即物质的表面纹理，是物质形象的表面特征，又称之为质感。肌理又分为触觉肌理和视觉肌理，在此主要研究人们如何获得视觉肌理。由于人们对肌理的感受是从触觉经验开始的，经长期体验与积累，人们不必直接触摸，只要通过视觉即可得到质地的感受。我们可以巧妙地运用非常规的工具、材料、技法，制作出种种偶然形态，获得理性操作不可能得到的肌理效果画面。常用的技法有：

（1）笔触的变化。利用笔触的粗、细、硬、软、轻、重及笔触的不同排列，描绘出不同的肌理效果。

（2）拓印。用油墨或颜料涂于雕刻及自然形成的凹凸表面上，然后印在画面上，便会形成古朴的拓印肌理。

（3）喷绘。用喷笔或用金属网与牙刷，把溶解的颜料刷上去后，色料如雾状地喷在纸上，这种技法可表现渐变和浓淡明暗变化，非常柔和细致，也可表现若隐若现的透明感，被广泛地应用在广告设计上。

（4）染。具有吸水力强的纸面，可用液体颜料进行渲染、浸染。颜料会在表面自然散开，产生自然优美的肌理效果。

（5）刻刮。在已着色的表面用尖利的物品刻刮，会得到粗犷、强烈的肌理效果。

（6）纸张。各种不同的纸张，由于加工的材料不同，本身在粗细、纹理、结构上不同，人为地把纸折皱、烤炙、揉、搓、拧、撕、拼贴造成特殊的肌理效果。此外，还有滴流法、吹墨法、墨纹法、对印法、凹凸法等（见图1-42）。

第三节 构成设计的材料与软件的应用

一、二维构成设计的信息与材料

（一）构成设计的信息

二维空间构成设计的目的及其性质决定了构成设计要求的多样性，不仅仅局限于思想或理念通过信息的传达，还包括其艺术性、经济性乃至于文化性的要求。二维空间构成设计借助大众传播的力量，对人的视觉方式发生作用，对大众产生一定程度的影响，促使人们的思想、行为、价值观、社会意识以及情感等方面发生变化。构成设计的目的不是单纯的为了装饰，而更是为了追求某种特定的意念，并且在一个二维平面的载体中体现出功能价值、经济价值以及更具社会公益性的文化价值。二维空间构成设

图1-42 肌理空间

计的本质性目的是通过设计传达某种讯息。构成既是一种创造性的艺术形式，也是经济性的价值体现形式，与此同时，它还具有特定的文化内涵。因而二维空间平面设计以艺术、经济、文化三个层次为目的。

现代的二维平面空间设计，信息的释放并非设计师的自我主观表现，它必须以客观的传达对象为其表达目的。构成设计者在进行设计创作活动时，首先要将所传达的主题内容进行定位，既要考虑到社会的共同心理，又要考虑到手中的个体差异，从而确定信息传达的形式与方法，这样信息传达就会更加直观、更为快捷且更为有效。在现行的信息化社会的普遍社会认知下，一个成功的构成设计，应该说是合乎信息传播的目的的。它能使人们感受到使用的满足和心理的愉悦，进而体验到一种美，也就是功效之美。功能性的满足对于艺术设计有着非常重要的意义，因为只有当艺术设计存在其功能价值时，艺术设计的存在才有了其本质意义。

我们身处于一个信息化高速发展的时代，人们已经接收了过多的视觉资讯，视觉承受能力接近饱和状态，这便给了设计者新的挑战。设计过程中必须立足于信息的接受者，也就是我们设计出的产品的受众，多做换位思考，站在接受者的立场上来考虑设计的定位及表现方式，再辅以必要的调查分析，仔细体会受众对视觉信息的反应，以期将信息或情感以最优、最易于接受、最能引起共鸣的方式传播出去。设计其实是一个传播者与受众相互作用的双向互动过程，设计者往往处于这一传达过程中的主体地位。要面向受众，最重要的就是如何将自己和自己的设计同受众融为一体，让受众把设计作品看成是与自己非常密切的东西。只有这样，才能使设计者更好地与受众进行交流，才能更好地完成设计。设计活动从人类出现在这个世界上，并试图通过自己的双手来改造世界时便已开始了。随着人类物质文明和精神文明程度的一步步提升，艺术设计为人类的生存空间和文化空间开拓了更为广阔的领域。由于艺术设计是创造性的活动，它把人的内心活动以构成的方式外化，使其具体可感。

（二）材料的应用与设计要求

材料是现代艺术设计三大支柱之一，它是随着人类对材料的逐步深入认识和社会的发展而产生的。各种材料都有其相应的用途，通过各个领域的设计，均会产生丰富的实用和审美效果。设计专业的学生学习和掌握本专业设计领域的材料知识，是搞好本专业设计的基础。材料的选择运用恰当与否，是衡量设计可行与否和设计优劣成败的标准和重要因素。

当前材料艺术的教学已打破了原有材料概念认识上的局限，要求我们发掘材料深层内涵，赋予它们全新的意义及对新材料发现运用的重要价值。材料课的系统理论与技术手段是学生的创作平台与技术保障，它能使学生的个性得以张扬，使学生们充分展开想象的翅膀。针对当前材料教学系统性、技术性、规范性体制中出现的问题，思考如何创新教授手段，如何培养学生创造性思维，培养学生敢于创新的能力，从而形而上地把握、理解、运用材料艺术，让所有被利用的材料均为创造服务。在对材料打破与重组、发现与感悟、幻想与实验的研究过程中，必定会创造出新的视觉冲动与新的艺术形式。对于材料艺术这门学科，逐渐形成了一些初步的认识和体会，现把它分为以下几点进行论述：

1. 体验材料、感受材料　其实材料课的意义就在于发现和运用生活中的可能元素进行改造、重组与并置。"动手"是材料课上首先要迈出的第一步，在学生作业（废铁、啤酒瓶、彩色纸）"动手"中体验材料、感受材料。现代材料科学为我们提供的新材料是过去任何时代都无法比拟的，其中包括两大类：一类是天然材料，另一类是人工材料。这些材料会为现代艺术设计的创作提供极大的方便。

材料不仅包括有形的材料和无形的材料，甚至我们的思想观念，都可以被视为艺术表达的媒介材料。通过对艺术设计语言形式的分析，会发现每一种新的艺术语言背后都会有一种新的材料被发明、发现和应用。应当说，当材料在艺术之外时，它们自身并无艺术语言可言，但一旦被选中，放进某种由它们自己或与别的材料共同组合的艺术环境中，一经构成某种艺术语境，任何一个艺术时期中的任何材料都能成了一种语言。也许只是它的颜色或形状，也许只是它的质地或结构，这些语言会因为艺术的关系而表现出自己特有的语言说服力。创作一件艺术作品，除了形式上的独特及具体形象的反复推敲外，还要考虑材料特性即材质美的体现，我们在处理这些材料之前，必须了解其性格。各种形质的材料，其形状、纹理、色泽、质感等都蕴含表达情感的艺术语言，都有可能诱发出艺术创作的理由和想象力。

2. 具备独到的鉴赏力　世间存在有很多美好的材质，然而对它的发现和获取需要具备敏锐的把握能力以及独到的鉴赏力。保持敏锐的感觉，抓住材料的内在特征，以最有表现力的处理方法、最清晰完美的形式，达到形式与材料内在品质的完美统一。

因此，在材料课上应要求动手接触各种材料，熟悉材料的固有性能和特征，始终强调在材料的试验和研究过程中的主动性和创造性，提倡材料的试验及其超越实用价值范畴的内涵。在艺术设计创作过程中，材料常常会影响着我们的思维和行动。材料本身的审美特征是抽象的，与具象相比，抽象更能开拓联想的疆域。材料所具有的形态、质感、色彩等理化性能，会诱发创作者产生抽象的意念，向设计者暗示着某种意象。优秀的设计师在很多情况下都是先悟出材料的内在和外在美之所在，然后设想将其用在何种场合，进而考虑以何种形式最能创作出一件美的艺术作品。往往是在材料抽象美的启迪下，把艺术想象与材料的自然效果融为一体，将材料的审美与艺术设计相互渗透、结合。

3. 发现和利用材料　罗丹说："美是到处都有的，对于我们的眼睛，不是缺少美，而是缺少发现。"我们不仅要善于在生活中发现美，还应当善于在材质中发现美。一定的材料适用于一定的造型，恰当的材料选择对于作品表现有着事半功倍的作用。所以，我们必须加以选择、利用、发挥材料与特定造型相适应的质地特性和表现力，因材施艺，各行其是。在材料的利用过程中，保持敏锐的感觉，抓住材料的内在特性，力求达到形式与材料内在品质的完美统一。

材质的抽象与具有一定可视形象的造型相结合，形式与材料相和谐，这便构成了"材料的风格"。不同风格的设计艺术，应使用不同材质的材料与之协调。在艺术设计创作中，同一主题内容如使用不同材料表现，即便是同一创作者，其作品给人的感觉都会迥然不同。由于材料的差异，带来了从造型、装饰风格到艺术特性的差别。

4. 材料的应用　在纸材料中，常用的制作纸盒的板纸有白板纸、黄板纸和色板纸三种。在商品包装中，使用涂层白板纸为最多。白板纸按重量分类有250g、300g、350g、400g、450g等各种规格，它有光滑、平整洁白的表面并适宜印刷加工、机械生产，有较轻的自重且便于保管、运输等优点，可单独加工成型，也可以与塑料、铝等材料复合成型。在纸容器设计中，我们尤其要注意了解和熟悉材料的性能，如张力、抗撕力、柔软度、厚度、耐折性、光滑性、承重性等。只有充分地认识和掌握材料性能，才能设计出适合生产的包装结构造型。

在设计中出于成本的因素，还应注意纸板的尺寸和合理利用材料，减少浪费。对材料的认识除了从书本文字资料中得以了解，更重要的是要通过具体实践，对各种结构进行适应性试验，只有这样才能把握结构设计与材料的合理关系。在材料选用时，首先应当考虑包装物品的形态，是多水分物品、湿性物品、液体物品还是固体物品，是高脂肪物品还是冷冻物品等。必须注意品质的保护性、安全性、操作性、方便性、商品性和流通性等。另外，还要考虑商品的用途、销售对象和方式、运输条件等。

5. 设计要求

（1）方便性。纸容器结构设计必须便于生产，便于存贮，便于陈列展销，便于携带，便于使用和运输。

（2）保护性。保护性是纸结构设计的关键，根据不同产品的不同特点，设计应从内衬、排列、外形等结构分别考虑，特别是对于易破损产品和特殊外型产品。

（3）变化性。纸容器造型结构外型的更新、变化非常重要，它能给人以新颖感和美感，刺激消费者的选购欲望。

（4）科学性、合理性。科学性和合理性是设计中的基本原则。科学合理的纸容器，要求用料少而容量大，重量轻而抗力强，成本低而功能全。

二、二维构成设计材料的分类

（一）人工材料

自然材料经过加工和处理，形成了人工物品丰富的材料和物品库。同样是泥土，经过煅烧等工艺，变成了陶、瓷。木头既可以简单加工成各种生活用品、建筑材料，也是制纸的原料之一，各种纸的质地、厚薄都会产生质感的变化。利用这些人工材料，经过刀刻、针扎、刮擦、拼贴、复刻、感光等人为加工而成的肌理被称为人工肌理。

（二）自然材料

自然界是一个极大的取之不尽的材料库，如树叶、石头、木材、毛皮、水、冰、泥土等，当然每种材料在不同的状态下有着各种变化的形态。通过自然材料得到的肌理叫自然肌理，包括木纹、石纹、纸纹、布纹以及其他靠材料固有的性能特征生成的肌理。

（三）混合材料

无论哪种做图形式都要用到特定的材料和工具。例如，传统中国绘画的宣纸和毛笔，油画颜料、丙烯、炭笔、喷枪也都有各自的表现效果。图中颜料的厚和薄，笔触缓急都使画面产生肌理变化，而笔墨落在宣纸上，产生干、湿、枯的质感变化则是中国画特有的肌理表现。如果将这些绘画材料，结合其特点和要求，与自然材料，如树叶、石头相结合，便会呈现出另外一种效果，这也就是我们通常所说的混合材料。通过混合材料得到的一些肌理图形，有时是用单纯的人工材料或自然材料所无法实现的。

（四）肌理与材料

（1）在现在的构成和设计中，材料的综合处理为创意带来了很大的发挥空间，因此必须长期保持对材料的敏感，以寻找新的材料表现力。

（2）对材料肌理和质感的探求可以多方借鉴，如借鉴影视、建筑、室内设计、绘画等艺术形式，也要亲自不断地尝试，反复推敲，发现新的肌理和效果。

（3）应以轻松和游戏的心态来发现肌理，寻找新的质感效果。

（4）材料的肌理与质感的应用要根据设计的需要进行针对性地设计表现，不能只顾材料本身的肌理来表达设计主题，把材料的特性很好地与设计主题相结合是设计师的首要任务。

（5）现成材料和质感的应用虽然容易，表现力强，但不能忽视点、线、面的处理带来的微妙的层次和质感变化。

（6）把多种不同材料结合在一起进行设计时，变化、统一、对比等形式美法则的一些术语仍然可以帮助我们控制设计中材料应用的总体视觉效果。

三、二维构成设计的工具

（一）绘图工具

二维平面空间设计常用到的绘图工具有铅笔、针管笔、马克笔（分油性和水性）、中性笔、美术钢笔、小白云毛笔以及橡皮、圆规、格尺、白卡纸、三角尺、碳素墨水等。像铅笔、圆规、橡皮、尺子这些基本工具就不用介绍了，下面重点介绍几种比较常用的工具。

1. 针管笔　针管笔又称绘图墨水笔，是专门用于绘制墨线线条图的工具，可画出精确的且具有相同宽度的线条。针管笔的针管管径的大小决定所绘线条的宽窄。针管笔有不同粗细，其针管管径有0.1~1.2mm的各种不同规格，在设计制图中至少应备有细、中、粗三种不同粗细的针管笔。制图时，要注意以下几点：

（1）绘制线条时，针管笔身应尽量保持与纸面垂直，以保证画出粗细均匀一致的线条。

（2）针管笔做图顺序应依照先上后下、先左后右、先曲后直、先细后粗的原则，运笔速度及用力应均匀、平稳。

（3）用较粗的针管笔做图时，落笔及收笔均不应有停顿。

（4）针管笔除用来作直线段外，还可以借助圆规的附件和圆规连接起来作圆周线或圆弧线。

（5）平时宜正确使用和保养针管笔，以保证针管笔有良好的工作状态及较长的使用寿命。针管笔在不使用时应随时套上笔帽，以免针尖墨水干结，并应定时清洗针管笔，以保持用笔流畅。

2. 马克笔　又称麦克笔，效果图和漫画专用，有单头和双头之分，能迅速地表达效果，是当前最主要的绘图工具之一。马克笔分为水性和油性，油性麦克笔快干、耐水，而且耐光性相当好，颜色多次叠加不会伤纸。水性麦克笔则颜色亮丽清透，但多次叠加颜色后会变灰，而且容易伤纸。除此之外，用沾水的笔在上面涂抹的话，效果跟水彩一样。有些水性麦克笔干掉之后会耐水。去买麦克笔时，一定要知道麦克笔的属性和画出来的效果。麦克笔在设计用品店通常都能买到，而且只要打开盖子就可以画，不限纸张，各种素材都可以上色。使用马克笔的上色步骤是：首先最好用铅笔起稿，再用钢笔把骨线勾勒出来，勾骨线的时候要放的开，不要拘谨，允许出现错误，因为马克笔可以帮你盖掉一些错误线条；然后再上马克笔，用马克笔时也要放开，要敢画，不然画出来很小气，没有张力。颜色，最好是临摹实际的颜色，有的可以夸张，突出主题，使画面有冲击力，吸引人。颜色不要重叠太多，不然会使画面脏掉。必要的时候可以少量重叠，以达到更丰富的色彩。太艳丽的颜色不要用太多，不过要求画面个性的话就可以用得多一些，但是要注意收拾。马克笔没有的颜色可以用彩色铅笔补充，也可以用彩铅来缓和笔触的跳跃，不过要强调笔触。

3. 彩色铅笔　彩色铅笔简称"彩铅"，是彩色铅芯的铅笔，与普通铅笔不同，彩色铅笔的笔芯不含石墨。彩色铅笔也分为两种，一种是可溶性彩色铅笔（可溶于水），另一种是不溶性彩色铅笔（不能溶于水）。不溶性彩色铅笔就不详细介绍了，一般市面上销售的大部分是不溶性彩色铅笔。可溶性彩色铅笔，在没有蘸水前和不溶性彩色铅笔的效果是一样的。可是在蘸上水之后就会变成像水彩一样，颜色非常鲜艳亮丽，十分漂亮，而且色彩很柔和。彩色铅笔出现于水彩画颜料之后，是重要的绘画工具。因为这一传承关系，早期的彩色铅笔绘画作品有意模仿水彩画的效果。水溶性彩色铅笔更能帮助实现这一点，它相对水彩彩铅更善于表现物体的细腻质感，因此深受建筑师和景观园艺师的喜爱。能够同时画出像铅笔一样的线条和水彩一样功效的画具就是水彩色铅笔。使用方法相当简单，与普通铅笔一样，画好后用蘸水的笔在上面涂抹，颜色就会溶化。

（二）计算机制图

1. 图形格式　随着计算机图形图像处理技术的突飞猛进，设计方式的重心正在悄悄地向计算机图形设计方向转移，传统的鸭嘴笔、圆规、针管笔等正在慢慢地被屏幕上的光标和键盘上的快捷键所取代。计算机对不同位置上的像素点的颜色、亮度等信息进行一定的控制，就得到了一幅完整的图像，这种图形通常称为位图。位图是用一个二维数组来表示的一张图像，图像上的每个信息点就是一个表示颜色的数值。在位图中，单位长度上的像素的数量使用"分辨率"来进行定义，单位是ppi（pixels per inch）。相同尺寸的两张图像，分辨率越高，其单位长度上的像素就越多，图像也就更清晰。矢量图（Graphic）是用数学方程来描述的图形轮廓，并赋予图形特定的填充方法，而最终生成的图形。矢量图是用数学方法描述点、线、面等集合元素的，直接在计算机上进行绘制，具有点、线、面的性质。

（1）BMP文件。BMP（Bitmap）文件通常是不压缩的，所以它们通常比同一幅图像的压缩图像文件格式要大很多。例如，一个800×600像素的24位几乎占据1.4MB空间。因此它们通常不适合在因特网、其他低速或者有容量限制的媒介上进行传输。根据颜色深度的不同，图像上的一个像素可以用一个或者多个字节表示，它由$n/8$所确定（n是位深度，1字节包含8个数据位）。

（2）GIF文件。GIF（Graphics Interchange Format）文件是用于压缩具有单调颜色和清晰细节的图像（如线状图、徽标或带文字的插图）的标准格式。GIF的原义是"图像互换格式"，是CompuServe公司在1987年开发的图像文件格式。GIF文件的数据是一种基于LZW算法的连续色调的无损压缩格式，其压缩率一般在50%左右，它不属于任何应用程序。目前几乎所有相关软件都支持它，公共领域有大量的软件在使用GIF文件。GIF文件的数据是经过压缩的，而且是采用了可变长度的压缩算法。所以GIF的图像深度从1 bit到8 bit，也即GIF最多能支持256种色彩的图像。

（3）PNG文件。PNG（Portable Network Graphics）文件是一种能存储32位信息的位图文件格式，其图像质量远胜过GIF文件。PNG是20世纪90年代中期开始开发的图像文件存储格式，其目的是试图替代GIF和TIFF文件格式，同时增加一些GIF文件格式所不具备的特性。流式网络图形格式（PNG）名称来源于非官方的"PNG's Not GIF"，是一种位图文件（bitmap file）存储格式，读成"ping"。PNG用来存储灰度图像时，灰度图像的深度可多到16位；存储彩色图像时，彩色图像的深度可多到48位，并且还可存储多达16位的α通道数据。PNG使用从LZ77派生的无损数据压缩算法，一般应用于JAVA程序、网页或S60程序中，这是因为它压缩比高，生成文件容量小。

（4）JPG、JPEG文件。JPEG（Joint Photographic Expert Group）文件是24位的图像文件格式，也是一种高效率的压缩格式。它通过损失极少的分辨率，可以将图像所需存储量减少至原大小的10%。由于其高效的压缩效率和标准化的要求，目前此格式已经被广泛地应用于图像的存储上。同样一幅画面，用JPEG格式储存的文件大小是其他类型图形文件的$1/10\sim1/20$。

2. 常用的设计软件

（1）Photoshop。Photoshop的功能可分为图像编辑、图像合成、校色调色及特效制作部分。图像编辑是图像处理的基础，可以对图像进行各种变换，如放大、缩小、旋转、倾斜、镜像、透视等。也可进行复制、去除斑点、修补、修饰图像的残损等。Photoshop提供的绘图工具让外来图像与创意很好地融合，使图像的合成天衣无缝。校色调色是Photoshop中深具威力的功能之一，可方便快捷地对图像的颜色进行明暗、色调的调整和校正，也可在不同颜色中进行切换以满足图像在不同领域如网页设计、印刷、多媒体等方面应用。特效制作在Photoshop中主要由滤镜、通道及工具综合应用完成。包括图像的特效创意和特效字的制作，如油画、浮雕、石膏画、素描等常用的传统美术技巧都可藉由Photoshop特效完成，而其中各种特效字的制作更是很多美术设计师热衷于Photoshop研究的原因。

（2）CorelDRAW。在构成设计软件中，最适合用于构成设计的软件莫过于CorelDRAW这种矢量化的绘图工具软件，通过调节节点可以描绘几何形、曲线形，便于编辑，文件量也特别小，但是打印出图的精细程度是Photoshop等图像软件无法比拟的。CorelDRAW非凡的设计能力广泛地应用于商标设计、标志制作、模型绘制、插图描画、排版及分色输出等诸多领域。CorelDRAW界面设计友好，空间广阔，操作精微细致。它提供给设计者一整套的绘图工具，包括圆形、矩形、多边形、方格、螺旋线等，并配合塑形工具，对各种基本形作出更多的变化，如圆角矩形、弧、扇形、星形等。同时也提供了特殊笔刷，如压力笔、书写笔、喷洒器等，以便充分地利用计算机处理信息量大，随机控制能力高的特点。为便于设计需要，CorelDRAW提供了一整套的图形精确定位和变形控制方案。

（3）Illustrator。Illustrator是Adobe公司开发的矢量图软件，具有以下特点：

1）即时色彩。使用"即时色彩"探索、套用和控制颜色变化。"即时色彩"可让你选取任何图片，并以互动的方式编辑颜色，能立即看到结果。

2）提升作业效能。主要作业的效能提升，包括快速的荧幕重绘、物件移动、移位、缩放和变形功能，让你享受迅速的绘图和编辑作业。

3）裁切区域工具。以互动的方式定义要列印或汇出的裁切区域。选择含安全区域的预设网页比例或视讯格式，并以这种方式设定裁切标记。视需要定义多个裁切区域，并能轻松地在这些区域间移动。

4）分离模式。将物件分成一组进行编辑，不干扰图稿的其他部分。轻松选取难以寻找的物件，而不必重新堆迭、锁定或隐藏图层。

5）Flash 符号。使用"符号"让重复的物件成为动画，并同时维持档案大小不至过大。 定义并命名符号物件属性，并在将图稿带入Flash CS3 Professional进行进一步的编辑时保留这些属性。

6）如果Illustrator这样的矢量图软件与同出自Adobe公司的位图软件Photoshop配合使用，可以创造出让人叹为观止的图像效果。

☞ **思考题**

①二维平面空间与以往的平面构成有何异同之处？在运用中应该注意哪些问题？

②怎样运用二维平面空间构成的基本骨架、基本构成形式和形态要素来强化艺术设计中的表现？

③为什么在二维平面空间设计中要运用多种材料工具和表现手法？

☞ **作业**

①在尺寸为16cm×16cm的方格纸内以黑、白为主色，表现放射、渐变等4种骨骼形式，遵循现有的基本法则创作两幅二维空间混合构成设计。

②在尺寸为16cm×16cm的方格纸用3种构成形式法则来表达坚强与软弱、凸起与凹陷两组对立词语，要求形式法则要与构成骨骼、构成基本原则相结合，并与表达的主题相吻合。

③找5幅大师设计的作品进行二维平面空间构成设计分析，通过自己的理解绘制另外两幅16cm×16cm的二维平面空间设计作业。

第二章　二维平面空间的方法

☞ **本章学习关键点**

① 认识和了解二维平面形态空间的分类、特征及美学原理。

② 掌握二维平面空间无理图形构成的运用，体会如何利用构成要素来创造二维平面空间设计。

③ 二维平面空间的构成有哪些方法。

☞ **本章命题作业**

① 在艺术设计作品中选出10~20幅关于二维平面空间内在结构美、视错美的相关作品，并逐一分析每幅作品的好坏。

② 用三种几何形体自命主题创作关于无理构成设计中矛盾空间、视错空间的构成设计。

③ 利用点、线、面等要素创造关于渐变、发散、密集并有鲜明主题性的二维平面空间设计。

第一节　空间学中的形态

一、形态的分类

在造型艺术设计中，尽管设计学科分成了服装设计、工业设计、视觉传达设计、环境艺术与建筑设计等多个专业领域，但彼此在基础层面上却有着共生关系，即便是在专业层面，也多有渗透和交叉。差异在于各自研究的目的以及由此产生的方法手段和知识体系的不同，而在思维和认知层面则趋向边缘。如果说有什么可以在专业之间形成共同要素的话，那就是形态。设计学科的所有专业领域都离不开对形的认知、表达与表现，在这个意义上可以认为，对形的认知和表达可以跨越到纯艺术领域。形态之所以能成为设计学科的共同基础，是取决于形态的类语言属性，即指示、识别和意义的传达。形态是认知世界的媒介，无论是具象的形式还是抽象的形式，形态都是形成概念的条件。仅就设计而言，形态既是功能的载体，也是文化的载体，所有设计的内涵和价值，都要通过形态进行表达与表现，所有对外界的认知和理解也都要通过形态加以描述。千姿百态的形象都是由无数不同的形态元素组合而成。形主要是指物体的形象、形体、形状等，而态即是指这些形状的神态、姿势、风格等。

（一）抽象形态（纯粹形态）

抽象与具体之分更具有实质的意义。从追求存在的始基，到以观念为存在的本原，以预设终极的大全，到建构语言层面的世界图景，形而上学地呈现出了传统形态与现代形态、实质与形式等之分。但上述意义上的形而上学同时存在着某种共同的趋向，即对世界的抽象理解。作为存在理论的这种形而上学与作为思维方法的形而上学，它们之间存在着内在的逻辑联系。

抽象艺术在21世纪初期，以抽象与表象世界之关联为诉求，借助非具象的表现形式，揭示事物的本质。这样的诉求，虽能提供艺术界新的美感经验，但也拉大了观者与创作者之间的距离。然而这种贴近创作者内在情境且深具自我表征的独特创作方式，未必会被后续仍以抽象语汇创作的艺术家们放弃（见图2-1）。

康定斯基是一位彻底的抽象派画家和创始人，从他的理论上的研究，如颜色心理学，对于点、线、面的分析，这些足以证明他的作品绝不是简单的形式上的表现，而是在深刻理论指导下，有目的、有价值的创作，从而使作品本身具有丰富内涵和艺术理论支撑。当一幅完全抽象的作品展现在你的眼前的时候，你会被某些色彩本身所吸引；某些抽象的形态也可能让你产生了联想；再有你从未遇见过的材料的运用，或惊讶或茫然，而当你睁大了双眼想努力从画中看出些什么时，结果却并不另人满意，甚至一无所获。

a)

（二）自然形态

自然形态是指在自然法则下形成的各种可视或可触摸的形态，它不随人的意志改变而存在，如高山、树木、瀑布、溪流、石头等。自然形态又可分为有机形态与无机形态。有机形态是指可以再生的，有生长机能的形态，它给人舒畅、和谐、自然、古朴的感觉，但需要考虑形态本身和外在力的相互关系才能合理存在。无机形态是指相对静止，不具备生长机能的形态。自然形成，非人的意志可以控制结果的形称"偶然形"（偶然形给人特殊、抒情的感觉，但有难以得到和流于轻率的缺点）；非秩序性，且故意寻求表现某种情感特征的形称"不规则形"（不规则形给人活泼多样、轻快而富有变化的感觉，但处理不当会导致混乱无章，七零八落）（见图2-2）。

b)

图2-1　抽象形态

（三）人工形态

人工形态是指人类有意识地从事视觉要素之间的组合或构成活动所产生的形态。它是人类有意识、有目的的活动创造的结果，如建筑物、汽车、轮船、桌椅、服装及雕塑等。其中建筑、汽车、轮船等是从实用的功能来设计其形态的，而雕塑则是一种将形态本身作为欣赏对象的纯艺术形态。这就使人工形态根据其使用目的的不同，有了不同的要求。人工形态根据造型特征可分为具象形态与抽象形态。具象形态是依照客观物象的本来面貌构造的写实，其形态与实际形态相近，反映物象的细节真实和典型性的本质真实。抽

图2-2　自然形态

象形态不直接模仿显示，是根据原形的概念及意义而创造的观念符号，使人无法直接辨清原始的形象及意义，它是以纯粹的几何观念提升的客观意义的形态，如正方体、球体以及由此衍生的具有单纯特点的形体。形是构成形态的必要元素，它不仅指物体外形、相貌，还包括了物体的结构形式。宇宙万物虽然千变万化，但其外形都可以解构成点、线、面、体等基本要素。

（四）人造形态

所谓人造形态是指人工制作物这一形态类型，它是用自然的或人工的物质材料经过人有目的地加工制作而成。无论是自然形态的东西还是人造形态的东西，都有自身的物质特性，并且服从于一定的自然规律。因此，物质性是这两种形态取得统一的基础，它们都是占有一定时间和空间而存在的物质实体。通过人类的意志，依靠材料和处理材料的技术，加工出的物品形态。艺术地表现这些造型各异的形态，有助于丰富我们的表达语言（见图2-3）。

（五）自然形态向人造形态的转化

1. 自然形态的情感内涵和功能启示　人类对大自然充满了热爱之情，因为它不仅是人类生存的依托，也是构成人们生活的天地。自然形态的这种情感内涵成为人们利用它的情感基础。人对自然的情感充分体现了人与自然的关系。人对自然的态度大体经历了畏惧进而崇拜、初步认识进而欣赏、更多认识进而试图征服、深刻认识后转而寻求和谐共处等多个阶段。人是从自然界进化而来的，是自然界的一个组成部分，同时，人又要依赖自然界而生存，因为人与自然之间的物质交换是人生存的前提。这是人们利用自然形态的物质基础。人类对于自然的态度淋漓尽致地反映在了各类设计中。

对自然形态的情感和对自然形态功能的发掘与模仿，才造就了自然形态与人造形态之间相互转化的契机。可见，自然形态向人造形态的转化是一种人们认识自然、改进生活的必然行为。

2. 自然形态与人造形态的构成基础　人造形态与自然形态在物质性上的区别表现在以下三方面。

（1）人造形态的东西是人们有目的的劳动成果，直接用于人的某种需要，因而它的存在符合人的目的性的特点；而自然形态的东西则遵从于"物竞天择、适者生存"的特点。

（2）作为人的劳动成果，人造形态必然打上劳动主体——人的烙印，即它是一种"人化的自然"。人是由自然形态向人造形态转化过程的中心。即人作为活动主体所具有的需要、目的、意向和心理特征等因素都将发挥得淋漓尽致。

图2-3　人造形态

（3）由于人的生产活动都是在一定的社会关系中进行的，所以人造形态都具有一定的社会性的特征，成为特定的社会文化的产物。甚至人对自然形态的态度也会因社会的变化而改变。

3. 自然形态向人造形态的演绎方式　将自然形态的要素运用到设计形态中，有三种最基本的方法：一是直接运用即直接模仿，它是将自然形态直接用于人造形态的设计中；二是间接模仿或抽象模仿，在形态学中称为"模拟"，它是对

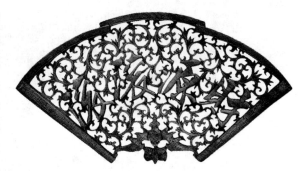

图2-4　人造形态模仿

自然形态进行加工整理，将自然形态中各种具象的形态抽象化，取其中的某个部分、细节并加以运用，或将其直接转化为更加适应的形态；三是对自然形态的提炼与加工，"仿生"是最基本和最常见的手法。

（1）模仿。简单模仿和抽象模仿可一并归纳为"模仿"。"模仿"是造型设计的基本方法之一，是指对自然界中的各种形态、现象进行模仿。利用模仿的手法具有再现自然的意义。

模拟是较为直接地模仿自然形态或通过具象的事物来寄寓、暗示、折射某种思想情感。这种情感的形成需要通过联想这一心理过程来获得由一种事物到另一种事物的思维的推移与呼应（见图2-4）。

（2）仿生。仿生是造型的基本原则之一。从自然形态中受到启发，在原理上进行研究，然后在理解的基础上进行模仿，将其合理地应用到人造形态的创造上。

4. 自然形态向人造形态转化的设计要素　自然形态向人造形态转化的过程中总是要借助一定的载体，即通过一些具体的造型要素来进行表达。

（1）材料。作为产品构成的物质要素，材料是设计的基础。材料本身也有自然形态和人造形态之分。自然材料是指未经人为加工而直接使用的材料（如木材、竹材、藤材、天然石材等），这些材料朴素的质感更有利于使人感受自然形态的美感。

（2）结构。设计中各种材料的相互联结和作用方式称为结构。产品结构一般具有层次性、有序性和稳定性的特点，这与自然形态的结构特征是一脉相传的。

（3）形式。这里所说的形式是指产品的外在表现，如形体、色彩、质地等要素。

（4）功能。设计的功能是指产品通过与环境的相互作用而对人发挥的效用。人们在长期地对自然形态的认识过程中已经充分发现了各种自然形态的作用，有些可直接运用，有些只需稍加改造，即可符合人们更加苛刻的需求。

二、形态的基本要素

通过把握各个图形形态元素在构成中体现出来的形、空间、动态、位置和相互关系，分析各种形态在画面中的方式和作用，从而可以演变出这些元素新的构成方式。一般来说，形态的基本要素包含以下几个方面：概念元素、视觉元素、感知元素、关系元素、实用元素等。

（一）概念元素

所谓概念元素是那些不实际存在的，不可见的，但人们的意识又能感觉到的东西。例如我们看

图2-5 概念元素

到尖角的图形，感到上面有点，物体的轮廓上有边缘线。如果观察到形体棱角上的点、形体的边线、形体的面、形体的色彩等，它们在三维空间里所占空间位置，被我们所观察到的部分就可归纳为形体要素的点、线、面、色、体，这些要素就是形体的概念元素。当它们个别存在时，点具有集中，线具有延长，面具有重量的性格特征，色有情感因素等。因此，巧妙地将点、线、面、色运用于艺术设计中，可以表现出许多不同的情感和视觉效果（见图2-5）。

1. 概念元素——点 几何学中的点是线与线的交叉，是抽象的，只有位置，而无大小和形状。而在造型艺术中的点是一切形态的基础。它有一种跃动感，可以产生球体滚跳的联想；它有一种生机感，可以产生对植物种子的联想；它有一种闪烁感，可以产生诸如发光体的联想；它还具有节奏感，一种类似音乐中的节拍的节奏等。从点的视觉特性来看，点是力的中心。当画面中只有一个点时，人们的视线会全部集中于这个点上。这说明，单独的点本身没有上、下、左、右的连续性和指向性，但它具有极强的向心力，能产生一种富有聚集性的视觉效果。

2. 概念元素——线 几何学上的线是点移动的轨迹，只有位置和长度。在造型艺术上，线的形态多种多样，它给设计提供的变化是无穷无尽的。概括起来可分为两大类：直线和曲线。线的视觉心理感受是具有方向感，有一种动态的惯性。线的这种变化的性格，对于动、静的表现力最强。不同的线会给人不同的视觉感受，一般来说，垂直线给人的感觉是：庄重、强性、单纯、严峻等；水平线给人的感觉是：平和、安定、静寂、永久等；斜线给人的感觉是：动感、活泼而有深度等；曲线给人的感觉是：厚重、饱满、优雅、柔软等。

3. 概念元素——面 在几何学中，面是线移动的轨迹，具有长度、宽度而无厚度。在造型艺术上，面和线有着密切的关系。面有轮廓线，在造型上比点和线更能确定形的意义。面的形态非常丰富，一般可概括为：偶然形、几何形、有机形和不规则形。偶然形是偶然产生的，富有个性、新颖、怪异的特点；几何形具有明快、理性的秩序美感；有机形则是借助于自然外力而形成的自然形，具有自然、流畅、纯朴、柔和的特点；不规则形是指有意识、有目的、人为创造出来的形，其特点是不受限制，不具有任何规律的造型（见图2-6）。

图2-6 概念元素面

4. 概念元素——色 色在二维平面空间设计中也

是关键因素之一。如若把点、线、面称为形元素，色就可成为情元素。色存在色相、色度、明暗等，它与形元素的搭配、组合不仅给人视觉感受，更能传达各种情感。暖色让人兴奋，冷色让人平静，灰色让人舒缓，深色让人沉重，邻近色静雅，对比色热烈，这些色彩关系的应用可以治病也可能致命。

设计师往往依据作品的诉求目的，有针对性地运用点、线、面、色或将其加以综合运用，不断挖掘其视觉表现的资源，包括视觉吸引、刺激、昭示、情感等，从而更有效地表达作品诉求和传达效应，增强作品的艺术表现力和感染力。

（二）视觉元素

随着现代艺术设计的发展，"设计是生产力"的观点越来越被公众认同。而我们所说的这些概念元素如果不在实际的设计中加以体现，它将是没有意义的。通常概念元素是通过视觉元素体现的。除了点、线、面、色等，视觉元素还具备形状、大小、颜色、肌理、位置等视觉特征。

1. 形状　"形状"（Shape）一般是指平面的形，限于二次元的形，亦即是具有长度和宽度。形状是由轮廓或界线所包围的，如平常玩的球，它的形状是圆形，则圆形就是我们所说的"形状"。形状包括"几何形状"和"不规则形状"。几何形状是能利用制图仪器绘制的形，如正方形、圆形、三角形、长方形、椭圆形等。欧普艺术家，如瓦沙雷利、布鲁斯等人最擅长使用几何形状来组构具有颤动、错视空间的艺术品。不规则形状是物体或图形的形态、状貌，是物体的外轮廓所反映出来的第一视觉特征。如何很好地把握形状，对我们而言，一是要观察不同形体的外形特征；二是要努力发现物体的不同视角、视距所呈现出来的不同变化。

2. 大小　形的大小是一个相对概念。单个的形体是不具备大小特征的；两个或两个以上的形体在同一个空间中就可以比较出其长宽、面积大小的差异。

3. 颜色　颜色是由不同光谱通过物体表面反射后所产生的视觉感受。颜色是由明度、纯度、色相等几个基本要素构成的。在平面构成中，颜色主要指色彩的明度差异。

4. 肌理　肌理是构成中的特殊视觉元素，又称质感。它是物质表面的形态，通常是指物体表面的纹理感觉。肌理是形态的"表面结构"所带来的感觉。由于物体的材料不同，表面的排列、组织、构造也就各不相同，使它具有粗糙、细腻、柔软、生硬、干燥、湿润等质感。

5. 位置　位置在二维空间中属于视觉元素，同时又属于关系元素。如果一个矩形中的两个相同的点，由于其位置不同，即会产生不同的视觉效果（见图2-7）。

（三）感知元素

二维平面空间设计在艺术设计专业领域的创作越来越受到人们的重视，而作为最流行和时尚的源泉的设计形式更离不开感知元素的应用。感觉与知觉是人类获取外界信息的重要途径和创造性思维的活动基础，是生活中最普遍的心理现象。感觉与知觉元素相互作用、相互

图2-7　视觉元素

影响而又相互制约，这是对感觉信息的整合和解释。人们对各种设计语言的解码方式也是多样的，这也就要求设计师在设计编码时切实考虑受众对设计的感知层次，充分利用这些感知渠道，通过最优化搭配的设计语言进行商品的信息传达，实现人们用设计的语言来传达、理解并感知世界。把构成设计中的方向感、位置感、空间感、重心感统称为图形的感知元素。

（1）方向感。方向感即是形态的外在动势。矩形以各边为方向，三角形以长边为方向，任何一个物体都会有形的运动动势和方向。

（2）位置感。位置感取决于画面中的框架和骨骼关系，位置感是以画面中心为依据，同时具有图形的相对性特征。多个点的近距离设置会有线的感觉，从而多点的不同安置相应会使人产生三角形、四边形、五边形的感觉。

（3）空间感。图形形象在画面中总会产生或前进或后退等空间层次的视错觉。在构成中形体大小、渐变、放射等均会产生较强的空间感。

（4）重心感。受形象的视觉心理影响，基于人们对日常经验和地球引力的认识，对形象会产生轻重、稳定、平衡、下沉、上浮等心理感觉，我们称之为重心感（见图2-8）。

（四）关系元素

关系元素是指视觉元素（即基本形）的组合形式，它们是通过框架、骨骼以及空间、重心、虚实、有无等因素体现的，其中最主要的因素是骨骼，它是可见的，其他因素则有赖于感觉去体现。单个和多个元素的位置变化，造成了图形之间的各种相互关系，如：镜面反射、移动、相距、连接、旋转等。

（1）镜面反射。即物体的反射面是光滑的，光线平行反射，如镜子、水面等。

（2）移动。图形在画面中的位置变化称为移动，移动分为水平移动、垂直移动、规律移动、自由移动等多种形式。

（3）相距。两个或两个以上的图形保持一定距离的状态，我们称之为相距。

（4）连接。即移动之后多个相同形或不同形，其边线产生接触或连接。

（5）旋转。即图形围绕某一定点产生一定角度的转动，以转动增强形象的变化，这种构成形式称为旋转。

（五）实用元素

实用元素是指设计所表达的内容、目的和功能。在构成中，

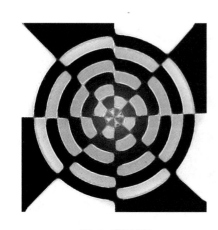

图2-8 感知元素

二维空间设计被应用于设计实践活动，其形式与功能相结合。图形产生了实际的运用作用被称为实用元素。形的设计能力是构成中很重要的一环，如果不解决形与形之间的关系，形的画面组织是无法进行的，所以形在表现元素中占有相当重要的位置。构成关系的任何元素，在具体的设计应用中都占有各自重要的位置。无论平面构成运用的形体复杂与否，都应该在初始阶段将这些元素分析理解得清楚一些，这样才有助于大家养成良好的设计习惯，有利于最后在设计实践中带来启发（见图2-9）。

三、形态空间设计

任何形体的构成都不可能在画面上孤立出现，即使是一个很小的点，一个很窄的面，它也必然存在与之相对应关系的元素，这些有着相互作用关系的元素按照一定的比例和距离组合在一起便有了形体空间的概念。形态空间的设计存在许多影响其效果的因素，同时也讲究一定的设计原则。

（一）视觉经验的影响

当观看物体时观察者得到的经验并非仅仅决定于以怎样的光线的形式进入观察者眼睛的信息，也不仅仅决定于观察者视网膜上的映像。两个正常的观察者，在同一地方，同一物理环境下观看同一物体，并不一定有同样的视觉感受，即使在他们各自的视网膜上的映像，实际上是相同的。在某种意义上，这两个观察者毋需"看到"同样的东西。正如N.R.汉森所说："看见的比眼球接触的更多"。人的视觉经验产生于人的视觉惯性。我们对常见事物形态的认识会在脑海中形成固定的影像和模式。如我们看到和水有关的形态时，就会产生凉爽的感觉；看到与火有关的形态时就会产生温暖的感受，这些都是由于视觉惯性和经验而产生的思维定式。

（二）图与底的相互关系

当人们看到某一个形象时，总会习惯把一些与众不同的形体从图形中分离出来，把这些特殊的形态作为整个画面空间中的主体，把别的形态作为画面的次体，这就是人们对于原始图形形态空间的最初认知。图形与背景的区分往往给人很深刻的形态空间感，而它们最大的区别往往并不是来自形体本身，在很多情况下，决定于观察者的认识程度和认识角度。一般情况下，主体倾向于轮廓分明、自身完整、色彩突出、位置比较重要等方面；反之，往往背景图形显得平淡、结构模糊、色彩隐退等，产生了后退之感，对主体形态起到衬托和辅助作用。一般而言，图形总是

图2-9 实用元素

处在背景的上方，即使在后面，也是以一种能够连续不断的方式缓缓地展开。人们对图形和背景的认识和理解往往还取决于另一层意思，即人们经常接触、容易理解或熟悉的形态被作为前景图形；自然形态、装饰性图形或不容易被识别的图形元素被视为背景图形（见图2-10）。

自然界中并不存在形象与背景、图与底的关系。图与底的产生，完全是由于人类自身的视觉局限性以及人类的主观意识，认识事物的不同的观点和出发点所致。格式塔心理学认为：人们感知客观对象时，并不能像摄像机那样机械地全部接受其刺激的讯息，而是有选择地感知其中的一部分。观察事物时，人类首选的注意中心会从其他形态中浮现出来而成为图，而周围的忽略则会后退、模糊成为底。"图"具有充实感、凝聚性和前进感；"底"虚无，并且散漫后退。图与底的规律的产生，要归功于视觉心理学家的种种试验和归纳总结。早在1915年就由鲁宾（E·Rubin）用他的"鲁宾之壶"展示了图与底的反转这一现象，并对"图底"之间的转换关系进行了系统研究。如果将视觉心理学家对图底之间关系原理的发现加以整理，可概括为以下几点：

图2-10　图与底

（1）被包围者或闭锁的形易成为图，包围者会成为底。

（2）小面积者易成为图，大面积者易为底。

（3）密度高或有纹理者易成图。

（4）当两个面积、形状相同的形上下排列时，下者易成为图。

（5）对称的形易成为图。

（6）相邻两形具对称性时，则凸形者易成为图。

（7）越单纯之形越易为图，常见图形易成为图。

（8）方向与我们视野的水平垂直相一致的形，易成为图。

（9）与周围环境明度差别大的部分比差别小的部分更易成图。

以上分析可以看出，图之所以会成为图，首要条件是能够抓住并控制人的视线。图底差别越大，图形越容易被感知，若图底差别不大，则会产生图底关系暧昧和反转现象。我们相信，随着进一步的试验和概括，还会有更多的原理和条件将会被发现（见图2-11）。

（三）图形构成中的相对性

在图形构成的画面中，异类形会比同类形显得更为突出，图形往往通过对比体现出图形的视觉特征。如：两个同等大小的

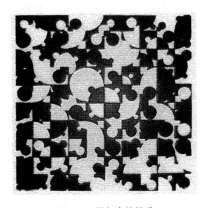

图2-11　图与底的关系

圆，在大面积背景中的圆感觉比在小面积背景中的圆感觉要小；在正方形中的圆，圆感觉更圆，方感觉更方。可见在同类形中容易和谐，在异类形中则对比强烈。在整体的形态空间设计中，需要遵循图形构成的相对性规律来正确处理整体于个别形的关系。

第二节　二维平面空间的美学原理

一、平面空间的表达

平面空间设计一直被界限在二维的空间之中，而使我们习惯从空间角度去看待设计。从平面空间设计角度讲：是平面有了大的语境背景，有了决定其形式组成的条件。从空间角度讲：空间的每个立面即是大的平面，每个结构就是大平面的每个形式元素。用平面的语言去控制空间的表达，空间条件去决定平面语言，空间会呈现整体的协调。平面语言与空间融为一体，便会更有其环境价值和应用价值，使表现更为恰当。从设计在环境空间中的价值、作用、目的，延展到设计就是环境设计的重要部分。通过设计的种种构成要素来连接空间设计中的构成要素，通过平面概念中的形式安排来营造环境空间，利用这种类比和联系来说明设计和环境空间设计在大设计角度下的一致目的，两者有着共用的创意语言。平面空间的魅力不仅仅在于它画面上的各种组合形式的新颖与独特，更在于平面空间所表达的深刻内容与它所传递给观者的复杂的心理感动，这便是平面空间内在美之所在。

（一）内容与形的构成

内容与形是构成中的重点问题之一。在传统的设计中，我国的原始宗教对于图腾的崇拜，受到当时的宗教与政治的影响。在新石器时代，新陶器的装饰图案上充分体现了内容与形式的统一，从传统出土的彩陶中，以半坡彩陶盆为例，彩陶以旋转的鱼纹为图案，充分表达了盆与水，以及水与鱼的图形关系。在现代广告设计中，北京奥运会的会标，使得"人、运动、北京"的主题在图形中充分体现出来，图案与内容高度一致。在现代设计中，图案与内容越来越不可分割，内容决定了形式，形式表达了内容。一切成功的图案设计，无论是具象的还是抽象的，作者都需要借助图案来传递他所想要表达的内容（见图2-12）。

（二）形态与心理

现代人背负着种种难以克服的心理矛盾，人类的欲望和创造仍然不能够满足既有的形态。他们的眼光锐利，耳朵灵敏，更想透过外在看其内在，听其本质。形态的内在美和心理有着密切的

图2-12　内容与形

关联。正方形、三角形和圆形在我们的心中有着不同的反应。如埃及金字塔的造型给人以崇高、稳定之感；而悉尼歌剧院的造型给人以优美之感。不同的平面和立体形态也会唤起对不同时代的感受，而人类创造的形态也都代表了各个时代的不同审美心理，但这种造型变化总是随着时代科技的变化而发生变化的。

（三）平面空间与传达

传达是人与人之间，由符号来传递意思的过程。从广义上来看，传达不仅仅是人与人之间的思维传递，也包括人与生物之间、人与自然、人与环境及个体内的传达。个体内的传达是指人或生物对刺激的反射运动，我们对此会作出反应并且决定自己的思考和行动的方向（见图2-13）。

1. 构成的空间营造

（1）时空的场。构成作为视觉艺术创作实践的手段，时空理念的突破尤为重要。我们生活在空间里，存在于时间中。空间是指我们与这个空间产生关系的场，场包含了第四维——时间的展开。可以概括为：

1）空间与意念有关。空间大小是天外有天，意念可以摆脱空间的羁绊。一个意念一个空间转换，绘画的空间也是意念的空间，精神的天地。

2）空间中的重力。人对重力已经不知不觉地习以为常，物体的轻与重，是由物体本身的质量与不同地心引力大小引起的。

3）时间因空间不同而不同。时间的快慢、长短由所处的空间决定，也由运动速度决定。时空的长短、大小以主体对客体的关系而言，具有相对性。

（2）营造空间。罗丹在《罗丹艺术论·遗嘱》中说："一切大画家都是探测空间的，他们的力量就在这一厚度中"。达·芬奇说："画家的首要任务是使对象凸现在平面上，好像一个突出的实体"。平面的画面，对于创作者就好像打开画面的窗，表达出心灵的空间深度，从而进入画面。平面上的立体空间表达能力，是作为从事视觉艺术设计的造型能力体现。素描是造型的限制性的真实训练，即要将对象本质看出并在画纸上表达。

（3）超时空表达

1）大小之辨。我们可以将静物当风景去画，风景当静物去画。空间的大小是对于限制的范围对比而言的。壶中别有日月天，以"壶中天地"的空间原则去完成视觉游戏式创作。

2）极度颠倒常见物体的大小。超现实、非理性、梦幻觉的精神空间创造。

图2-13 平面空间与传达

3）多种地心引力在画面中并存地自由组建（见图2-14）。

2. 构成的图底交融　虚体与实体就是空间的物体与背景，即图与底，也就是正形与负形。这两者是画中互为依存的一个东西的两个方面。空体与实体在画面要产生交流互动，两者发生关系，形态才活，才有生气。共形就是利用这种交流互动，达到视觉的运动倾向，从而产生第四维时间的幻觉。

在教学中打通学生图底关系，领悟知黑守白、计白当黑、图底一体、图底交融，才能进入现代设计之门。意到笔不到，利用观赏者完成图形，更具有创作者和观赏者的空间互动活力。

回到平面是为了画面构成的安定需要。马蒂斯的野兽主义作品，回到平面的安乐椅效果，是"即能险绝，复归平淡"的纯真童心，虽然有意不表现立体空间，但是具有驾驭图底关系的整体力量。有没有平面上的时空营造能力，就意味着平面空间有没有经过有效的训练，达到为专业打好设计基础的目的（见图2-15）。

图2-14　空间营造

二、平面空间的结构美

平面空间构成的结构有许多组合的形式美，这些形式是平面空间构成结构的外在表现，也是形成平面空间结构美的主要因素。空间的几何体充斥着我们的日常生活。我们生活在三维的空间中，空间几何体的美感与组成形式的变化可锻炼空间想象能力。通过平面空间设计的结构美可锻炼对空间理解的能力和创造能力，利用若干个长度相等的图形可制作丰富的空间结构。

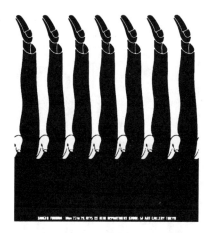

图2-15　图底交融

（一）重复构成结构

重复是指同一形态或同组形态连续有规律地反复出现，是构成的一种简单形式。重复的形式因素在于自然界，万物周而复始的更替，波浪的起伏，植物、动物的相同形态都有整齐化、秩序化的规律。重复形式既符合统一的规律又符合人的审美心理。在各种设计中，这种形式运用非常广泛，如建筑中的柱子、窗户，室内的墙面肌理、地板、地砖，街道的路灯和栏杆等，这些重复的排列形成了和谐统一而又富有节奏感的良好视觉效果。

重复有助于加强人对形象的视觉记忆的作用。一个并不显眼的形态，如果反复在画面中出现，就会给人带来强烈的冲击，从而给人留下深刻的印象（见图2-16）。

（二）近似构成结构

近似是指平面空间中形态的接近或相似。在我们所处的自然界中，很难找到绝对相同的东西，事物都是在相对近似的状态中

图2-16　重复

图2-17　近似

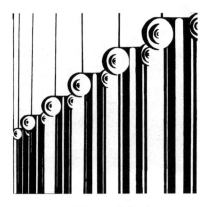

图2-18　渐变

图2-19　变异

并存的。所谓相同，只是其差异的程度不易被人察觉，而处在近似中的形态会有明显可见的差别。近似构成形式中的基本形，就是把重复构成中的基本形进行轻度的变化，但又保持有规律性的整体感。近似又可以分为具象近似和抽象近似。近似的变化是对原始形态进行正负、大小、方向、色彩方面的轻度改变，这种变化的强弱需要特别注意，要保持同类同族的关系（见图2-17）。

（三）渐变构成结构

渐变，是指基本形或骨骼逐渐地、规律性地循序变动。渐变的规律远比近似严格，渐变能表现事物形态发展的过程，能给人以富有节奏、韵律感的审美感受。在日常生活中，渐变是一种常见的视觉现象。自然界的许多物象都是在渐增或渐减的变化之中，如月亮的圆缺，向日葵的果实排列，水母、海胆、贝壳的形状变化，植物的枝节生长，人的成长衰老过程等现象，无一不充满着渐变的规律。渐变的表现手法广为运用，它符合自然秩序和生命的运动规律，能表现时间变化和强烈的空间感，是令现代人心有所动的形式规律。渐变有形状渐变、大小渐变、方向渐变、色彩渐变、增减渐变等（见图2-18）。

（四）变异构成结构

变异是在重复、近似、渐变等构成形式规律中，有意识地出现一个或数个不合规律的基本形或骨骼单位，从而突破了规律性的单调感，产生强烈的对比效果。变异又称特异。变异的因素，在自然形态中到处存在着变异构成形态，如绿叶丛中的花朵、星空中的月亮、沙漠中的骆驼等，都是鲜明的变异对比。变异对比通常使小部分与整体秩序不合，尽管这种变化有大有小，但不管程度如何，都不应该失去与整体的联系。重复、近似、渐变注重的是整齐有序的规律，我们在欣赏这类作品时感到轻松愉快。然而人的审美需要是多方面的，为了追求一种视觉刺激，就需要我们在单调中创造奇特，平淡中制造高潮，变异正符合了这一审美心理需求。在设计中它通常能够制造出一个视觉中心，创造新鲜、生动的视觉效果而引人注目（见图2-19）。

（五）对比构成结构

对比是一种自由的构成形式，是指两种以上的事物之间能看出明显的差别，我们称之为对比。对比是针对调和而言，是在差异中倾向于"异"，即强烈的对照，如老幼、黑白、大小、冷暖、虚实、粗细、强弱等。对比就是把它们这些性质相异的东西并列在一起，相互构成对照关系，以显示或突出各自的特性。而调和是在差异中趋向于"同"，它强调事物的一致性。对比的方式很多，在二维平面空间设计中，对比给人带来的视觉惊喜也很不一样。因此，在二维平面空间设计中，不妨大胆地运用对比手法，来不断发现和创造新的对比效果（见图2-20）。

（六）密集构成结构

密集是较为自由的构成形式。它是将基本形态按密集与疏散、虚与实、向心与扩散的方式进行组织而成的构成形式。

密集结构有方向性和目的性。基本形态向某一点集中或向某一空间扩散都能形成密集的效果，最密或最疏的地方常常成为整个设计的视觉焦点。在现实生活中，我们也会经常看到一些密集的现象。如塔顶上的鸟群、池塘里的鱼群、十字街口的人群等。在构成艺术创作中提到"一形坐落，众形相随"说的就是密集的构成原理。密集构成形式没有明确的骨骼线，其形态可以自由地散布，但是要符合自然的节拍和心理的内在节奏，表现出有目的、有方向的运动感，这样才是密集构成结构美的体现（见图2-21）。

图2-20　对比

（七）放射构成结构

放射构成形态是自然界中存在的普遍现象，如太阳光的放射、蒲公英植物的放射等，如果我们仔细分析这些现象，就会发现，无论何种形态的放射，形态都必须有包含重复或渐变的性质，并有一个明确的中心放射点，也可以说放射是重复构成的一种特殊形式。

放射构成结构主要包括两个重要因素：一是放射的中心与放射线，二是形体方向的选择。在这两个因素中，中心的确定又是首要的，它是放射组合方式的先决条件。放射形态的中心可能是一点，也可能是多心点的放射，而中心的确定和多中心的编排位置设计是同样重要的。另外，放射的方向必须要有一定的规律。放射的几种最基本的形式有：螺旋式放射、同心式放射、不规则放射、多焦点放射、中心留白放射和放射中基本形态的重复等（见图2-22）。

图2-21　密集

三、平面空间的视错觉

平面空间的视错觉及视觉心理，在正常情况下，人们总是能够正确地辨别和认识身边的事物，但是在特殊的图形环境下，加上多种因素的干扰，也会使我们的视觉产生错误的判断。本节主要对视错觉进行一些解剖。发现平面空间的视错美，有利于学生在今后的设计中能够有意识地运用或避免错视现象对形体和环境的影响。对于一个正方体而言，我们凭借视觉经验，总是认为垂

图2-22　放射

直的线要大于水平长度的线。原来由于垂直线与水平线的摆放位置不同，影响了眼睛对它们的长度辨别，认为它们有长短之别。类似这种情况，如果不进行进一步的分析、理解与测量，单凭视觉经验就认为它们的属性不相同，这种视而不"见"的识别现象，在构成中我们称之为视错觉。在构成中，视错的表现由多种构成因素制约。一般来说，造成视错觉的原因有以下几种：由视觉生理机制的中枢神经引起的心理视错；由视觉生理机制中的感觉神经引起心理上的视错；由外界刺激物传递的信息引起的物理性视错；在不同的文化背景下，产生的经验上的视错；由形态对比所产生的反作用下的视错。视错或多或少存在于形与形相互比较的关系之中，只不过有时我们主动地去运用，有时则不自觉地去表现。

（一）视错的分类

从整体上来看，视错的形象是复杂多样的，它受生理、心理、环境、文化等多种因素影响，但是从其构成视错的成因可把它归纳为以下几种视错现象。

1. 透视造成的视错　近大远小，近实远虚，这是透视规律的最基本认识，这种认识也指导着我们观察事物和判断事物的角度选择。当平面构成设计出现两个或两个以上的相同形体，会由于它们所处的透视线范围不同，而使人感觉上它们有所区别，并产生大小有别的错觉感。如：在手绘室内设计效果图时，由于初学者无法克服透视造成的视错，总是把远处物体画得比实际要大很多（见图2-23）。

2. 环境的差异造成的视错　在同一个画面里，只要构成的单位不是单个的形态，它必然会受到其他形体的影响。另外，由于人们对形与形的关系判断受视力引导的因素制约，往往也会使相同的形体在不同的环境中产生大小、高低、前后等错误性辨识。如：三个圆都有相同长度的直径，但由于环境变化，即在正方形、三角形、菱形的对比影响下，产生了不同直径的视错觉（见图2-24）。

3. 对比产生的视错　对比可以强化形体的各自特点，如在直线与曲线的对比下，直线更直，曲线更曲。形体间的相互比较，必然会给视觉带来强烈的刺激。因此即使相同的形体，在完全相反的背景衬托下，也会产生大小不同得视错觉。

4. 曲线造成的视错　曲线是一种非常活跃的线形，它往往有强烈的运动感和方向性，但这种性质的曲线进行群组排列构成时，会使并置其中的直线、直面发生弯曲。在构成设计中，曲线

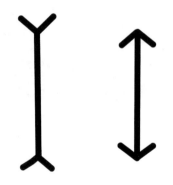

图2-23　透视错觉

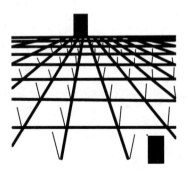

图2-24　环境错觉

的视错原理是受形的异性相斥影响的（见图2-25）。

5. 视线集中造成的视错　如果图形中的视线集中为一点或多点，图形构成有着很强的向心性或离心性，受这种视觉引导作用，任何的直线在与之相结合时都会产生视觉上的弯曲感。除线形之外，任何具有稳定性的形体也都会产生不同程度的改变。

6. 角度造成的视错　线与线之间，形与形之间，线与形之间的相交都会产生角度。对于锐角而言，图形的视觉引导具有很强的方向性，而钝角的压力迫使图形向后退缩。角度造成的视错是指在不同角度的范围内，受不同视觉牵引力影响而产生的视错觉现象（见图2-26）。

7. 由位置造成的视错　由于人们习惯看东西从左向右，从上到下，受这种习惯的影响，即使相同的形体也会因为放置不同而改变其大小或长短。在通常情况下，相同大小的物体在不同位置中，总会产生上面大、下面小、左面大、右面小的错觉。如前面所提到的正方形因为其位置的横与竖关系，很容易错误地得出其长短，感觉竖线要比横线要长的错觉（见图2-27）。

8. 由斜线造成的视错　斜线是一种方向性很明确的线形。如果在由斜线组成的形体上放置静态的图形，则直线必然会受到斜线的影响，使其本身具有明显的方向性和运动感，甚至会产生弯曲的视错现象。在构成中，认识和探讨视错很有必要，它将在今后的设计中使我们能够主动地而不是被动地控制形与形的关系，达到有意识地表达与传递图形信息的目的。

（二）对平面的空间视觉规律

1. 平面中的视觉　在垂直方向上，由于地心引力即重力关系，人们习惯了从上向下观看；水平面上，人们习惯从左向右观看，这与文字从左向右常见排列方式是一致的。这样一来形成了在有限平面里，观看者视线落点为先左后右，先上后下规律。相应地，平面不同部位成为对观者吸引力的不同视域，据其吸引力大小依次为左上部，右上部，左下部，右下部，所以平面左上部和上中部可以称"最佳视域"（见图2-28）。

2. 运动中视觉　人们观看除了定点相对静止地审视对象外，更多的是运动和参照，即移步换景，多视角，多方位感知。展示设计中，观众在展示空间中的行走轨迹也被称为"动线"。动线不仅是空间位置变化，也是时间顺序体现。这种动线不仅在展示设计中，在室内设计、建筑设计中都需作为一个不可忽略的因素加以考虑。设计在依据设计主题、内容、主次、节奏时，通过诸如空间分割、景点分配、标志导语等安排观众动线时，也必须考

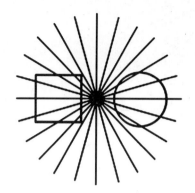

图2-25　曲线错觉

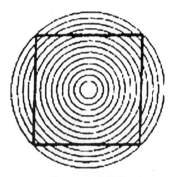

图2-26　角度错觉

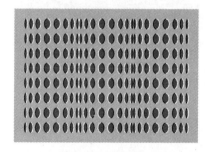

图2-27　位置错觉

图2-28　平面视觉

虑观众视知心理（见图2-29）。

3. 视觉质感 任何事物都是一个整体，组成该事物各个部分相互联系，互为依存。事物各个特性的感知也与其他特性感知相联系，从而在一定条件下，人们可以通过视知觉把握到事物一些相应的其他感觉的特性。正因为生活经验和知识储备，人们才理解事物视性与非视觉特征的联系，才可能"直接观照"到对象重量、质地、温度等。视觉心理学家德鲁西奥·迈耶把上面这些现象称为"视觉质感"。这一术语最简单的描述也就是我们看到的质感。这种视觉质感吸引我们亲手去摸或同我们眼睛很接近，通过质感产生一种视觉上的感觉，这其实同样适用于一件雕塑、建筑作品，也适用于室内装饰设计、陶瓷设计、工业产品设计等，同样适用于质感出现的其他场合。当然，看出质感有赖于诸如粗糙、光滑、坚强等相对具体的体验。在多数情况下，设计产品受众触觉是通过"视觉质感"调动起来的，或者说首先被调动起来，再由他亲手触摸加以验证（见图2-30）。

第三节 二维平面的空间表现

一、构成的空间

空间是二维平面空间设计的一种视觉形式，它们的主要内容是研究和利用形的组合，在二维的平面内产生三维立体的空间效果。重点研究空间形成的条件和空间构成的几种形式，目的是通过学习平面空间的多种表现形式来认识二维平面空间，同时丰富自己的构成语言。

（一）空间感的构成

这里所说的空间是相对平面而言的。平面与空间的关系总是非常微妙的。虽然从图形本身来讲，它永远都是处在平面上的，但是它与图形背景同时存在时，在形与底的条件下，就会产生一种空间感。从这种角度我们可以看到，平面与空间并不是造型的要素，也不是造型的目的，它是形的组合方式从而给观察者的视觉产生某种空间层次或延伸的感觉，达到丰富而饱满的视觉效果。另外，空间和时间总是紧密联系在一起的，立体物体的空间可以凭感觉和触觉直接感受到空间性，时间性的空间却需要人们自身的体验才能够获得。平面二维上的空间表现，只能是人对形组合关系的一种感知认识。

在二维的平面中解释空间的意义，我们可以称之为错觉性的认识。有的时候这种错觉与幻觉的含义分界并不是很清楚，不过

图2-29 运动视觉

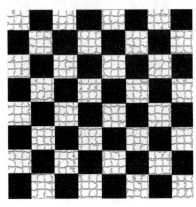

图2-30 视觉质感

从本质上讲，错觉与幻觉有很大的差异。幻觉主要是指"知觉到有某种东西好像是物质的存在，而实际没有感觉刺激来自那个地方"。而错觉则是"有一种实际的感觉刺激，不过它是被错误地知觉了，而且在经验中被错误的歪曲所支配"。在平面上所形成的立体形象和三维的空间概念都是错误性的，靠视觉感受所创造出的三维空间的效果，是构成的特殊目的之一（见图2-31）。

1. 构成空间的特征　在构成的空间设计中，空间只是创作者在平面上所表现的假象，或者就像我们前面所说，平面中的空间是一种错觉，其本质还是平面。从理论上来讲，空间有真实的物理空间和平面上被人们构造出来的视觉假象空间，平面空间又叫二维空间，立体空间又叫三维空间，如绘画是二维空间艺术，雕塑和建筑是三维空间艺术。要了解构成空间的特征，首先应该明确空间的本质。现实意义中，只有三维的物理空间才能够算是真正的空间，二维的平面空间只是人们为了达到某种目的而构建的一种视觉假象。

物理空间是物体同感觉它的人相互之间的关系所形成的，这一相互关系主要是通过人的视觉所确定的。在日常生活中，人们也经常无意识地创造空间。在一幅构成或平面设计作品中，画面的空白部分有时候会占有很大比例，空白的部分在画面上控制的得当，就能使得画面有虚有实，有疏有密，这样在某种意义上也在平面构成中营造了一种空间感，这也是构成空间的一个特点，抓住这个特点我们就可以很好地表现构成设计中的空间设计了。

构成空间是创造意境、产生联想的条件。中国画强调计白当黑，画面中应该留有尽可能多的想象余地，而不是在画面中无秩序地铺张，罗列现象。形态以外留有空白，让观众的想象去补充空白，为设计增添新的内容，使得无画处皆为妙境。这种如同中国画里对空间的敏锐感受也同样成为现代设计才能的重要标志之一。

2. 不同组合的构成　不同的组合通过虚实、大小的变形进行重复构成是表现平面空间的一种常用手段。利用不同组合的重复构成可以很好地表现二维平面空间。不同组合的重复构成的最常用方式为重叠构成方式。

在自然界中，构成中把物体分为透明、半透明与不透明三种。在色彩中，光的混合总是越混合越亮，而颜料的混合总是越混合颜色越灰，越混越浊，这是我们都知道的常识。在构成中，无论是半透明还是全透明物体，无论是形体相同还是不同的物体，只要它们之间彼此有重叠部分，就必然产生前后的距离感。

图2-31　空间感

运用重叠时有一些最基本的规律：以光的原理进行重叠，重叠部分变亮；以半透明的物体重叠，重叠部分变暗；以全透明的物体重叠，则在画面中呈现环叠；以不透明的物体重叠，画面中则产生压叠；以相同液体物体进行重叠，重叠的两个形可产生容叠。我们利用这种视觉现象，结合形的渐变、大小、疏密，就可以自然地在平面中表现出空间感。

3. 发射中心的构成

（1）发射的概念。发射是基本形或骨骼单位环绕一个或多个中心点向外散开或向内集中的一种特殊重复。自然界盛开的花朵就属于发射的形状。另外，发射也可以说是一种特殊的渐变。它同渐变一样，骨骼和基本形要作有序的变化。但是，发射有两个显著的特征：其一，发射具有很强的聚焦，这个焦点通常位于画面的中央；其二，发射有一种深邃的空间感，光学的动感，使所有的图形向中心集中或者由中心向四周扩散。

（2）发射构成的形成。发射是骨骼的构成因素。发射骨骼的构成因素有两方面：发射点即发射中心，焦点所在。发射点可以是一个也可以是多个，可以在画面内也可以在画面外，可以是大的也可以是小的，可以是动的也可以是静的。发射线即骨骼线，它有方向（离心、向心或同心）、线质（直线、折线或曲线）的区别。

（3）发射骨骼的种类

1）离心式。基本形由中心向外扩散，发射点一般在画面的中心，有向外运动的感觉，是运用较多的一种发射形式。由于基本形的不同，它有直线发射和曲线发射等不同的表现形式。

2）向心式。基本形由四周向中心归拢，形成发射点在画面外的效果。

3）同心式。基本形层层环绕一个中心，每层基本形的数量不断增加，形成实际上扩大的结构，呈扩散形。

4）多心式。基本形以多个中心为发射点，形成丰富的发射集团。这种构成效果具有明显的起伏状，空间感也很强。

离心式、向心式、同心式、多心式在实际设计中可以组合使用，对不同形式发射骨骼进行叠用，或者是不同发射骨骼与重复、渐变骨骼的叠用都可以取得丰富多变的效果，给人以有强烈的视觉冲击。但要注意结构单纯、清晰、有序方能取得良好的视觉效果。

图2-32　发射的空间感

（4）发射骨骼与基本形的关系。在发射骨骼内纳入基本形，基本形纳入发射骨骼内。采用有作用或无作用骨骼均可，但基本形元素排列必须清晰有序。利用发射骨骼引导辅助线构筑基本形，使基本形融于发射骨骼中，突出发射骨骼的造型特征。辅助线可以在骨骼单位中勾画，也可以是某种规律性骨骼（重复、渐变）与发射骨骼叠加、分割而成。以骨骼线或骨骼单位自身为基本形，基本形即发射骨骼自身，无须纳入基本形或其他元素，完全突出发射骨骼自身。这种骨骼线简单有力（见图2-32）。

（二）以数列为依据的构成

数列在构成中也被广为运用，数字图形即指数字化的构成设计。利用数字规律组织图形的长度、面积、大小等量化指标，进而形成构成的逻辑化形式。由于这种形式的构成往往带来可测量性、准确性，数字构成就显得严谨理性，其美感的形成源于多种数字的变化与组合，最宜表现某种节奏感与韵律感。

1. 等差数列　等差数列是数列中比较简单的一种，数字的一些简单排列，如1、2、3、4、5、6…，这组数字就构成一组简单的等差数列。它反映到构成设计上就是形体面积的大小与渐变。具有等差数列的一组图形构成，节奏简单，秩序明显。

2. 等比数列　等比数列是指一组比例因子相同的数字排列。等比数列反映到平面构成的图形上，往往是指图形面积的渐变或形与形之间的相似。

3. 费波纳齐数列构成　在一组数据中，后面一个数字等于前面两个数字之和，这一组数字就称为费波纳齐数列。它在构成的的图形中运用广泛，其所形成的节奏充满韵味，如1、1、2、3、5、8、13…，数列的动态趋势明显，犹如物体运动中加速度的感觉。如：费波纳齐数列应用在建筑中，就会给人一种向上挺拔的动感冲击力；应用在水平方向，则有明显的速度感。与等比、等差数列相比，费波纳齐数列更加具有动态的节奏韵律感。

4. 黄金分割构成　1:0.618被人们称为黄金分割比值，反映在视觉图形上，形体匀称舒适、不刻板。优美人体的比例关系，恰好是遵循黄金分割的数字比例，将整体与局部的数字美发挥到极致。黄金分割比例的做图方法，主要是通过矩形的分割寻找直线段的黄金分割点。另外，数列分割图形也可以形成图形渐变的节奏美感（见图2-33）。

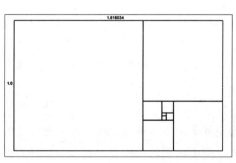

图2-33　黄金分割

二、平面空间的无理图形

（一）矛盾空间

在构成的图形中，如果观察物体的两个视点不同，会产生两个或两个以上的立体形。如果把这些在不同角度观察到的物体图形融合在一起，也就是说，物体图形的展示可以体现多个视点的视觉效果，如同时看见上、下、左、右各面仍然与在右的左面重合。这种形态结构的空间存在方式在平面构成中叫矛盾空间。矛盾空间不是简单的模棱两可，这是矛盾空间与后面所说的暧昧空间的最大区别。由于矛盾空间形成的顾此失彼的现象，消失与出现相互转换，同时相生，若想把它用实体的三维模型来体现是不可能的，因此又有人把矛盾空间称为是"不合理的二维空间"。又因为这种空间的存在形式在二维空间中有着多种意义，所以人们又叫它"多意义的空间"（见图2-34）。

矛盾空间实际也是一种错觉空间，是图与底反转现象的一种延伸，是构成中利用视错来表现客观世界中无法存在的空间，形成在现实中无法模拟的真实感。矛盾空间的主要形成方式有以下几点：

1. 遮挡与透明　用绘画技法，把本该被遮挡的形画出来，产生透明感，违反视觉规律便产生矛盾空间。

2. 透视规律的逆运用　透视规律是人的眼球的特殊结构决定的。有意识地违反近大远小规律或改变表现纵深感的斜线组合方式，也会产生矛盾空间。

3. 改变观察顺序　面对比较复杂的物体，我们习惯从左到右，从上到下观察，其间会多次改变视觉中心。如果在构成中把图形划分，各部分单独具有真实性，最后再通过共用线、面违反视觉规律编排组合，这样就产生了耐人寻味的矛盾空间。

在现实生活中，人们对任何事物的认识和知觉过程都不单单是被动接受的过程，人们对图形的观察都有自己主观性的一面，就如艺术家们在各种抽象画中的表现。虽然说在大部分情况下，矛盾空间形体具有的矛盾性容易被察觉，但是在有些时候，这种矛盾性却以自发的状态发生，并不是以人的主观意志为转移，所以，在观察矛盾空间时应该对其进行认真的理解和分析，尊重人们对图形的主观反映。

（二）视错觉空间

视错觉空间是在二维空间中产生三维效果的一种非常常见的方式，前面所说的在二维空间中运用各种构成方式达到某种视觉感受目的的方式大多源于视错觉空间的产生。人的视觉会随着观

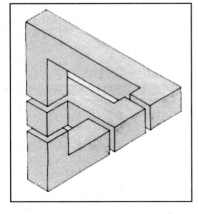

图2-34　矛盾空间

察图形的各种角度变化和形体上的变化而形成许多微妙的差异，视错觉空间正是设计师运用人的视觉的这一特点，在二维平面上创作出一些给人以三维空间感假象的图形，来欺骗人的眼睛以达到产生视错觉空间的目的。视错觉空间根据其产生的原因主要有以下几种形式：利用曲线形成的视错觉空间；利用渐变、重复造成有规律的曲线转折和曲线按一定的方向运动，会使组成的形状产生三维空间感，并且这种空间将使曲线本身具有韵律，使渐进、活跃和展开等性质得到进一步加强。

空间的构成形式除了以上所述外，还有许多构成手段，并且它们都具有各自的特点，如：正负空间、多视角空间等。不管是何种空间，它们都是非实体的，必须利用点、线、面的不同组合，如斜线、斜面、斜点以及形的翻转、面的演变、形的渐变等。因此，对空间的认识和掌握不能一味只从现实的空间意识进行对照性转化，还应该从形体的不同构成角度，以及人的空间体验出发，利用形体间的存在方式去创造空间，使在平面中体现出来的空间表现得让人信服，并且引导人们的视线随自己的设计意图去改变，达到自己想要的效果（见图2-35）。

利用虚实产生空间：对各种物体而言，虚与实是相对而言的。一般"实"的物体是边界很明确，刻画相对细致，大多数是呈现封闭的状态。它的特点是形象充实，特征比较突出，不易被其他物体同化。而"虚"的形一般是指边缘线相对模糊，部分形呈现开放或半开放状态。"虚"的形给人们的感觉是它总表现出一种似是而非、模棱两可，并极易被相邻形同化的特征。在构成中虚实的存在本身就能够给人一种空间距离感。人们常常欣赏雾中的西湖，雨中的山水，其实这些景象给人的意向就是模糊朦胧，强调虚形的后退感、实形的前进感，它的本意就是虚与实产生的特定空间，给图像笼罩一种神秘与特殊感。有意识地利用这些处理手段，往往会给人一种奇妙的空间感受。在具体处理虚实形体时，实形一般是明确形的整体结构或轮廓边线，而虚面则由模糊的轮廓排列组合而成，线的面状排列或者断续虚线容易构成虚面。

（三）暧昧空间

在构成选用的图形元素，如果同一形象有两种不同的感受，如一种情况下，某一棱角、边缘或面是向前的，另一种情况下，则又变成了向后的状态。类似这样的形体在自身的矛盾空间中形成的空间情景，我们称之为暧昧空间。暧昧空间形式的主要特征是形体的模棱两可性，这一点也正是与矛盾空间多视角共存性

图2-35　视错觉空间

的最大区别。暧昧空间形体的安排一般是突然改变物体形体方向，但形体的特征又没有什么过大的变动，在这样的情况下，视觉不易找到重点，因此必然会产生一个寻找重点的过程，在这个过程中发现的形体空间的模棱两可，也就是暧昧空间的特征存在方式。正因为如此，暧昧空间的形成在另一方面与矛盾空间还有一个共同之处，就是都依赖于观者注意力和分析方式的改变（见图2-36）。

图2-36　暧昧空间

三、空间表现的构成方法

1. 利用点创造空间

点是二维空间到立体空间构成中的基础形态。它可能是一个位置，一个连接处，一个视觉上的细部。点在结构中是一种相对概念，有大点与小点之分。大的点有时能产生面的感觉。点的面积在构成中是最小的，但在视觉张力上，作用却是惊人的。体现的张力的大小并不以元素的大小来区分，而是与点在结构中的位置有关（见图2-37）。

2. 利用线创造空间　线在造型学上的特点是表达长度和轮廓。在立体构成上，虽然没有几何学意义上的线，但只要它的粗细限定在必要范围之内，与周围其他视觉要素比较，能充分显示连续性质，并能表达长度和轮廓特性的，都可以称为线。根据其存在的状况可分为积极的线和消极的线两种。所谓积极的线是指独立存在的线，如绘画中的线条。所谓消极的线是指平面边缘或立体棱边的非独立存在的线。线的构成方法很多，或连接或不连接，或重叠或交叉。依据线的特性，在粗细、曲直、角度、方向、间隔、距离等排列组合上会创造出无穷的效果（见图2-38）。

3. 利用面创造空间　面在立体空间构成中是一种多功能的形态，既可以作围合的材料，又可以起分割空间的作用。透明的、半透明的和不透明的面会在空间中担负不同的视觉效果。面的围合、半围合和分割使结构空间产生变化，能化整为零，也能内外呼应；能拆大为小，又能以小见大。尤其是面的装饰和加工，会使面的视觉空间有更多的张力（见图2-39）。

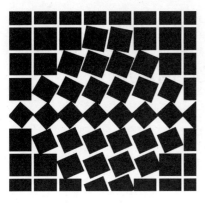

图2-37　点创造空间

图2-38　线创造空间

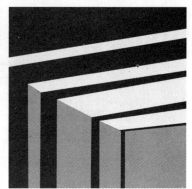

图2-39　面创造空间

4. 不同组合创造空间　打破单一基本元素的构成方法，追求立体架构中形态的多变性，造成由多样视觉元素带来的丰富视觉，是一种综合的构成。作为综合构成的元素，可以由某一种元素作为主体，即以线构成为主或块构成为主，然后再组合以其他的构成方式。在很多的立体空间构成中，单一的形态构成会产生朴素的韵律，简洁明白。而多种视觉元素的出现，在形态的组合上要复杂得多。每一种元素都存在自己独立的视觉张力，所以要从整体上把握这些元素，就必须有视觉层次和主次之分。其实，对每一种元素来说，它们的视觉特性都是不同的。例如，线状的材料更多的是形的轮廓、空间的划分，而点状的材料则更多的是位置、装饰、空间的变化。从这些特性出发，在结构上调整材料的形态、色彩、位置，使之适合于整体的视觉，就能事半功倍（见图2-40）。

图2-40　综合创造空间

☞ **思考题**

①怎样利用二维平面空间构成的美学原理来进行二维平面形态空间设计？

②发射中心的构成有哪些种类？怎样通过它来强化在艺术设计中的表现？

③哪些属于二维平面空间中的无理图形构成？怎样来运用并应用到主题性设计作品中？

☞ **作业**

①自命主题在尺寸为16cm×16cm的方格内以正方形、长方形、圆形来营造2幅视错觉的空间构成。

②在尺寸为16cm×16cm的方格内绘制以数列为依据的二维平面空间构成。

第三章　二维平面空间设计的应用

☞ **本章学习关键点**

①充分认识和了解二维数技术的应用与图像分析。

②对数字虚拟现实的概念及方法能够灵活掌握和运用。

③熟练运用形式造型要素在各设计专业领域应用的原则和方法。

☞ **本章命题作业**

①找15张艺术设计类的数字图像，从中选出5张满意的图片，以300字来阐述图形与文字的显现方法并对图像加以分析。

②综合运用数字图像的基本构成原理，做5张有关形式造型要素的二维平面空间设计。

③运用2~3个二维平面空间设计思维类型分别描述"科技"、"成长"、"生态"三个主题，并用不少于200字的文字加以说明。

"设计"既不是"科学"也不是"艺术"。"设计"是人类三种智慧系统的综合协调，其组成的子系统或要素含有科学和艺术的成分。但是，不等于说设计是一枚硬币，其一面是科学，另一面是艺术。事实上，"设计"就如同人类是为适应生存环境等外因系统从而进化形成的一个"新结构系统"，是重组生命结构的"创造"，是有机的"生命体"。当有了一个构思，形成了一个设计概念之后，如何恰当地运用二维平面空间设计语言将其准确表达出来，这就需要遵循各艺术设计专业方向的组织原理，掌握一定的技巧并加以应用。

在科学技术高速发展的今天，新观念、新方式、新技术不断地变化着，书写方式与印刷文明正朝着计算机文明过渡。在艺术设计领域，设计师与大众已经形成了与以笔墨为主体的艺术表现形式相适应的认知能力。信息社会高速发展的今天，在新兴的计算机文化的感召下，作为设计艺术，应该面向新的艺术媒体，培养新的认知能力，使其设计理念、认知方式和审美情趣提高到一个全新的阶段。使用数字绘图软件进行效果图的表现，虽然能达到手工绘图所望尘莫及的效果，但也要付出较多的时间做大量工作。所以，在二维空间设计的实践中应根据实际情况和要求正确地选择、合理地应用。

第一节　二维数字技术的应用

随着计算机技术的发展，计算机硬件配置越来越适合处理高质量的图像，也给二维平面空间设计带来了新的创意技法和表现手段。计算机成为数字图形制作中重要手段和强有力的载体。辅助计算机设计的诸多软件已成为艺术设计学习与表现的主流。数字化绘图软件能把复杂的三维空间形象绘制在二维平面空间设计。设计师可以运用数字化绘图、数字化三维动态等手段，更加真实地反映室内外空间状态及构造、装饰材料的质感及光影等。

这种数字化绘图技术在艺术设计的后期制作修整阶段已体现出明显的优势。数字化图形技术能较写实地模拟真实的环境，直观反映空间的视觉效果以及材料肌理效果、灯光效果等，为客户的预期判断提供了更为可信的依据。数字化图形技术制作的效果图便于修改，可以在建模到成图的过程中，进行造型、色彩、质感等方面进行反复修改。这样既有利于设计师优化设计方案，也有助于多角度地展示设计构思和表述设计。二维平面空间的数字化图形技术的发展与软件开发的不断升级，使其在表现手法上具有丰富的表现力，能够表现出各画种的艺术效果。

一、二维平面与数字技术

随着科技的发展，现在的二维平面空间设计艺术越来越多地和数字化软件相结合，现在的许多和二维空间相关的设计与艺术创造也都依赖于计算机，可见，设计与新的计算机技术相结合已经成为现代设计发展的一种趋势，以下针对现代数字技术对二维空间的处理和制造进行介绍。

数字图像的基本概念

数字图像：指一个物体的数字表示，其中，像素就是离散的单元，量化的（整数）灰度就是数字量值，可以看成一个矩阵，或一个二维数组，这是在计算机上表示的方式。形象地说，一幅数字图像就像纵横交错的棋盘，棋盘行和列的数目就表示图像的大小，我们说捺印指纹图像大小是640×640像素，实际上就表示图像有640行和640列。棋盘的格子就是图像的基本元素，称为像素。每个像素一般都取0~255的整数，代表了这个格子的亮度。取值越大，则越亮，反之，则越暗。正是或明或暗、密密麻麻的格子形成了计算机上的指纹图像、人像和其他各种黑白图像。如果把像素值的大小看做地形的高度也很有意义，指纹图像的脊线和沟纹看起来就像凹凸不平的地形图。需要对以下几点术语有所了解（见图3-1）。

数字化：是将一幅图像从原来的形式转换为二维平面空间数字形式的处理过程。转换是非破坏性的，因为原始图像并未被破坏掉。数字化的逆过程是显示，即由一幅数字图像生成一幅可见的图像。

扫描：是对一幅图像在给定位置内的寻址，在扫描过程中被寻址的最小单元是图像元素，即像素。对摄影图像的数字化就是对胶片上一个个小斑点的顺序扫描。矩形扫描网格常为光栅，扫描过程即光栅化。

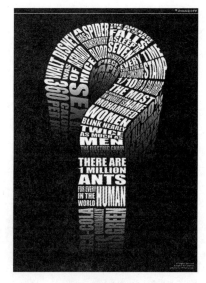

图3-1 数字图像

采样：是指在一幅二维平面空间图像的每个像素位置上测量灰度值。采样通常是由一个二维平面空间图像传感元件完成，它将每个像素处的亮度转换成与其成正比的电压值。

量化：是将测量的灰度值用一个整数表示。由于数字计算机只能处理数字，因此必须将连续的测量值转化为离散的整数。

数字图像的运算：①全局运算。对整幅二维平面空间图像进行相同的处理；②点运算。输出二维平面空间图像每个像素的灰度值，只依赖于输入图像对应点的灰度值（对比度操作或对比度拉伸）；③局部运算。输出图像上每个像素的灰度值是根据输入图像中以对应像素为中心的领域中多个像素的灰度值计算而得。

对比度：指一幅二维平面空间图像中灰度反差的大小。

噪声：一般是指加法性的污染（也可能是乘法性的）。

灰度分辨率：是指值的单位幅度上包含的灰度级数。若用8bit来存储一幅数字图像，其灰度级为256。

采样密度：是指在二维平面空间图像上，单位长度包含的灰度级数。采样密度的倒数是像素间距。

放大率：指二维平面空间图像中物体与其所对应的景物中物体的大小的比例关系。该定义只能用于线性的几何关系中，即在图像和景物中可以定义相同的测量单位，而且这个比例在全图中是一致的。

1. 矢量图形与点位图形（见图3-2）

（1）矢量图形（或几何图形）是对画面某个计算机指令进行有依据的分析而产生的图形。它不直接描述数据的每一个点，是间接的描述和分析而产生这些点的过程和方法，是用一组计算机指令描述来构成画面中的直线、矩形、圆、圆弧和曲线的长度、大小、形状、位置和颜色等各种属性和参数。在计算机屏幕上展现一幅画面时，首先要解释这组指令，然后将它们转变成计算机屏幕上显示的图形形状和图形颜色。

（2）点位图形（Bitmap）是描述画面中每一像素（Pixel）的亮度和颜色。

1）矢量图形的优点是：管理小块图像时，矢量图非常有效，容易对目标图像进行移动、缩放、旋转、拷贝、改变线条粗细和颜色等；可以作为构造图块存入图形库保留，加速图形的生长，减少文件大小；文件大小取决于图形的复杂程度。矢量图形广泛用于工程制图、广告设计、装潢图案、地图等领域。

2）点位图形的优点是显示点位图文件的速度快，缺点是占用存储空间大。

图3-2 图形

3）矢量图与点位图之间可以选用适当的软件进行转换。矢量图转换为点位图用光栅化技术，点位图转换为矢量图用跟踪技术（见图3-3）。

（3）数字图像。人们日常生活接触的二维平面空间图像都是连续的亮度和颜色变化的信息，即模拟图像。要用计算机处理图像必须将模拟图像用数字化方法转化为数字图像。

1）黑白数字图像。将二维平面空间上图像的连续亮度（灰度）信息转换为离散的采样点，再将得到的亮度值离散化为有限整数值。

2）彩色数字图像。颜色的基本概念：人眼看到的彩色光是亮度、色调和饱和度的综合效果。亮度是光作用于人眼对所引起的明亮程度的感觉，它与被观察物体的发光强度和人类视觉系统的视敏函数有关。色调是当人眼看到一种或多种波长的光时所产生的彩色感觉。饱和度指颜色深浅程度。即掺入白光的程度，饱和度和亮度有关。色调和饱和度统称色度。亮度表示彩色光的明亮程度，色度表示颜色的类别和深浅程度。

三基色原理：各种颜色，都可以由红（R）、绿（G）、蓝（B）三种颜色光按不同比例相配而成。同样，任何颜色光也可以分解成RGB三种色光，这就是三基色原理。也可以选其他三种颜色为三基色，只要其中任何一种都不能由其他两种颜色合成。人眼对红、绿、蓝三种色光最敏感，一般选定这三种颜色为基色，而称青色（C）、品红（M）和黄色（Y）为三基色的补色。

图3-3　图像

色彩模型：色彩模型是彩色图像使用的描述彩色的方法。一般的色彩模型有：RGB彩色空间，YUV彩色空间，YIQ彩色空间，HSL彩色空间，CMYK彩色空间等，这几种色彩模式有共同的优点：①再现性好。不会因存储、传输及复制而使图像质量退化，从而能准确地再现原图像。②精度高。目前的技术可得到精度足够高的数字化图像。原理上，对数字图像处理的精度没有限制。③灵活性大。凡可以用数字公式或逻辑表达式来表达的一切处理运算，都可以用数字处理来实现（见图3-4）。

2. 计算机图形学　计算机图形构成学（Computer Graphics，简称CG）是一种使用数学算法将二维或三维图形构成转化为计算机显示器的栅格形式的科学。简单地说，计算机图形学的主要研究内容就是研究如何在计算机中表示二维平面空间的图形，以及利用计算机进行图形计算、处理和显示的相关原理与算法。二维平面空间图形通常是由点、线、面、体等几何元素和灰度、色彩、线型、线宽等非几何属性组成。从处理技术上来看，图形主

图3-4　数字图像

要分为两类,一类是基于线条信息表示的,如工程图、等高线地图、曲面的线框图等;另一类是明暗图,也就是通常所说的真实感图形。

计算机图形学的一个主要目的就是要利用计算机产生令人赏心悦目的真实感图形。为此,必须建立图形所描述的场景的几何表示,再用某种光照模型,计算在假想的光源、纹理、材质属性下光的照明效果。所以计算机图形学与另一门学科——计算机辅助几何设计有着密切的联系。计算机图形学的研究内容非常广泛,如图形硬件、图形标准、图形交互技术、光栅图形生成算法、曲线曲面造型、实体造型、真实感图形计算与显示算法、非真实感绘制,以及科学计算可视化、计算机动画、自然景物仿真、虚拟现实等。

(1)图形的特性

1)图形是对图像抽象的结果。对图像进行抽象,必须根据某些原则、知识来进行。抽象结果是用图形指令取代原始图像,在格式上做了一次变换。

2)图形的矢量化使得有可能对图中各个部分分别进行控制。因为所有的图形部分都可用数字方法描述,使计算机可对其进行任意变换,而不会破坏图像的画面。图形变换灵活,处理上比图像有更大的自由度。

(2)图形的分类和表示

1)二维图形。即平面图形。组成图形的基本单位称为图元。它是图形中具有一定的较为独立的信息单位。若干图元的集合可以构成一个图段,使集合内的各图元具有一定的联系,便于编辑和处理。

2)三维图形。即三维空间的图形。在二维显示器上产生三维图像乃至具有真实感的图形,必须解决深度(第三维)显示、被遮挡部分的消隐、光照的变化、颜色和阴影显示、材质及纹理显示等一系列问题。

(3)常用的图形输入方法

1)通过数字化仪输入,用于输入已有的标准图。

2)通过鼠标器输入,对规则的图形数据,可在适当软件支持下,用鼠标器直接在计算机屏幕上生成。图形的输出可用绘图仪按矢量方式绘制,也可转化为位图形式,在打印机上输出。

(4)数字图像处理简介。图像像质的改善所用的技术措施为:

1)锐化。突出图像上灰度突变的各类边缘信息,增大图像对比度,使图像轮廓信息更清晰。

2)平滑。抑制噪声,改善图像质量。

3)复原。根据引起图像质量下降原因而采取的恢复其原来面目的措施。

(5)校正。校正由于图像采集系统非线性或者摄像角度导致的几何失真。

3. 图像分析 二维平面空间图像分析(Image Analysis)和二维平面空间图像处理(Image Processing)关系密切,两者有一定程度的交叉,但是又有所不同。图像处理侧重于信号处理方面的研究,比如图像对比度的调节、图像编码、去噪以及各种滤波的研究。图像分析一般利用数学模型并结合图像处理的技术来分析底层特征和上层结构,从而提取具有一定智能性的信息。从图像中提取有用信息,并对图像进行编辑、压缩。图形与图像的关系（见图3-5）是：

（1）图形是矢量的概念，基本元素是图元，也就是图形指令。图像是位图的概念，基本元素是像素。图形较抽象，图像更逼真。

（2）图形依图元的顺序显示，图像按像素顺序显示，与图像内容无关。

（3）图形可进行变换而无失真，而图像变换则会发生失真。

（4）图形能以图元为单位进行编辑、处理，而图像只能对像素或图像块处理。

（5）图形会丢失一些原型图像的信息。

4. 动态图像　动态图像是由多幅连续的二维平面空间图像序列构成的。每一幅图像以一定的排序，连续不断地更换就形成了运动图像的感觉。当每一幅图像是人工或计算机产生的图形时，称为动画。当每一幅二维平面空间图像为实时获取的自然景物图像时，称为动态视频（简称视频）。当每一幅图像为计算机产生的具有真实感的图像时，称为三维真实感动画（见图3-6）。

（1）动态图像的特点。二维平面空间动态图像易于交待事件的始末，具有更加丰富的信息内涵；数据量大，必须采用合适的压缩方法，才能在计算机中实现；帧与帧之间具有很强的相关性，它既是形成连续动作的基础，也是进行压缩和其他处理的基本条件；对错误的敏感性也较低；实时性要求高。

（2）重要的技术参数。帧速：NTSC制30帧/s，PAL制25帧/s。数据量：帧速×每帧图像的数据量（不压缩）。图像质量：与原始数据质量和数据压缩的倍数有关。

1）图像处理硬件主要通过数码相机、扫描仪、摄像机等设备进行图像采样，然后在应用计算机软件来编辑处理。

2）现代主要的图形、图像处理软件

①Photoshop图形处理软件支持多种图像格式和颜色模式，可以对图像进行修复、调整以及绘制。它还具备各种图像处理技术，如图层、通道和滤镜等，可以制作出各种特殊艺术效果。

②Painter IX（绘画巨匠）软件具有仿天然的绘画技术。它将传统的绘画方法和计算机数字化图形技术完整地结合起来，形成了独特的绘画和造型效果。

③Piranesi（空间彩绘大师）为我们提供了一个交互式绘图平台，其操作过程可以做到与设计师的思维同步，从而更好地进行辅助设计和表达设计。

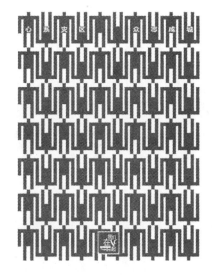

图3-5　图像分析

图3-6　动态图像

④SketchUp（建筑草图大师），该软件功能强大、操作方式灵活，设计师往往可以突破以往在二维空间进行设计的思路，以一个全新的建模理念和方法，即"智能"的理念，把设计效果图展现在我们面前。该软件的特点是可以启发创意，并将设计的每一个灵感快速地在屏幕上呈现出来，并合理地运用在设计中。

二、数字视像装置

每个时代的生产力特征都能影响到艺术特征，二维平面空间设计艺术对技术变化的态度始终处于既歌颂又质疑的矛盾之中。

影像及虚拟现实

所谓虚拟现实（Virtual Reality，VR），就是通过技术或设备模拟出一个可交互的、虚幻的三维空间场景。自从虚拟现实之父Sutherland1965年在一篇名为《终极的显示》的论文中首次提出虚拟现实系统的基本思想以来，已经过去了四十多年，但虚拟现实的应用还仅限于一些高端行业，例如国防军事飞行模拟、军事演习、武器操控、宇航探测、太空训练等。长期以来虚拟现实一直以"几何建模"为主，3DMax、Maya等CG软件的辉煌就印证了这一点。随着二维平面空间数字图像技术的发展，以三维全景逐步普及为突破口，"基于图像"的虚拟现实技术逐渐脱颖而出。三维全景以其真实感强、方便快捷等特点备受关注。

1. 数字影像　二维平面空间数字媒体艺术的技术基础是它们的一些运动的电子形象，计算机在此基础上可以对其进行再处理。正是由于二维平面空间设计的数字媒体艺术的电子属性，作为数字信号和电子信息的处理工具——计算机，无疑是对数字媒体艺术的发展起到决定性作用的媒介，在本质上是一种把影像及声音数值变成编码，再利用计算机的强大运算功能，执行自动化复制、处理与创作的机器。

数字影像装置是利用计算机实现在二维平面空间中表现三维并可运用空间的一种表现形式，随着现代计算机艺术的发展，各种数字影像处理软件不断涌现，在二维屏幕上实现的三维动画和电影效果也越来越精彩（见图3-7）。

2. 虚拟现实

（1）虚拟现实的概念。虚拟现实是二维平面空间数字技术不断发展的产物，也是人们利用数字技术在二维空间中实现三维技术的最重大突破。虚拟现实是近年来出现的高新技术，称灵境技术或人工环境。虚拟现实是利用计算机模拟产生一个三维空间的虚拟世界，提供使用者关于视觉、听觉、触觉等感官的模拟，

图3-7 数字影像

让使用者如同身临其境一般，可以及时、没有限制地观察三度空间内的事物。

二维平面空间虚拟现实是一项综合集成技术，涉及计算机图形学、人机交互技术、传感技术、人工智能等领域，它用计算机生成逼真的三维视觉、听觉、嗅觉等，使人作为参与者通过适当装置，自然地对虚拟世界进行体验和交互。使用者进行位置移动时，计算机可以立即进行复杂地运算，将精确的3D世界影像传回并产生临场感。该技术集成了计算机图形技术、计算机仿真技术、人工智能、传感技术、显示技术、网络并行处理等技术的最新发展成果，是一种由计算机技术辅助生成的高技术模拟系统（见图3-8）。

（2）虚拟现实的特征及应用。二维平面空间虚拟现实的主要特征是：多感知性、浸没感、交互性、构想性。

①多感知性。所谓多感知是指除了一般计算机技术所具有的视觉感知之外，还有听觉感知、触觉感知、运动感知，甚至包括味觉感知、嗅觉感知等。理想的虚拟现实技术应该具有一切人所具有的感知功能。由于相关技术，特别是传感技术的限制，目前虚拟现实技术所具有的感知功能仅限于视觉、听觉、触觉、运动等。

②浸没感。又称临场感，指用户感到作为主角存在于模拟环境中的真实程度。理想的模拟环境应该使用户难以分辨真假，使用户全身心地投入到计算机创建的三维虚拟环境中，该环境中的一切看上去是真的，听上去是真的，动起来是真的，甚至闻起来、尝起来等一切感觉都是真的，如同在现实世界中的感觉一样。

③交互性。指用户对模拟环境内物体的可操作程度和从环境得到反馈的自然程度（包括实时性）。例如，用户可以用手去直接抓取模拟环境中虚拟的物体，这时手有握着东西的感觉，并可以感觉物体的重量，视野中被抓的物体也能立刻随着手的移动而移动。

图3-8　虚拟现实

④构想性。强调二维平面空间虚拟现实技术应具有广阔的可想象空间，可拓宽人类认知范围，不仅可再现真实存在的环境，也可以随意构想客观不存在的甚至是不可能发生的环境（见图3-9）。

这些使操作者能够真正进入一个由计算机生成的交互式二维平面空间设计的三维虚拟环境中，与之产生互动，进行交流。通过参与者与仿真环境的相互作用，并借助人本身对所接

图3-9　虚拟现实的应用（一）

触事物的感知和认知能力，帮助启发参与者的思维，从全方位获取环境所蕴含的各种空间信息和逻辑信息。身临其境的沉浸感和人机互动的趣味性是虚拟现实的实质特征，对时空环境的现实构想（即启发思维，获取信息的过程）是虚拟现实的最终目的。二维平面空间虚拟现实技术的不断发展，在环境艺术设计领域得到了广泛应用并提供了极大便捷。二维平面空间的虚拟现实在环境艺术设计领域的应用如下：

1）在城市规划中的应用。城市规划一直是对全新的可视化技术需求最为迫切的领域之一，二维平面空间虚拟现实技术可以广泛地应用在城市规划的各个方面，并带来切实可观的利益：展现规划方案虚拟现实系统的沉浸感和互动性，能给用户带来强烈、逼真的感官冲击，获得身临其境的体验。人机交互，这样很多不易察觉的设计缺陷能够轻易地被发现，减少由于事先规划不周全而造成的无可挽回的损失与遗憾，大大提高了项目的评估质量。运用二维平面空间虚拟现实系统，我们可以很轻松随意地进行修改，改变建筑高度，改变建筑外立面的材质、颜色，改变绿化密度，只要修改系统中的参数即可。从而大大加快了方案设计的速度和质量，提高了方案设计和修正的效率，也节省了大量的资金。提供合作平台，二维平面空间虚拟现实技术能够使政府规划部门、项目开发商、工程人员及公众可从任意角度，实时互动、真实地看到规划效果，更好地掌握城市的形态和理解规划师的设计意图。有效地合作是保证城市规划最终成功的前提，二维平面空间虚拟现实技术为这种合作提供了理想的桥梁，这是传统手段如平面图、效果图、沙盘乃至动画等所不能达到的（见图3-10）。

2）在室内设计中的应用。二维平面空间虚拟现实不仅仅是一个演示媒体，而且还是一个设计工具。它以视觉形式反映了设计者的思想，比如装修房屋之前，你首先要做的事是对房屋的结构、外形进行细致的构思，为了使之定量化，你还需设计许多图样，当然这些图样只有内行人才能读懂。而虚拟现实可以把这种构思变成看得见的虚拟物体和环境，使以往只能借助传统的设计模式提升到数字化的即看即所得的完美境界，大大提高了设计和规划的质量与效率。运用二维平面空间虚拟现实技术，设计者可以完全按照自己的构思去构建装饰"虚拟"的房间，并可以任意变换自己在房间中的位置，去观察设计的效果，直到满意为止。既节约了时间，又节省了做模型的费用。

图3-10　虚拟现实的应用（二）

三、数字影像与虚拟现实的应用

（一）工业设计中的应用

当今世界工业已经发生了巨大变化，大规模的"人海战术"早已不再适应工业的发展，先进科学技术的应用显现出巨大的威力，特别是二维平面空间虚拟现实技术的应用正对工业进行着一场前所未有的革命。虚拟现实已经被世界上一些大型企业广泛地应用到工业的各个环节，对企业提高开发效率，加强数据采集、分析与处理能力，减少决策失误，降低企业风险起到了重要作用。虚拟现实技术的引入，将使工业设计的手段和思想发生质的飞跃，更加符合社会发展的需要。

（二）三维游戏中的应用

三维游戏是二维平面空间虚拟现实技术重要的应用方向之一，也为虚拟现实技术的快速发展起了巨大的需求牵引作用。尽管存在众多的技术难题，虚拟现实技术在竞争激烈的游戏市场中还是得到了越来越多的重视和应用。可以说，计算机游戏自产生以来，一直都在朝着虚拟现实的方向发展，虚拟现实技术发展的最终目标已经成为三维游戏工作者的崇高追求。从最初的文字MUD游戏，到二维游戏、三维游戏，再到网络三维游戏，游戏在保持其实时性和交互性的同时，逼真度和沉浸感正在一步步地提高和加强。我们相信，随着三维技术的快速发展和软硬件技术的不断进步，在不远的将来，真正意义上的虚拟现实游戏必将为人类娱乐、教育和经济发展作出新的更大贡献。

（三）展示设计中的应用

将二维平面空间虚拟现实技术应用于展示设计是一种理想的方法。这种设计成果的展示，既可以面向大众，作为宣传的需要，又可以将方案展示给业主，供其提出修改意见，及时修改，以增加方案的竞争能力。在设计阶段，利用各种建模工具，对其进行仿真建模（此时的模型比例为1:1），得到虚拟世界中该拟建建筑物的实体模型；而后按真实三维位置放置建筑物，同时考虑四周地形的轮廓；再次加上建筑细节，如门和窗设计，以便准确地表现该环境的美学特征。并综合编辑各种对象（文字、表格、图形、虚拟世界中用多维信息所描述的对象以及真实世界在虚拟空间中的映射），在其中增加动画和对象的动态行为。同时利用虚拟艺术制作工具和虚拟世界编辑器，形成一个存在于虚拟世界中拟建建筑物的"客观实体"。最后在各种输入、输出软件和设备的支持下就可以实现对该建筑物设计成果的预先展示，据此对拟建建筑物结构进行创建、修改和可视化（见图3-11）。

图3-11　展示设计中的应用

第二节　形式要素在现代设计中的应用

　　二维平面空间的形式造型要素可在许多设计领域中应用，如工业造型设计、服装设计、环境艺术设计等。

　　二维平面空间形式设计中的基础要素有两方面内容，即造型要素和关系要素。造型要素就是从无数综合设计中概括出的抽象要素，其中包括点、线、面、体、空间、质、色等内容；所谓关系要素就是指构成造型形式的各种关系机制，其中包括方向、比例、体量、明暗、色彩等内容。

一、造型要素

　　所谓造型要素（亦可称抽象要素、理论要素），是将无数实际工业产品以科学的分析方法，按其相对关系将其加以概括，分类得出的抽象形式，以利于简化和理性的方法来研究它们的特性和构成关系。在平面设计这个富于智性美的视觉体系内，纯粹而又基本的造型元素主要是点、线、面。它们犹如音乐中最有限的7个基本音符那样，一经被谱成乐曲就魅力无穷。在人类的设计艺术史上，以这类单纯的视觉元素触及艺术的灵魂、激发设计家们的天才智慧而设计出来的构成作品举不胜举。点、线、面作为构成艺术的设计要素，它神奇而又迷人，蕴藏着无限美的可能性，时时吸引着艺术设计家们那敏捷的才思与火热的创作欲望。

（一）点的造型要素

　　1. 点的造型意义与特征　点在二维平面空间造型艺术领域的运用非常有趣，它既不同于非物质存在意义上的点，又不同于书写中将点作为"语句之见过渡桥梁的内在意义的点"。

　　二维平面空间点的大小和形态会发生变化，而抽象的点所具有的相对影响也随之发生变化。从外在形态上看，点可称为最小的基本形态，但是不能说这是正确的规定。因为"最小的形态"其概念的正确界限是难于划定的——点有时扩大成平面。这是著名现代艺术家康定斯基对"点"的理论表述。对此，我们不难理解到点在二维平面空间造型艺术领域中相对于概念上的意义。

　　"点"作为最基本的造型元素，是始终在相对的意义上发生视觉上的审美作用的。例如，若要对某一圆点进行点元素范畴的界定，首先看它在画面构图中所占据的面积是否适宜，否则，有可能被我们将之界定为"面"的形态。一般而言，"点"相对于"面"，其面积必定较小，这一相对意义上的概念性把握是运用点形态进行构成训练的一个最基本的尺度（见图3-12）。

图3-12　点的造型意义

2. 点的线化与面化 在二维空间设计中界定"点"的主要依据是让点形态在相对个体状态下的较小范围内被确定的，然而，如果把这相对小的点形态（无论何种形状的点形态）予以秩序化的连接，那么，点的特征就会顿时减弱，进而被由点连成的虚线所取代。这时候，模糊的点形态本身失去了原有视觉感知的独立性，因而在造型表现中，点变成了一种间接的视觉对象。无论以何种形态作为点元素，只要将之纳入到线的轨迹中去，都可产生虚拟的线感觉。

点的线化是以点形态在紧密有序的状态下朝着相反方向延伸而成的话，那么，点的面化就是借助点元素由一个中心向四周扩张和反复衍生所得的结果。经过点的面化之后，点本身的造型意义也随之隐含于面的转化中。然而，这时的面只能呈现出朦胧和虚淡的特征，它和点的线化一样，成为作品中间接的表现对象。点的线化和点的面化在构成活动中将我们的设计意识指向了点以外的"线"和"面"，然而，不可忽视的是，点形态依然起到了造型意义上的决定作用。因为没有点元素的连续和扩展，虚拟的线和面都不可能产生，正因为如此，点的线化和面化在构成设计中已成为一种独特的表现手段，这在一些精美的二维空间设计作品中可以见到许多类似的范例。

3. 点的虚实构成 将二维平面空间点的形态运用于构成设计中，聪明的设计师常常对其虚实予以精心的安排。我们知道，虚实的处理在二维视觉中是相对并存的。然而，二维平面空间的虚与实在感知过程中由于打动知觉的强度是相对的，因此，它们无形中产生了对比。有意在点的构成中抓住这种对比关系，可使"点"在构成的巧妙、视觉的张力、刺激的强度等方面产生多样性的美感。

"虚"是简约、淡化、隐退乃至消失。在二维平面空间设计中，点形态的运用主要是根据作品主题内容和形式美感的需要而拟定虚实的。一般而言，被我们的视觉感知为虚的点形态有如下数种情形：

（1）处于同一族群关系中的点。这类点之所以有虚淡的感觉，是因为点的张力及强度被其周围同类点的群体（或类似同类群体）形态所"融化"的缘故。

（2）处于明度反差弱的背景上的点形态。这类点形态在构成关系中具有隐含的特征，仿佛处于昏暗灯光下难以一下看清某个事物的本来面貌一样。

（3）与背景同处于类似色彩状态下的点形态。这类点必须在整个作品中处于色调上的附属地位。

（4）模糊状态中的点形态。这类点形态易感虚淡的原因主要在于技法的制约，如那些用喷笔绘制的点、用各种利器刮出的点。这些点形态由于带给我们视觉的模糊特色，从而将点的视觉强度推至作品的次要地位。

"实"是指实在、强烈、突进和富于刺激的意思。在平面设计中，点的实在性往往通过如下几种情形呈现出来：

（1）与面并存于画面的单个点形态。这类点犹如音乐中的强音，给人一种优美的旋律乐谱，悦耳的听觉享受。

（2）与背景明度反差强烈状态下的点形态。这类点在构成关系中显得明亮、清晰、有渐趋逼近的实感。

（3）处在与背景呈补色关系下的点形态。因为补色对比的强烈度可将点形态拉到画面的显要位置。

（4）在视觉上感到有特殊意味的点形态。这类点由于新奇的造型特色而更加引人注意（见图3-13）。

4. 点的运用　点是最富有生命感的造型元素。一幅沉闷和僵化的设计构图，有了点的突破就可能会顿转生机。因此，设计家们总是对画面中的点形态进行精心组织，巧妙运用，使之在构成关系中扮演着生动多姿、神奇美丽的角色。

现代二维平面空间设计作品的实例可以深刻领会到"点"在构成设计中的审美强度。虽然通过构成作品的外在状态不一定能直接感知到点的张力效应，但构成眼前视觉形式的整体却是由点形态作为"基本材料"而形成的，就像我们走进无边的沙漠，想不到眼前的美景是由那微不足道的细小点状的沙粒构成的。由此可见，点的"内聚力"常常在作品中起着不十分张扬却又不可忽视的支撑作用。

（二）线的造型要素

1. 线的造型特征与种类　二维平面空间的线是由点的运动轨迹构成的。在几何学中，线是肉眼看不见的存在，而在一般的造型艺术中，艺术家对物象轮廓所采取的线条处理事实上也是一种人为的强调，因为线条具有分割物体轮廓的作用。

从形态的实在性与本质上看，线条的显著特征与点相比显得细而长。为此，我们有理由将极短的线条作为点来看待。然而，短线一旦朝着两端反向延长，就会成为典型的线条，并且，线条两端的尽头，同样可以理解为起点和终点这样两个隐含的点；反之，如果没有其他要素干扰，将两个点并置在同一画面，我们的眼睛就会习惯地将之连成一根想象的线端。这样的视觉经验是造型作画中"定点连线"的好方法。这一情形在直线构成中尤为如此。呈现于我们眼前的线条除其长度特征以外，还可将之分为直线、曲线、曲折线等类型。

（1）直线。直线主要以垂直、水平、倾斜三种不同的方向在作品中起构成作用。垂直线具有坚定、严格、阳刚和上下升降的感觉；水平线具有宁静、平寂的感觉；倾斜线具有动态、冲击和飞跃的感觉。

（2）曲线。曲线在平面设计中常以圆线、波线和任意曲线的面貌出现。圆线精密、压制；波线优美、柔和；任意曲线自由、奔放和洒脱，它们随着各自的特性在平面构成中发挥作用。

（3）曲折线 。曲折线是斜折线与曲线并用的线条形式。此

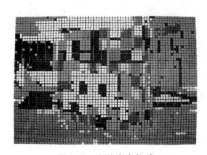

图3-13　点的虚实构成

类线条集直线的阳刚与曲线的柔美于一体，表现出直与曲线性结构的有机性。

2. 面化及其表现力　从二维平面空间设计造型的角度研究线的表现功能，最突出的一点就是线的面化。所谓线的面化，即通过线条在平面上演绎出的面感形态。其二维平面空间表现形式主要有两种：

（1）用线封闭形成的面形态。无论用直线还是曲线，只要将之达到封闭状态，即可化为"面"，这时，线的存在仅仅成了面形态的轮廓。然而，这一基于封闭线条下的面形态，如果不加任何处理，它必然属于一个轻盈、空虚的"面"。

（2）线在平行反复中形成的面形态。凡直线或曲线，只要线与线的关系呈平行状态并以此展开，那么，展开的结果必定为面形态，不过，由此而进行的面化同样感到虚淡（见图3-14）。

3. 线的运用　二维平面空间的线作为造型要素，在于它以自身形态的优雅、丰富而赋予设计作品以美感，并产生其深刻含义。如果从抽象的角度看待线的形态，它那相对细长的特征同时也成为作品情感表现的美妙符号之一。在二维平面空间设计作品中，线形态的表现方式多种多样，但更多情况下，线形态是以造型、技法、构成的方式取得画面的新颖、精美而为作品营造出一种另人遐想不已的韵味。

（1）注重用线造型。将线条作为二维平面空间设计作品的主体而构思造型，最终以线形态成为画面的主要形象，这些形象常常以抽象的结构形式出现，显示出线形态在二维平面空间设计作品中的造型特色。

（2）突出线形态的技法效应。有意把线条纳入技法范畴进行艺术处理，使之成为作品中重要的形态与氛围要素，进而加强线在偶然、自由等技巧状态下的表现力。

（3）强调线形态的构成形式。淡化线的孤立性，把线性结构下的形式力量置于作品的主体地位，或有时将线推至画面空间层次的次要地位，使线条的结构形式从含蓄的意境中迸发力量。

（三）面的造型要素

1. 面的造型特征及性格　面在二维平面空间设计中属另一种重要的造型要素。面具有充实的块状美丽和丰富的表现特征。它在设计家造型意识的支配下可产生出无限的具有设计意义的面形态来。从概念上说，面是相对于点而存在的面积较大的形态要素。面在二维平面空间设计作品中显现的丰富"表情"正如线的变化能表现出许多耐人寻味的情感特性一样。例如，面的色调变

图3-14　线的面化

化可使画形态的质感细腻、柔和；平涂的面显得纯净而饱满。

面形态的特征往往是在特定的构合方式中形成的某些性格色彩。因此，面形态的性格之美应从它那不同的组合方式中才能充分感受到。例如，面的组合、面的体化、面的隐视、面的进深、面的虚拟、面的扭曲等组合方式都能将面的特征及"性格"反映得清楚、透彻。

（1）面的组合。在二维平面空间设计中以面形态为主体，并将之作出大小变化和疏密有致的群体构成。在这种场合下，面的单纯性和有机性可使作品呈现简洁、明了的审美性格。

（2）面的体化。要求面与面通过构成设计向立体和空间状态转化，经过转化的面形态充实、有力，且富有厚重的性格特色。

（3）面的隐视。把面形态置于不直接触目的画面部分，这种隐视状态下的面形态显得含蓄而富有诗情画意。

（4）面的进深。避开孤立状态，以群构的整体力度将面的组合形式向纵深发展。面的进深处理能把美的焦点集中到作品的中心位置，使之产生一种内敛的性格之美。

（5）面的虚拟。指在平面设计构成中以其他要素（如点或线）作出面感安排，最终达到虚幻、朦胧美的一种性格效果。

（6）面的扭曲。在二维的平面上将面形态作出具有三维空间感的扭曲构成，处于这一设计手法下的面形态，无疑会产生一种抽象与奇趣的特性来。

2. 面的体化与量感　面的体化在二维平面空间设计中不必受到客观透视的显示，只要在面与面的构成关系中强调其变化与节奏，体感就会自然生成。也就是说，面的体化必须依靠不同面形态的相互组合才能生成，其间可不同程度地借助透视原理以增加体感的强度。无疑，面的体化是面与面相互紧密构成的结果。

图3-15　面的体化

量感往往是设计家用以把握画面平衡感的重要概念。然而，由于形成量感的视觉对象不同，导致它在视觉分量上的悬殊性必然因要素不同而各有差异。就点、线、面三种要素来看，点的量感强度需在点的聚集中获得；线的量感强度也要通过线的紧密排列才能得到；而面的块状感本身已充满了分量的强度，如果再涂上深色，便能在视觉上获得绝对的量感优势。

面形态的量感强度虽然有时与打动视知觉的强度成正比，但在不同的构成条件下往往成反比，因为量感强度与视知觉强度不是同一个概念。此外，当面形态在构成中进入体化状态后，其量感也必然随之加强，这时，如从作品的整体上看，其视觉强度显然厚重（见图3-15）。

3. 面的运用　面形态在二维平面空间设计作品中的运用非常广泛，无论是商标标志、包装装潢，还是招贴广告、插图设计都离不开面形态的构成与设计。"面"在现代各项二维空间设计中充当的重要角色主要有两个：一是造型；二是空间（画面中形象以外的负形态）。

（1）充当造型角色的面元素。面形态在二维画面中所担任的造型角色比之点和线形态显得更为稳重和单纯，这一特征在较大面积的抽象造型中尤为突出。

（2）面形态与空间的融合。人们更多地关注作品中的形态造型——即点、线、面等构成的形象，而不大注意画面"非形象"的空间部分。因此，这些似乎游离于画面主题的形象之外的面形态，无形中对作品的空间意境作出了强烈的烘托，成为融合于二维平面空间的"负面"造型，在平面造型的背景层面上发挥出更加巧妙而独特的审美效应。

二、关系要素

所谓关系要素，就是在各种形式要素之间进行构成时，必然产生的多种相互作用的联系。而这些联系有各种不同的作用机能，通过分析和研究了解它们各自的效应，可以更好地应用到初步的形式构成之中。如二维平面空间设计中的距离、量度、方向、角度、位置、比例、对位、节奏、韵律等关系问题。

1. 距离关系　所谓距离，就是指各造型要素在空中的远近关系或称疏密关系。在以下的简图中可以看出，各直线的交叉点相互间具有不同的远近距离。同时中央部分有向心的集中倾向，而边缘部分则有向外扩散的离散倾向。中间的无方向感的距离为中和性要素（见图3-16）。

2. 量度关系　所谓量度关系，是指在空间各种形式要素中大小不同或体量不同的构成关系。不同大小的形式要素具有不同的量感，这种量感之间构成了二维平面空间体量的平衡关系。大、小、中间的形体为中和性要素。

3. 方向要素　所谓方向要素，即二维平面空间中的各种要素的主要运动倾向，对于构成整体空间效果具有重要作用。方向要素主要有水平方向、垂直方向和斜向三种典型形式，各种形式有各自不同的构成意义。

4. 角度要素　角度要素是相对于二维平面空间要素间的连接关系而言的。诸如90°相切的连接角度，一般情况下应当尽力避免，因为这种关系过于生硬、呆板。相反，小于25°的弱倾斜角度，由于它的个性不够鲜明、过于暧昧，因而也是不可取的。而45°左右的斜角连接才是最佳的理想构成关系（见图3-17）。

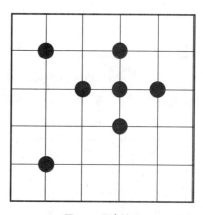

图3-16　距离关系

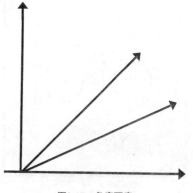

图3-17　角度要素

图3-18　比例关系

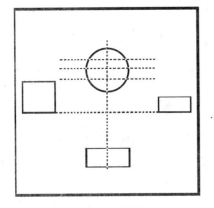

图3-19　对位关系

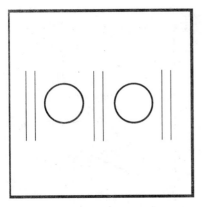

图3-20　节奏关系

5. 位置关系　所谓位置关系是图形在二维平面空间中所处的位置。应用最广泛的是主从的位置关系，也就是所要表现的主体在平面空间区域中处于主要位置，被称为主从位置关系。这种表现手法在艺术设计领域中应用最多。主从位置关系具有安定感和稳重感，相反的位置区域具有动感和上升感。

6. 比例关系　所谓比例关系，即二维平面空间形式要素之间要遵循一定的数比关系，也就是按均一单元构成的模数比关系，使不同向量的要素之间产生严谨的几何比率，进而构成形式的有机性。这是形式设计中的重要审美要素之一。图3-18中的各形式要素均按一定的模数形成的，使得它们之间产生了有机的秩序性。

7. 对位关系　所谓对位关系即在二维平面空间中，各形式要求间在位置上的对正关系。其中包括以下四种形式：

（1）心线对位。顾名思义，即各形式要素之间的中心线相互产生的正对关系，也称轴线对位。

（2）间接对位。与心线对位形式相比，这种对位形式也是轴线对位关系。其不同点在于，前者是直接对位形式，而后者则是间接对位形式。

（3）边线对位。所谓边线对位是相对心线对位而言的，它是相对于一个形式要素的边线与另一个形式要素的边线的对位关系而言的。这种形式又分为单边对位和双边对位，即两个形式要素之间的两个边线呈完全相对形式。

（4）心线边线对位。顾名思义，即一个形式要素的中心线与另一个形式要素的边线产生相对关系的对位形式。

研究形式的对位关系，目的是从位置上寻求形式构成的秩序，使形式设计具有良好的有机性。除简图关系外，可以从综合设计的实例中体验到这种关系在构成上的重要意义（见图3-19）。

8. 节奏关系　在二维平面空间形式设计中，节奏感会使人产生明晰和振奋的心理感受。节奏在形式要素之中起着鲜明的结构作用。一般是在各造型形式之中采用有规律的重复形式，常称之为"反复"。反复有单纯反复和变化反复两种形式。在图3-20中我们可以看到它们的二维平面空间构成关系。

9. 韵律关系　韵律和节奏有着不解的关系，节奏关系是形式要素有规律的重复，韵律则是有规律的变化。也可以说节奏是韵律的纯化，韵律是节奏的深化。形式要素的抑扬变化和起伏可使设计形式产生情绪的感染力和设计的生命力。大自然起伏绵延的山脉，大海涌动的波涛均是韵律要素的产生根源。从图3-21中可以清晰地看出这种关系。

三、形式要素在设计中的应用

（一）工业设计

工业设计的焦点是处理人与物、人与环境之间的关系，要求的是人——产品——环境之间的和谐。它不仅要满足人们物质功能的需求，还要满足人们的审美情趣，是受技术、工态学、美学诸多因素制约的，既要考虑人们生理上的要求，又要考虑人们心理上的要求，还要创造适合人类生存的空间。水壶，可以盛水，也可以烧水；闹钟，不仅能闹醒主人，更要为主人的"心情舒适"服务；家用电器，是人们普遍接触、使用的生活助手，家用电器的调节钮是主人和电器交流的纽带，不仅要美观和谐，更要方便快捷。如何设计和安排这些细节，使它的形式、色彩、表面处理都成为提示使用者操作调节方式的讯息，这就是设计者的"二维平面空间造型语言"。这些造型语言来自设计者对立体造型表达规律的把握与认识。

形状是指一件产品三度空间的造型，主要表现在产品的外观凹凸、起伏变化、形状特点等产品的主要构造限制，设计师应该巧妙地利用这些限制，优化造型。

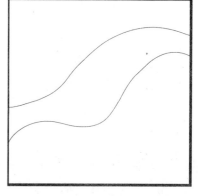

图3-21　韵律关系

（二）服装设计

服装设计是一种艺术，是一种"平面构成"和"立体构成"艺术，它是探讨二维平面空间形态（人体）与材料（面料与各种可应用于服装中的附件）之间关系和变化规律的一种形式要素造型手段。形式要素的构成原理的应用能够满足个性化服装的需要。因为无论面料、图案、纹样的设计，还是制作工艺上的一些褶皱的处理，无不渗透着立体构成的因素，现代时装设计大师对时装的颈部、肩部、胸部、背部、腹部和臀部以及全身的处理都大量采用了二维平面空间的形式造型要素——点、线、面；在空间表现上也采用了分割、对称、平衡、韵律、单位与群化等表现方法。同时还有目的地运用各种纽扣、拉链、线迹、绳带和饰物来实现立体构成在时装上的表现（见图3-22）。

（三）室内设计

人们利用二维平面空间设计主要通过对人们视觉感知的梳理达到有效传达室内信息的作用；二维平面空间设计原理的应用主要体现在让使用者能理解室内空间的构成变化。室内设计虽然是立体空间性质，但三维构思方案多数在二维的建筑界面上实施，如建筑内部作为主要手段的装修；室内围护界面如墙、地面、天

图3-22　服装设计

花板；建筑构件如门、窗、梁、楼梯等。平面主要用于墙面的比例分割、调节空间感受；地面铺流动性的线形地板以加强空间引导作用；天花板安装大小不同的灯光以丰富空间氛围。

室内空间是从内部把握空间，根据空间的使用性质和所处环境，运用物质技术及艺术手段，创造出功能合理、舒适美观的内部空间环境设计；创造出符合人的生理、心理需求，并让使用者能够愉悦地生活、工作、学习的理想场所。

（四）展示设计

展示设计是指将特定的物品按特定的主题和目的加以摆设和演示的设计。它是以信息传达为目的的设计形式，包括博物馆、科技馆、广交会、博览会和各种展销、展览会等，还有商场的内外橱窗及展台、货架陈设。现代展示是一个有着丰富内容，涉及广泛领域并随着时代发展而不断充实其内涵的课题。展示设计也是一个以环境艺术设计学科为主，涉及其他多种相关学科的设计领域。在设计方法和设计程序上，展示设计具有环境艺术学科相关的领域，如室内设计、公共空间设计、景观设计及视觉传达设计等方面的特点，同时又兼有自身的专业特征（见图3-23）。

（五）建筑设计

建筑中的一切因素都是为了创造一个良好的活动、生活空间。建筑的形态有着自身的特点，它包括对空间进行围合限定的立体形式形态。具备形态要素表达能力是进行优良建筑设计的前提和基础。建筑是把各种要素通过一定的规律和协调关系组合在一起，构成新的空间造型，使其具有视觉上的审美效果和使用功能。这种与现代二维平面空间造型设计的目标和原则一致，因此，通过系统的形式要素造型设计的训练，可以培养建筑师的二维平面空间想象力、审美力、表现能力和创造能力，从而掌握形式美的基本原则。在由形式立体要素造型设计向建筑设计过渡中，应强调对结构关系的训练。注重对力度、秩序、比例、节奏、体量、空间、意象等方面能力的培养和建立。各种二维平面空间造型设计的方法和手段都可以在建筑设计中得到应用和体现。

四、纯艺术与二维平面空间

（一）艺术雕塑

雕塑又称为雕刻，是一种立体的艺术形式，由石、木、金属、石膏甚至现代艺术中的纸、布等材料来建立、刻画或组装而成的艺术品。雕塑是人类最早的艺术形式之一，在石器时代就已

图3-23 展示设计

经有石雕艺术品了。随着二维平面空间科学技术的发展，雕塑的形式也越来越多。雕塑品可以分浮雕、圆雕、立雕等。在严寒地区还有冰雕和雪雕。雕塑由于用途不同，也分为架上雕塑、纪念性雕塑、装饰性雕塑、建筑性雕塑等。

1. **公共雕塑** 是一种三维空间造型艺术，具有具体的空间形式。雕塑运用艺术的概括、抽象、变化、夸张等各种表观手法结合空间环境，有序地组合构造富有节奏和形态美感的形式要素造型。雕塑的组合形式和各种构成原理、规律有着密切的联系，许多雕塑本身就是一件立体构成作品，二维平面空间构成中的许多概念性元素点、线、面都可以成为雕塑的语言。雕塑常常根据各种元素自身的特点进行组合变化，如通过对线进行扭结、抛向、回旋、缠绕等构成不同的雕塑形态。

2. **艺术雕塑** 雕塑艺术，是造型艺术的一种，又称雕刻，是雕、刻、塑三种创制方法的总称。指用各种可塑材料（如石膏、树脂、粘土等）或可雕、可刻的硬质材料（如木材、石头、金属、玉块、玛瑙等），创造出具有一定空间的可视、可触的艺术形象，借以反映社会生活、表达艺术家的审美感受、审美情感、审美理想的艺术。

（二）油画及版画

油画凭借颜料的遮盖力和透明性能较充分地表现描绘对象，且其色彩丰富，立体质感强。由于油画颜料不透明，覆盖力强，所以油画的绘画顺序往往由深到浅，逐层覆盖，使绘画产生立体感。油画起源于宗教服务，是西方绘画史中的主体绘画方式，之后逐渐被生活化，最著名的作品《蒙娜丽莎》就表现了一个普通妇女并广为流传（见图3-24）。

与国画、油画以及雕塑共同成为我国公认的四大画中的版画艺术，是最古老而又最年轻的画种。对比其他画种现状，中国版画创作表现出独立的民族意识与成熟感，成为中国美术中充满活力的画种。版画顾名思义，是画家运用刀、笔或其他工具，在金属、石板、木板、纸板、麻胶板、塑料板、绢网等不同板材上，按绘制、雕刻、腐蚀等方法制版，再通过印刷而完成的艺术作品均被称为版画。

（三）中国画

虽然说中国画不是抽象派，但实际上是带有抽象性质的，比如说"以形写神"、"借景抒情"，又讲"诗情画意"，即追求的是"神"、"情"与"意"。具体地说就是："写形"、"借景"只是手段，"写神"、"抒情"才是目的。因"神"、

图3-24 油画

"情"并无具象，当然是抽象的，关键是这个抽象是有客观的具象为依据的抽象，非是虚无的、纯主观的、空洞的抽象。中国画非常重视二维平面空间虚实关系的处理，往往在虚处作文章。

五、工艺美术

工艺美术就是美化生活用品和生活环境。目前有各种与它混用的相关概念。工艺美术从用途分，有生活日用品和装饰欣赏品；从制作分，有手工制作和机器生产，包括现代电子生产；从材料分，有陶瓷、金工、木工、漆器、染织等；从时代分，则有传统工艺和现代工艺等。正是对于生活用品和生活环境的美术加工，所以它的物质功能是第一的、基本的；美观则是第二的、从属的。在历史发展中，有的工艺美术品种已渐渐脱离实用而成为纯粹欣赏品，按其艺术本质，已脱离了工艺美术范畴而成为纯艺术（见图3-25）。

工艺美术是一种二维平面空间的边缘学科。它和以下诸学科有着密切的联系。

（1）功能学。从人的生理和心理的范畴研究人与物在使用过程中的各种关系，以更高效能解决实际问题。

（2）美学。研究工艺美术的造型美、色彩美、装饰美、材料美、结构美等。

（3）工艺学。主要指工艺材料和工艺技术，通过一定物质材料和制作技巧以充分体现其设计意匠。

（4）心理学。研究物品及环境在生活使用中的心理反映，特别是研究流行心理。

（5）经济学。研究有关工艺美术成本、价值以及动力、包装、运输等。

（6）信息学。研究历史信息、现状信息以及预测信息，为设计和制作提供科学资料、内容和形式。

第三节　思维模式及应用原则

二维平面空间设计的思维模式的探索是非常有意义的一项研究工作。原始人认为，人、灵魂、自然是统一的，原始人的思维是模糊的、浑沌的、直白而单纯的，原始岩画正是在这样的思维模式下创作的，它所体现出的人与自然的高度和谐统一，是后人所无法比拟的。绘画界认为，艺术的真正意义是把握简率单纯、表现强烈、结构明晰的创作思维和创作技法，其中很多艺术家如塞尚、梵高、高更、毕加索、克利、米罗等都崇尚原始艺术，

图3-25 工艺美术

塞尚曾把自己说成是一个具有新视觉的原始人。他们把原始艺术看做是创作灵感的来源之一，从中吸取营养。与其说他们崇尚原始艺术，不如说他们是对原始思维的崇拜，对不囿于功利和任何规矩的"无羁的想象力"的向往。

二维平面空间艺术设计思维是设计师在艺术设计活动中的创造性思维活动，是一种通过人的视觉感受将客观内容纳入主观心灵并予以对象化呈现的艺术形态。二维平面空间艺术设计的思维模式具有多样化和综合性特征，设计师只有了解各种思维形式的特点，培养将多种思维形式综合运用的能力，才能拓宽设计思路，创作出更有传达效果和创新性的作品。

一、二维平面空间设计思维

（一）二维平面空间设计思维的概念

二维平面空间设计的思维是指设计师在艺术设计的创意过程中，通过对生活进行观察、体验、分析，并对素材进行选择、提炼、加工，最终形成完整的艺术形象的艺术创造活动和创新思维过程。思维是指人们对自然界事物的本质属性及内在联系的间接、概括反映，是人类自觉地把握客观事物的本质和规律的理性认识活动。人类的大脑在进化过程中形成了思考能力和思维方式，并逐步由简单到复杂、由具象到抽象、由低级向高级发展，并在长期的思维活动中促进了语言、认识的发展。

二维平面空间设计的思维是一种通过人的视觉感受而将客观内容纳入主观心灵并予以对象化呈现的艺术形态。因此设计师在设计中常常运用富有哲理性、象征性以及关联性的手段使作品产生丰富的联想性与审美性，在传达信息的同时赋予审美的体验。艺术设计的创新意识不仅表现为对设计本身的创新，还表现在设计师对自己固有设计观念及能力的认识与突破，它有主观与客观两个层面。

（二）二维平面空间设计思维的特点

1. 对事物的认识与观察 艺术家罗丹曾经说过："美是到处都有的，对于我们的眼睛来说，世界上并不是缺少美，而是缺少发现。"自然界有丰富多彩的动物、植物和自然景物等并都有各自的美感和形态，但万物又有各自独特的属性和外在形态，即使同一种物体，也可能有不同的面貌。每个人的知识结构、智力结构和具体能力之间存在着差别，会造成思维结果的差异。深刻体会大自然带给人的情感交流和审美性，从对事物的观察中寻找灵感，发现蕴藏在普通形式下的细节与美感，捕捉转瞬即逝的知觉闪现，及时总结、归纳、提炼自然中的素材，是寻找创意灵感的源泉。

2. 丰富的知识与经验 从文字的演变过程中不难发现，无论中国的汉字还是西方文字，都是从原始巫术、舞蹈、绘画中逐步归纳、概括而来的，都经历了从具象思维到抽象思维的提炼过程。正是人类这种不断总结经验的能力，才能使知识得到延续和传承，才有了今天灿烂的文化与丰富的世界。一个优秀的设计师要善于学习，从实践经验中汲取营养，从经验积累中摸索事物的规律，同时还要善于总结，善于借鉴前人的经验，开拓自己的思路，扩展自己的视野，提高观察判断的能力，这样才能获得更宽泛的专业知识，提高解决问题的能力，拓宽设计思路，创作出更富有传达效果和创新性的设计作品。

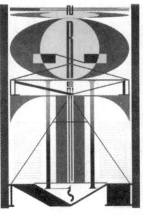

图3-26　多学科的综合

3. 多学科的综合与交融　作为一个设计师来说，如果只了解自己所从事的专业方面的知识而忽视其他知识的扩展与积累，那么二维平面空间设计艺术思维就会受到限制。艺术设计是一门融合了多种知识的综合性学科，设计师要注重在多学科、多层次知识的交叉中汲取灵感，把艺术、科学、生活等不同领域的知识与经验联系起来，从多种角度拓展思维模式，做到多学科知识之间的相互借鉴、相互影响、相互补充，从不同的角度寻找设计思维的理解与感悟，这样才能及时把握现代设计思维的发展方向（见图3-26）。

（三）二维平面空间设计思维的类型

1. 形象思维　形象思维是以事物的具体形象和表象为主要内容的思维方式。"形象"指客观事物本身所具有的本质与现象，是内容与形式的统一。所谓形象思维主要是用直观和表象解决问题的思维，其特点是具体形象性、完整性和跳跃性。形象有"表象"和"艺术形象"两层意思。表象是自然状态所形成的外部形态，如形状、色彩、质感、肌理等，而艺术形象则是在对表象进行分析、综合、抽象、概括之后形成的新形象。艺术设计的形象思维不是简单地观察和再现事物，而是将观察的事物进行选择、整理、思考和重新组合，是来源于自然而又高于自然的高级思维方式，是一个从自然形象、艺术意向到艺术形象的提炼过程。

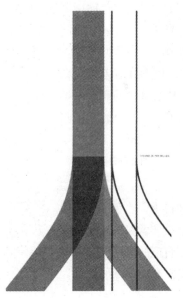

2. 抽象思维　抽象思维是以概念、判断、推理等形式进行的思维，又称抽象逻辑思维。其主要特点是把直观所得到的东西通过分析综合、抽象概括而形成概念、定理、原理等，从而揭示事物的本质和规律。这是一种从具象到抽象、从感性到理性的思维变化过程。

抽象思维可以分为经验思维和理论思维。人们根据日常生活中的生活经验和日常概念进行的思维方式称作经验思维。理论思维则是根据科学概念和理论进行的思维，它往往能抓住事物的本质和关键特征，得出相对准确的判断与结果，是一种由表及里的思维形式。抽象思维中的推理有归纳法和演绎法。归纳法是从个别事实到一般结论、概念、原理的方法；演绎法是由一般原理概念到个别结论的方法（见图3-27）。

图3-27　抽象思维

3. 发散思维　发散思维也称求异思维、扩散思维、辐射思维。它是一种从不同角度、不同方向和途径去展开思考的方法，是从同一来源出发探求多种不同答案的思维过程。它的主要特点是在思维过程中进行大胆的设想，摆脱固有观念的束缚，使思维活动向多方向扩展，从而获得新的创造能力。发散性思维能够在思维过程中为设计师提供更多新思路、新创意、新的解决方案和途径，为设计提供更加宽泛的设计灵感。

发散思维是二维平面空间艺术设计创造性思维过程的基本方法之一，它涵盖了一些具体的方法和技巧，主要包括纵横思维、逆向思维、质疑思维等多种方法。纵横思维法是将思考的问题对象进行横向与纵向的思维整合，从多角度全方位地把握问题的本质，既考虑事物内涵的纵深性，也考虑事物外延的拓展性，这样才能在横向和纵向两个层面更加宽泛地理解问题，从中挖掘设计思路和创意技巧。

4. 灵感思维　灵感也称顿悟，是人类创造活动中一种复杂的心理现象和精神现象，由于它常常具有偶然性和突发性特征，所以在思维形式中具有奇妙的神秘感。虽然灵感思维在二维平面空间设计创作思维形式中有着特殊的功能，但灵感思维的过程并不完全是偶然的心灵感应，而是来自于经验的积累、联想的升华、信息诱导等因素的诱发，属于厚积薄发的思维形式。古代画家看到竹影投射在窗纸上的影子而创作出墨竹的画法，伏羲看到白龟的纹样而推演出八卦，都是他们在长期的思索过程中受到某些因素的诱发而产生的顿悟现象，是思维积累的爆发，是偶然性与必然性的辩证统一。二维平面空间设计灵感思维的出现依赖于设计师长期的生活经验、艺术积累以及不断的思索，那些看似杂乱的思绪在思维的过程中突然得到了某些暗示和沟通，便产生了飞跃和升华，灵感也随之产生了（见图3-28）。

5. 模糊思维　同一般逻辑思维相比，模糊性思维具有灵活性或能动性的特点。"模糊是相对于精确的概念，泛指反映事物属性的概念外延不清晰，事物之间的关系不明朗，难以用数学的方法量化"的形式。模糊思维从表面上看似乎模糊，但模糊不是含混不清，而是辩证思维。模糊性思维克服了人们思维中的绝对化观念，是模糊性与精确性的辩证统一。艺术审美具有其不确定性因素，一个二维平面空间设计的艺术作品对于不同的欣赏者可能有着不同的心理感受。设计师要把模糊思维的概念应用到作品设计中来，不能将设计的目标对象绝对化，也不能把设计元素符号看成是绝对标准，这样才能使设计走出新天地，更富有宽泛的影

图3-28　灵感思维

响力。

6. 联想思维　联想思维就是按想法之间的联系引导思维，使概念或形象接近或相连的思维方法，是由一种事物想到另外一种事物的心理现象。

联想是二维平面空间设计创作中重要的思维方式，古代诗人曾留下"山雨欲来风满楼"、"飞流直下三千尺，疑是银河落九天"等富有意境的精妙绝句，西班牙超现实主义画家达利就经常运用超乎寻常的想象力，创作出大量使人们惊叹的富于联想的梦境般的美妙作品。在二维平面空间设计中联想也是非常重要的思维方式，设计师的联想能力越强，其创造性思维就越活跃。

7. 创造性思维　创造性思维是指打破常规、开拓创新的思维方式，是多种思维方式综合运用、协调统一的思维过程。在创造性思维的过程中，最重要的是提出问题和分析问题。创造的目的是创造新方法、开创新渠道、建立新理论，没有对问题的质疑就没有创新的根基。在提出问题的基础上加以分析和总结，这是通过各种思维方式来处理问题的过程，在这个过程中往往能产生具有创造性的新观点。在二维平面空间设计中，创造性思维离不开想象，要在二维平面空间设计中取得成功，就必须大胆地联想，尽情发挥艺术的想象力，把各种思维的形式与方法综合运用，把创新性、独特性、审美性作为设计的基础，这样才能创作出富有感染力的优秀作品（见图3-29）。

（四）二维平面空间设计思维的原则

1. 丰富的生活经验　艺术来源于生活，丰富的生活经验对提高事物表象的认识与记忆具有良好的作用。首先，要阅读大量的作品，文学与艺术作品中有大量的知识信息，是艺术家对生活的感悟和提炼，通过对二维平面空间设计作品的欣赏可以丰富艺术知识、增强审美能力、开拓艺术思维。其次，要积极参加社会活动，在社会活动中可以扩大视野，学习到更加广博的社会知识，增强综合运用能力，积累广泛、深刻、丰富的各种表象资料。

2. 勤于思考和总结　艺术思维是思维的高级形式，是将事物表象进行艺术化处理的过程。二维平面空间设计贵在创新，创新是在经验积累的基础上获得灵感，发现新的形式与规律，使作品在思想内涵、形式美感、制作手段等多方面得到完美的配合，设计师要养成勤于思考的习惯，具备善于总结的能力。要善于借鉴经验和理论，加强对视觉符号的理解与运用能力。人类文明的延续与进步的一个重要原因就是能将生活中的经验和知识通过符号传递给后人。二维平面空间设计过程其实就是艺术家对艺术符号

图3-29　创造性思维

的创造过程，要积极学习和掌握前人的经验和各种符号的意义，才能更好地形成抽象思维能力，继承和发扬人类文化。

3. 大胆设问和挑战 首先，要敢于提出问题，质疑的目的是提出新的看法与观点。没有质疑就不会促成新思想、新观念的诞生，因此要鼓励设计师对设计中的问题提出大胆的假设，并在实践中加以研究和完善。其次，要锲而不舍，善于钻研。钻研是一个艰苦的过程，需要耗费大量的精力，有时还要承受失败的痛苦，在学习中要有充分的心理准备。

4. 广开思路和综合运用 二维平面空间设计思维注重开发灵活多变的思维方式，是"在运动中求变化"的灵活思维方式。要在思维的过程中善于运用换位思考，多角度、多视野、多层次地分析问题，提倡标新立异，最大可能地发挥主观能动性。二维平面空间设计是多学科交叉的综合性学科，以人为本是艺术设计的重要设计原则，要使设计作品具有亲和力和感染力，就必须学会将专业知识进行综合运用，最大限度地满足消费者的物质与精神需求，将设计作为连接生产与消费的纽带，要让设计思维发挥出最大魅力，这样才能体现其存在的价值。

艺术设计思维不能只局限在艺术设计领域的思索和研究，要善于触类旁通，全方位、立体化、开放性地寻找设计思维，尤其是随着信息化社会的到来，视觉艺术的形式更加多样化和宽泛化。因此，艺术设计的思维要善于掌握各种思维形式的特点，要培养综合运用多种思维形式的能力，这样才能在二维平面空间设计中走出更加宽泛的艺术新天地（见图3-30）。

二、视觉思维模式

人的思维模式有两种：一种是资源导向式，另外一种是目标导向式。资源导向式思维模式从自己手头现有的资源出发，根据自己的能力和资源，正向推进，稳扎稳打，步步为营。它奉行眼睛只盯住自己的篮子，篮子里面的才是菜，篮子外面的都是别人的，君子爱财，取之有道的原则。目标导向式思维，做任何事情都从目标出发，根据目标的要求，规划实现目标的路径，明了实现目标的条件，并在实际工作中努力去发现，借助和创造实现目标的条件，按照路径一步步推进最终实现目标。这是一种反向思维方式，是一种倒退法，倒推资源配置，倒推时间分配，链接战略战术，链接方法手段。

（一）直线性联想思维

直线性联想思维是二维平面空间设计中最为常见的思维方

图3-30 综合运用

式，也是二维平面设计中最简单的思维方式。直线性的思维方式一般是指从各种物体和生活体验中经视觉感受所能够得到的最直接的思维方式，要求设计者对所要做的空间设计主题和大概的视觉感受有一个直接和感官的认识，并把自己的这种认识很直观地融入到自己设计的二维空间作品中。本节把直线性联想思维主要分为两种思维方式：直观的发散性思维和简单的联想性思维。直线性联想思维也称近似联想思维。在思维心理学领域中：直线性联想思维是指思维沿着逻辑思维调控——发散思维定向——联想思维提供材料——想象产生成果，这一串线性单向的方式进行心理加工。直线性联想思维是一种规律性较强，比较冷静、理智的思维方式，它的特点是直线性，也就是常说的不作横向或反方向的思维运动。直线性联想思维是一个重要的心理过程，它是学生设计创作过程中视觉形态主体对客体经过思维之后的提炼和升华。

（二）逆向性联想思维

逆向性联想思维法是突破思维定势，不采用人们通常思考问题的思路，而反过来从相反的方向去思考问题，解决问题的方法。逆向思维，也有求异思维的说法。它是一种反方向的、对性质相反或外形有鲜明对比的事物表象进行的联想。逆向性联想思维实质上是打破了直线性联想思维的一般规律，其思路不是直线，也不是曲线，而是反其道而行之。表现在设计上，往往采取和正常思维相悖的方式。

看到、听到、想到或接触到某个事物的时候，为了让思路打破常规、标新立异、与众不同，有意识地摒弃常规和常理，让自己的思路逆时针方向运行，达到出其不意、使人过目难忘的效果（见图3-31）。

（三）交叉性联想思维

交叉性联想思维，心理学界也称为发散性思维，还有专家称之为幻觉思维、超常思维。交叉性联想思维是把性质、外形、质感、功能完全不同甚至完全相反，完全没有任何联系的不同元素、不同客体、不同事物综合起来进行联想。交叉思维是极具创造性的一种思维方式，它打破了具象和抽象之间的束缚，超越了时间和空间的概念，冲破了各种材料的限制，调动了一切必要的手段来服从设计的需要。不论你通过什么样的表达方式，其目的只有一个，就是要将学生的激情、灵感直接表现出来。

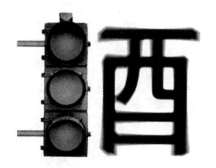

图3-31　逆向性联想思维

三、二维平面空间设计的训练

任何一个设计师，除了要掌握行业知识外，更应该具备一些必需的能力，如记忆、观察、思维、想象、创新、反应表达、研究、组织、协调和管理能力。这样，才能创作出有个性、有灵魂的作品。在二维平面空间训练中，这些设计师需要具备的基本能力都显得非常重要，所以大家在一开始进入设计领域的时候就要养成良好的思维习惯，平时应该认真积累，注重培养自己的各种思维能力。

（一）观察能力的训练

观察能力是设计师知觉形态中的意识，是一种有计划的活动。鲁迅说："如果创作，第一要观察。"如果说记忆是策划的基础，那么观察则是策划的关键。设计师在接受业主委托后，对市场产品和消费群体的研究，其主渠道是靠设计者的观察。若设计者缺乏对商品消费、竞争等趋势的观察能力，设计者就可能在错误的时间、错误的地点进行毫无根据的宣传。

观察是一个思考——认识——实践——再观察——再认识的过程，正像列宁说的："从生动的直观到抽象的思维，并从抽象的思维到实践，这就是认识真理、认识客观现实的辩证的途径。"因此，敏锐的观察能力是商业美术设计者取得成功的关键。

（二）思维能力的训练

思维能力是设计师对客观事物作出思考的能力。思维是一种客观现象，它为创造提供了广阔的活动空间。商业美术设计师必备的思维能力主要是抽象和形象思维能力。思维的过程是设计师对客观事物分析和综合的过程，经过分析、综合、抽象、概括、进而作出判断和推理，这就是设计师认识客观事物不可缺少的思维能力。良好的思维能力又包括对设计的创新能力、感性的想象能力和敏锐的反应能力。想象能力是设计师智能结构中最重要的部分。想象力是种思维能力，又有别于思维能力，设计师在进行设计时，只有插上想象的翅膀，才能达到艺术的高度。创新能力是设计师智能结构的核心，占有重要的地位。以创新为中心是设计的灵魂。没有创新，何来创意。创新能力就是指设计者在设计中提出新思想、新意境、新形象、新办法和新点子的能力。

（三）表达能力的训练

表达能力是指在设计计划时，表达自己观点和意见的能力，或在设计中，运用文案、计划将创意有效地表达出来的能力。表达能力包含说服力、解释能力、辩论能力、文字写作能力以及运用语言、表演的感染力等。有些设计人员在设计创意中想象极为丰富，但在表达时就发生了困难，这除了现代化的技术因素之外，人的表达能力不强也是设计创新的一个障碍。设计师不但必须具有高人一筹的审美能力，包括敏锐的观察、丰富的想象、灵活的构思，在综合审美上能领先于他人，而且要对其他艺术有广泛的爱好，这对于设计才能的发挥有着不可忽视的作用。

语言表述是人类天生所具有的最简便的交流方式，但在设计教育中，语言表述能力也常常被忽略，没有得到足够的重视。

四、想象与联想思维

想象和联想思维在二维空间设计中是不可缺少的重要方面，是决定艺术创作成功与否的重要条件之一。二维空间设计思维的训练首先要从想象和联想入手。艺术家的想象力除了天赋之外，后天的训练也是举足轻重的。因此，要让艺术家积极地开动脑筋，针对艺术创作中的主题、类型、手法、思想内涵、形式美感和色彩表现等方面，充分展开想象的翅膀，发挥艺术创作的想象能力，不拘束于个别的经验和现实的时空，而让自己的思维遨游于无限的未知世界之中。爱因斯坦说："想象力比知识更重要，因为知识是有限的，而想象力概括着世界上的一切，推动着进步，并且是知识进化的源泉"。与科学一样，没有想象力的艺术创作，是不可能有永恒的艺术生命力和艺术感染力的。

联想是人的头脑中记忆和想象联系的纽带。由人对事物的记忆而引发出思维的联想，记忆的许多片段通过联想形式进行衔接，转换为新的想法。主动的、有意识的联想能够积极而有效地促进人的记忆与思维。美学家王朝闻说："联想和想象当然与印象或记忆有关，没有印象和记忆，联想或想象都是无源之水，无本之木。但很明显，联想和想象，都不是印象或记忆的如实复现。"在艺术创作的过程中，联想与想象是记忆的提炼、升华、扩展和创造，而不是简单的再现。从这个过程中产生的一个设想导致另外一个设想或更多的设想，从而不断地设计创作出新的作品（见图3-32）。

联想有依据具体形象进行直接的、相关的联想形式，也有概念相近的或多种元素组合起来进行联想的形式，有的甚至是看似毫不相干的几个因素通过中间因素的转折达到联想的目的，事实上它们之间可能存在着某种内在联系，只不过这种联系并不是每个人都能够发现并运用的。

a）

b）

c）

图3-32　联想和想象

（一）独创性

在视觉艺术思维的领域中，二维平面空间设计的创作总是强调不断创新，在艺术的风格、内涵、形式、表现等诸多方面强调与众不同。不安现状、不落俗套、标新立异、独辟蹊径，这些都是艺术家们终身的追求。标新立异要求艺术家在艺术思维中不顺从既定的思路，采取灵活多变的思维战术，多方位、跳跃式地从一个思维基点跳到另一个思维基点。那些遨游在思维空间的基点，代表着一个个思维的要素，如在视觉艺术创作中需要考虑的风格、流派、色彩、图案、题材、材料或肌理等。多一个思维的基点，就多一条创新的思路，设计师要从众多的思路中寻找出最新、最佳的方案。

标新立异的二维平面空间设计思维训练强调个性的表现，任何艺术作品，如果没有独特的个性特征，则容易流于平淡、落入俗套。充分的个性表现属于个体及其对象，在于艺术创作的具体性、独特性和自由发展的意识。艺术创作的审美需求是不可重复的。对于同一个艺术形象，每个人的感受是不同的，各自都有自己的审美体验，表现出人们的个性特征。人们以不同的思维形式独立地进行思考，在心中建立起不同的审美形象。如画家们面对同一对象进行创作，所绘制出的作品仍会各不相同，因为每个人都有自己独特的心灵感受和审美体验。

（二）广度与深度

思维的广度是指要善于全面地看问题。假设将问题置于一个立体空间之内，我们可以围绕问题多角度、多途径、多层次、跨学科地进行全方位研究，因此有人称之为"立体思维"。这是非常有效的视觉艺术思维的方法之一，它让人们学会全面、立体地看问题，观察问题的各个层面，分析问题的各个环节，大胆设想，综合思考，有时还要作突破常规、超越时空的大胆构想，从而抓住重点，形成新的创作思路。

二维平面空间设计思维的广度表现在取材、创意、造型、组合等各个方面的广泛性上。从广阔的宏观世界到神秘的微观世界，从东方与西方的文化交流、传统理念与现代意识的融合，都是视觉艺术创作所要涉及的内容。在现代视觉艺术设计中，思维的广度似乎更加重要。有时设计一件艺术作品，不仅仅要依靠艺术方面的知识来指导，还要得到其他学科诸多方面的支持。如进行环境艺术设计时，设计师不仅要有艺术素养，还需要有建筑学、数学、人体工程学、人文、历史、环境保护等多方面的知识。

（三）流畅性与敏捷性

思维的流畅性和敏捷性通常是指思维在一定时间内向外"发射"出来的数量和对外界刺激物作出反映的速度。我们说某人的思维流畅、敏捷，则是指他对所遇到的问题在短时间就能有多种解决的方法，如在最短的时间里对某事物的用途、状态等作出准确的判断并提出最多的处理方法。据科研人员用现代化仪器测定，人的思维神经脉冲沿着神经纤维运行，其速度大约为每小时250km。不同的人其思维的流畅性和敏捷性是有区别的。例如，人们面对同样一个问题，有的人想不出解决的办法，有的人能作出十几种乃至几百种判断并迅速想出相应的处理方法。

思维的流畅性和敏捷性是可以训练的，并有着较大的发展潜力。如美国曾在大学生中进行了"暴风骤雨"联想法训练，其实质就是训练学生的思维以极快的速度对事物作出反应，以激发新颖独特的构思。在教师给出题目之后，学生将快速构思时涌现出的想法一一记载下来，要求数量多，想法好，最后再对这些构思进行分析判断。经过这方面的训练，人们发现，受过这种训练的学生与没有受过训练的学生相比，思维的敏捷性大大提高，思维也更加活跃。

（四）求同与求异

艺术的求同、求异思维，用一个形象的比喻，就是以人的大脑为思维的中心点，思维的模式从外部聚合到这个中心点，或从中心点向外发散出去。以此为基础，又引申出思维的方向性模式，即思维的定向性、侧向性和逆向性发展。对于艺术的思维形式来说，这几个方面都是进行艺术创作过程中非常重要的因素。了解、掌握并有意识地进行这种思维方法的训练，有利于我们在现代艺术创作中充分开发艺术潜力，提高视觉艺术思维效率和创作能力（见图3-33）。

求同思维与求异思维是二维平面空间设计思维过程中相辅相成的两个方面。在创作思维过程中，以求异思维去广泛搜集素材，自由联想，寻找创作灵感和创作契机，为艺术创作创造多种条件。然后运用求同思维法对所得素材进行筛选、归纳、概括、判断等，从而产生正确的创意和结论。这个过程也不是一次就能够完成的，往往要经过多次反复，求异——求同——再求异——再求同，两者相互联系，相互渗透，相互转化，从而产生新的认识和创作思路。

（五）侧向与逆向

在日常生活中常见人们在思考问题时"左思右想"，说话时"旁敲侧击"，这就是侧向思维的形式之一。在二维平面空间设计思维中，如果只是顺着某一思路思考，往往找不到最佳的感觉而始终不能进入最好的创作状态。这时可以让思维向左右发散，或作逆向推理，有时能得到意外的收获，从而促成二维平面空间设计思维的完善和创作的成功。

在二维平面空间设计中，逆向思维是常用的方法之一。如埃夏尔的作品《鸟变鱼》，打破了思维定势，将天上飞的小鸟经过渐变的处理手法逐渐演变为河水，而白色的天空逐渐过渡为水里的游鱼，鸟和鱼是图底反转的关系，画面自然和谐，耐人寻味。另一幅作品《瀑布》在构思上也采用了逆向思维的方法，利用透视的错觉，形成了水渠与瀑布的一整套流动过程，并在看似正常的图形中将局部加以变化，造成一个不合理的矛盾空间，仔细分析后得知这个画面是违背常规的。

图3-33　求同求异

（六）超前思维

在二维平面空间设计思维中，超前思维是人类特有的思维形式之一，也是人们根据客观事物的发展规律，在综合现实世界提供的多方面信息的基础上，对于客观事物和人们的实践活动的发展趋势、未来图景及其实现的基本过程的预测、推断和构想的一种思维过程和思维形式，它能指导人们调整当前的认识和行为，并积极地开拓未来（见图3-34）。

二维平面空间设计思维的超前思维有一个特定的发生、发展过程。人们在进行艺术创作之前，由于创意需要引发出对客观事物的感受、分析和认识，在此过程中，或以主观愿望为动机引起超前思维，或是某些思维活动以超前思维的形式进行，再去主导相应的行为活动。超前思维的形象联想、艺术想象是创作构思中能够促进艺术家、科学家开拓新领域的一个环节。二维平面空间设计创造的超前思维强调通过形象来反映和描绘世界。现代艺术创作除了艺术形式之外，还要与人们社会生活中的各个有关方面联系起来。超前思维训练能够帮助我们在二维平面空间设计创作的过程中积极主动地面向未来，并从幻想中寻找思路，在创新中实现理想。

☞ **思考题**

①为什么在二维平面空间设计中要体现数字图像，在设计中怎样运用才能发挥它的独特性？应用中应该注意哪些问题？

②怎样运用形式造型要素才能体现人性化的二维平面空间设计？怎样用它来强化艺术设计理念？

③不同的二维平面空间设计思维类型在设计中有不同的表达，在二维平面空间设计中怎么来体现？

☞ **作业**

①在16cm×16cm二维平面空间区域内以黑、白为主做展示设计的数字图像显现表达，要求二维平面空间设计表达有主体性。

②分别以点、线、面在16cm×16cm区域内做3幅有关形式造型要素的二维平面空间设计。

③通过联想与想象的学习，在16cm×16cm区域内以黑、白色为主做2幅有关求同、求异、侧向和逆向的二维平面空间设计。

图3-34 超前思维

第二部分　二维色彩空间设计

第四章　认识二维色彩空间

☞ **本章学习关键点**

① 充分认识和了解二维色彩学的特征、特性及二维色彩空间设计的处理手段。

② 熟练掌握对色彩的心理学、色彩的情感、色彩的联想及数字色彩的认识和理解。

③ 掌握色彩的配色理论在艺术设计中的应用。

☞ **本章命题作业**

① 用数码相机记录20张认为有色彩特征的相片，从中选出5张，用300字来阐述对色彩认识的观点。

② 找10张带有色彩的情感、色彩的联想的图片，从中选择2张，以300字从批判的角度来阐述自己对图片色彩的理解。

③ 应用本章相关知识点绘制1幅三维立体配色模型图，要求主色、配色、补色等相关因素明确清晰，有一定的美学秩序和章法。

第一节　色彩概念

色彩作为视觉信息无时无刻不在影响着我们的日常生活。美妙的自然色彩，能刺激人的视觉，感染人的心理，提供给人们丰富的视觉色彩空间。

一、了解色彩空间

色彩空间的训练目的是培养对于视觉色彩空间艺术形式的创造性思维方式。在色彩空间的训练中，对色彩理论知识的掌握尤为重要，这正如音乐创作需要首先掌握作曲理论一样。对于色彩的研究，是以物理学、化学、生理学和心理学等方面的科学知识为依据的。这些知识能帮助我们科学地认识色彩的性质、色彩的视觉规律以及对人的心理所产生的具有普遍意义的影响，也能帮助我们以色彩的科学知识为基础，进而从美学的角度去探讨色彩艺术空间的整体表现形式。

（一）色彩的物理学

色彩是从人对自然的知觉和心理出发，用科学分析的方法，把复杂的色彩现象还原为基本要素，利用色彩在空间、量与质上的可变幻性，按照一定的规律去组合各色彩之间的关系，再创造出新的色彩效果的过程，这是色彩物理学的第一步。

色彩是艺术设计的基础理论之一，与平面二维空间（平面构成）及三维立体空间（立体构成）有着不可分割的关系，色彩不能脱离形体、空间、位置、面积、肌理等元素而独立存在。在艺术设计专业基础教学中，色彩物理学能使学生较系统和完整地认识色彩理论、掌握色彩形式法则，是探讨色彩物理、生理和心理特征，并通过调整色彩关系以获得良好色彩组合与应用的重要支撑理论之一，也是艺术设计专业具有"方法论"意义的构成体系之一。

1. 生活中的色彩　色彩是人类生活中的特殊语言，在现实世界中，色彩与人们的工作和生活有着千丝万缕的联系。人类生活在一个五彩缤纷的色彩世界中，色彩是构成形式美的重要因素之一。色彩不仅使物体生辉，而且还富有非常丰富的文化内涵。色彩作为形式美的重要因素，之所以和人的生活发生密切的联系，其主要的原因就是色彩具有情感表现性。当色彩以它特有的自然属性吸引着人们的时候，它不仅产生一般的视觉效果，还会进一步作用于人的情感，影响人的情绪。

在我们生活的空间里，色彩扮演着重要的角色，不同的空间因不同的色彩搭配而显示出各式的形态、情感以及空间的能动性。色彩在应用中常可以发挥它特别的作用：可以使人对某载体引起注意，或使其重要性降低；色彩也可以使载体变得最大或最小；色彩还可以强化环境空间的形式，也可破坏这种形式。由此可见，色彩是人类生活中的一种特殊语言，这种无声的语言可以说是简明的，也是一目了然的。由于它的直观性，所以它的形象异常生动，是其他语言所难以替代的（见图4-1）。

2. 色彩与空间的关系　色彩空间主要是指色彩的二维平面空间、色彩的三维空间和色彩数字技术的色彩虚拟空间等领域。设计中所讲的色彩二维空间主要是指色彩在二维平面空间中的运用。色彩的三维空间则是指色彩在三维立体的室内空间、建筑空间和园林空间等设计中三维空间的运用，主要讨论的是色彩的三维空间在设计中的运用效果，也就是在日常设计中经常所指的狭义的色彩空间。关于色彩的二维空间和虚拟空间的认识的介绍会在后面的学习中为大家逐步讲解。色彩与空间的关系是微妙的，而对色彩三维空间来说，色彩的运用又是尤为重要的，色彩的不同运用能使环境空间表达出不同的色彩空间情感，营造不同的视觉色彩感受和心理联想（见图4-2）。

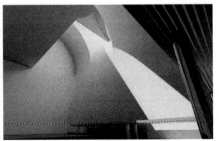

a)　　　　　　　　　　　　　　　b)

图4-1　生活中的色彩　　　　　　　　　　　　　　图4-2　色彩的三维空间

　　色彩的冷暖、虚实、远近等特征在环境空间中的运用都很常见。在色彩学中，把不同色相分为暖色、冷色和中性色，从红、橙、黄到黄绿色称为热色，以橙色最暖；从蓝、青至青绿色称为冷色，以青色为最冷；紫色是红与青色混合而成，绿色是黄与青混合而成，因此是中性色。这和人类长期的感觉经验是一致的，如红色、黄色让人好似看到太阳、火、炼钢炉等，感觉热；而青色、绿色，则让人如同看到江河湖海、绿色的田野、森林，感觉凉爽。色彩可以使人感觉进退、凹凸、远近的不同。一般暖色系和明度高的色彩具有前进、凸出、接近的效果，而冷色系和明度较低的色彩则具有后退、远离的效果。设计中常利用色彩的这些特点去改变空间的大小和高低。例如，居室空间过高时，可采用近感色减弱空旷感，提高亲切性；墙面过大时，宜采用收缩色；柱子过细时宜用浅色；柱子过粗时宜用深色，减弱其笨粗感。色彩又具有重量感，它主要取决于明度和纯度，明度和纯度高的显得轻，如桃红、浅黄色。在设计的构图中常以此来满足平衡和稳定的需要，以及表现性格的需要（如轻飘、庄重等）。色彩有调节物体感官大小的作用，包括色相和明度两个因素。暖色和明度高的色彩具有扩散作用，因此物体显得大，而冷色和暗色则具有内聚作用，因此物体显得小（见图4-3）。

（二）色彩与光

　　1. 色与光　我们知道没有光就什么都看不见，唯一可以感觉到的就是黑（尽管黑也是色彩中的一种），但是色与光到底是怎样一种关系呢？现代科学证明，色彩是光刺激眼睛，再传至大脑视觉神经中枢而产生的一种感觉。因此说色彩是客观对象作用于主体的感受产物，人要直觉地感受色彩。那么，光、物体、眼睛就成为三个最基本的构成条件。

　　在生活中人们都有过这样的经验：在没有光线的漆黑环境中，即使视觉再发达，也不能感受到任何事物的形与色；相反只要有了光，哪怕很微弱的光线人的眼睛中也会充满生机。为此美国色彩学家波布尔说："色彩是光的使者"。所以可以明确，没有光就没有色，光是人们感知色彩的必要条件，色来源于光，即光是色的源泉，色是光的表现。没有光源便没有色彩感觉，人们凭借光才能看见物体的形状、色彩从而认识客观世界（见图4-4）。

　　2. 光的性质　从广义上讲，光在物理学上是一种客观存在的物质（而不是物体），它是一种电磁波。电磁波包括宇宙射线、X射线、紫外线、可见光、红外线和无线电波等。它们都各有不

图4-3　色彩冷暖

图4-4　色与光

同的波长和振动频率。在整个电磁波范围内，并不是所有的光都有色彩，更确切地说，并不是所有光的色彩都可以用肉眼分辨。只有波长在380~780nm之间的电磁波才能引起人的色知觉。这段波长的电磁波叫可见光谱，或叫做光。其余波长的电磁波，都是肉眼所看不见的，通称为不可见光，如长于780nm的电磁波就叫红外线，短于380nm的电磁波就叫紫外线。光是由波长范围很广的电磁波组成的，主要波长范围是150~4000nm，其中人眼可见光的波长在380~760nm之间，可见光谱中根据波长的不同又可分为红、橙、黄、绿、青、蓝、紫七种颜色的光。波长小于380nm的是紫外光，波长大于760nm的是红外光，红外光和紫外光都是不可见光。在全部太阳辐射中，红外光约占50%~60%，紫外光约占1%，其余的是可见光部分。

实验证明，光的物理性质取决于振幅和波长两个因素。振幅表示光量，其差别产生明暗等级；波长区别色彩的特征，其长短造成了色相的差异。1666年英国的物理学家牛顿曾做过一个奠定当今色彩学基础的光学实验：当把阳光从缝隙引入暗室，让光束通过三棱镜时，光发生了折射现象，不同的波长的光折射率有别，因此在白色屏幕上呈现出一条各色间既相互独立又渐次变化的七彩光谱色带，其排序是红—橙—黄—绿—青—蓝—紫。反之，将这些色光用聚透镜收集后，透射的七色光又能恢复到原来的白色光之中。在七色光中，不能被再次单独分解的色光，称之为"单色光"。而太阳光是由以上不同波长的色光复合而成的，故称"复合光"。这一实验的意义在于科学的发现并明确了太阳光与各色的相互关系，也反映出可见光中各色光具有不同波长的属性。

光和色彩的关系是非常密切的，在各个不同的设计领域，如何利用光与色彩的搭配为自己的设计加分是每个设计师无时无刻不在思考的问题。要充分运用和把握好色彩在设计中的位置，是色彩学习的重点。同时认识光也是揭开色彩奥秘的第一步（见图4-5）。

3. 人造光　被人们所熟悉和看到的空间也是一个"光"的世界。艺术设计领域，作为视觉二维色彩空间表现之一的绘画设计也隶属于光的世界。在过去的一段时间里只有少数的媒介像光这样介入到我们的生活之中，日常生活、工作、传媒等环境中无不体现着光的多样性，当然也包括纯艺术这一领域。20世纪初，人造光开始为人类的日常生活点亮了一个又一个的街道、商店橱窗、公告牌、住宅等，几乎影响到所有与生活有关的模式。我们通过人造光开始重新认识我们的城市空间，在卫星上看到了一个在夜间如同水晶般闪亮的星球。人造光不但改变了人的生活方式，影响到人的生活环境，也同样改变了我们认知世界的角度。从古至今人类都希望战胜日落之后的黑暗，而现在我们正生活在这个人造光建立的天堂之中。

在最近几年，设计师、艺术家们开始使用闪耀的材料、灯泡、投影、LED、荧光灯、探照灯等进行艺术设计。艺术设计从依赖自然光到通过人造光创作的进程中，艺术品从初始的对光波反映出的颜色转型成为直接传达光波射线本身的载体。艺术家通过人造光创作发光的物件、光的空间，甚至是通过人造光创造了环

图4-5　色与光

境空间。通过不断扩展的空间装置作品，由发光的物件组成新的艺术装置的艺术形式正在崛起，当代的产品也证明了人造光作为发光体本身的多样性。许多专业摄影师都离不开室内摄影，他们从事的大部分拍摄，如婚纱摄影、广告摄影、人像摄影和宠物摄影都是在摄影室或其他室内环境空间中完成的。在室内摄影中，人造光起着关键作用，如泛光灯和闪光灯就是两种典型的可供选择的最基本的人造光源。

光是实实在在存在着的一个事件、一种材料、一个最基本的元素。光有许多潜在的表现性及其他可能性，一旦理解和洞察了光的各种变化，设计就能得到全面延伸和拓展，而传统设计方式并不具备这一点。通过"光"设计，设计方式有了多变的可能性。在具体操作上，可考虑运用日光的自然变化，当然也不能忘记光的设计和对透明及不透明材料的有效控制。由此可见，人造光在现代生活中的应用是很广泛和突出的，各类人造光的应用使我们的生活更加丰富多彩（见图4-6）。

（三）色彩的意义

1. 色彩的象征性　阿伯拉姆认为："广义地说，象征是以一种事物指代另一种事物。"在此层面上，色彩都具有其象征含义，并是意识客体。事实上人们在色彩表情和色彩联想的研究中对此已经早有领悟。从本质着眼，色彩被象征的事物或情理在多数情况下并无必然的联系。即使有也是偶发的或近似的，绝非等同的关系。但在人脑想象机能的积极作用下，两者之间产生了一种可被理喻的"借此言彼"的对应关系。由于身处不同时代、地域、民族、历史、宗教、阶层等背景中，人们对色彩的联想、需求和体会有别，赋予色彩象征性的特定含义及专有表情也就各富意蕴。总体说来，色彩的象征性因为是历史积淀的人文现象，又是社会意识的符号形态，所以，其在一定的文化环境中有相对稳定的传承性质，并在社会行为中起到了标志与传播的双重功能，同时，又是生息在同一时空氛围中的人们共同遵循的色彩尺度。

有过色彩学习经验的人应该都知道，每一种色彩都有其内在的含义，这种含义是基于色彩对人们所产生的直接视觉感受，加上个人的经历、每个地域人们的风土人情和风俗习惯等而渐渐形成的一种长期的对色彩的认知度。在色彩学中，我们把这种认知度叫做色彩的象征性。各种色彩都具有独特的象征意义，不同的色彩表达不同的视觉感受，传达不同的情感。

（1）红色。在可见光谱中红色是光波最长的色光，它属于积极、扩张、外向的暖调区域颜色。不管是在可见光谱还是在色

图4-6　人造光

点击真精彩 www.coca-cola.com.cn

a）

www.McDonalds.com.hk

b）

图4-7 可口可乐、麦当劳标志

环上，红色都是品质最纯粹、个性最鲜明的三原色之一。因此，红色对人眼的刺激最显著、最容易引人注目，同时也最容易让人产生感情上的共鸣。在社会生活的空间中，当红色处于高饱和状态时，往往给人传递出兴奋、激情、热烈、吉祥、危险等心理信息。

由于红色的光波最长，穿透空气的折射角度最小，在空气中辐射的直线距离较远，红色往往在视网膜的内侧成像。所以，在一般环境空间状态下，红色的可见度最高，人的视觉对红色的反应灵敏度也最高。因此，红色常常来表示危险和传递引人注目的信息。在国际上常常被用作停止通行的信号灯、信号牌、信号旗等标志的色彩。由于红色有引人注目的特性，在广告招贴等视觉设计领域，一些商家为了在广告宣传中达到"广而告之"的目的，往往把红色作为广告的主色彩。如美国可口可乐饮料和麦当劳的标志设计中均运用红色（见图4-7）。

同时红色具有激发情绪的功能。西方的心理学家很早就研究发现红色对运动员的情绪有激发功能，英国足协曾公布一项科研成果，即运动员表现如何与颜色有关。红色在空间中给人以亢奋的心理作用，所以在比赛场上让运动员身着红色运动服（见图4-8）。

（2）橙色。在可见光谱中，橙色光谱是波长仅次于红色波长的色光。在色相环中，正橙色是红与黄的中和色，并为三原色之一的蓝色的互补色。在空间色彩中，橙色对人视觉的刺激并不像红色那么强烈，但是由于橙色的明度偏亮，所以给人的注目性极高，同时橙色也会像红色一样，能够使人血液循环加快，精神兴奋不安。在不同的文化背景下，橙色给人光明、华丽、辉煌、

图4-8 红色球服

富贵、快乐、冲动、背叛等各种心灵启迪。

在自然界中许多果实的颜色如柑橘、柿等都为橙色。因此，橙色多给人饱满、成熟和充实感。所以空间色彩中橙色的运用可以给人以丰收的寓意，被橙色围绕能让人感觉到内心喜悦和充实（见图4-9）。

在中世纪的欧洲教会势力范围内，橙色也别有寓意。在当时人们对橙色头发的人都怀有憎恶感，所以我们可以看到在那个时代的宗教经典、文学名著或绘画中，恶人的头发都被描绘成了橙色。

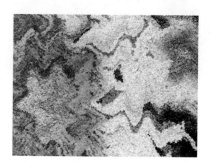

图4-9 橙色

橙色是一个使用度非常广的颜色（见图4-10），当橙色在色彩空间中与其他颜色相匹配时，它的色彩意义又有了新的延伸和转换。橙色在浅黄色底的映衬下，会呈现出只有经受过磨砺的人才能有的那种鲜见的成熟感和厚重感；橙色在蓝色的陪衬下，能明显地展示出响亮、迷人、热情、快乐的色彩个性以及太阳般的光辉。橙色在草绿底的映衬下，总给人以柔情万种，令人为之动容的特殊情感；土红映衬下的橙色，使人产生"夕阳无限好，只是近黄昏"的美感，对橙色的怜惜之情油然而生；橙色在紫色底的映衬下，就像是晨曦中喷薄而出的一轮恩泽万物的旭日，给人无尽的光明和希望；灰色映衬下的橙色，具有一种与众不同的荧光效果，此时光的空间辐射效果在这两个颜色的匹配下被昭示得无与伦比。

图4-10 橙色空间

当橙色淡化为浅橙色时，可能就会呈现出米色、象牙色、奶油色等。这类颜色总是富于细腻、温和、香甜、祥和、精致、温暖等令人舒心的色彩空间情调，所以很适合酥脆香甜的饼干等食物的包装以及轻松随意的服饰和家具用品的用色。当橙色加黑变为深橙色时，它显示着沉着、安定、拘谨、悲伤、腐朽等心灵意会。当橙色混合灰色变成灰橙色时，可表现出像烤烟那样的棕色表象，具有优雅、含蓄、自然、亲切、朴质、柔和之感，这是许多成年男女在穿衣打扮时最乐于选择的一种漂亮的中间色，但是如果掺入过量的灰，也可能会流露出灰心、消沉、失意、没落、衰败、迷惑等消极情感（见图4-11）。

（3）黄色。在可见光谱中，黄色波长的位置偏中，但是光感却是所有色彩中最亮丽、最活跃的，所以该色一向是被认为一种被强化了放射性质的颜色。这种颜色接近于向日葵花瓣的表面颜色。在色相环中，正黄色、正红色与正蓝色构成了颜料的三原色。同橙色相比，黄色要显得轻薄、冷淡、自信很多，这主要是由于其具有明度高、色相纯、色觉温和以及其可视性

图4-11 橙色搭配

强等性质。黄色具有非常宽广的象征，它向人们揭示了光明、纯真、活泼、轻松、智慧、诱惑等复杂的思想意趣。在古罗马时代，黄色是欧洲宗教史上最为重要的颜色。该颜色凭借其独特的光感以及不透明的性质而昭示出物质的最高纯化状态。在西方绘画作品中，画家们正是巧用黄色所特有的无重要感的属性暗示他们信仰中的圣神天国的伟大境界，并借黄色作为发光源——太阳的象征。

在我国的传统中，黄色始终如一地被尊奉为一种高贵而神圣的颜色。中国色彩观念中的"阴阳五色说"中黄色占据着中央的位置，象征着宇宙万物之色由其派生，"天地玄黄"以及在传说中华夏民族的首领被尊称为"皇帝"就是其印证。

在现代的汉语字典中"黄色"被引申为色情、颓废、反动等意义，"扫黄"意思便是对社会丑陋现象进行清除和打击。现在人们习惯把那些带有色情、淫秽内容的事物冠以"黄色"的字眼，因此许多设计师在自己的作品中都刻意避免正黄色的使用。

（4）绿色。在可见光谱中，绿色的光波长度适中，绿色的视明度不高，刺激性适中，所以人们对绿色的反应都显得较为平和、宁静和温和。科学家研究发现，常常观看绿色不仅可以对视神经产生消化功能，消除其疲劳，而且还能令脑垂体加速荷尔蒙等激素的分泌活动，使人精神兴奋，达到宽人心胸、解除疲劳的作用。由于人类诞生在绿色空间的摇篮里，一直就成长在绿色植物环绕的大自然中，人们对观察、亲情和感悟也最为深沉，尤其是现在，人类乱砍乱伐使得植被锐减，由此人们对绿色的眷念和体惜更加强烈。一般来说，绿色蕴含着和平、青春、希望、轻松、安逸、舒适、富饶、平凡、希望、平庸等想象意味。绿色常用来指代和平，在绿色的含义中使用频繁最广的就是"和平"与"安全"。在日常的生活中，绿色多移情为表达和平、安全信息的色彩代号（见图4-12）。

中世纪欧洲及当代阿曼的新娘出嫁时穿的婚纱多为绿色，这是因为绿色在他们心目中有肥美丰硕的意义，预示着他们今后可以子孙成群，因此绿色有象征生命的寓意；在中国的古代，绿色被人们视为杂色，有消极的寓意；而在国粹脸谱中绿色代表恐怖及凶残，这个可能是基于古代被称为"绿林好汉"的那些强盗、土匪给人们的不良印象；在唐代法律中甚至规定，罪犯要身着绿色服装，这里的绿色无疑含有羞辱之意。

同时，在不同的国度绿色还可以象征安逸。歌德在表述他对绿色的情感时就说过："绿色给人一种真正的满足，人们不想在

图4-12　生活中的绿色

作进一步的探讨，也不能再前进一步。"为此，康定斯基也曾把绿色比喻成好吃懒做、无所事是、不求进取的人。

随着社会的发展，我们赋予了绿色具有环保、生命、健康等含义，千百年来随着人类科技的日新月异，人类利用大自然创造了无尽的物质财富。但以牺牲环境为代价的发展，使得自然遭到破坏、植被锐减、沙漠蔓延、水气污染、资源枯竭等一系列环境问题。在这种情况下，人类开始意识到发展中的环境问题，一轮巨大的环保热潮在21世纪向人类刮来，环保、绿色等一系列词语一时间成为最时髦的词语。一些企业开始走上了"绿色营销"之路，其中包括绿色价格、绿色渠道和绿色促销等。绿色产品开始在市场上独领风骚，整个绿色营销中象征着环保理念的绿色形象开始成为最引人注目的视觉标志。有关专家甚至预言，哪个企业最先采用了绿色经营战略，哪个企业就掌握了本世纪商业竞争的主动权。

在使用绿色空间时，绿色与其他颜色的匹配会给人以截然不同的心理感受。红色对比色下的绿色即给人生机勃勃且富有安逸清冷的视觉体验；蓝色匹配下的绿色给人一种海洋的神秘和深邃感，但是也会给人以平淡无奇、缺乏激情等感受；绿色在紫色的映衬下给人以悠然自得、气质高雅的感觉；而白色映衬下的绿色则显得充满自信，其内在的个性被渲染得淋漓尽致；黑色底上透出的绿色则散发出视觉的神秘感；灰色陪衬下的绿色则青翠欲滴、充满活力。

（5）蓝色。在可见光谱中，蓝色波长属于较短的，它是收缩的、内向的、消极的冷调区域的颜色，同那些波长较长的暖调区域的颜色相比，蓝色的可视性要显得虚弱得多。蓝色属于海洋色彩的颜色，它也是橙色的补色，是各独具特性的三原色之一，所以蓝色富有既纯正又高贵的视觉魅力。由于高远的天空和浩瀚的海洋颜色均为蓝色，而生命的起源就来源于海洋，人类自身一开始也是随着海洋天空成长而来的，所以古今中外的人们对蓝色一直充满了无限的幻想和憧憬。对蓝色向来都有一种特殊的亲切感，因此蓝色引发的色彩联想、色彩想象和色彩联系更是不胜枚举，正蓝色蕴含着理智、深邃、真理、信仰、保守、冷酷等含义。

蓝色在中华文明中代表着朴素与智慧，中国人民自古以来就对蓝色情有独钟，一贯把它看做是典雅、庄重的象征。蓝色也孕育了中华民族的特殊文明，我们知道的青花、蜡染、蓝印花布等都有着悠久的历史和灿烂的文化背景（见图4-13）。

蓝色在一些地区还被视为富贵的象征，就像非洲撒哈拉大沙漠的腹地以游牧为生的图阿雷格人，在他们的生活习俗中，每逢良辰吉日，男女老少都要身着蓝色的服饰来集会表示庆祝。每次图阿雷格人会穿着蓝色的服饰在大沙漠里载歌载舞，这也给酷热的大沙漠里送来了海洋的凉意。同时，在欧洲人眼中，蓝色的联想寓意就更加深刻了，它可以表示信仰、神圣、纯真、高贵等。在西方社会，蓝色与社会演变的关系重大。这些蓝色

图4-13　蓝色文化

给人的联想中，如果要寻根究底的话，最早可追溯到欧洲早期的宗教、王室和学者的生活。在西方的绘画作品中，圣母玛利亚总是身着蓝色服饰，所以人们常用蓝色以示神圣纯真。欧洲的贵族也经常身着蓝色要标榜自己高人一等，在当时贵族更有"蓝色血统"这一说法。可以说蓝色与西方人结下的渊源是根深蒂固的，色彩专家在欧洲做过色彩调查，结果显示最受欧洲人青睐的颜色为蓝色，使用蓝色服装及用品几乎成了欧洲人的一种嗜好，蓝色是欧洲人使用频率最高的颜色，因此也有人把欧洲文明命名为"蓝色文明"。

（6）紫色。在可见光谱中，紫色的波长最短，紫色属于冷色系区域。在生活中，紫色可能是茄子的代名词了，一说到紫色，大家最容易想到茄子。紫色是色相中暗淡的颜色之一，它是红与蓝的中和色，也是黄色的补色，所以紫色的可视性和注目性也较为虚弱。由于紫色的这种物理特性，人们常把紫色的思维活动引导到一种深沉庄重的精神和情感境界，所以高饱和度的紫色会让人体验到高贵、端详、庄重、梦幻、冷艳、色情、压抑、傲慢、虔诚、哀悼等思想意境。

在中国，自古以来就有"以紫为贵"这一说法，中国向来都有以紫为"吉祥"的文化传统，传说中的神仙和圣人都会多少和紫色扯上一点关系，因此在中国，习惯把紫色看做是"祥瑞"的象征。在欧洲，紫色通常被奉为神圣之色，紫色是表示众神的颜色，所以它有时候也会给人们带来威胁和不安。

在一些艺术家和色彩大师看来，紫色也是一种独具消极意味的颜色。康定斯基就认为，紫是一种冷却的红，不管是从肉体还是从精神层面来讲，这种颜色均有一种脆弱、悲凉的因素。在南美的巴西人就采用紫色代表对亡者的沉痛的追悼，他们尤其深信紫色和黄色搭配最为不吉利，是祸害和灾难的象征（见图4-14）。

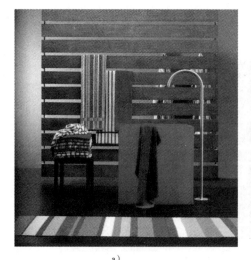

a）

b）

图4-14　紫色空间

（7）白色。从光的性质来看，白色是光谱中所有色彩的总和，所以白色被称为"全色光"或"复色光"，我们可以称它为万色之源。自然界是不存在完全的反射现象的，因此纯粹的白色在自然界的空间色彩中是不存在的。不过就我们用的白色颜料来讲，白色确实有其他任何颜色所不具有的非常特殊的属性。白色的可视度和引人注目度是其他颜色所无法比拟的，白色的亮度是所有颜色中最高的，白色对人眼所形成的闪耀似的刺激，常常能够使人感受到充实的放射感。它像雪一样一尘不染的品质特性，常常能够使人感觉到纯洁、神圣、清白、朴素、光明、洁净、正直、无私、空虚、臣服等。

白色有象征神圣的寓意。西方人在举行婚礼时，新娘的传统服饰均为白色，这不仅仅是因为白色可以引人注目，使新娘成为全场的焦点，更重要的是白色有象征冰清玉洁的意思。白色是神圣与高洁的象征，在许多信奉佛教的人眼中更有吉祥的寓意。

在我国，白色被用作哀悼逝者的传统悼念之色。以素为本的白色在此成为人们追思亡灵的特殊悼念形式。白色是能够满足视觉平衡的中性颜色，所以白色和其他任何一种颜色在一起搭配都会给人赏心悦目、共振和谐之感。我们甚至可以说在大多数设计中，白色是不可缺少的颜色之一，白色的独具闪亮、清爽等特性，常常在各种颜色对照中显示出极大的感染力（见图4-15）。

（8）灰色。灰色通常指我们所说的正灰色，是黑与白的对等色，也被称为"高级灰"，北京的老城墙就是这种颜色。在设计中灰色属于常用色的范畴，灰色比较乐于被人的视觉所接受和青睐，主要是因为它属于最大限度地满足人眼对色彩明度舒适要求的中性色，故人眼能从中得到平衡感。灰色给人的刺激性不强，所以人眼对灰色的感知度和注视度都相对较弱，因此灰色是一种典型的中性颜色。

灰色给人的第一感觉可能就会使人联想到朴素与优雅了，早在英国维多利亚时代早期，灰色就是当时最重要的代表颜色之一，象征着简朴为尚的清教徒式的宗教信仰及生活态度。在许多国际性的社交场合，灰色西装常常是政治人物或风度翩翩的绅士们的首选，这里的灰色不仅仅是一种物质化的色彩视觉感受，更能够形象地、完整地折射出一个上流社会人物儒雅大方、平易近人的人格魅力及精神风范。同时，灰色也能寓意诚信。在现代的工业产品设计中，用色大多选用灰色，除了灰色的明度和可视度适中，人眼比较容易产生亲和感和比较容易接受之外，更主要的是因为灰色暗示着可靠、拥有信誉。实践证明，该颜色在工业产

图4-15　生活中的白色

品设计用色的运用中不仅有可观的经济价值更具有实用价值，还可以显现出一种耐人寻味的优雅格调。但灰色也容易让人联系到失意、消沉等负面情绪。如人心里不快时，经常会说身边的一切都变成灰色的了，也常常把郁郁寡欢的心情叫做灰色的心情。

（9）黑色。从光学的角度说，黑色是无光的时候让人产生的一种感觉。在有光的条件下，黑色是吸收大部分色光的结晶。因而其明视度和注目性都比较差，和白色一样，自然界中是不存在纯粹的黑色的，但是从空间中黑色给我们的心理联想出发，它还是有着千变万化的含义的。黑色给人的感觉有力量、严肃、永恒、毅力、刚正、充实、忠义、神秘、高贵、意志、保守、哀悼、黑暗、罪恶等。

在西方人的思维中，黑色常有高贵、端庄、超俗等含义。西方女士在出席各种宴会时就特别喜欢身穿黑色礼服；此外，西方人对黑色的赏识还体现在他们将之用作高档品或耐用品的装饰色上，给人以尊贵、高档、稳重的视觉印象，如传统的轿车、音响、相机、金笔、高档皮鞋等。

黑色与其他色彩在一起搭配时，特别是和纯度较高的颜色并置时，能够把这些颜色烘托得既辉煌艳丽又协调统一，同时黑色也从中获取了自身的价值。印象派画家雷诺说过："黑色是很重要的颜色"，但是相反的是，黑色与它明度相近的铁灰、棕色、褐色等搭配时就会显得混浊含糊、缺少美感。因此我们在用色的时候应该特别注意不要把黑色和与其相近的颜色在一起使用，黑色与无彩色系白色在一起搭配时，则是永不过时的时尚经典。我们身边的许多服饰、鞋、帽、时尚产品等都选用黑白作为主色调，如知名品牌ONLY等就是始终如一地运用黑白两色为主色调，黑色的耐看和白色的光彩夺目更是让人感觉到商品的突出、与众不同，同时也造就了另人刮目相看的特有风格（见图4-16）。

2. 色彩的选择性　一个好的色彩设计作品从概念到方案再到最后的完善是一个非常复杂的过程，设计师可能会根据不同的客户要求和自身经验，通过不同的方式最终将想法中可以实现的色彩确定下来。由于色彩直接作用于人的视觉器官，色彩的好坏直接决定了人们对设计作品看法的第一印象，因此，色彩的最后抉择对整个设计作品起着十分重要的作用。色彩的抉择也是设计中至关重要的一个环节，关于色彩的抉择，不同的艺术设计领域有着不同的色彩抉择法则，随着艺术设计的普及，色彩在各个领域的地位也越来越明确，色彩的抉择也变得越来越完善。

鉴于平面设计具有完成特定信息传播中形象设计的任务特

图4-16　生活中的黑色

征，设计色彩在这一领域的运用主要包括企业形象、广告、印刷、装帧设计以及相应的主题活动。随着经济的全球化、国际化，市场的竞争越演越烈，传统的仅仅依靠文字、图形表达信息，视觉色彩为其附属的设计方法已远远不能适应现在的激烈竞争态势。现代的平面设计，大多以设计色彩作为其造势的主要手段，以色彩组合为元素的个性化构成作为传媒手段、塑造形象的媒介，已成为平面设计的主要表现形式。

服装设计往往以时尚的形象出现在设计界，其中的流行趋势化因素表现较强，在这里不仅要考虑到面料色彩的设计还要进而思考服饰间的色彩搭配关系。作为设计日常生活必需品的服装设计专业，虽然其研究对象仍是以面料、服饰形式出现的"物"与"人"的关系，但是色彩仍然是面料及服装款式的主流。而其目标主题则只有一个，就是"人"本身。因此，在色彩的运用、搭配中需要更多地考虑到着装人的职业、年龄、性格甚至体型、体态等更广泛的人性化领域，这样才会更好地把色彩设计体现在使用者身上。色彩设计的应用已深入到我们生活的方方面面，伴随着人的生老病死，在这最廉价的改变视觉、生理感受的方法中，其色彩应用的合理与否直接关系人类能否健康、愉快地生活（见图4-17）。

图4-17 设计色彩

3. 色彩传达信息 色彩作为一种抽象的视觉语言具有传达信息的特性，它用其丰富的性格传达各样的信息。例如，在现代商品包装设计的诸多因素中，色彩作为传情达意、表现商品特征的视觉设计因素，最具吸引力和感染力，是难以替代的传达信息的方式。色彩的传达性影响着商品包装的最终传达效果，色彩在视觉传达中有先声夺人的效果，又是最具美感的表现形式，易引起人的情感变化。不同的色彩能引起人们不同的视觉反应，从而引起不同的心理活动。例如，黑色、红色、橙色给人以重的感觉，所以笨重的物品采取浅色包装，会使人觉得轻巧、大方；分量轻的物品用浓重颜色包装，给人以庄重结实的感觉。

4. 色彩表达感情 任何色彩都能在一定程度上使人产生联想和情感感受，色彩给人的感觉往往是多方面的，色彩不仅仅是设计师和艺术家用来表达自身情感和抒发感叹的最有效工具，同时也是引发观赏者共鸣和情感联想的最直接媒介。以广告设计为例，在艺术设计中设计师是如何利用色彩来表达自身情感的？在广告画设计中利用色彩感情规律，可以更好地表达广告主题，唤起人们的情感，引起人们对广告及广告商品的兴趣，最终影响人们的选择（见图4-18）。

图4-18 色彩表达

（1）用色调的兴奋感，引起人们观看的兴趣。红、橙、黄等暖色调以及对比强烈的色彩，对人的视觉冲击力强，给人以兴奋感，能够把人的注意力吸引到广告画上来，使人对广告产生兴趣。蓝、绿等冷色以及明度低、对比度差的色彩，虽不能在瞬间强烈地冲击视觉，但给人以冷静、稳定的感觉，适宜表现高科技产品的科学性、可靠性。

（2）用色调的明快活泼感，产生优美愉悦的效果。一般来说，暖色、纯色、明色以及对比度强的色彩，使人感到清爽、活泼、愉快，利用色彩的这一特点设计广告，能够使人心情愉快地接受广告信息。

（3）用色调的档次感，体现商品的不同品味。色彩也有档次感，有气派的、华贵的色调总是用于高档的产品，那些朴实大方的色调总是与实用品相联系。时装广告、化妆品广告常常用纯度高、明度高以及对比强烈的色彩来表现，给人以华丽感。

（4）用色调的冷暖感，表现不同商品的特点。在广告色彩中，常常运用暖色调来表现食品，因为食品的颜色大多以红、橙、黄等暖色调为主，儿童用品给人的感觉是热情、活泼、充满朝气，因而儿童用品广告也多用暖色调。而空调、冰箱、冷饮的广告大都用白色、蓝色等冷色调，使人感到寒冷、清爽！

（四）色彩的特性

1. 光谱　光谱是复色光经过色散系统（如棱镜、光栅）分光后，被色散开的单色光按波长（或频率）大小依次排列的图案，全称为光学频谱。光谱中最大的一部分可见光谱是电磁波谱中人眼可见的一部分，在这个波长范围内的电磁辐射被称为可见光。光谱并没有包含人类大脑视觉所能区别的所有颜色，譬如褐色和粉红色。光谱分如下几种形式：

（1）线状光谱。由狭窄谱线组成的光谱。单原子气体或金属蒸气所发出的光波均有线状光谱，故线状光谱又称原子光谱。当原子能量从较高能级向较低能级跃迁时，就辐射出波长单一的光波。

（2）带状光谱。由一系列光谱带组成，它们是由分子所辐射，故又称分子光谱。利用高分辨率光谱仪观察时，每条谱带实际上是由许多紧挨着的谱线组成。带状光谱是分子在其振动和转动能级间跃迁时辐射出来的，通常位于红外或远红外区。通过对分子光谱的研究可了解分子的结构。

（3）连续光谱。包含一切波长的光谱，赤热固体所辐射的光谱均为连续光谱。同步辐射源（见电磁辐射）可发出从微波到X射线的连续光谱，X射线管发出的韧致辐射部分也是连续谱。

（4）吸收光谱。具有连续谱的光波通过物质样品时，处于基态的样品原子或分子将吸收特定波长的光，再跃迁到激发态，于是在连续谱的背景上出现相应的暗线或暗带，称为吸收光谱。每种原子或分子都有反映其能级结构的标识吸收光谱。研究吸收光谱的特征和规律是了解原子和分子内部结构的重要手段。吸收光谱首先由J.V.夫琅和费在太阳光谱中发现（称夫琅和费线），并据此确定了太阳所含的某些元素。

2. 三棱镜　它是由透明物质（通常是玻璃）所制造的一种三棱柱形物体（通常截面为正三角形），当光进入三棱镜时会折射。三棱镜常用在双筒望远镜中以缩窥管的长度。光学上用横截面为三角形的透明体叫三棱镜，光密媒质的棱镜放在光疏媒质中（通常在空气中），入射到棱镜侧面的光线经棱镜折射后向棱镜底面偏折。光从棱镜的一个侧面射入，从另一个侧面射出，出射光线将向底面（第三个侧面）偏折，偏折角的大小与棱镜的折射率、棱镜的顶角和入射角有关。

　　白光是由各种单色光组成的复色光，同一种介质对不同色光的折射率不同，不同色光在同一介质中传播的速度也不同。正是由于同一种介质对各种单色光的折射率不同，通过三棱镜时，各单色光的偏折角也不同。因此，白色光通过三棱镜会将各单色光分开，形成红、橙、黄、绿、蓝、靛、紫七种色光即色散（见图4-19）。

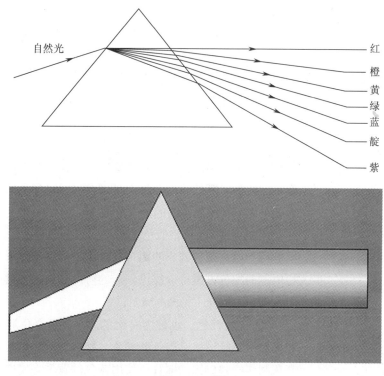

图4-19　三棱镜

　　3. 光谱与色环　色环实质上就是在彩色光谱中所见的长条形的色彩序列，只是将首尾连接在一起，使红色连接到另一端的紫色。色环通常包括12种不同的颜色。

　　（1）可见光谱。我们还见过（也许还用过）色环，色环显示如何通过混合两种或更多颜色来生成特定的颜色（见图4-20）。

图4-20　可见光谱

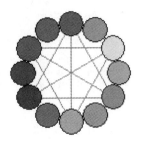

图4-21　色环

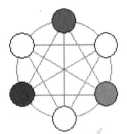

图4-22　基色

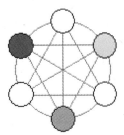

图4-23　次生色

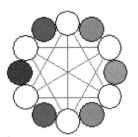

图4-24　三次色

（2）色环。色环通常包括 12 种不同的颜色。虽然很多画家对色环和颜色理论的重要方面已十分了解，但我们当中的一些设计师可能不十分清楚，对此理解上的不足将会影响设计，使设计作品达不到理想的效果（见图4-21）。

（3）基色。定义基色是最基本的颜色，通过按一定的比例混合基色可以产生任何其他颜色。为了识别基色，首先需要确切知道使用的是何种媒介。可能以前学到的基色有红、黄、蓝，但现在我们大多用红、绿、蓝作为基色进行颜色显示（见图4-22）。

（4）次生色。为了建立色环，可以通过混合任何两种邻近的基色获得三种颜色。这些颜色即次生色：青、品红和黄。加色法中的次生色就是减色法中的基色。由此可以推断出，减色法中的次生色也就是加色法中的基色。这就是加色模式和减色模式之间的相互关系（见图4-23）。

（5）三次色。建立色环的最后一步是，再次找到现已填入色环的颜色之间的中间色。恰好这些三次色对于加色法和减色法都是相同的。既然我们已经定义了在12点色环中使用的颜色，那么就可以辨别颜色之间的相互关系（见图4-24）。

（6）相似色。相似色是指在给定颜色旁边的颜色。如果您以橙色开始并想得到它的两个相似色，就选定红色和黄色。使用相似色的配色方案可以提供颜色的协调和交融，类似于在自然界中所见到的那样（见图4-25）。

（7）互补色。也称为对比色。互补色在色环上相互正对。如果希望更鲜明地突出某些颜色，则选择对比色是有用的。如果您在制作一幅柠檬的图片，使用蓝色的背景将使柠檬更突出（见图4-26）。

（8）分列的互补色。分列的互补色可由两种或三种颜色构成。选择一种颜色，在色环的另一边找到它的互补色，然后使用该互补色两边的一种或两种颜色（见图4-27）。

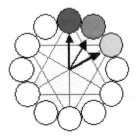

图4-25　相似色

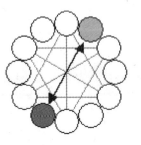

图4-26　互补色

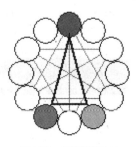

图4-27　分列的互补色

（9）三色组。三色组是色环上等距离的任何三种颜色。在配色方案中使用三色组时，将给予观察者某种紧张感，这是因为这三种颜色均对比强烈。基色和次生色均是三色组（见图4-28）。

（10）暖色。暖色由红色调构成，如红色、橙色和黄色。这种颜色选择给人以温暖、舒适、有活力的感觉。这些颜色产生的视觉效果使其更贴近观众，并在页面上更显突出（见图4-29）。

（11）冷色。冷色来自于蓝色调，如蓝色、青色和绿色。这些颜色使配色方案显得稳定和清爽。它们看起来还有远离观众的效果，所以适于做页面背景（见图4-30）。

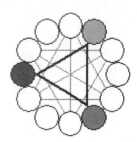

图4-28　三色组

二、色彩的要素与体系

（一）色彩的要素

在有彩色系中，任何一种颜色都应拥有三个基本属性，即明度、纯度和色相。通俗地说，一种色彩只要具备以上三个属性，都可归于有彩色系的范畴。无彩色系与有彩色系颜色有本质的区别，主要表现在前者只有明度属性，而缺少色相和纯度属性。美国色彩学家蒙赛尔是色彩三属性概念的创立者。在学习色彩设计的过程中，熟悉和掌握色彩的三属性，对于观察色彩、认识色彩及创造色彩均有着先导作用。事实上，色彩的三属性之间是互为独立又互为依存的辩证统一关系，改变其中的任何一个要素，都将影响原色彩的外观效果和颜色个性。基于此理，在进行色彩研究与构成时，需充分讨论与探究三属性的概念及其关系。

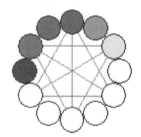

图4-29　暖色

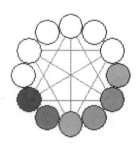

图4-30　冷色

1. 明度　在无彩色中，明度最高的色为白色，明度最低的色为黑色，中间存在一个从亮到暗的灰色系列。在有彩色中，任何一种纯度色都有着自己的明度特征。例如，黄色为明度最高的色，处于光谱的中心位置，紫色是明度最低的色，处于光谱的边缘，一个彩色物体表面的光反射率越大，对视觉刺激的程度越大，看上去就越亮，这一颜色的明度就越高。

明度在三要素具有较强的独立性，它可以不带任何色相的特征而通过黑白灰的关系单独呈现出来。色相与纯度则必须依赖一定的明暗才能显现，色彩一旦发生，明暗关系就会同时出现。在进行一幅素描的过程中，需要把对象的有彩色关系抽象为明暗色调，这就需要有对明暗的敏锐判断力。我们可以把这种抽象出来的明度关系看做色彩的骨骼，它是色彩结构的关键（见图4-31）。

2. 色相　色相指的是色彩的相貌。在可见光谱上，人的视觉

图4-31　明度

能感受到不同特征的色彩，人们给这些可以相互区别的色定出名称，当我们称呼到其中某一色的名称时，就会有一个特定的色彩印象，这就是色相的概念。正是由于色彩具有这种具体相貌的特征，我们才能感受到一个五彩缤纷的世界。如果说明度是色彩隐蔽的骨骼，色相就很像色彩外表的华美肌肤。色相体现着色彩外向的性格，是色彩的灵魂。

在可见光谱中，每一种色相都有自己的波长与频率，它们由短到长按顺序排列，就像音乐中的音阶顺序，秩序而和谐，大自然偶尔也会将这光谱的秘密展示给我们，那就是雨后的彩虹。它是自然中最美的景象，光谱中的色相发射出色彩的原始光辉，构成了色彩体系中的基本色相（见图4-32）。

3. 纯度　纯度指的是色彩的鲜艳程度，它取决于一处颜色的波长单一程度。我们的视觉能辨认出的有色相感的色，都具有一定程度的鲜艳度，比如绿色，当它混入了白色时，虽然仍旧具有绿色相的特征，但它的鲜艳度降低了，明度提高了，成为淡绿色；当它混入黑色时，鲜艳度降低了，明度变暗了，成为暗绿色；当混入与绿色明度相似的中性灰时，它的明度没有改变，纯度降低了，成为灰绿色。不同的色相不但明度不等，纯度也不相等，例如纯度最高的色是红色，黄色纯度也较高，但绿色就不同了，它的纯度几乎才达到红色的一半左右。

在人的视觉中所能感受的色彩范围内，绝大部分是非高纯度的色，也就是说，大量都是含灰的色，有了纯度的变化，才使色彩显得极其丰富。纯度体现了色彩内向的品格。同一个色相，即使纯度发生了细微的变化，也会立即带来色彩性格的变化（见图4-33）。

（二）色性和色调

1. 色性　色性指色彩的冷暖属性。这里所说的冷暖并不是指色彩之间在温度上的差别，而是指色彩给予人心理上所产生的冷暖感觉。例如，绿色与蓝色会使人感觉清爽，橙色和红色会使人感到温暖。

颜色的冷暖不是绝对的，而是在颜色的相互比较中显现出来的。红色中包括紫红、深红、大红、朱红等众多颜色，这些都被称为暖色，在这些颜色中，深红与紫红相比，紫红偏冷，深红偏暖；紫红与大红相比，紫红偏冷，大红偏暖；大红与朱红相比，大红偏冷，朱红偏暖。所以说每种颜色都有冷暖属性。在化妆造型中，色彩的冷与暖要看颜色之间的搭配情况，不同颜色的搭配会产生不同的冷暖效果。色性是在艺术设计中需要非常注意的一

图4-32　色相

图4-33　纯度

块，色彩的冷暖属性在很大程度上直接决定了观察者对设计的视觉感受。在设计中，我们首先应该遵循一些色彩学中冷暖变化的基本规律，这样才可以使设计用色更加和谐有序（见图4-34）。

2. 色调 色调是指总的色彩倾向。它是由占据主要面积的色彩所决定的。每个化妆造型都应有自己独到的色调，它是构成色彩统一的重要因素。如果色调不明确，也就没有色彩的和谐统一了。色调是由色相、明度、纯度、色性等要素所决定的。色调是设计作品给人的总体色彩印象，一个好的设计师需要懂得怎样把握好设计作品的主色调。色调跟很多因素有关，主色调的确定也关系到设计作品的各个方面，我们应该掌握一些基础的色调对人的视觉感受，并懂得一些基础色调的用色原则（见图4-35）。

（三）色彩体系

1. 无彩色系 无色彩系是指黑、白、灰色，在光的色谱上见不到这3个色，不包括在可见光谱中，所以称为无彩色。无彩色按照一定的变化规律，可以排成一系列。由白色渐变到浅灰、中灰到黑色，色度学上称此为黑白系列。黑白系列中由白到黑的变化，可以用一条垂直轴表示，一端为白，一端为黑，中间有各种过渡的灰色。无彩色系中的所有颜色只有一种基本性质，即明度。它们不具备色相和纯度的性质，也就是说它们的色相和纯度从理论上来说都等于零。色彩的明度可用黑白度来表示，愈接近白色，明度愈高；愈接近黑色，明度愈低。明度的变化能使无彩色系呈现出具有梯度层次感的中间过渡色，即深浅不一的灰色。从物理学角度看，黑白灰不包括在可见光谱中，故不能称之为色彩。需要指出的是，在心理学上它们有着完整的色彩性质，在色彩系中也扮演着重要角色，在颜料中也有其重要的任务。当一种颜料混入白色后，会显得比较明亮；相反，混入黑色后就显得比较深暗；而加入黑与白混合的灰色时，则会推动原色彩的彩度。因此，黑、白、灰色不但在心理上，而且在生理上、化学上都可称为色彩。

2. 色立体 为了认识、研究与应用色彩，我们将千变万化的色彩按照它们各自的特性，按一定的规律和秩序排列，并加以命名，这称之为色彩的体系。色彩体系的建立，对于研究色彩的标准化、科学化、系统化以及实际应用都具有重要价值，它可使我们更清楚、更标准地理解色彩，并能更确切地把握色彩的分类和组织。具体地说，色彩的体系就是将色彩按照三属性，有秩序地进行整理、分类而组成有系统的色彩体系。这种系统的体系如果借助于三维空间形式，来同时体现色彩的明度、色相、纯度之间

图4-34 色性

图4-35 色调

的关系，则被称之为色立体。

（1）色立体的定义。标准色彩设计的定义颜色可以这样表示：H：色相（色调）；S：纯度（饱和度）；B：明度（亮度），把这三个要素做成立体坐标，就构成了色立体。

色立体学说的形成是经历了漫长的历史发展道路的。1676年，英国物理学家牛顿用三棱镜发现了日光的七色带，揭开了阳光与自然界一切色彩现象的科学奥秘，形成了由色相环组成的色彩平面图。这一色相环，它还不能理想地表述色彩的三个属性（色相、明度、纯度）的相互关系。为此，一些学者先后提出了各自的创见。1772年，拉姆伯特（Lambert）提出了金字塔式的色彩图概念。以后，栾琴（Runge，1771—1810）提出了色彩的球体概念。接着，冯特（Wundt，1832—1920）提出了色彩的圆锥概念，还有的学者提出了色彩的双圆锥概念。这样，经过三百年来的探索和不断发展完善，在表达色彩的序列和相互关系上，便从一开始的平面圆锥、多边形色彩图发展到现在的空间立体球形色彩图——色立体。

（2）色立体的共同点。粗略的比较是近似地球的外形。其贯串球心的中心垂直轴为明度的标尺，上端（"北极"）是高明度白色，下端（"南极"）则是最低明度的黑色，赤道线（类似地球的水平赤道线或倾斜的黄道坐标曲线）为各种标准色相，水平切面均代表同明度水平的、可供采用的全部色阶。越接近外缘（"地球"的表层）色越饱和，彩度越高；越接近中心垂直轴，其中掺和的同一明度的灰则越多。因为所有颜色的纯色相和相应明度的灰之间的最大数量的饱和等级是在明度的中段展现的，而高明度或低明度的色则分别接近白和黑，所以，在复圆锥形或球形色立体模型中，每只标准色相的最大直径大致是在中间，并向两极逐渐缩小。近现代一些研究者对色立体学说众说纷纭，但总的属于两个体系：孟塞尔（Munsell 1858—1918）和奥斯特瓦德（Ostwald，1853—1932）色彩体系。色立体，好似一部色彩大词典，是一部极为科学化、标准化、系统化以及实用化的工具书。首先，它科学地采用色立体体系编号为色彩定名。以往常用的惯用色名法和基本色名法，虽在实际运用中很普遍，但缺乏科学性与准确性，一般只能用这些色名使人想象色彩的大概面貌，难以准确地运用和传达色彩信息，更难以在国际上进行交流。

目前，色立体定名法是色彩定名标准化的好方法，有利于国际性的色彩交流。色立体的立还为色彩设计者（包括画家）提供了丰富的色彩词汇，可以用来拓宽用色视域，更重要的是提供了一个可以直接感受的抽象色彩世界，它们实际显现了色彩自身的逻辑关系，并能把如此全面丰富的色彩集合在一起进行细微的比较，启发艺术家对色彩自由的联想，以便更富创造性地搭配色彩。其次，色立体形象地表明了色相、明度、纯度间的相互关系，有助于色彩的分类、研究、应用，有助于对对比与调和等色彩规律的理解。建立标准化的色谱，给色彩的使用和管理带来了很大方便，尤其对颜料制造和着色物品的工业化生产的标准的确定更为重要（见图4-36）。

（3）色立体的常用模型。目前，比较常用的色立体有三种：孟塞尔立体、奥斯特瓦德色立体、日本研究所的色立体，它们中

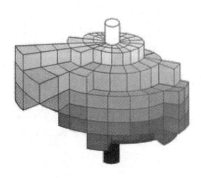

图4-36 色立体

应用得最广泛的是孟塞尔色立体，现在所用的图像编辑软件颜色处理部分大多源自孟塞尔色立体的标准。

① 孟塞尔色立体。孟塞尔色立体是由美国教育家、色彩学家、美术家孟塞尔创立的色彩表示法。它是以色彩的三要素为基础：色相称为Hue，简写为H；明度称为Value，简写为V；纯度称为Chroma，简写为C。色相环是以红（R）、黄（Y）、绿（G）、蓝（B）、紫（P）五原色为基础，再加上它们的中间色相：橙（YR）、黄绿（GY）、蓝绿（DG）、蓝紫（PB）、红紫（RP）成为10色相，排列顺序为顺时针。再把每一个色相详细分为10等份，以各色相中央第5号为各色相代表，色相总数为100。如：5R为红，5YB为橙，5Y为黄等。每种摹本色取2.5、5、7.5、10等4个色相，共计40个色相，在色相环上相对的两色相为互补关系。

孟塞尔所创建的颜色系统是用颜色立体模型表示颜色的方法。它是一个三维类似球体的空间模型，把物体各种表面色的三种基本属性——色相、明度、纯度全部表示出来。以颜色的视觉特性来制定颜色分类和标定系统，按目视色彩感觉等间隔的方式，把各种表面色的特征表示出来。目前国际上已广泛采用孟塞尔颜色系统作为分类和标定表面色的方法。

中央轴代表无彩色黑白系列中性色的明度等级，黑色在底部，白色在顶部，称为孟塞尔明度值。它将理想白色定为10，将理想黑色定为0。孟塞尔明度值由0~10，共分为11个在视觉上等距离的等级。在孟塞尔系统中，颜色样品离开中央轴的水平距离代表饱和度的变化，称之为孟塞尔彩度。彩度也是分成许多视觉上相等的等级。中央轴上的中性色彩度为0，离开中央轴越远，彩度数值越大。该系统通常以每两个彩度等级为间隔制作一颜色样品。各种颜色的最大彩度是不相同的，个别颜色彩度可达到20。

② 奥斯特瓦德色立体。是由德国科学家、伟大的色彩学家奥斯特瓦德创造的。他的色彩研究涉及的范围极广，创造的色彩体系不需要很复杂的光学测定，就能够把所指定的色彩符号化，为美术家的实际应用提供工具。

奥斯特瓦德色立体的色相环，是以赫林的生理四原色黄（Yellow）、蓝（Ultramarine-Blue）、红（Red）、绿（Sea-Green）为基础，将四色分别放在圆周的四个等分点上，成为两组补色对。然后再在两色中间依次增加橙（Orange）、蓝绿（Turquoise）、紫（Purple）、黄绿（Leaf-Green）四色相，总共八色相，然后每一色相再分为三色相，成为24色相的色相环。色相顺序顺时针为黄、橙、红、紫、蓝、蓝绿、绿、黄绿。取色相环上相对的两色在回旋板上回旋成为灰色，所以相对的两色为互补色。并把24色相的同色相三角形按色环的顺序排列成为一个复圆锥体，就是奥斯特瓦德色立体。

（4）色立体的构架示意。

①色相。在从红到紫的光谱中，等间的选择4个色，即红（R）、黄（Y）、蓝（B）、紫（P）。相邻的两个色相互混合又得到：橙（YR）、黄绿（GY）、蓝绿（BG）、蓝紫（PB）、紫红（RP），从而构成一个首位相交的环，被称为孟赛尔色相环。

②明度。从黑到白中间增加9个均匀过渡的灰度阶段，被称为明度尺。

③纯度。在同等明度的条件下，从灰色到纯色的变化。

④色彩调和。色彩调和是一个很复杂的问题，它还包括视觉的心理平衡、人们视觉习惯、社会因素等。各个领域根据自己行业经验都有自己的色彩调和理论，不同行业之间的色彩调和理论是不同的。

我们可以这样来定义色彩调和：使对比的色彩成为不带尖锐刺激的协调统一的组合，它的总体效果总是要与视觉心理相适应，能满足视觉的心理平衡，它不单单只是色与色之间的组合问题，还与面积、形状等色彩赋予的对象有关。面积调和的原则是色彩面积的大小可以改变对比效果，对比色双方面积越大，调和效果越弱；反之，双方面积越小，调和效果越强。对比双方面积均等，调和效果越弱；对比双方面积相差越大，调和效果越强。只有恰当的面积比才能取得最好的视觉平衡，形成最好的视觉效果。

孟赛尔还有一套面积和色彩比率的算法，相比之下更科学、实用性更强。它在色立体中以明度轴上为5的灰色为中心，两个色或多个色的关系可以这样表示——色彩的面积与该色彩到色立体的中心距离相等或成简单的倍数时可以得到平衡的调和。可以用公式：$S_1R_1=S_2R_2$表示，其中S表示面积，R表示该色到中心点的距离，R的值可以在相关的表中查到。

（5）色立体的主要用途。

① 色立体为人们提供了几乎全部的色彩体系，可以帮助人们开拓新的色彩思路。

② 由于色立体是严格地按照色相、明度、纯度的科学关系组织起来的，所以它提示着科学的色彩对比，调和规律。

③ 建立一个标准化的色立体，对色彩的使用和管理会带来很大的方便，可以使色彩的标准统一起来。

④ 根据色立体可以任意改变一幅绘画，设计作品的色调，并能保留原作品的某些关系，取得更理想的效果。

总之，色立体能使人们更好地掌握色彩的科学性、多样性，使复杂的色彩关系在头脑中形成立体的概念，为更全面地应用色彩、搭配色彩提供根据。色彩对人的头脑和精神的影响力是客观存在的，色彩的知觉力、色彩的辨别力、色彩的象征力与感情都是色彩心理学的重要问题。

3. 色彩的功能 功，包含着力与艺；能，则可解释为能力、能量或效能。功能一词可作作用、能量来解释。色彩的功能是指色彩对眼睛及心理的作用，具体地说，包括眼睛对它们的色相、明度、纯度的对比刺激作用，和心理留下的影响、象征意义及感情影响。色彩依色相、明度、彩度、冷暖而千变万化，而色彩间的对比调和效果也千变万化。同一色彩及同一对比的调和效果，均可能有多种功能；多种色彩及多种对比的调和效果，亦可能有极为相近的功能。为了更恰如其分地应用色彩及其对比的调和效果，使之与形象的塑造、表现与美化统一，使形象的外表与内在统一，使作品的色彩与内容、气氛、感情等表现要求统一，使配色与改善视觉效能的实际需求统一；把色彩的表现力、视觉作用及心理影响最充分地发挥出来，给人的眼睛与心灵以充分的愉快、刺激和美的享受，这些都要求对色彩的功能进行深入研究。但是，要逐一研究数以千计的色彩功能，既不可能，也没必要。在这里我们为大家例举了一些常见色彩的基本功能供大家参考。

（1）红色。在可见光谱中红色光波最长，处于可见长波的极限附近，容易引起注意，并能让人产生兴奋、激动、紧张感。眼睛虽不适应红色光的刺激，但善于分辨红色光波的细微变化。因此红色光很容易让人视觉疲劳，严重的时候还会给人造成难以忍受的精神折磨。红色光由于波长最长，穿透空气时形成的折射角度最小，在空气中照射的直线距较远，在视网膜上成像的位置最深，给视觉以逼近的扩张感，被称为前进色。在自然界中，不少芳香艳丽的鲜花，以及丰硕甜美的果实和不少新鲜美味的肉类食品，都呈现出动人的红色。因此在生活中，人们习惯以红色为兴奋与欢乐的象征，使之在标志、旗帜、宣传等用色中占了首位，成为最有力的宣传色。若装潢商品便成为畅销的销售色。从另一方面来说，人类珍视红色的血液，但纵火成灾、流血为祸，这样的红色又被看成危险、灾难、爆炸、恐怖的象征色。因此人们也习惯将其引作预警或报警的信号色。总之，红色是一个有强烈而复杂的心理作用的色彩，大家在设计中一定要慎重使用。

（2）黄色。黄色光的光感最强，给人以光明、辉煌、轻快、纯净的印象。在自然界中，腊梅、迎春、秋菊至油茶花、向日葵等，都大量地呈现出美丽娇嫩的黄色。秋收的五谷、水果，以其精美的黄色，在视觉上给人以美的享受。在生活中，在相当长的历史时期，帝王与宗教传统上均以辉煌的黄色作服饰；家具、宫殿与庙宇的色彩，都相应地加强了黄色，给人以崇高、智慧、神秘、华贵、威严和慈爱的感觉。由于黄色具有易分辨轻薄、软弱等特点，黄色物体在黄色光照下会产生正面失色现象，故植物呈灰黄色，被看做病态，而天色错黄，便预示着风沙，冰雹或大雪，因而黄色有象征酸涩、病态和反常的一面。

（3）橙色。橙色又称桔黄或桔色。在自然界中，橙柚、玉米、鲜花果实、霞光、灯彩，都有丰富的橙色。因其具有明亮、华丽、健康、兴奋、温暖、欢乐、辉煌以及动人的色感，所以女性多喜以此色作为装饰色。橙色在空气中的穿透力仅次于红色，而色感较红色更暖。最鲜明的橙色应该是色彩中感受最暖的颜色，能给人以庄严、尊贵、神秘感。历史上许多权贵和宗教都以此装点自己，而现代社会也往往将其作为标志色和宣传色。不过该色也容易造成视觉疲劳。上述红、橙、黄三色，均称为暖色，属于注目、芳香和引起食欲的色系。

（4）绿色。太阳投射到地球的光线中绿色光占50%以上，由于绿色光在可见光谱中波长恰居中位，色光的感应处于"中庸"，因此人的视觉对绿色光波长的微差分辨能力最强，也最能适应绿色光的刺激。所以人们把绿色作为和平、生命的象征。邮政是抚慰千家万户的使者，因此她的代表色是绿色。在自然界中，植物大多呈绿色，人们称绿色为生命之色，并把它作为农业、林业、畜牧业的象征色。由于绿色体的生物和其他生物一样，具有诞生、发育、成长、成熟、衰老到死亡的过程，这就使绿色出现各个不同阶段的变化，因此黄绿、嫩绿、淡绿就象征着春天和作物稚嫩、生长、青春与旺盛的生命力；艳绿、盛绿、浓绿象征着夏天和作物茂盛、健壮与成熟；灰绿、土绿、褐经绿便意味着秋冬和农作物的成熟与衰老。

（5）蓝色。在可见光谱中，蓝色光的波长短于绿色光，而比紫色光略长些，穿透空气时形成的折射角度大，在空气中辐射的直线距离短。每天早上与傍晚，太阳的光线必须穿越比中午厚3倍的大气层才能到达地面，其中蓝紫光早已折射，能达到地面的只是红黄光。

所以，早晚能看见的太阳是红黄色的，只有在高山、远山、地平线附近才是蓝色，蓝色就成为现代科学的象征色。它给人以冷静、沉思、智慧和征服自然的力量。现代装潢设计中，蓝与白不能引起食欲而只能表示寒冷，成为冷冻食品的标志色。如果把它作为食欲色的陪衬色，效果更加显著。

（6）紫色。在可见光谱中，紫色光的波长最短。尤其是看不见的紫外线更是如此。因此，眼睛对紫色光的细微变化的分辨力很弱，容易引起疲劳。紫色给人以高贵、优越、幽雅、流动、不安等感觉。灰暗的紫色是伤痛、疾病、尸斑之色，容易造成心理上的忧郁痛苦和不安，不少民族都把它看做是消极和不祥之色。浅紫色则是鱼胆的色，容易让人联想到鱼胆的苦涩和内脏的腐败。因此，紫色还具有表现苦、毒与恐怖的功能。但是，明亮的紫色好象天上的霞光，原野上的鲜花，情人的眼睛，因而常用来象征男女间的爱情。在某些地方，如果紫色用得不当，便会给人留下低级、荒淫和丑恶的印象。

（7）土色。土色指土红、土黄、土绿、赭石、熟褐一类，可见是光谱上没有的混合色。它们是土地和岩石的颜色，具有浓厚、博大、坚实稳定、沉着、恒久、保守、寂寞等意境。它们也是动物皮毛的色泽，具有厚实、温暖、防寒之感。它们近似劳动者与运动员的肤色，因此具有象征刚劲、健美的特点。它们还是很多坚果成熟的色彩，显得充实、饱满、肥美，给人类以温饱、朴素、实惠的印象。

（8）白色。白色是全部可见光均匀混合而成的，称为全色光，是光明的象征色。白色明亮、平净、畅快、朴素、雅致与贞洁，没有强烈的个性，不能引起味觉的联想，但引起食欲的色中不应缺少白色，因为它表示清洁可口，只是单一的白色不会引起食欲而已。在西方，特别是欧美，白色是结婚礼服的色彩，表示爱情的纯洁与坚贞。但在东方，却把白色作为丧色。

（9）黑色。从理论上看，黑色即无光无色之色。在生活中，只要光明或物体反射光的能力弱，都会呈现出黑色的面貌。无光对人们的心理影响可分为两大类：先是消极类，例如在漆黑的地方，人们会失去方向而产生阴森、恐怖、烦恼、忧伤、消极、沉睡、悲痛，甚至死亡的感觉。其次是积极类，黑色使人得到休息、安静、深思、坚持、准备、考验，显得严肃、庄重、坚毅。在两类之间，黑色还具有使人捉摸不定、阴谋、耐脏、掩盖污染的印象。黑色不能引起食欲，也不能产生明快、清新、干净的印象。但是，黑色与其他色彩组合时，属于极好的衬托色，可以充分显示它的光感与色感。黑白组合，光感最强、最朴素、最分明。在白纸上印黑字，对比极分明，黑线条极细，结构很均匀，对比效果不仅不刺激，而且很和谐，能提高阅读效果。

（10）灰色。灰色原意是灰尘的颜色。从光学上看，它居于白色与黑色之间，居中等明度，属无彩度及低彩度的色彩。从生理上看，它对眼睛的刺激适中，即不眩目，也不暗淡、寂寞、颓废，具有抑制情绪的作用。在生活中，灰色或含灰色的东西数量极大，变化极丰富，凡是脏了的，旧了的，衰败、枯萎的都会被灰色所吞没。但灰色是复杂的色，漂亮的灰色常常用优质原料精心配制才能生产出来，而且需要有较高文化艺术知识与审美能力的人，才乐于欣赏。因此，灰色也能给人以高雅，精致、含蓄、耐人寻味的印象。

（11）极色。极色是质地坚实，表层玉滑，反光能力很强的物体色。主要指金、银、铜、铬、铝、电木、塑料、有机玻璃，以及彩色玻璃的色。极色的运用在工业产品设计中非常常见，基于工业产品的材料特殊性，极色在工业设计领域很受欢迎。许多大规模的产品设计公司所设计的产品都是成套的极色。

三、色彩的视觉传达

（一）色彩的视觉

视觉在感受外部色彩信息的过程中，除了接受要传达的信息外，还会给予一定的生理机能反应与色彩感受。这对于人们正确地知色、利用色彩，特别为今后有效地创作色彩都具有特殊的意义。为了更好地认识某些常见的色彩视觉生理现象，我们应该认识一些基本的色彩视觉生理现象和原理。

1. 视觉的距离适应　人眼能够识别一定区域内的形体与色彩，这主要是基于视觉生理机能具有调整远近距离的适应功能。眼睛构造中的水晶体相当于照相机中的透镜，故可起到调节焦距的作用。由于水晶体能够自动改变厚度，所以能将影像准确地投射到视网膜上。例如，在远观某处物象的形与色时，水晶体形状因拉平而变薄，导致曲度改变，焦距拉长；在近看某处物体时，水晶体形状则会自动加厚，促使曲度扩大，焦距缩短。因此，在水晶体自动调节作用下，人眼能够在一定的视域内轻易地辨别形体与色彩。可是如果超过这一生理视域限度，视觉识形辨色的灵敏度就会减弱，甚至发生视错觉现象。

2. 视觉的明度适应　明度适应也称为"光量适应"，是日常生活中常有的视觉感知状态。例如，当久呆的暗房里的灯光突然打开的瞬间，眼前会充满白光的感觉，但稍后就可以清晰地辨认室内的一切形体和色彩，这一由暗及明的视觉过程称为"明适应"。如果暗房亮着的灯突然熄灭，眼前就会呈现出黑暗一片，需要过一段时间视觉才能调整到这种暗度的适应上，并逐渐看清室内的形色特征，这就是视觉的"暗适应"。视觉的明暗适应能力在时间上是有较大差别的。通常，暗适应仅仅需要0.2s就可以完全恢复正常视力功能。人眼这种独特的视觉功能，主要是通过类似照相机光圈的器官——虹膜对瞳孔大小的控制来调节进入眼球的光量，以适应外部明暗的变化。光线弱时，瞳孔扩大；光线强时，瞳孔则缩小。因此，人眼就能分辨颜色。

科学的试验结果显示，过强或过弱的光线均会对人眼造成伤害。如光量太强，人会因为过分地刺激视觉神经而使人产生眩晕、烦躁之感；相反，如果光亮太少的话，又会因为视觉神经得不到充分的光刺激而产生视觉疲劳的现象。所以，良好的光照条件是保护眼睛的最佳选择。现在，许多设计师已把这一生理科学原理运用于需要光配合的展示等造型艺术领域。在我们以后的设计中，要更加注意颜色的光量给人的视觉刺激度，尤其对于室内设计领域来说，好的光量程度是好的室内设计的前提（见图4-37）。

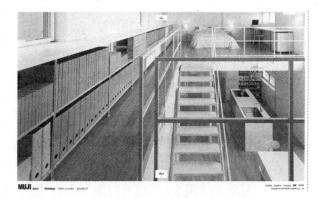

图4-37　色彩的明度适应

3. 视觉色彩的颜色适应　在日常生活中人们经常可以体会到视觉上的颜色适应现象。例如，刚打开日光灯的瞬间能够明显地感觉到画纸的白颜色倾向于光源的蓝色效果，可是不久画纸上的颜色便随着眼睛对灯光色彩的适应而逐渐还原到常态的白色感觉之中。这种视觉变化过程被称之为"颜色适应"。通常，色彩视觉的第一感受时间约为5~10s。这种习惯地把物象色彩恢复到原始面貌状态的本能，亦与"色彩恒常"概念相关，色彩恒常的作用在于使视觉避免被射入其内的光的物理性质所蒙蔽，从而人眼始终能够充分把握物体色的真实属性。例如，当白纸被分别投上红、黄、蓝等不同色光时，人的眼睛仍然能够将之感受为白色。人眼的这种适应色彩变化过程中具有的把光源色与固有色予以自动区别的调控能力，即为色彩恒常的例证。色彩恒常对于从事艺术设计的人员来说，利弊参半。如设计者受制于固有的设计思维套路的羁绊（如香蕉为黄色，便仅仅只能用黄色来表现香蕉），这样便难以在色彩创作中独辟蹊径；若反其道而行之，就可令色彩表达得别开生面，情趣独特。如何灵活地认识、把握与处理好色彩的恒常性，成为我们研究色彩过程中非常值得思考的话题。

（二）色彩的色觉

色彩的色觉是不同波长的光线作用于视网膜而在人脑引起的感觉。色觉是视觉系统的基本机能之一，对于图像和物体的检测具有重要意义。人眼可见光线的波长是390~780nm，一般可辨识出包括紫、蓝、青、绿、黄、橙、红几种主要颜色在内的120~180种不同的颜色。辨色主要是视锥细胞的功能。因视锥细胞集中分布在视网膜中心部，故该处辨色能力最强，越向周边，视网膜对绿、红、黄、蓝四种颜色的感受力依次消失。由物理学可知，用红、绿、蓝三种色光作适当混合，可产生白光以及光谱上的任何颜色。关于色觉的机理，目前多用"三原色学说"来解释。

1. 色觉的形成　人的眼睛不仅能够感受光线的强弱，而且还能辨别不同的颜色。人辨别颜色的能力叫色觉，换句话说，是指视网膜对不同波长光的感受特性，即在一般自然光线下分解各种不同颜色的能力。这主要是黄斑区中的锥体感光细胞的功劳，它非常灵敏，只要可见光波长相差3~5nm，人眼即可分辨。色的感觉有色调、亮度、色彩度（饱和度）三种性质，正常人色觉光谱的范围由400nm紫色到约760nm的红色，其间大约可以区别出16个色相。人眼视网膜锥体感光细胞内有三种不同的感光色素，它们分别对570nm的红光、445nm的蓝光和535nm的绿光吸收率最高，红、绿、蓝三种光混合比例不同，就可形成不同的颜色，从而产生各种色觉。颜色视觉正常的人在光亮条件下能看清可见光谱的各种颜色，它们从长波一端向短波一端的顺序是：红色（700nm）、橙色（620nm）、黄色（580nm）、绿色（510nm）、蓝色（470nm）、紫色（420nm）。此外人眼还能在上述两个相邻颜色范围的过渡区域看到各种中间颜色。我们常常把这些中间颜色叫做绿黄、蓝绿色等。

2. 色彩属性和色觉的转换

（1）颜色是不同波长或光谱组成的光引起的一种主观感觉。虽然颜色取决于光的物理参数（波长等），但它的感知却是大脑神经元对于这些物理参数的一种复杂的抽象。色觉是一种人体的感觉，取决于视网膜内的感受器和神经系统中细胞的联系以及感受器本身的特性。尽管色觉现象早已被了解，但关于神经方面的联系才刚刚开始，有许多问题还是模糊不清。

（2）颜色的基本属性包括色调、饱和度和亮度。色彩是某种颜色如红、绿、蓝或黄等色的波段，当白光或补色光加入某色时，其饱和度就会减弱。色的亮度具有一种自我辨明的属性，黄色是一种淡色，而棕色是深色，黑色只有在周围颜色较浅的条件下才能看得到。

（3）Helmhotlz和Maxwell首先用实验确定，对于一名正常色觉者，任何颜色都可以用三种选择适当的单色光（称为原色或基色）混合复现（或比配），这就是色觉的三变量性。

3. 色觉的对比现象

（1）同发性色对比。当看红环中的一灰点时，看起来是绿色；当看绿环中的一灰点时，看起来是红色，这种现象称为同发性色对比，一般来说，点的颜色常是环颜色的补色。上面已经指出颜色和波长之间的联系并不是绝对的。以585nm波长为例，它在不同条件下表现为不同颜色：在656nm环中为绿色，在540nm环中为红色，在0.7对数单位亮度的585nm环中为灰色，在2.0对数单位亮度的585nm环中为黑色，在1.0对数单位亮度的570nm环中为棕色。

（2）继发性色对比。继发性色对比性是指色后像现象，即当眼睛凝视一红色点几秒钟后转向看一灰色卡片，这时会在卡片中看见绿色点。如同发性色对比一样，一般说来后像的颜色是原来物象颜色的补色。在正常的情况下，人们很少由于长时间盯着某景象而产生后像。即使后像产生时，后像是一个离焦的低对比度的像，视觉系统不大会注意到该后像。

4. 色觉的理论　1807年，杨（T.Young）和赫姆霍尔兹（H.L.F.Von Helmholtz）根据红、绿、蓝三原色可以产生各种色调及灰色的颜色混合规律，假设在视网膜上有三种神经纤维，每种神经纤维的兴奋都引起一种原色的感觉。光作用于视网膜上固然能同时引起三种纤维的兴压奋，但由于光的波长特性，其中一种纤维的兴奋特别强烈。例如，光谱长波端的光线同时刺激"红"、"绿"、"蓝"三种纤维，但"红"纤维的兴奋最强烈，而产生红色感觉。中间波段的光线引起"绿"纤维最强烈的兴奋，而产生绿色感觉。同理，短波端的光线引起蓝色感觉。光刺激同时引起三种纤维强烈兴奋的时候，就产生白色感觉。当发生某一颜色感觉时，虽然一种纤维兴奋强烈，但另外两种纤维也同时兴奋，也就是有三种纤维的活动，所以每种颜色都有白光成分，即有明度感觉。1860年赫姆霍尔兹补充杨的学说，认为光谱的不同部分引起三种纤维不同比例的兴奋。赫姆霍尔兹对这个学说作了一个图解。图中给出三种神经纤维的兴奋曲线，对光谱的每一波长，三种纤维都有其特有的兴奋水平，三种纤维不同程度的同时活动就产生相应的色觉。"红"和"绿"纤维的兴奋引起橙黄色感觉，"绿"和"蓝"纤维的兴奋引起蓝紫色感觉。这个学说现在通常称为杨-赫姆霍尔兹学说，也叫做三色学说。

5. 色觉的心理　色彩的色觉心理是学习色彩构成中很重要的组成部分，色彩之所以有表情，能够引起人的情绪变化，是因为人们长期持续地生活在充满色彩的世界里，色彩无时无刻不在作用着人们，而色彩的显现总是依附于有一定确切形状和意义的物体上的。

人对色彩的感受、记忆、理解、分析与人自身处于有意识或无意识的状态，与人的社会环境、生活经历、文化背景、个人气质、性格脾气又密切相关。每个人带着自己的理解感受色彩、喜欢色彩，但往往带有狭隘的个人经验。而色彩构成则是扩宽人们对色彩的认识和表现范围的基础训练，又是表达色彩复杂情感和性格的高级阶段。色彩的感受表达，脱离不了纯度、明度、色相、冷暖、面积这几大因素的变化和配置，因而可以调制出各种感觉意味的色彩。以下就色彩的色觉心理的几个方面来分别论述。

（1）色彩的冷暖感。色彩本身并无冷暖的温度差别，是视觉中的色彩引起人们对冷暖感觉的心理联想。

暖色：人们见到红、红橙、橙、黄橙、红紫等色后，马上联想到太阳、火焰、热血等物象，产生温暖、热烈、危险等感觉。冷色：见到蓝、蓝紫、蓝绿等色后，则很易联想到太空、冰雪、海洋等物象，产生寒冷、理智、平静等感觉。

色彩的冷暖感觉，不仅表现在固定的色相上，而且在比较中还会显示其相对的倾向性。如同样表现天空的霞光，用玫红画早霞那种清新而偏冷的色彩，感觉很恰当，而描绘晚霞则就需要暖感强的大红了。

（2）色彩的轻重感。这主要与色彩的明度有关。明度高的色彩使人联想到蓝天、白云、彩霞及许多花卉、棉花、羊毛等，产生轻柔、飘浮、上升、敏捷、灵活等感觉。明度低的色彩易使人联想到钢铁、大理石等物品，产生沉重、稳定、降落等感觉。

（3）色彩的软硬感。其感觉主要来自色彩的明度，但与纯度也有一定的关系。明度越高感觉越软，明度越低则感觉越硬。明度高、纯度低的色彩有软感，中纯度的色彩有柔感，因为它们易使人联想起骆驼、狐狸、猫、狗等动物的皮毛、织物等。高纯度和低纯度的色彩都呈硬感，且明度越低硬感越明显。

（4）色彩的前后感。由各种不同波长的色彩在人眼视网膜上的成像有前后之分：红、橙等光波长的色在后面成像，感觉比较迫近；蓝、紫等光波短的色则在外侧成像，同样距离感觉会比较靠后。实际上这是视错觉的一种现象，一般暖色、纯色、高明度色、强烈对比色、大面积色、集中色等有前进感觉，相反，冷色、浊色、低明度色、弱对比色、小面积色、分散色等有后退感觉。

（5）色彩的华丽、质朴感。色彩的三要素对华丽及质朴感都有影响，其中纯度关系最大。明度高、纯度高的色彩，丰富、对比强，色彩感觉华丽、辉煌。明度低、纯度低的色彩，单纯、对比弱，色彩感觉质朴、古雅。但无论何种色彩，如果带上光泽，都能获得华丽的效果。暖色、高纯度色、强对比色感觉跳跃、活泼有朝气，冷色、低纯度色、低明度色感觉庄重、严肃。

（6）色彩的兴奋与沉静感。其影响最明显的是色相，红、橙、黄等鲜艳而明亮的色彩给人以兴奋感，蓝、蓝绿、蓝紫等色使人感到沉着、平静，绿和紫为中性色，没有这种感觉。最后是明度，暖色系中高明度、高纯度的色彩呈兴奋感，低明度、低纯度的色彩呈沉静感。

（三）色彩的视错觉

1. 膨胀性视错觉　当各种不同波长的光同时通过水晶体时，聚集点并不完全在视网膜的一个平面上，因此在视网膜上的影像的清晰度就有一定差别。所以，平时在凝视红色的时候，时间长了会产生眩晕现象，景物形象模糊不清似有扩张运动的感觉。如果改看青色，就没有这种现象了。如果将红色与蓝色对照着看，由于色彩同时对比的作用，其面积视错现象就会更加明显。

色彩的膨胀感和收缩感不仅与波长有关，而且还与明度有关。由于"球面像差"的原理，光亮的物体在视网膜上所成影像的轮廓外似乎有一圈光圈围绕着，使物体在视网膜上的影像轮廓扩大了，看起来就觉得比实物大一些，如通电发亮的电灯钨丝比通电前的钨丝似乎要粗得多，生理物理学上称这种现象为"光渗"现象。歌德在《论颜色的科学》一文中指出："两个圆点同样面积大小，在白色背景上的黑圆点比黑色背景上的白圆点要小1／5。"日出和日落时，地平线上仿佛出现一个凹陷似的，这也是光渗作用而引起的视觉现象。宽度相同的印花黑白条布，感觉上白条总比黑条宽；同样大小的黑白方格子布，白方格也要比黑方格略大一些。

2. 残像性视错觉　从生理学角度讲，物体对视觉的刺激作用突然停止后，人的视觉感应并非立刻全部消失，而是该物的映像仍然暂时留存，这种现象也称作"视觉残像"。视觉残像又分为正残像和负残像两类。视觉残像形成的原因是眼睛连续注视的结果，是由于神经兴奋所留下的痕迹而引发的。

所谓正残像，又称"正后像"，是连续对比中的一种色觉现象。它是指在停止物体的视觉刺激后，视觉仍然暂时保留原有物色映像的状态，也是神经兴奋有余的产物。如凝注红色，当将其移开后，眼前还会感到有红色浮现。通常，残像暂留时间在0.1s左右。大家喜爱的影视艺术就是依据这一视觉生理特性而创作完成的。将画面按每秒24帧连续放映，眼睛就观察到与日常生活相同的视觉体验，即电影或电视节目。

所谓负残像，又称"负后像"，是连续对比的又一种色觉现象。指在停止物体的视觉刺激后，视觉依旧暂时保留与原有物色成补色映像的视觉状态。通常，负残像的反应强度同凝视物色的时间长短有关，即持续观看时间越长，负残像的转换效果越鲜明。例如，当久视红色后，视觉迅速移向白色时，看到的并非白色而是红色的补色——绿色；如久观红色后，再转向绿色时，则会觉得绿色更绿；而凝注红色后，再移视橙色时，则会感到该色呈暗。据国外科学研究成果报告，这些视错现象都是因为视网膜上锥体细胞的变化造成的。如当持续凝视红色后，把眼睛移向白纸，这时由于红色感光蛋白元因长久兴奋引起疲劳转入抑制状态，而此时处于兴奋状态的绿色感光蛋白元就会"趁虚而入"，故此，通过生理的自动调节作用，白色就会呈现绿色的映像。除色相外，科学家证明色彩的明度也有负残像现象。

3. 同时对比性视错觉　同时对比指人眼在同一空间和时间内所观察与感受到的色彩对比视错现象。即眼睛同时接受到色彩的刺激后，使色觉发生相互冲突和干扰而形成的特殊视觉色彩效果。基本规律是在同时对比时，相邻接的色彩会改变或失掉原来的某些物质属性，并向对应的方面转换，从而展示出新的色彩效果和活力。

同时对比这种视错现象曾被许多艺术家们关注及运用，而真正以科学的观念去系统地认识、表达和总结这种色觉现象的应是意大利文艺复兴时期的达·芬奇，他把具有同时对比性质的黑与白、黄与蓝、红与绿等各颜色从其他色彩中分离出来，并根据主题和艺术创作的需要，将它们巧妙地构成到给定的造型中去，从而使画面展示出不同凡响的色彩美感。当我们用色彩构图时，同一灰色在黑底上发亮，在白底上变深；同一灰色在红底上呈现绿味，在绿底上呈现红味，在紫底上呈现黄味，在黄底上呈现紫味；同一灰色在红、橙、黄、绿、青、蓝、紫不同底色上呈现补色感觉。红与紫并置，红倾向于橙，紫倾向于青；红与绿并置，红显得更红，绿显得更绿；各种相邻的色在交界处，对比表现得更为强烈。

（四）色彩视觉现象

1. 颜色对比　颜色对比是两种不同的色光同时作用于视网膜的相邻区域，或者相继作用于视网膜的同一区域时，颜色视觉所发生的变化。前者是同时对比现象，后者是继时对比现象。例如，当你注视黄色背景上的一小块灰色纸片几分钟后，就会感觉到灰色的纸片呈蓝色；同理，在绿色背景上灰色纸片会呈红色，这就是对比现象。若在灰色背景上放一块颜色纸片，注视短时间后再撤走纸片，或先注视颜色纸片再插入灰色背景，就会在背景上看到原来颜色的补色。这是继时对比或连续对比。

2. 颜色适应　在黑暗中经过较长的时间，视网膜的感受性会发生变化，这是一种适应现象。注视一个红色纸片半分钟，然后注视灰色背景，色觉会发生逆转，这也是一种适应。物理学上光全相同的颜色处于不同的周围环境时，会给人以不同的颜色感觉；而不同的颜色刺激，由于环境状态的变化，则可以产生等同的颜色感觉，这就是颜色适应效应。通过大量的颜色适应定量匹配，获得每一种颜色在不同背景下的等效颜色刺激的变化趋势、规律和相互之间的定量关系，从而建立颜色外貌随背景变化的色彩适应。进行彩色和无彩色背景、彩色和彩色背景间的匹配，可预测和定量计算颜色在各种环境背景下的等效颜色感觉。

3. 颜色常性　人眼对物体颜色的感知，在外界条件变化的时候，仍能保持相对不变，表现出颜色常性（或叫固有色或颜色恒常性）。色彩在我们的日常生活中，发挥着巨大的作用。我们对色彩的注意，不仅限于对流行色的敏感，对色彩的常性也有很高的要求，而且还要上升到文化含义层面。很多企业都加大了在色彩方面的投入，企业的公众色彩印象、色彩营销、个人色彩及色彩心理等各方面的色彩应用范围变得日益广泛。在建筑设计装饰、视觉健康治疗及色彩心理效果等方面，很多企业也都在积极地进行着自身行业的研究和运用，为了能够正确地了解色彩常性并进行应用，就将色彩的常性所表示的含义进行体系化理解。以这样的研究为基础，才可以有效地使用颜色的常性（固有色）进行有效地色调及色相系统搭配。

第二节　色彩的心理效应

当色彩以不同光强度和不同的波长作用于人的视觉系统时，由此会对人产生一系列生理、心理的反应，这些反应会和我们以往的生活经验相对应，作出诸如情感、意志、情绪方面的心理反应和变化。色彩的这些心理效应被许多色彩学家们合理地利用了起来：医疗行业配以清淡偏冷的蓝色，可以缓解病人的情绪；体育竞技则多用强烈的红、黄色，可以刺激运动员的求胜欲望和竞技状态；喜庆节日，高纯度的红色会给人以吉祥、幸福、完美的感觉。合理地利用色彩对人心理所产生的不同效应是健康美好人生的保障之一。以下主要介绍生活中一些色彩对人的心理效应，熟练地掌握这些知识不仅可以为设计行业作出贡献，也可以为各行各业服务。

一、色彩的心理反应

日常生活中观察的颜色在很大程度上受心理因素的影响，即形成心理颜色视觉。在色度学中，颜色通常被称为色相、明度、纯度等。然而在生产中则习惯用桃红、金黄、翠绿、天蓝、浓淡、亮不亮、鲜不鲜等来表示颜色，这些通俗的表达方法，不如色度学的命名准确，名称也不统一。根据这些名称的共同特征，大致可将其分为三组，用色相、色光、色彩表示的归纳为一组；用明度、亮度、深浅度、明暗度、层次表示的归纳为一组；用饱和度、鲜度、纯度、彩度、色正不正等表示的归纳为一组。这样的分组只是一种感觉，没有严格的定义，彼此的含义不完全相同。

色度学中的亮度对应于明度、亮度、主观亮度、明亮度、明暗度和层次等，在相同的背景上，亮度小的颜色一般总是比亮度大的颜色显得暗些。色度学中的纯度对应于饱和度、鲜度、彩度、纯度等。心理颜色视觉的名称，虽然和色度学中的几个物理量相对应，但这种对应关系，不是简单的正比关系，也不是一对一的关系，它们之间有许多不同的特征，例如，色度学中的纯度分为刺激纯和色度纯两种。认为白光的纯度为零，一切单色光的纯度（不分刺激纯或色度纯）均为1°色度纯的定义。色光中所含单色光的比例，表示某颜色与某中性色或白光的接近程度，但是，心理颜色视觉在分辨色光与中性色的区别时，却认为各个单色光的纯度并不是一样的。同样的单色光，黄、绿和白光的差别不大，红、蓝和白光的差别显著。所以在心理上认为，黄色光尽管也是单色光，但纯度却比蓝色光低。这些心理上的颜色与白光的差别，通常称为饱和度，以区别于色度学上的纯度。

心理上的亮度又可分为两种，一种是联系到物体，另一种是不联系物体的亮度。例如通过一个小孔观察物体的表面，这时观察者看不见物体，无法联系物体来判断亮度，但它也与色度学中的亮度有差别，为了把物体表面的光亮和色度学中的亮度分开，称它为明度。在混合色方面，心理颜色和色度学的颜色也不相同，当看到橙色时，会感到它是红与黄的混合，看到紫红色时，会感到是蓝与红的混合等。但看到黄光时，却不会感到黄光可以由红光和绿光混合而成。在心理颜色视觉上一切色彩"好像"不能由其他颜色混合出来。一般认为，颜色有红中带黄的橙，绿中带蓝的青绿，绿中带黄的草绿，但是，却没有黄中带蓝或红中带绿的颜色。

因此，在心理上把色彩分为红、黄、绿、蓝四种，并称为四原色。通常红—绿、黄—蓝称为心理补色。任何人都不会想象白色从这四个原色中混合出来，黑也不能从其他颜色混合出来。所以，红、黄、绿、蓝加上白和黑，成为心理颜色视觉上的六种基本感觉。尽管在物理上黑是人眼不受光的情形，但在心理上许多人却认为不受光只是没有感觉，而黑确实是一种色彩感觉。

这几种颜色是心理颜色的基本色，也是我们学习色彩时首先需要认识的颜色，不同的基本色和他的引申色都会给人不一样的心理感受。

（一）色彩心理感受

色彩本身是没有灵魂的，它只是一种物理现象，但人们能感受到色彩的情感，这是因为人们长期生活在一个色彩的世界中，积累着许多视觉经验，一旦知觉经验与外来色彩刺激发生一定的呼应时，就会在人的心理上引出某种情绪。无论有彩色的色还是无彩色的色，都有自己的表情特征。每一种色相，当它的纯度和明度发生变化，或者处于不同的颜色搭配关系时，颜色的表情也就随之变化了。因此，要想说出各种颜色的表情特征，就像要说出世界上每个人的性格特征那样困难，然而，对典型的性格做些描述，总还是有趣并可能的。在视觉艺术中，表情的特征是色彩领域中重要的研究对象之一，理解和熟悉色彩给人的心理感应和形成表情特征的原因，有助于系统、完整而全面地理解、运用色彩，为设计创作开阔空间。

1. 季节的色彩——春夏秋冬　每个人心中代表春夏秋冬的色彩各有不同，基于每个人对色彩的感受力，从而产生不同的色彩情感。春天是万物复苏的季节，呈黄绿色，其嫩绿、青绿、黄绿的景象使万物欣欣向荣。也有人认为春天是含苞待放的一抹粉红。夏天是充满激情与活力的季节，有人认为它是火红色的，夏天又使人联想到露天的泳池，碧波荡漾的湖水，湛蓝的大海，于是夏天又成了清凉的蓝色。秋天是一个诗意的季节，多数人认为它是硕果累累的田野金黄色，也是落叶满地的橙色，在这诗意的季节里思念的心在这思念的季节里沉沦，因而，也有人认为秋天是惨淡萧条的灰色。冬天是白色的，大雪从天空落下时，就像一层棉被似的，铺在地上，这时冬天就变成了白色的世界。

在我们的生活中，色彩占据了很大的空间，人们随时随地在感受着色彩带给我们的万紫千红和绚丽斑斓。这正如婴儿第一次用视觉来感知世界时，首先要先辨认色彩，而不是形。 不同的色彩能带给人不同的视觉感受和美感，因此，在20世纪70年代初，就诞生了由世界第一色彩夫人卡罗·杰克逊提出的"色彩季节理论"。在这个理论中，色彩学家们在1000多种颜色中选取了144种有代表性的颜色，并把他们分为春、夏、秋、冬四个季节。在这种分划中，不同的色系分归不同的季节。在现在的艺术设计中，我们可以看到许多设计的色彩带有明显的季节个性和风格。这也曾经成为设计界的一种潮流，对颜色感兴趣的同学往往对季节性的色彩也很关注，这样也为自己的设计带来更多的素材选择（见图4-38）。

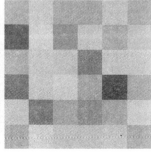

图4-38　春夏秋冬

2. 味觉的色彩——酸甜苦辣　关于色彩的酸甜苦辣，首先可以想到的是色彩的味觉感，人的味觉主要是通过舌头对各种食物刺激来完成的。通过生活经验，在科学的指导和启示下，人可以将自己的味觉与许多可食物品的色彩对应联系起来。比如酸，使人联想到不成熟的果实，如生桃、生梨、生苹果等，因此，黄绿色和嫩绿色往往能传达出酸的联想感觉；咸的味觉可以和冷灰、暗灰、白色联系起来；甜的味觉往往可以和淡红、粉红等颜色联系起来。人还可以进一步把这种联觉引申到抽象的概念范围，如把不成熟的年轻人与不成熟的果类色联系在一起，说此人"太嫩"，西方把生手和稚嫩的青年人比喻为Greener不无道理；比喻一个人脾气火爆，缺乏耐心，也可以同大红大黄火爆色彩联系起来；形容一个可爱的女孩，说她长得很"甜"，可以使人联想到粉红色。色彩的味觉感训练，可以扩宽人对色彩的各种感觉与配合的表现范围，提高表达各种色彩主题配置的能力。各种基本颜色与酸、甜、苦、辣之间的联想关系如下。

（1）酸。柠檬黄、橄榄绿、黄绿色、嫩绿、水绿、果青、豆绿、青色等。

（2）甜。粉红、橘红、淡红、淡赭色、枣红、橙色、栗色、棕黄、赭色等。

（3）苦。墨绿、褐色的混合、黑色、土黄、深灰、霜色、花白、牙白等。

（4）辣。大红、胭脂红、绛紫、殷红、银朱、朱砂红、洋红、品红、绯红、赫赤等。

人的感觉器官总在大脑的统一指挥下联合协调工作，在同一物体的刺激下，联合地作出反应。偶尔有某一器官受到外物刺激时，其他器官会下意识地作出反应，这就是色彩感觉通过视觉而产生其他联觉的缘由，在色彩构成中加强这方面的训练和启示，是大有裨益的（见图4-39）。

人的感觉器官是互相联系、互相作用的整体，任何一种感觉器官受到刺激以后，都会诱发其他感觉系统的反应，这种伴随性感觉在心理学上又称为"共感觉"或"通感"。饮食文化讲究色香味俱全，其中色彩排在首位。色彩可以促进人们的食欲，有色彩变化搭配的食物容易增进食欲，而单调或者杂乱无章的色彩搭配则使人倒足胃口。不同彩色光源的照射也会对食品色彩产生很大影响，从而引起人们不同的食欲反映。农贸市场中许多出售肉食的摊位用红色玻璃纸包裹灯泡并用这种红色灯光照射食物，能使肉食看上去更加新鲜，引起人的食欲。色彩是最具视觉传达能力的要素之一，尤其是在工业社会向情报化、信息化方向发展的时代，色彩的作用不仅只有美化和装饰。

日本的内藤耕次朗调查表明：黄色、桃红色是甜味；绿色是酸味；茶色、灰色、黑色是苦味；青色、蓝色是咸味。此外，根据法国野兽派画家勃拉克的调查表明：橘红色是甜味；绿、深绿是酸味；黑色是苦味；粉红色是甜咸

图4-39　酸甜苦辣

图4-40 味觉的色彩

味。西班牙画家格缪斯味的调查表明：绿色是酸味；洋红是苦味；青色是咸味。根据试验表明，学生在用颜色进行味觉联想时，大多数人认为：想到糕点的粉红色、奶油色时感到甜味；想到辣椒的红色、暗黄色时感到辣味；想到盐的淡灰色时感到咸味；想到深绿色、咖啡色、茶色时感到苦味；想到未成熟的橘子的黄绿色、熟橘子的橙色时感到酸味。从以上感觉知道，这些颜色大多和看到这些东西时，在心理产生的感觉相同，与味觉和相应于该味道的物体及颜色有关（见图4-40）。

3. 色彩的象征性——节日色彩　色彩的象征性即是历史积淀的特殊文化结晶，也是约定俗成的文化现象，并在社会行为中起到了标志和传播的双重作用。同时，又是生存与同一时空氛围中的人们共同遵循的色彩尺度。自然界对色彩的熏陶、人类对色彩的认知、运用，是人们形成色彩感情象征意义的最根本基础。由于时代、地域、民族、历史、宗教、文化背景、阶层地位、政治信仰等的差异，人们对色彩的理解、喜爱各有不同，色彩也开始逐步从具体的物体中分离出来。不同国家、种族和人群对色彩逐渐拥有了自己的偏好和象征意义。

五彩缤纷的色彩象征着各式各样的节日。春节是热烈奔放的红色，象征着热闹、喜庆、隆重。而教师节应该是充满生机的绿色——两袖清风数十年，赢得桃李满天下。母亲节是温暖的橘黄色。这样的季节如一股暖流倾入体内，母亲的关怀正像是阳光的橘黄色。"五一"劳动节是古铜色，它象征着创造美好生活、能撑起一片天的劳动人民。七夕情人节是棕色的，传说牛郎和织女是勤劳的化身，那么这沃土的颜色就代表着勤劳。舞火龙、打灯笼的元宵节是黄色的，它象征着龙的传人的颜色。清明节是青色的，此时人们都要踏青，满山都是青色的清香，而青色中也裹着对先人的缕缕情丝（见图4-41）。

图4-41 节日的色彩

（二）色彩的联想

色彩的联想作用属于心理学问题，然而对于广告技术的应用，则是相当重要的问题。若无法事先预测人们对于色彩的感觉，以及会产生的作用，便无法运用有效的色彩。无论人们对于色彩是无意识的，或者是有意识的，都表示是一种自我反省。这是因为透过视觉的冲击会在心理上产生作用。然而，这种冲击大多是产生无意识的心理作用，所以多数人不会感觉到色彩对心理的作用和对感情带来的影响。但是色彩对心理产生作用的实例相当多。例如进入涂成蓝色的屋子感觉寒冷，进入涂上红色的屋子，则会有温暖的感觉。这种感觉与物理上的温度无关，而是色彩对心理的影响。色彩可分为寒暖两大明显的心理范围。这两个范围都会对我们的身体带来各种不同的肉体反应。寒色、暖色的区别，是透过视觉经验累积所得的感觉，再加联想而成知觉。红色可联想到火焰，蓝色可联想到水或冰，这是由于汇总而成的概念，显示出感情的反应。另外，对色彩的嗜好度也大大地影响着联想的作用，例如因外伤而有痛苦经验的人会将红色联想成血的颜色而讨厌红色。

色彩的联想带有情绪性的表现，受到观察者年龄、性别、性格、文化、教养、职业、民族、宗教、生活环境、时代背景、生活经历等各方面因素的影响。色彩的联想根据创作主题不同分为具象和抽象两种。

1. 色彩的具象联想　色彩的具象联想是指由观看到的色彩直接想象到客观存在并与之近似的某一具体物象颜色的色彩联想构成形式，表现形式有节气式联想、时辰式联想、金属式联想等。例如，色彩颜料中的橙色、草绿色、湖蓝色、玫瑰红等都是人们凭借对柑橘、草地、湖水、玫瑰花等具体的固有色的联想而命名的。中国画历史悠远，许多文人墨客在总结其色彩艺术创作规律时各抒己见。其中，当以宋代山水画家郭熙所归纳的有关"天空水色"四季的配色画法最具建树。他根据自己对不同季节的天色与水色的观察印象及绘画心得，把它们浓缩为相应的色彩关系，且诉诸于理论诠释和艺术表达。例如，把水色分为春绿、夏碧、秋青、冬墨；把天色分为春曩、夏苍、秋净、冬黯。以下为大家例出人们对一些主要色彩的具象联想，它对我们研究色彩的具象联想能够提供参照价值或灵感启迪。

（1）红色。可以联想到火焰、血液、太阳等。

（2）橙色。可以联想到秋叶、柑橘等。

（3）黄色。可以联想到光源、柠檬等。

（4）绿色。可以联想到青草、嫩苗等。

（5）蓝色。可以联想到蓝天、海洋、空气等。

（6）紫色。可以联想到葡萄、茄子等。

（7）黑色。可以联想到煤炭、夜晚等。

（8）白色。可以联想到棉花、白云、雪、面粉等。

（9）灰色。可以联想到草木灰、乌云等。

这些自然色彩由于长时间在人们的心里经过反复联想，几乎已经固定了他们的情感，该色就会演变成该事物的象征。

2. 色彩的抽象联想　所谓色彩的抽象联想是指通过观看某一色彩实体而直接想到某种富于哲理性或逻辑性概念的色彩心理联想形式。如注视黄色时，则联想到光明、智慧、傲慢、颓废等；而凝视紫色时，则遐想到高贵、吉祥、神圣、邪恶等。就本质而论，色彩抽象联想构成就是试图借助色彩所包含的丰富含义及符号化特征，或含蓄或直接地表达某些抽象或不容易具象表达的概念或思想。例如，盛行于西方艺坛的抽象派、观念派、表现派等的艺术创作无一不是以此为表达主体的。他们创作的那些别具思想的色彩作品是后人学习色彩抽象联想构成的经典范本，同时也是"艺术是一种从感觉到知觉，进而把知觉变成有意味的形式的综合或浓缩的过程"的形象释义。

（1）红色。可以联想到热情、警告、活力等。

（2）橙色。可以联想到温暖、欢乐等。

（3）黄色。可以联想到光明、希望、生活等。

（4）绿色。可以联想到生命、希望、安全、和平等。

（5）蓝色。可以联想到理智、平静、科技等。

（6）紫色。可以联想到优雅、神秘等。

（7）黑色。可以联想到绝望、死亡等。

（8）白色。可以联想到纯洁、光明等。

（9）灰色。可以联想到平凡、谦逊等。

多数情形下，人们对色彩的抽象联想程度是随着年龄、阅历、智力的发展而不断深化与扩展的，通常，未成年人多富有直观的、感性的色彩具象联想能力，如见到红色便想起太阳、西红柿、红帽等，而成年人多具观念的、理性的色彩抽象联想优势，如见到红色会想到生命、危险、革命等。据日本色彩学家测定，与女性相比，男性更容易联想到客观事物。

（三）色彩的感觉、感情

色彩本身是没有感情的，但由于人们的社会活动与之发生联系，色彩对人的思维、感情又产生影响，因此，在心理上会产生某种情绪。在进行设计或创作时，应该认真把握好色彩这种独有的感觉情绪，更加清晰地表达所想要表达的主题。

1. 华丽与可爱　象征华丽的颜色有黄色和紫色。黄色灿烂、辉煌，有着太阳般的光辉，是最为光亮的色彩，在有彩色的纯色中明度最高，纯净的黄色既象征着智慧之光又象征着财富和华丽，它是骄傲的色彩。紫色具有神秘、高贵、优美、庄重、奢华的气质。粉色最能代表可爱，它甜美、温柔、纯真，代表童心、浪漫。娇柔可爱的粉色，纯纯的像女孩的美梦，它给人纯真、可爱、浪漫、腼腆的印象，甜蜜中散发着清新之感（见图4-42）。

a）

b）

图4-42　华丽与可爱

2. 高兴与跃动　红色是最奔放、最喜庆的颜色，充分象征着高兴与跃动。中华民族崇尚红色，以红色象征幸福、吉祥。门联、请帖都用红纸；馈赠礼品也要在包装纸上放张红纸条；迎娶的车辆，要挂红彩带；喜幛、寿屏要用红绸缎制作。企业文化中，可口可乐注重红色所象征的温暖、亲切、和睦，凯迪拉克新设计的车标中的红色象征行动果敢，红色法拉利更是在舒马赫的形象代言下举世闻名。艺术表现上，红色象征火和太阳的颜色，还象征兴奋、热情、快乐，并能渲染活泼欢快的气氛。喜爱红色的人，性格开朗，有上进心。李泽厚先生称之"红色本身在想象中被赋予了人类所独有的符号象征的观念含义"。红色又是东方人的象征，是中国的象征（见图4-43）。

3. 闲适与动感　蓝色给人闲适、安静的感觉，而橙色往往使人感到精力充沛、具有动感。蓝色是博大的色彩，天空和大海这辽阔的景色都呈蔚蓝色。纯净的蓝色表现出一种文静、安祥与闲适。蓝色很容易使人联想到天空和大海，使人的心境广阔而宁静，同时也象征着理智。橙色界于红色和黄色之间的混合色，又称橘黄或橘色。在自然界中，橙柚、玉米、鲜花果实、霞光、灯彩，都有丰富的橙色，因其具有动人的色感，所以深受女性们喜爱。

4. 健壮与丰富　棕色代表着健壮、健康。劳动人民的肤色正是这样的颜色。棕色体现着广泛存在于自然界的真实与和谐。它是稳定与保护的颜色，充满着生命力。在颜色金字塔的测试中，棕色被看做是具有精神抵抗力的。在众多色彩中，情感丰富的色彩有很多种，基于红色在中国的历史悠久，不同年龄和不同背景的人对红色都会有着不一样的特殊情感，那么在这里我们主要介绍红色。

红色系是一种热情浪漫，具有丰富意蕴的色彩。它具有鲜艳的视觉感官刺激，表现为一种大胆、热情、奔放、开朗、欢乐、喜悦的个性。红色运用在服饰上最能传达热情、奔放和喜庆，以红色为基调再用黑色的装饰物搭配，可表现出阳刚之美，同时又增添几分帅气。红与白、绿的搭配融尽了洒脱；红与蓝的鲜明对比更衬托出了少女的妩媚和娇艳。

二、数字色彩的认识

随着数字及计算机科技的普及与发展，数字技术在艺术设计这一领域已经逐渐占有重要的位置，所以在数字技术的色彩认识上需要进一步地学习和了解。在数字技术的色彩深度（Depth of

图4-43　高兴与跃动

图4-44　色彩的分辨力

Color）中又叫色彩位数，它是用来表示数码相机的色彩分辨能力。红、绿、蓝三个颜色通道中每种颜色为n位的数码相机，总的色彩位数为$3n$，可以分辨的颜色总数为2^{3n}。色彩位数的值越高，就越可能真实地还原亮部及暗部的细节，也就意味着可捕捉的细节数量越多。

像素深度是存储每个像素的位数，它也是用来度量图像的分辨能力的。像素深度决定彩色图像的每个像素可能有的颜色数，或者确定灰度图像的每个像素可能有的灰度级数。例如，一幅彩色图像的每个像素用R、G、B三个分量表示，若每个分量用8位，那么一个像素共用24位表示，即像素的深度为24。在这个意义上，往往把像素深度说成是图像深度。表示一个像素的位数越多，它能表达的颜色数目就越多，而它的深度就越深。常用彩色空间（又称彩色模型）来描述图像颜色。常用的彩色空间有RGB（红绿蓝）空间、CMKY（青洋红黄黑）空间、YUV（亮度色差）空间，任何一种颜色都可在上述彩色空间中精确描述。

图像在彩色空间的每一个分量的所有像素构成一个位平面，彩色图像有三或四个位平面，单色图像只有一个位平面。组成图像的所有位平面中像素的位数之和称为最大颜色数，也叫图像深度。图像的数据量等于（图像宽度×图像高度×图像深度）/8（字节长度）。真彩色是指在组成一幅彩色图像的每个像素值中，有R、G、B三个基色分量，每个基色分量直接决定其基色强度。这样产生的彩色称为真彩色，它显示的彩色是原来图像的彩色。例如用 R:G:B = 5:5:5 表示的彩色图像，R、G、B备用5位，表示R、G、B分量大小的值直接确定三个基色的强度，这样得到的彩色是真实的原图彩色。彩色数码相机拍摄的影色就是真彩色。伪彩色表示彩色图像的每个像素值，而R、G、B作为单个像素值用索引对它进行彩色变换，具体一点就是把像素值当做彩色查找表CLUT（Color Look-Up Table）的表项入口地址，去查找一个包含实际的R、G、B强度值，用查找出的R、G、B强度值产生的彩色称为彩色。但这种彩色是真的，不反映原图的彩色（见图4-44）。

第三节　色彩空间的配色

一、配色原则

从颜色相减或相加混合理论中可以概括出这样一个常识：色调、彩度、明度是确定某种颜色相同或某种颜色相近或不同的三个基本要素。配色实际就是对色调、彩度、明度进行组合运用，即只是在三原色中的一个原色的基础上改变其色调、彩度和明度，从而产生出多种新颜色。这就是运用色调、彩度、明度三者调制颜色组合的奥妙。

由于原色的纯度最高，最醒目，因此在配色中是当之无愧的主角。即使在配色中所占的面积不多也常常会有画龙点睛的效果。原色与原色相配是"强强联手"，强力而鲜明的感觉自不待言，但也因过分刺激而缩小了应用的范围，因而仅仅适用于特定的场合。原色及其补色的相配是"相得益彰"，因为互为补色会使人在视觉上产生一种平衡，并互为促进，使它们朝着各自的特征方向进一步加强，而达到非常强烈的视觉效应。要使原色在配色中安静下来，选用略浅色可以起到调节作用。

（一）配色的秩序美

所谓"秩序"是指次序、常态、规则性的循环反复、条理分明。自然界中万千景象都纳入这个秩序中。重峦叠嶂的井然有序，给人一种山峦的秩序美；四季的春去秋来、夏暖冬寒，使人们对未来充满憧憬与希望，而不会认为没有明天，因为所有自然界的变化，季节的推移，晨曦夕照，潮涨潮落都在可以预见的秩序中反复出现，没有停歇。色彩的秩序美，亦得到了自然秩序美的启示，是人类整理归纳出的一种调和原理。常见的色彩秩序调和有：支配色的秩序调和、隔离色的秩序调和、强调色的秩序调和、渐变色的秩序调和、重复色的秩序调和等，从而组成了一个比较完整、和谐的色彩秩序。色彩秩序配色法首先要求借助各种形象，按色彩构成原理，即对比协调规律，在画面内安排构成调子的主色。色彩次序美的原则主要有以下几个方面。

1. 平衡　颜色的平衡就是颜色的强弱、轻重、浓淡关系的平衡。这些元素在感觉上会左右颜色的平衡关系。因此，即使相同的配色，也将会根据图形的形状和面积的大小来决定成为调和色或不调和色。一般同类色配色比较容易平衡，处于补色关系且明度也相似的纯色配色，如红和蓝绿的配色，会因过分强烈感到刺眼，成为不调和色。若把它的色的面积缩小，或者在这个色彩里加白、加黑，就可以改变其明度和彩度并取得平衡，从而可以使这种不调和色变得调和。纯度高而且强烈的色与同样明度的浊色或灰色配合时，如果前者的面积小，而后者的面积大也可以很容易地取得平衡。将明色与暗色上下配置时，若明色在上暗色在下则会显得安定。反之，若暗色在明色上则有动感。

2. 醒目　"醒目"的意思就是突出、显眼。在单色配色中，少量地加入一些对比色彩，使它成为焦点，从而使整体色彩引人注目。隔离色彩为了在主色调中引人注目，经常使用无彩色，而强调色彩则常常用主色调的色相来加以区别，色相相对比的色彩以突出主色调为目的。比如，在整体发暗的色调上，少量地加入和它明度形成高明度的色相对比，为整体的色调增加了主体的色相使之更为醒目。在无彩和低彩度的灰色中，就应将加入高彩度、低明度的色相对比来作为强调主色调。

3. 对比　对比意味着色彩的差别，差别越大，对比越强，相反就越弱。所以在色彩关系上，有强对比与弱对比之分。如红与绿、蓝与橙、黄与紫三组补色，是最强的对比色。在它们之中，逐步调入等量的白色，就会在提高明度的同时，减弱其纯度，成为带粉的红绿、黄紫、橙蓝，形成弱对比。如加入等量的黑色，也会减弱其明度和纯度，形成弱对比。在对比中，减弱一个色的纯度或明度，使它失去原来色相的个性，两色对比程度就会减弱，以至趋于调和状态。色彩的对比因素主要有以下几种。

（1）色相对比。色环中的各色之间，可以有相邻色、类似色、中差色、对比色、互补色等多种关系。在色环中180°的两个色为互补色，是对比最强的色彩（色环中大于120°的两色都属对比色）。色环中成90°的两色为中差色对比（如红与黄、红与蓝、橙与黄绿等）。色彩中还有类似色（如深红、大红、玫瑰红等）和相邻色（如红与红橙、红与红紫、黄与黄绿等）。

（2）明度对比。即色彩的深浅对比，色彩的深浅关系就是素描关系。我们从颜料管中挤出来的每一种颜色，都已具有自己的明度。颜色与颜色之间有明度的差别，如从深到浅来排列，可以得到以下顺序：黑、蓝、青紫、墨绿、黑棕、翠绿、深红、大红、赭、草绿、钴蓝、朱、桔黄、土黄、中黄、柠檬黄、白。如果每个颜料调入黑或白，就会产生同一色性质的明度差别，如调入比这一颜色深或浅的其他色，就会产生不同色个性的明度差别。由此可见，色彩的明度对比，包含着相当复杂的因素。辨别单色明度和明度对比比较容易，如果要正确辨别包含色彩纯度、冷暖等因素的明度对比，则并不容易。如看十字路口的红绿灯，红绿色容易辨别，但红、绿的明度强弱就很难分辨出来。所以在色彩写生中，正确及时地掌握不同个性的色彩明度推移、连接与对比关系是需要经过训练的。根据色彩的明度变化，可以形成各种等级，大致可分成高明度色、中明度色和低明度色三类。

（3）纯度对比。色彩的效果，是从相互对比中显示出来的。纯度对比，是指色彩的鲜明与混浊的对比。运用不鲜明的低纯度色彩来作衬托色，鲜明色就会显得更加强烈。如果将纯度相同，色面积也差不多的红绿两对比色并列在一起，不但不能加强其色彩效果，反而会互相减弱。如将绿色调入灰色来减弱纯度，红色才会在灰绿的衬托对比中更加鲜明。我们在雨天街头观察行人使用的五颜六色的雨披和雨伞，那鲜艳纯净的色彩异常醒目、美丽，其原因就是受周围环境沉暗的冷灰色调对比衬托的缘故。高纯度的色彩，有向前突出的视觉特性，低纯度的色彩则相反。相同的颜色，在不同的空间距离中，可以产生纯度的差异与对比。如观察处在近、中、远不同距离的三面红旗，近处的红旗是鲜明的；中景位置的红旗与近景中的红旗相比，则呈灰紫色；远景中的红旗，相比之下，纯度更差，呈灰色。这是色彩因空间关系所产生的视觉变化，从而反映出色彩纯度变化所产生的空间距离感。

（4）冷暖对比。色彩的冷暖感，是来自人的生理和心理感受的生活经历。由此，色彩要素中的冷暖对比，特别能发挥色彩的感染力。色彩冷暖倾向是相对的，要在两个色彩相对比的情况下显示出来。

冷暖对比可以有各种形式，如用暖调的背景环境，衬托冷调的主体物；以冷调的背景环境，衬托暖调的主体物；以冷暖色调的交替，使画面色彩起伏具有节奏感等。暖色是指黄、黄橙、橙、红橙、红和红紫；冷色是指黄绿、绿、蓝绿、蓝、蓝紫和紫色。然而，这种划分很容易将人引入歧途。白色和黑色两个极端代表最明和最暗，而所有灰色都是按照它们同更亮或更暗的色调对比才显得或亮或暗。与此相仿，蓝绿色和红橙色是冷色、暖色的两个极端，它们总是分别代表冷色和暖色。然而，色轮中介于它们之间的可能是冷色，也可能是暖色，这取决于它们是同更暖还是更冷色调相比较。

（5）面积对比。色彩的面积、形状、位置，在色彩要素一节中已提到过。这是美术设计中的构成或绘画中布局结构相关联的因素之一。所谓色彩的面积，在设计或装饰绘画中一般比较明确，因为大多是采用色相单纯的平面色块，结合色块的形状通过安排上的穿插，形成强弱、起伏的节奏效果。色面积的大小与形成色调有关。在艺术表现中的作用是通过对比来获得色彩效果的。考虑色块形状是指外形的美，同时也包含着线与形的对比关系，一个方形与圆形对比有不协调的因素，但这与曲、直线条给人的感觉不同。譬如，风景画中的一片天色，一座建筑物，一片田野，一棵树，都具有它的色面积、形状和位置。"万绿丛中一点红"，不但具有色相的补色对比，也有色面积的强对比效果。

4. 层次　色彩的层次分为投影、暗部、灰部、亮部，色彩层次的表现还要考虑绘画时的光源和环境。色彩中投影是最暗的，明度纯度都最低，它一般用三种以上色彩调和而成。色彩层次的投影大多用三种颜色调和，其中固有色比例较高，灰部是由固有色加其他互补色调合成的，其纯度较低，明度较暗部高；亮部是固有色加白或者加明度高的邻近色调和成的，纯度和明度都最高。在画色彩的时候要注意考虑环境色和光源，如果是暖光源的话就要在固有色中加入暖色调的颜料，如果是冷光源的话，就要在固有色中加入冷色调的颜料，环境色的考虑与光源相似，但切记环境色和光源色不能加得过多，几笔就够了，不然画的固有色就变了。

色彩的层次是当把作品去色之后，作品中有没有表现出从黑到灰再到白的存在比例。如果一个作品的黑色比较多那么整体的效果就会显得很沉重，而如果白色很多的话整体效果就会显得很苍白，如果灰色很多，白色与黑色都很少，那么，整个版面就显得很脏。丰富的色彩层次还可以使作品色彩艳丽。很多人想表现艳丽的色彩时总是在拾色器中找个高饱和度、高亮度的色彩，可是做出来却发现并非是自己想得那样艳丽。

（二）色彩空间与造型

色彩空间与造型有三部分组成：二维色彩空间与造型、三维色彩空间与造型以及虚拟色彩空间与造型。

1. 二维色彩空间与造型　在设计中二维的色彩主要是二维平面设计中的色彩，由于平面设计的领域和范围过于广泛，在此不一一举例，主要以平面设计中的标志为例，来诠释艺术设计中二维色彩空间与造型。标志设计不仅是实用物的设计，也是一种图形艺术的设计，因此标志设计的色彩和造型都比其他一般的平面设计要讲究。它与其他图形艺术设计表现手段即有相同之处，又有自己的艺术规律。它必须体现其形式和色彩特点，才能更好地发挥其功能。由于对其简练、概括、完美的要求十分苛刻，即要成功到几乎找不到更好的替代方案的程度，其难度比之其他任何图形艺术设计难度都要大得多。设计应在详尽明了设计对象的使用目的、适用范围及有关法规等有关情况和深刻领会其功能性要求的前提下进行。设计必须充分考虑其实现的可行性，针对其应用形式、材料和制作条件采取相应的设计手段。同时，还要顾及应用于其他视觉传播方式（如印刷、广告、映像等）或放大、缩小时的视觉效果。要符合对象的直接接受能力、审美意识、社会心理和禁忌。构思须慎重推敲，力求深刻、巧妙、新颖、独特、表意准确，能经受住时间的考验。构图要凝练、美观、适形（适应其应用物的形态）。图形、符号即要简练、概括，又要讲究艺术性。色彩要单纯、强烈、醒目，一般为2~3套色，基本不超过3套色。遵循标志艺术性规律，创造性地探究恰当的艺术表现形式和手法，锤炼出精确的艺术语言是设计艺术追求的准则（见图4-45）。

2. 三维色彩空间与造型　以环境艺术设计中的建筑设计为例阐述三维色彩空间与造型

色彩与一切物质同时存在，它具有深奥而丰富的表现力、想象力，色彩与环境相辅相成，能增强环境的感染力并加强人的视觉感受。色彩是环境艺术设计的基本构成要素之一，是造型设计强有力的艺术表现手段之一，开展与环境相关的色彩研究是十分必要的。建筑的存在与发展都是为了满足人们物质和精神生活的需要。在现代的建筑设计中，利用色彩特有的视觉效果进行创作已经成为现代建筑设计中必不可少的手段。由于色彩的特性在更大程度上强调和丰富建筑的造型，所以建筑色彩往往要具有它独有的实用性，色彩要符合建筑形式的需要，并可以产生强烈的识别性。例如，我们到一个陌生的环境中，可以借助色彩在建筑上的造型标志作用来识别方位，同时一些企业或店面的建筑外观，利用企业的形象和鲜明特征、色彩独特的广告作为识别标志，还能起到装饰和美化建筑的作用。色彩还能丰富建筑中的空间层次，特别是造型比较单一的建筑需要利用色彩的特性获得丰富的空间层次，填补造型上的不足之处。所以建筑设计中的色彩与造型是相辅相成、和谐统一的（见图4-46）。

图4-45　二维色彩空间　　　　　　　　　　　　　　图4-46　三维色彩空间

3. 虚拟色彩空间与造型　虚拟色彩空间是基于现代计算机与软件技术的发展之上的，由于信息现代技术的发展，设计的形式和表现手法也在很大程度上进行了大规模的革新。现代的设计大多是借助计算机软件完成的，因此，不少设计师在使用计算机绘图和计算机辅助设计时，在新的技术领域里引入了原来大家所认识的二维和三维色彩空间概念，使得计算机软件运用中的虚拟色彩空间变得越来越普遍。

色彩空间（Color Space）是可见光谱中的颜色范围。在计算机图像处理中，对图像必须用数据来表示。计算机中的平面色彩空间是要用数据来表示颜色的，对一个颜色的表示，可有多种计算机的数据来表示颜色，即多种平面色彩空间模式。对一个颜色的表示，可有多种数据表示模式，即多种色彩空间。有的色彩空间对颜色的表示与所用显色设备的性能无关，称为与设备无关的色空间；有的色空间对颜色的表示数据随着显色设备的不同变化，称为与设备相关的色空间。在RGB 、CMYK和Lab中编辑图像，其本质的不同是在不同的色域空间中工作。色域是某种表色模式所能表达的颜色数量所构成的范围区域，也指具体介质如屏幕显示、打印机输出及印刷复制所能表现的颜色范围。自然界中可见光谱的颜色组成了最大的色域空间，该色域空间中包含了人眼所能见到的所有颜色。在色彩模式中，Lab色域空间最大，它包含RGB、CMYK中所有的颜色。色彩空间包含的颜色范围称为色域。整个工作流程内用到的各种不同设备（计算机显示器、扫描仪、桌面打印机、印刷机、数码相机）都在不同的色彩空间内运行，它们的色域各不相同。

二、配色色彩模型

（一）HSB模型

HSB表色系统表示颜色的方法是将任一颜色用三个变量来表示，H表示色度，即该色为红、绿还是紫色等，它是人眼对不同波长光波的反应，也是颜色最基本的内容；S表示饱和度，是指颜色中含有多少灰成分；B是亮度，表示颜色的亮与暗。我们见到某种颜色时，首先就是判断这是什么色，鲜艳程度，饱和度高不高，可见，HSB是最直观的表色法。色度H的变化范围是0~360°，0与360°是重合的，都代表红色；饱和度S的变化范围是0~100%；亮度B的变化范围是0~100%，达到100%时最亮。

色相是从物体反射或透过物体传播的颜色。在0°~360°的标准色轮上，按位置度量色相。在通常的使用中，色相由颜色名称标识，如红色、橙色或绿色。

饱和度（有时称为彩度）是指颜色的强度或纯度。饱和度表示色相中灰色分量所占的比例，它使用从0（灰色）~100%（完全饱和）的百分比来度量。在标准色轮上，饱和度从中心到边缘递增。亮度是颜色的相对明暗程度，通常用从0（黑色）~100%（白色）的百分比来度量。尽管可以使用Photoshop中的HSB模型定义"颜色"或"拾色器"对话框中的颜色，但是没有用于创建和编辑图像的HSB模式（见图4-47）。

（二）RGB模型

所谓RGB就是红（Red）、绿（Green）、蓝（Blue）三种色光原色。RGB色彩模型的混色属于加法混色。每种原色的数值越高，色彩越明亮。R、G、B处于0时都为黑色，255时都为白色。RGB是计算机设计中最直接的色彩表示方法。计算机中的24位真彩图像，就是采用RGB模型来精确记录色彩。所以，在计算机中利用RGB数值可以精确地取得某种颜色。RGB虽然表示直接，但是R、G、B数值和色彩的三属性没有直接的联系，不能揭示色彩之间的关系。所以在用计算机软件操作配色设计时，RGB模型就不适合在计算机软件中应用了，因为这些色彩都可以在计算机软件中直接设置RGB色彩的数值来进行配色设计。有些软件还提供了直观的"RGB三维色彩模型"来设置RGB色彩值。Adobe RGB是由Adobe公司推出的色域标准，sRGB是由惠普与微软公司于1977年共同开发的，其中"s"可解释为"标准"（standard）。Adobe RGB较之sRGB有更宽广的色彩空间，

图4-47　HSB视图模型

它包含了sRGB所没有的CMYK色域，层次较丰富，但色彩饱和度较低。如果希望在最终的摄影作品中精细调整色彩饱和度，可选择Adobe RGB模式。若将由Adobe RGB模式拍摄的图像更改为sRGB模式，影像的色彩会有所损失。但由于其色域较广，所以影像的色彩还会真实地反应出来。若将sRGB模式拍摄的影像转换为Adobe RGB模式，由于sRGB本身色域较窄，实际上并没有什么变化，而我们所见到的色彩改变，其实只是输出装置的模拟色彩。因为sRGB拥有较小的色域空间，所以不建议专业的印前用户使用，它主要应用在网页浏览等。目前，微软与惠普发布了sRGB64，这样在色彩调整及转换时会保存信息以备以后使用。而Adobe RGB具备非常大的色域空间，对以后在输出及分色有极大的优势和便利性，应用更为广泛（见图4-48）。

三、配色的角色

在小说和戏剧中，角色分为主角和配角。同样的道理，在配色中，不同的颜色也担当着不同的角色。配色分为主角色、配角色、支配色、强调色、融合色、个性色。

（一）主角色与配角色

在设计中主角色是整个色彩控制的主线，就像在舞台上，主角站在聚光灯下，配角们退后一步来衬托他。设计中的配色主角也是一样，其配色要比其他配角明显、清楚、强烈，使得浏览者一看就知道哪个是主角，从而使视线固定下来，达到传达中心思想的作用。主角色是支配整体的色彩印象，也经常会给人留下第一个印象。主角色的决定必须注意以下三种情形：一种颜色时，色彩印象强烈，本身的明、暗、深、浅要仔细去比较，才能决定真正适合的主角色。两种颜色时，色感由庄重、正式转为轻松大方。经常在设计中遇到类似两色、对比两色、补色两色或无彩色与有彩色两色。多种颜色时，可以从多种颜色中选出一种颜色，扩大其面积，以其为主色来统合全体的色彩，这称为主角色或是先设定某一种中间色当做这些多色的基本色，藉此来达到全体色彩的协调，这称为基调色。因此，花花绿绿的色太多时请记得使用主角色或基调色。确定色调基本配色除了看到明显主角色配色法外，另有一种经由色相、明度、彩度三者形成的调子存在着，称之为配角色。

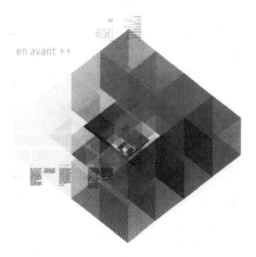

如主色是紫，经由深紫、暗紫与浅紫等互相搭配而形成紫色调。所以无论色多或色少，只要能选出一个主角色，进而确定某种色调，把握各色彩之间共同或类似的情形，这样色调感很自然就形成了。如冷色调、暖色调、深、浅、浊、中间色调等。有了选择调和原理，主色、色调感也就形成了，但是色彩不够丰富，配色也不够完美，此时，我们会想到什么色和什么色配在一起会比较适合，也就是色彩调和原理如何运用在设计的配色上。

（二）支配色与强调色

支配色，亦称之为背景色。舞台的中心是主角，但是决定整体印象的却是背景。同样的道理，在决定网页

图4-48　RGB模型

配色的时候，如果背景色十分素雅，那么整体也会变得素雅；背景色如果明亮，那么整体也会给人明亮的印象。当使用花纹、文字或具体图案作为网页背景时，效果类似使用边框和背景色。色彩运用合理也能够表现出稳重的格调。运用细花纹可表现出安静和沉稳的效果，运用对比强烈的色调则会产生传统和信心十足的感觉。使用图案作为背景，对希望表现出趣味性、高格调的网站比较合适，但对于商业网站来讲便不太匹配，因为图案背景会给人留下冲淡商业性的印象。

如果在选用页面配色的时候，画面的整体采用了压抑的颜色，然后在一小块面积上使用强烈的颜色，就能够起到着重强调的作用，这就是强调色的作用。整体色调越压抑，强调色越有效果。因为有了重点，画面整体也产生了轻快的动感，一个栩栩如生的页面就这样产生了。强调色使用的面积越小、颜色越鲜艳，着重的效果就越强。因为面积小，所以无论使用多强烈的颜色，画面依然能够保持清爽的风格。同样，因为强调色面积小，整体印象也不会受到影响。

（三）融合色与个性色

融合色即是能够融在一起的颜色。例如，在画面的不同部位涂上相同的颜色，通过颜色的反复效果使同样的颜色产生共鸣，从而让画面更有立体感。中间对着左边，上边对着下边，这样把分开的部分涂上共同的颜色，像回音一样相互呼应，画面的整体就融合在了一起。个性色是可以突出画面整体风格的色彩，往往使画面更为醒目让人印象深刻，独具个性的色彩能增加所要表达物体或品牌的标志性。当整个页面采用融合色的原理选取配色时，融合色在画面上距离越远，产生共鸣的效果就越强。靠得太紧，反而变成一块，无法产生呼应的效果。如果页面希望呈现出较有动感的效果，要尽量使用给人印象深刻的融合色。融合色越鲜艳，越能表现出活跃的动感。

四、补色的配色

（一）同一色

同一色搭配原指深浅、明暗不同的两种同一类颜色相配，比如：青色配天蓝，墨绿配浅绿，咖啡配米色，深红配浅红等，同类色配合显得柔和文雅。简单地说，就是用一个感觉的色彩，例如淡蓝、淡黄、淡绿或者土黄、土灰、土蓝。确定色彩的方法各有不同，例如，可以在Photoshop里按前景色方框，在跳出的拾色器窗中选择"自定义"，然后在"色库"中选择就可以了。常在制作商业网站的时候，选用色彩都希望传达一种稳重、安定的印象。在这种情况下，多数采用的就是同系色或同类色。

（二）类似色

类似色搭配指两个比较接近的颜色相配，如：红色与橙红或紫红相配，黄色与草绿色或橙黄色相配等。绿色和嫩黄的搭配，给人一种很春天的感觉，整体感觉非常素雅，使静止的味道不经意间流露出来。类似的对比效果发生在暖色和冷色之间。暖色有些微冲出荧屏的感觉，而冷色被认为有从荧屏后退的感觉。这就意味着暖色（暗色）适合于文本，而冷色（亮色）更适用于背景。但是，这样的方式不是十分固定的。下面来看一个选择这两种对比色的简单例子。用一种颜色作为背景，用另一种颜色作为文本（见图4-49）。

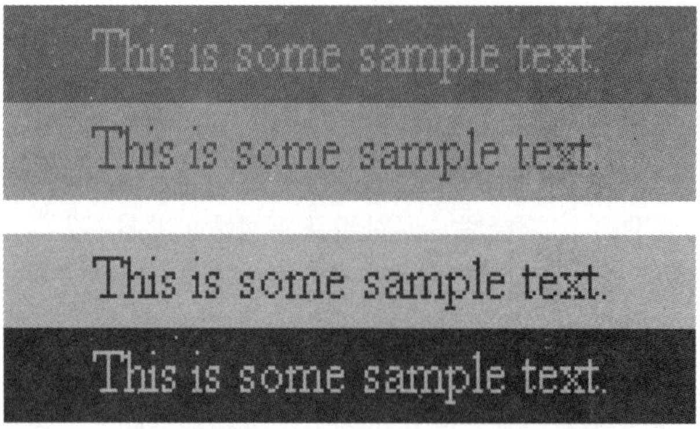

图4-49　类似色

（三）对比色

对比色搭配即把色性完全相反的色彩搭配在同一个空间里。例如：红与绿、黄与紫、橙与蓝等。这种色彩的搭配，可以产生强烈的视觉效果，给人亮丽、鲜艳、喜庆的感觉。当然，对比色调如果用得不好，会适得其反，产生俗气、刺眼的不良效果。这就要把握"大调和，小对比"这一重要原则，即总体的色调应该是统一和谐的，局部的地方可以有一些小的强烈对比。高对比色的搭配是指像黑底白字这样产生强烈的对比，但是它阅读起来比较困难。因为黑色相对白色和其他颜色来讲，看起来有一种沉重感和些许的压抑感。如图4-50所示的两种对比效果来看，相信你已经对对比色有了更进一步的体会。

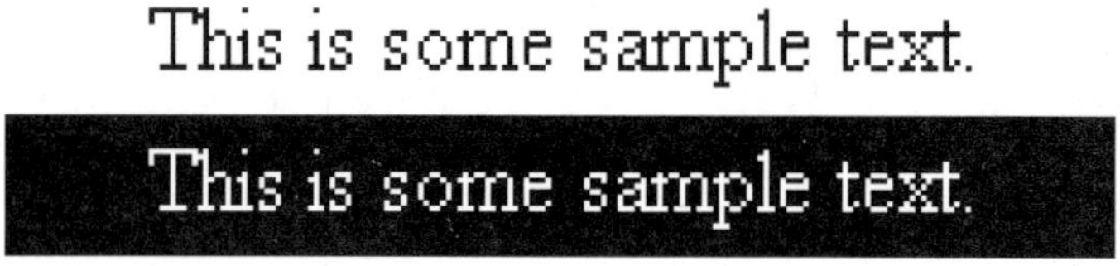

图4-50　对比色

☞ **思考题**

①色彩与光有什么特性？

②怎样运用色彩视觉中的视错原理，来加强二维色彩空间设计的感染力？

③为什么色彩有膨胀、收缩、前进、后退感，举案例说明？

☞ **作业**

①以灰色为主在红、绿、黑、白、黄、蓝各色底的色块上作色彩同时对比。

②用3组冷色与暖色、膨胀与收缩、前进与后退的视觉效果作3幅二维色彩空间的构成。

③引用左藤亘宏的二维色彩空间的作品，对不同底色进行色彩对比、强弱、次序等设计6幅二维色彩空间构成作业。

第五章 二维色彩空间的运用方法

☞ **本章学习关键点**

① 充分认识和理解色彩的解构与重组，并熟练应用于二维色彩空间设计中。

② 认识色光与二维色彩空间设计表现的相关联系。

③ 了解和掌握各个国家的等级色彩，并能熟练应用于二维色彩空间设计中。

④ 掌握二维色彩在不同艺术设计领域中的应用技巧和方法。

☞ **本章命题作业**

① 找10幅二维色彩图片，从中选出3幅进行解构和重组，要求主题表达突出，有一定的视觉感染力。

② 搜集与色、光有关的二维色彩空间环境的图片，每张以300字阐述该图片与本章有关二维色彩的知识点。

③ 列举至少10个国家中出现的禁忌色彩方面的设计案例，并结合二维色彩空间设计进行分析。

第一节 色彩解构的方法

解构色彩是二维色彩空间的一个实践性环节，是探索创造性地运用色彩的有效途径，是通往色彩设计创作的一座桥梁。把解构观念引入主题二维色彩空间中，使整合色彩的同时，提高分析和解剖色彩的能力，加深对色彩审美意识的培养。解构色彩是色彩在探索二维色彩空间运用中的一条有效途径，解构第一性自然色彩和第二性人文色彩，审视和反思既有色彩，以重构的手法大胆整合出新的色彩形式，目的是回到二维色彩空间的原始初衷——创造性地灵活运用色彩，积累配色经验，为设计实践服务；解构色彩不仅是做"减法"，还要适当地做"加法"，通过打散、重组、整合，以实现新的色彩格局，培养审美和创新的意识及能力。

一、解构与重组的运用

（一）解构的定义

解构一词源自于解构主义，解构主义60年代起源于法国，由解构主义的领袖雅克·德里达提出。他不满西方贯穿几千年的传统哲学思想，向柏拉图的传统形而上学信念发起挑战。这是运用现代主义的词汇，却从逻辑上否定历史上的基本设计原则（如美学原则、功能原则、力学原则）所构成的新的艺术流派，称之为解构主义，又有人称之为新构成主义。解构主义重视个体、部件本身，反对墨守成规的集合和总体，它认为构件本身就是关键，因而对单独个体的研究比对于整体结构的研究更重要。解构手法的理论依据是格式塔完形理论，格式塔（Gestalt）德文原意为形、完形。它是指事物在观察者心中形成的一个有高度组织水平的整体。"整体"的概念是格式塔心理学的核心，它有一个重要的特征：整体在其各个组成部分的性质（大小、方位）均变的情况下，依然能够存在。格式塔心理学在一定程度上解决了解构作品中整体和部分的矛盾，从理论上解释了原作与解构作品异构同质的关系问题。

雅克·德里达等解构主义者的攻击目标主要是被称之为逻各斯中心主义的思想传统，解构主义就是要打破现有的社会道德秩序、婚姻秩序、道德伦理秩序等社会原有秩序，改变人们的各种生活和思维习惯，打破原有的秩序后创造更为合理的秩序。基于对解构主义的理解，解构是指打破原有的墨守成规的集体和集合。在原有秩序的基础上，加入自己的创造和理解，重新组合出更加适合个体或社会的秩序。

（二）色彩解构概述

日常所说的色彩解构，大多是指平面的色彩解构。对平面色彩的采集重构是锻炼色彩实践性的一个重要环节，对各种平面色彩的重新认识和重构，加深对色彩构成的认识，提高分析和解剖各种平面色彩的能力，培养色彩审美意识。

解构色彩其思路是对所选定色彩对象的原色格局进行打散重组，增减整合后再创作，对原图的色调、面积、形状重新加以调整和分配，抓住原作中典型色彩的个体或部件的特征并抽取出来，按设计者的意图在新的画面上进行具有形式美感的概括、归纳和重构，将原有的视觉样式纳入预想的设计轨道，重新组合出带有明显设计倾向的崭新形式。解构色彩包括两个过程：一个是色彩解构，另一个是色彩重构。初始阶段的解构是一个采集、过滤和选择的过程，后续阶段的重构则是将原来物象中的色彩元素注入到新的组织结构中，重组产生新的色彩形象，但仍不失原图的意境。

（三）解构色彩形式

解构色彩的构成形式主要是在对自然色和人工色的观察下，对原有的色彩进行分解组合，再创造的构成手法。色彩解构是一个再创造的过程，解构同一物象，新的构成形式也因人而异，由于每个人对原色彩的理解和情感不一样，有的偏色调，有的偏情感，解构出来的作品自然不一样，格式塔心理学也在一定程度上解释了原作品和解构作品之间以及解构作品与解构作品之间的异质同构关系（见图5-1）。

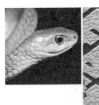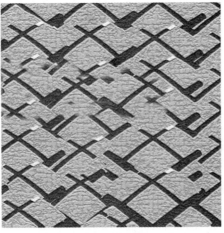

图5-1 解构色彩形式

尽管解构作品会由于对原作品的色彩理解和情感不同而不一样，但是在色彩的采集和重构中，我们仍然要注意以下几点最基本的色彩解构形式。

1. 整体色按比例重构 将色彩对象（自然的和人工的）完整地采集下来，原色彩关系和面积比例不变，做出相应的色标，按比例运用在新的画面中，其特点是主色调不改变，原物象的整体风格基本不变。

2. **整体色不按比例重构**　先将色彩对象完整采集下来，选择典型的、有代表性的色不按比例重构。这种重构的特点是既不失原物像的色彩感觉，又有一种新鲜的色彩感觉，由于比例不受限制，可以根据自己的想法选择不同大小、面积的颜色作为主色调。

3. **部分色的重构**　在采集后的色标中选择所需的色进行重构，可以是某个局部颜色或色调，其特点是：更加简洁地概括了原有物象的影子，同时又使新的物象更加自由、灵活。

4. **形、色同时重构**　是根据采集对象的形、色特征，经过对形概括、抽象的过程，在画面中重新组织的构成形式，这种方法效果较好、更能突出整体特征。

5. **色彩情调的重构**　根据原物象的色彩情感，对色彩风格进行"神似"的重构，重新组织后的色彩关系和原物象很接近，尽量保持原色彩的意境。这种方法需要建立在对原色彩有深刻的理解和认识的基础上，才能使其重构后的色彩更具感染力。

（四）色彩解构的案例

对周围平凡事物的观察和对他人作品的吸收鉴赏是一个很有意义的创造性过程，色彩解构也正是运用这种方法使我们更好地理解和运用色彩。色彩的解构范围相当广泛，这样的案例更是不胜枚举，一方面，借鉴古老的民族文化遗产，从一些原始的、古典的、民间的、少数民族的艺术中祈求灵感；另一方面从变化万千的大自然中，以及那些异国他乡的风土人情、各类文化艺术和艺术流派中吸取养分。以下主要从几个方面对色彩解构案列进行解释说明，以便更好地理解色彩解构。

1. **解构自然色彩**　从古到今，人类经历了从害怕自然、认识自然、改造自然，再到与自然和谐共处的阶段，人类和自然的关系密不可分，人们对自然的认识和利用成为人类发展史上很重要的一块，任何事物的发展都离不开自然。浩瀚的大自然变幻无穷、丰富多彩，其本身就是一个大型的色彩库。蔚蓝的海洋、金色的沙漠、苍翠的山峦、灿烂的星光、朝霞黎明向人们展示了一幅幅动人的色彩画面，就像古希腊哲学家赫拉克利特所说"艺术模仿自然"，向大自然吸取养分本身就是人类提高艺术修养和自身发展的有效途径。许多艺术家和摄影师甚至长期致力于对自然色彩的研究，对一些自然色彩进行提炼、吸取、归纳，在大自然这个天然的组合中，许多色彩本身的构成就极富艺术性，其内部存在的和谐统一是人为色彩所无与伦比的。

对自然色彩的采集重构，可以使我们更好地认识自然这个最直接的取色库，自然色彩中许多是经过不断的物质进化而形成的，其组合一方面能反映物种和性别的差异，一方面是某个个体提出的某种生存和警示的需要，这个需要我们多留心、观察和分析，也需要我们去探索自然色彩的奥秘和规律，从自然色彩中吸取养分。许多当代的设计师也是从自然的形式和色彩中获得灵感，Tal Gur的家具设计就是用简洁的设计语言结合自然生态造型来解释传统工艺的。建筑设计大师理查德·迈耶的作品以"顺应自然"的理论为基础，用白色的表面材料，以绿色的自然景物衬托，使人觉得清新、脱俗。著名设计师安东尼奥·高迪的设计想法也与众不同，他并非挖空心思地去"发明"什么，只是仿效大自然，像大自然那样去建点什么。年轻的他在日记中这样写道："只有疯子才会试图去描绘世界上不存在的东西！"他的整个身心都充满了对大自然的爱，可见大自然在设计师眼中的神圣地位。同时，与自然紧密结合的设计更容易让人产生共鸣（见图5-2）。

a）

b）

图5-2　自然色彩

向日葵是常见的植物，其颜色明亮绚丽，是很多美术爱好者喜欢的本质颜色之一。许多同学也喜欢通过对向日葵的色彩解构来表达自己对解构色彩的理解。原图基于向日葵本身的黄橙色调和与阳光的映衬关系，形成了简单明了的暖色调。创作图5-3的这位同学抓住这种瞬间的暖色调感觉，从原图中吸取主要颜色，加上自己对结构色彩的理解，对原向日葵的形象进行了一定程度的抽象，使得解构后的作品色彩颜色更加鲜明，更具有个性和感染力。

2. 解构传统色彩　中华民族是最早懂得使用色彩的民族之一，从美丽的原始彩陶纹样到精美的岩洞石窟壁画，无不展现出古代中国人对色彩的追求。在中国的传统色彩文化中，很早就有了"五行五色"的说法。

故宫三大殿中的中和殿。呈现在眼帘上部的是碧蓝色的天空，蓝天下是金黄色的琉璃瓦屋顶，屋顶下是蓝绿色调的斗拱及彩画装饰的屋檐，屋檐下是成排的红色立柱和门窗，整座宫殿坐落在白色的汉白玉台基之上，台基下是暗灰色广场地面砖。中和殿单体建筑本身就是采用了黄（琉璃瓦）、青（斗拱及彩画）、红（立柱和门窗）、白（汉白玉台基）和黑（暗灰色地砖）等进行组合。难道我们的祖先在皇城建筑色彩中使用蓝天—黄瓦、蓝绿彩画—红柱门窗两对补色关系是巧合吗？笔者以为，古人很早就发现了补色能够互相映衬的视觉残像规律，而将其运用在宫殿建筑中造成了强烈的色彩对比，给人以极其

图5-3　向日葵

鲜明的色彩感染力，体现了中国人的色彩智慧（见图5-4）。

图5-4　故宫

我国的传统艺术包括原始彩陶、商代青铜器、汉代漆器、陶俑、丝调、南北朝石窟艺术、唐代铜镜、唐三彩陶器、宋代陶器等。这些艺术品均带着各时代的文化烙印，具有典型的艺术风格和特色的色彩主调与不同品味的艺术特征。这些优秀文化遗产中的许多装饰色彩都是我们今天学习和吸收的最好范本。传统色是指一个民族世世代代相传，具有鲜明艺术代表性和民族特色的色彩。每个民族都有特殊的色彩喜好和属于民族本身独特的配色经验，对各个民族传统色彩的研究和解构，可以帮助我们更好地理解传统用色特色，了解各个民族间的历史文化差异所造成的配色差异，在前人的色彩经验前提下进行色彩学习和研究，丰富配色经验。传统的色彩典范积聚着古人对色彩规律探索的经验与智慧，借鉴中西传统色彩，把他们进行对比、融合。将本土传统文化和西方色彩构成理念融合，加强我们对本土文化的重视，从传统的中国色彩元素中提取养分，提升当代艺术设计的精神内涵，从而继承传统，为当代设计服务。

对传统色彩的解读自然也是设计师们创造好的设计作品的途径之一，日本景观设计师非常注意有地方文脉的设计，不喜欢人为地割断地域的特有文脉。他们的设计也经常和当代的文脉和历史文化背景相结合。建筑大师安藤忠雄正是主张将东方的传统元素与西方现代设计相融合的代表，他的许多建筑设计都是东西方融合的典型（见图5-5）。

图5-6是对传统京剧脸谱的色彩采集重构，其色彩都是源于中国的传统艺术脸谱。与其他作品不一样的是，它把解构后的京剧脸谱以伞的形式呈现出来，给大家以全新的视觉表现形式和不一样的视觉感受。

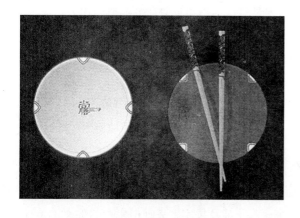

图5-5　传统色彩

图5-6　京剧脸谱

3. 解构民间色彩　民间色是指民间艺术作品中呈现的色彩映像和色彩感觉。民间艺术品包括剪纸、皮影、年画、布玩具、刺绣等民间流传的作品。在这些无拘无束的自由创作中，这些作品大多出自民间自由艺术家之手，寄托着创造者真挚纯朴的感情，流露着浓浓的乡土气息与人情味，夹杂着不同时代人们对艺术鉴赏的表达与诠释，在今天看来，它们既原始又现代，极大地诱发了画家和设计师的创造性。对于艺术设计者来说，民间艺术无疑是一笔难能可贵的财富，对民间色彩的建构，有利于我们对色彩地域性的了解，从而增强对色彩地域性的解读能力，从以往忽视的民间艺术作品中寻找灵感。当代的设计理念中融入民间地域特色，我们的设计作品更能从心里打动人。

80岁的法国女设计师安德莉·普特曼很喜欢自己的设计中有民间传统的元素，她很喜欢旧的东西，认为传统的东西是很美好的，往往可以给她带来不一样的设计灵感，从中提取一个元素，一个细节，使设计有一个时光倒流的神秘感（见图5-7）。

4. 解构大师作品　所谓解构大师作品就是借助一些在色彩方面有辉煌成就的艺术大师，解构其著名作品中的典型形象符号与色彩组合，作为主题性的解构色彩再创作的切入点，在与艺术大师作品的对话中，认识艺术大师创作的心路，加入自己的体验与认识，去重构、再创出新的形象风格。贡布里希说过："艺术史就是观念史。"一方面，我们要在大师的艺术作品中感受大师的艺术观念；另一方面，又要引导学生以自己的"眼睛"、自己的情感来看待大师的优秀作品，鼓励学生表达自己的见解。学生看到直接引起他的注意和兴趣的大师作品，会受到很大的启发，从而使其从艺术大师作品中认识第二性色彩"人化自然"的本质，并使色彩的解构超越色彩技术的层面而进入审美的境界。西方的色彩艺术流派从古典到印象再到抽象，出现了许多有影响的大师，而梵高与蒙德里安是两位最值得反复研究的典型代表。

梵高（Van Gogh，1853-1890）是19世纪后期印象派画家的代表人物。他认为真正的画家是照他们自己感觉到的样子作画，在他看来色彩自身就表达了某种东西，其笔下的色彩是一种经过感觉"滤过"的色彩，是一种"人化的自然"色彩。《向日葵》是梵高去世前一年（1889年）"向日葵系列"中最成功的作品。画中的向日葵极富有生命力，加之梵高的卧室墙面刷上了同样黄色的涂料，所以整幅作品在色彩上明度较高。其花瓶的上下色块恰好与墙面、桌面的色彩明暗相对。大面积浅黄色墙衬托了中黄、土黄至熟褐的向日葵花朵及果实，表现出生命的璀璨之美。

图5-7　传统元素

梵高的向日葵突出向日葵的圆形母题，将画面色彩整合为一组从浅到深的黄色等差明度变化，保持了原作色彩亮丽夺目的风格。而且利用空间混合的方法，将原作品中的色彩分解为几种色彩的短线组合，仍能第一眼让人感受到梵高《向日葵》的色彩魅力（见图5-8）。

蒙德里安（Mondrian，1872—1944）是风格派的代表人物。蒙德里安受过正规的艺术学院训练，但他没有走正统的绘画创作老路，而是创出了自己的风格。蒙德里安的作品本身已经具备当代色彩构成教学中所包含的对比和调和理念，其作品特征在于简洁和抽象，且有很强的视觉冲击力，其抽象已经到了无法再精简的境界。蒙德里安主要是受立体派画家的影响，用色彩三原色和直线作为最基本的元素创作，其画作就是采用当时最为时髦的名词"构成"来缀名。在构图上应用水平线和垂直线的结构布置，对分割的块面进行简单的原色平涂，让人充分感受到有比例的分割色彩之美，使画面独具表现力。最著名的《红黄蓝构成》是用纵横黑线以坐标形式交叉分布，其中红色占据了最大的比例，约为全图的2/3，蓝色在面积上处于弱势与红色形成犄角之态势，从而产生强烈的视觉冲击，而位于整幅画右下角的黄色则是在不动声色中产生了平衡的作用。这种采用解构后做"加法"的手段，降低了红色块与蓝色块的对比，而增添了左下角的绿色小块，形成了与主体红色块的补色冲突。同时，增加了纵横两道粗黑线，适当扩大了黄色块的面积比例，使其成为红与蓝、红与绿两对补色的"见证人"。蒙德里安在其构成作品系列中最喜欢用白色衬托原色和几何形态，而图5-9则大胆采用了黑色作为背景，在图底上改变了原作的色彩关系，从而带来了一种"另类"的色彩感受。

解构大师作品，就是借助一些在色彩方面有辉煌成就的大师，对其著名的作品中的典型符号和色彩组合进行采集重构，以大师的作品作为我们再创作的源泉。在解构其作品中融入自己的心得体会，加入自己的看法与认识去创造出新的风格形象。这是与色彩大师最直接的对话，大师的色彩观念影响和激励我们的同时，我们又要有自己的"眼睛"。就像贡布里希所强调的"艺术史就是观念史"，对于艺术设计师来说，好的设计观念恰恰是设计作品成功与否的重要保证。

图5-8　向日葵

二、色彩元素分析

（一）色彩心理学理论：色彩与听觉、嗅觉、味觉

卡尔·马克思认为："色彩的感觉是一般美感中最大众的形

图5-9　蒙德里安作品

式。"他对金、银和财富的审美形式作出了精辟的论述："它们的美学属性使它们成为满足奢华、装饰、华丽和炫耀的天然材料，总之成为剩余和财富的积极形式。"自然美是现实中最直接、最广泛，也是最大众化的美，自然美又被理解成为光色之美、形态之美和声律之美，柏拉图就干脆把美认定为"是由视觉和听觉产生的快感"。尽管这是一种朴素的美学观，这个观点后来也被柏拉图自己所否定了，但是我们还是不难判断出色彩之美的确是与我们的生理器官所受的刺激紧密联系起来的。人的感觉器官是互相联系、互相作用的整体，任何一种感觉器官受到刺激以后，都会诱发其他感觉系统的反应，这种伴随性感觉在心理学上又称为"共感觉"或"通感"。

神经医学家萨克斯曾描述过一个完全色盲的病例，这个罕见的病却不幸地降临在一位抽象画家艾先生身上。他于一次车祸意外之后完全丧失辨识色彩的能力，从此陷入一个灰色的铅铸世界：他那只棕色的狗变成暗灰色，番茄汁是黑色，彩色电视机成了一堆乱糟糟的东西。然而更奇怪的是，在丧失感受色彩的能力的同时，他也丧失感受音乐的能力。他原本是一位对色彩与音乐有极强连带感觉（伴生现象）的画家。他可以将不同的音调立刻转换成不同的色彩，在听到音乐的同时，似乎也同时看到内心各种翻腾的色彩；如今，他已没有音乐视觉影像，音乐不再完整，因为可以与它互补的色调已经不见了，音乐变得贫乏至极。艾先生的眼睛不仅丧失了看的能力，也丧失了听的能力。艾先生的例子反向地证实了视觉与听觉的强烈紧密联系的存在，它也说明了眼睛不仅仅具有观看的能力，也具有倾听的能力。许多艺术家（如波特莱尔、乔艾斯、吴尔芙等）都具有被小说家纳博科夫称之为"彩色听觉"的能力。

中国菜一直讲究色、香、味俱全，其实设计师和绘画师在用色方面也是一样，设计和绘画中色彩也具有色、香、味。佳肴的色彩在某种意义上更容易激发人的食欲，色彩的味觉和嗅觉均来自我们对生活的直接感受，作为优秀的设计师或绘画师应该具有很高的对色彩味觉、嗅觉的驾驭能力，这样有利于提高艺术设计作品本身的亲和力，色彩的味觉、嗅觉对食品、饮料、化妆品和日常工业产品及其包装有十分重要的意义。按色彩的味觉和嗅觉印象，将色彩分为几种常用的类型，为以后的艺术设计提供一些基础的依据。例如，食欲色，指能激发人食欲的颜色，这种颜色一般来源于美味食物的外表给人的印象。如刚出炉的面包、谷类和豆类产品、烤肉、熟透的葡萄、草莓等，故橙黄色、暖棕色、酱肉色、紫红色等都是这类颜色，我们生活中所用的食用色素大多是这类颜色。败味色：这类颜色与食欲色相反，常常与变质腐烂食物及污物给人的印象联系在一起，各种灰调和低纯度颜色，如灰绿色，紫灰色、黄灰色等（见图5-10）。

图5-10 食品色

（二）色彩的和谐美

和谐是色彩运用永恒的主题之一，所谓的和谐就是协调、调和、融合的意思。古希腊的毕达哥拉斯认为和谐是所谓的"数的关系"——这里所说的"数的关系"主要是指比列、秩序、匀称等。而东方的和谐论述，大多是强调对比与调和、变化与统一的基本规律。和谐不是单一，但也不是统一，和谐也不是我们所理想的无差别、无矛盾的状态，而是整体的调和与协调。

色彩美是一种和谐的美，是一种包含着色彩的色相、明度、纯度、面积等方面的差异与对比，又在整体上取得协调一致的美。色彩美和色彩和谐不仅仅表现在色彩构成形式上的和谐统一，而且也表现在色彩内容上的和谐与统一，感性与理性的统一，审美主体与审美对象间的和谐统一。如果缺少了色彩在构成中的和谐统一相互关系，离开了色彩的表现对象和欣赏主体，色彩的表现则是片面的、空洞的、无对象的。因此，色彩的和谐也是色彩表现的主要基本元素之一，在运用各自色彩表达各种设计想法的时候，应该特别注意色彩的整体协调统一。

（三）色彩的审美主体

我们知道，自然界本身是不存在色彩的，色彩是人不同波长的光的视觉感受。色彩本身也无所谓美，色彩只是产生美的客观条件，只有当色彩美的条件与人的具体感受联系起来的时候才会产生色彩美的反映，因此，色彩能否成功成为美的对象主要取决于人对色彩的感受和作出的评价。色彩运用的好坏，审美的主体是相当重要的因素。因此，我们不得不把审美主体作为色彩元素之一来分析，要想使色彩运用得当，审美主体是应该考虑的很重要的因素之一。对于同一色彩，不同色审美主体对它的感受是不一样的，有的人爱红，有的人爱绿，有的人爱浓艳，有的人爱清淡。同一色彩，有的人觉得美，有的人觉得并不美。甚至同一个人也会有时觉得它美，有时候觉得它不美。这些都和审美主体所处的社会地位、文化背景和心理变化有关，捕捉审美主体的心理变化是一个非常复杂的过程。

在现实生活中，审美主体往往是复杂多变的。因此，在分析色彩给人的美感和表现力时，既要研究各种色彩由生活联想而产生的一般普遍意识，同时也要注意到不同时代、不同的人、不同的观念有着不同的审美标准，对色彩的内涵也有着不同的理解和诠释，色彩给人的美感必然具有时代的特征和个性表现的一面（见图5-11）。

（四）色彩的对象

色彩给人的感觉常与色彩表达和装饰的具体对象联系在一起，色彩与表现对象、使用对象、使用场合、使用时间都是密切相关的。如服装的色彩就必须通过穿着对象来体现它的性格，同一颜色或同一情调的服装穿在不同性格和气质的人身上或者是同

图5-11　生活中色彩

一个人穿在不同的场合，所表达的色彩情调也大不相同。同一种颜色在不同的背景和场合所表现的色彩情感也是非常不一样的，如同是一种红色，如果它表现的是一滩血迹时，会使人觉得恐慌，让人产生恐惧感；如果用在国旗上，则可以理解为革命的象征，让人肃然起敬；如果是在生活中的红色信号灯，则把它看做是危险的标志；在食物中，我们可以联想到：红色的苹果带有甜味，红色的辣椒带有辣味。色彩的性格与给人所带来的情感是由联想产生的，无论是对生活中具体形象的具象联想还是由知识中抽象概念联系起来的抽象联想都离不开色彩表达所依托的对象。离开了生活的联想和色彩的具体表现对象而去杜撰色彩的性格和精神就会陷入唯心主义的泥潭。因此，在运用色彩表达自己的想法时，一定要考虑色彩表达所依托的具体对象，而不能凭空想象色彩所带给人的情感（见图5-12）。

a）

b）

图5-12　色彩对象

第二节　色光与艺术表现

一、认识色光

（一）自然光与人造光

自然光，我们把它定义为太阳光及其衍生光，太阳光的衍生光包括天空对太阳光的散射、漫反射、月亮光以及三者在环境中的反射和折射，总而言之，自然光最终都来源于太阳。

人造光，毫无疑问，就是人造的光源所发出的光。跟自然光相比，人造光在各个设计领域应用得更加普遍。要更好地使用人造光，使之为我们的设计服务，首先必须积累一些人造光的基础知识，了解基本的几种人造光给人的视觉感受和心理联想。

1. 红色光　最强有力的色光，给人的视觉刺激最强烈，在色光中也最抢眼，能引起肌肉的兴奋、热烈、冲动。

2. 橙色光 较温和的一种色光，是一种很活拨、辉煌、富足、快乐的色光。

3. 黄色光 明亮度很高，尤其灿烂、辉煌。象征着权力、骄傲和智慧之光。经不起白色的冲淡，当有黑、紫、深蓝反衬时会加强，若加入淡粉色光的陪衬能使之变柔和。

4. 绿色光 具有中性特点的色光，和平色，偏向自然美，宁静、生机勃勃，可衬托多种颜色而达到和谐。

5. 蓝色光 永恒、博大、有遥远感。

6. 白色光 虚无，有无尽的可能性。

7. 灰色光 是最被动的色光，一般不用作主色调，容易受其他色光的影响，给人朦胧感。

随着火、蜡烛、油灯、汽灯、电灯等人工光源的发明，人类跨越了一个又一个文明阶段进入了当今灯光照明高科技时代，由于人工照明技术的迅速发展和人造光源的普及，人们的夜生活变得越来越丰富多彩。灯光艺术作为一种新的视觉艺术形式，把人们的生活空间装点得更加美丽。在现代环境艺术设计、舞台艺术设计、室内装饰等方面，灯光艺术已被广泛地应用。

光具有非凡的艺术魅力。光照的作用对人的视觉功能的发挥极为重要，因为没有光就没有明暗和色彩感觉，也看不到一切。光照不仅是人视觉物体形状、空间、色彩的生理需求，而且是美化环境必不可少的物质条件。光照既能构成空间，又能改变空间；既能美化空间，又能破坏空间。不同的光照不仅能照亮各种空间，而且能营造不同的空间意境情调和气氛。同样的空间，如果采用不同的照明方式，不同的位置、角度，不同的灯具造型，不同的光照强度和色彩，可以获得多种多样的视觉空间效应（见图5-13）。

（二）色与光

色与光并存，有光才有色，色彩给人的感觉离不开光，这个早在1666年，已被牛顿通过三棱镜所证实。光是色彩之源，无论多么缤纷亮丽的色彩都不可以离开光而单独存在，我们始终应该明白，色彩是人眼对光的感受，没有光就没有色彩。

1. 光谱与紫外线 光在物理学上是一种电磁波。0.39~0.77μm波长之间的电磁波，才能引起人们的色彩视觉感受，此范围称为可见光谱。波长大于0.77μm的称为红外线，波长小于0.39μm的称为紫外线。

2. 光的传播 光是以波动的形式进行直线传播的，具有波长和振幅两个因素。不同的波长长短产生色相差别，不同的振幅强弱大小产生同一色相的明暗差别。光在传播时有直射、反射、透射、漫射、折射等多种形式。光直射时直接传入人眼，视觉感受到的是光源色。当光源照射物体时，光从物体表面反射出来，人眼感受到的是物

图5-13 室内设计

体表面色彩。当光照射时，如遇玻璃之类的透明物体，人眼看到的是透过物体的穿透色。

（三）色光的性质

世界上有了光，才有色彩。科学家牛顿对色彩光学的贡献很大，他认为：光没有别的什么，只是有某种能力或支配力，它决定着我们产生这种或那种色彩感觉。后来实验心理学家对色彩下了定义：色彩是眼睛的视网膜接受光的刺激后所产生的感觉。牛顿通过三棱镜等分光器把复色光（日光）分解为单色光而形成了光谱色带的色散现象，科学证实了光与色的关系，没有被分解的日光是由红、橙、黄、绿、青、蓝、紫等七种波长不同的单色光组成，分解后的单色光依次排列的色带叫做光谱。光从空气中折射再通过玻璃折射到空气中，途径两个介质折射，三棱镜两侧就相当于折射光的两个介质，由于折射角度大小不同和三棱镜本身的薄厚不均，将原来的日光分解成七种不同色相的色光。色光的色相与波长的长短有关，波长单一的色，光色相单纯，色感清晰；波长不单一的色，光色相复杂，色感杂弱。被三棱镜分解后的日光光谱，波长最长的为红色色光，波长约为780nm，波长最短的为紫色色光，波长约为380nm，波长在380~780nm间的为可见光谱，也就是我们人眼可以看到的色彩范围。红紫两端为肉眼所不能看到的色光区，红色色光一侧有红外线、电波，紫色色光一侧有紫外线、X射线、伽马射线等，这些色光只有用仪器才可以观测出来。

复色光与单色光：复色光，就是含有两种以上色光的光线。例如平时看见的日光白色光就是典型的复色光，牛顿用三棱镜把白色的日光分解成为七种不同色相的色光，如果用一块聚光透镜把七种色光聚集起来，会发现分解出来的色光又会重新积聚成白光，这一聚合实验证明了白光为复色光。单色光，即只含有一种色彩的色光。单色光色相单一，色感清晰明了，像日光被三棱镜分解后的七种色光——红、橙、黄、绿、青、蓝、紫等，它们当中的任何一种色光都不可以被三棱镜继续分解，所以它们都是单色光。

二、现代色彩空间艺术的发展

（一）现代色彩空间艺术

色彩在空间里能够唤起人们的视觉反应，营造一种气氛，代表一种理念，同时还能够

表达一种情绪。作为未来的艺术设计师，应该认识到色彩不仅仅是一种视觉现象，更是一种情感维度和文化维度的标尺，是用来促进或者阻碍人们之间的沟通的。现代色彩空间艺术的飞速发展，使人们在对色彩的认识上和色彩的运用上都有了很大的变革。要想做好一个设计师，对色彩发展趋势的了解和把握至关重要（见图5-14）。

乌韦·勒斯（Uwe Loesch）是国际知名的海报设计大师，尽管他涉足于多种媒体，包括图书和画册设计、标识系统设计以及社会和文化机构举办的各种活动，但是他最擅长的是海报设计，并因此名声大振。他的工作哲学是："我看到的也许不多，但是绝对不少。"并且他也承认受到了代表虚无主义的法国艺术运动达达的影响（见图5-15）。

图5-14 色彩空间

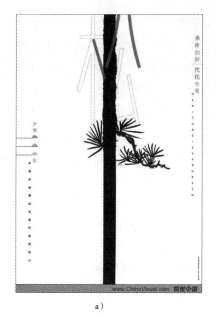
a)

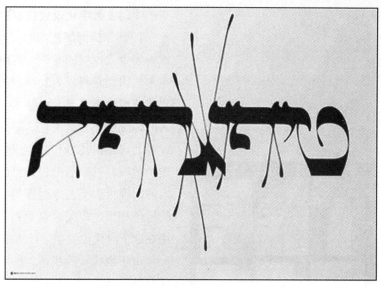
b)

图5-15　乌韦·勒斯作品

Lorenc+Yoo设计公司是一家位于亚特兰大的环境艺术设计公司。公司的理念是不断探索并勇于创新，他们相信设计是一种叙述。他们通过营造一种特定的环境来告诉客户某种品牌的一些东西。设计师在讲述故事的时候要把色彩作为极其重要的元素之一，他们说："色彩是讲述空间的焦点。而在空间中所有表达的不同内容需要不同的颜色加以强调，并且颜色要随着内容的变化而变化"。为了使他们的设计新颖诱人，设计师要谨慎明智地使用色彩，洛伦茨说："如果在整个空间里都是用同一个色调方案，这个不免让人感到乏味，因此颜色的使用需要设计者理性的思考。"他们可以通过在一定空间策略中对颜色进行使用：平静安宁、活力四射和热闹喧哗都可以得到补充和表达。在艺术设计中，很多空间都可以同时进入人们的视线，因此，只需要扫一眼就可以感受到他的设计理念。在Lorenc+Yoo公司的作品中，颜色的使用已经成为在空间结构组织上的技巧和表达主题的媒介。此外，Lorenc+Yoo也会考虑客户对颜色的偏好并把它融入整体的设计方案中，在项目设计中，色彩的使用与公司标识和品牌的推广紧密结合，但他们是通过使用"点状的浓色"这种精致的形式来完成的。

Morla设计公司（旧金山，美国）拥有广泛的设计业务范围，从公司形象设计到艺术设计再到书籍设计，统一各种工作的因素之一就是颜色。据Morla介绍，极端的设计，或很大、或很厚、或很小、或五颜六色、或很简单、或很稠密。Morla典型运用色彩的方式就是选择两种近乎透明的浅色描在基本色上。为使主色调边缘光滑，Morla挑选了两种比基本色更饱和、更暗的附加色与其他颜色对比。这是一种建立色彩体系的有效方法（见图5-16）。

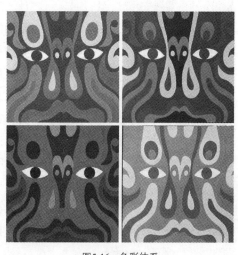
图5-16　色彩体系

（二）数字化现代色彩空间艺术

1. 计算机网络艺术的兴起　电子艺术的兴起是20世纪艺术领域内最令人惊叹的变革，当电影叩响艺术之门的时候，人们还根本未意识到它将成为20世纪的艺术宠儿，随后广播电视艺术异军突起使现代声、光、电技术一举步入艺术设计中，从而使历史悠久的传统历史为之失色。最令人震撼的是20世纪60年代以来迅速发展的计算机技术和80年代以来的网络技术，它们迅速挺进人类艺术领域，后来居上，并已崭露头角。无疑计算机艺术、网络艺术的出现将人类艺术世界的格局发生根本性的变化，其中，传统的用色和用色审美观也受到了强烈的冲击，色彩在各个行业的运用在这个时代也发生了巨大的变化（见图5-17）。

由于当代计算机艺术的不断发展，色彩从原来独有的二维空间的单一运用到了色彩二维空间、三维空间、电子虚拟空间，色彩的提取和运用更加丰富多样了，在人类科技不断变革的同时，各个行业的色彩空间用色领域也在发生着重大变革。

2. 网络视觉艺术中的色彩　网络视觉艺术，是人的心灵通过视觉感官掌握相应媒介手段而创造视觉意象的艺术，包括工艺设计、建筑、雕塑、摄影和绘画等，通过数字网络化演化而成。绘画、工艺、建筑都已经实现数字网络信息化的转变，甚至雕塑艺术也已经出现虚拟现实技术支持的计算机泥塑试验，展现了网络视觉艺术互动化的新风貌。另一方面，网络美术艺术，将技术性的"制造"与艺术性的"创造"、规范性的"操作"与自由性的"创作"巧妙地结合起来。此外，人们可以利用计算机彩色图形显示系统所提供的"菜单"进行创作。这种本由人脑储存的造型要素现在由计算机储存，并用科技来建构组合，利用鼠标实施设计、追踪天然肌理、预想造型结果，随心所欲地编辑、修改、复制和制作各种效果，游刃有余地表达心中的意象，使得艺术效果更加精致，艺术构思更加完美。

网络视觉艺术已成为艺术领域所不可缺少的一部分，网络视觉艺术在用色上大多随意大胆，给人耳目一新和强烈的视觉感受，它的用色没有统一的规律和方式（见图5-18）。

3. 网络综合艺术中的色彩　网络综合艺术，主要是在传统的视、听、想象等艺术的基础上，通过数字网络化进行综合与创新而形成的新型多媒体、游戏和虚拟现实等艺术。这些艺术的产生是人类艺术发展从量变引起的质变，由原始艺术分化成为多种艺术，在数字网络中又重新融合统一成为新型的综合艺术。

（1）网络动漫与游戏。网络动漫和网络游戏艺术，是多媒

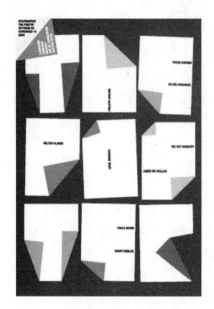

图5-17　数字色彩

图5-18　网络视觉

体技术、FLASH软件、HTML语言、3DMAX软件等手段结合创作出来的，是传统的美术动画电影及电子游戏在网络社会的延伸和演变。计算机网络动画的前身为动画电影。由于计算机软件技术的不断更新与发展，人们更敢于在动画的用色上作更多的尝试，许多以前没有的各种风格的动画不断涌现，动画制作也从以前简单的2D到现在技术比较成熟的3D动画。同时，为了迎合不同大众的口味，用色上也有了很大的突破（见图5-19）。

（2）多媒体。现代信息技术的发展，使计算机成为可以对文字、图形、声音、视频影像等多种信息，进行集中加工、储存、呈现和传输的综合性多媒体信息工具。它在信息表达和传播上具有书籍、电视、广播、录音等多种功能。网络多媒体艺术是以HTML超文本链接语言实现网络传播展示的。模块化的HTML语言，是以组件方式将多媒体作为构成元素，由组件构建成网页，由网页构建成网站，由网站结成互联网——这也是分形自相似原理和自组织生成原理的实现。多媒体艺术已成为构建网站的最主要手段。至于多媒体的用色，比网络游戏和动漫的用色更加广泛，由于互联网的互通性和包容性等特点，几乎任何风格和个性的事物都可以出现在互联网上，而用色就更没有特定的界限和统一的标准了。

（3）虚拟现实 3DMAX、VRML语言与立体眼镜、体态传感器等技术结合，就产生了更具有临境感的互动参与式虚拟现实（Virtual Reality）艺术。这是在高科技平台下，能给人全新体验的数字化网络艺术。虚拟现实技术已经广泛用于工业设计、远程教育、电子商务、军事、体育训练等众多领域中。当人戴上立体眼镜、体态传感器等设备，可以进入到虚拟景观中，不仅能有逼真的感受，而且能够在其中进行各项活动，如可以触摸虚拟物体，感受被触摸物体的软硬和冷热、光滑或粗糙程度等；可以打开虚拟的门，感受开关时所用的力、开关门的声音等；甚至可以到火星和月球上漫步，进入人体血管或脑神经网络中漫游。其技术与表现内容不断丰富。虚拟空间中的色彩也是要论述的色彩空间的一部分，色彩除了表现二维、三维等空间以外，随着现代科学技术的发展，色彩的第三大用处便是可以用来表现虚拟空间。虚拟空间中的色彩有很多种，由于虚拟空间所表现的空间不一样，色彩也会随着表现空间形式的不一样而改变，例如，要用虚拟空间来构建一个图书馆，那么这个空间里的色彩就要迎合室内设计中图书馆的色彩设计标准。这是一项正在不断发展的高科技技术，在这里的色彩比现实生活中的运用更多、更广。

4.数字化技术是催化剂 我们知道，在现代艺术设计和艺术设计教学领域，随着数字化技术的发展，我们的设计和教学大多离不开计算机，计算机作为一种新的设计和设计教学工具逐渐被人们接受并使用。计算机方便快捷的功能得到许多设计师和设计爱好者的认可，大大地节省了设计的工作量。同时，计算机甚至可以做出许多我们手绘所无法达到的效果，所以有人干脆说："设计离不开计算机"。若使用计算机为辅助色彩构成教学工具，则可大大节省制作时间，从而增强学习色彩构成的兴趣，并起到开拓大脑、活

图5-19 网络动漫

跃思维的作用，有效地把学习的重点放在思维训练和创造能力的培养上。在以往教学过程中我们也发现，与传统的颜料绘制相比，许多学生表现出更依赖于计算机和彩色打印等先进技术手段，从而厌倦、反感传统的训练方法，这是客观存在的事实。

在数字化时代新技术、新观念不断更新的今天，迫使我们重新拟定教学目标，增添新的教学内容，不断在教学上推陈出新，从而更加注重培养学生色彩审美能力和创新能力，将传统的以教为主的教学模式转化为以研究为主的互动的教学新秩序。因此，计算机时代新技术、新观念是催化剂，我们应充分利用其对色彩构成教学完善发展的"刷新"作用，将传统构成教学与先进的多媒体工具结合，为传统色彩构成教学体系注入新鲜血液，产生新的活性因子，催化出更加合理和艳丽的教学奇景（见图5-20）。

三、色彩语言的应用

（一）再现色彩空间

1. 平面与深度　平面是以一种二维的形式呈现视觉现象的表达方式。而深度这个概念则是依附于三维空间基础之上的。然而，我们看到的大多数艺术或设计作品却总是在平面上表现深度，画家和平面设计师用已有的视觉经验为我们在二维的平面上呈现出一个三维的景象。可以说，艺术家是空间知觉的先驱，达·芬奇把艺术家的灵感与科学家的求知欲望紧密地结合起来，他的《笔记》里面对视觉感知深度的研究，是西方世界空间知觉史上最早、最系统化的记录，他明白，有个叫透视的东西满足了人们把二维空间变成视觉上三维空间的途径，这个方法满足了人们在平面上表现深度的需要，并且给人们留下和谐的美感。

平面与深度的关系的研究已成为许多艺术家和科学家学习和研究的话题，我们今天所应用的立体电影、立体摄影、立体电视、激光全息术、虚拟三维空间技术、计算机虚拟现实图像处理技术等都是二维与三维关系研究的成果。虚拟视知觉等对视觉空间的认识也逐渐成为人们日常生活的常识。在空间中，色彩是最直接的视觉感受，色彩的变化直接影响到深度的视觉差。我们知道，一般习惯用暖而亮的颜色表现靠视网膜较近的事物，用冷而暗的色彩表现靠视网膜较远的事物。

纹理的变化也可以体现深度的变化，在20世纪60年代，吉布森提出了他的"纹理梯度"理论，他指出，我们的视觉刺激是由于物体表面构造具有的纹理特征所产生的。这是由于反射和折射光线的特殊性造成的，这种纹理的清晰度和稀疏度会随着视野在

图5-20　数字色彩

空间深度的变化而变化，距离近的区域纹理大而清晰，距离远的区域纹理小而模糊，这就是因深度变化而产生的"纹理梯度"概念。这种利用视错觉来表现空间深度色纹理梯度的手法也被应用在色彩设计作品中（见图5-21）。

图5-21 色彩空间

2. 重叠与透视 用透视来判断空间深度是人类最基本的视觉感知能力，这种能力是先天所具有的，也是人类有意识的认识空间最早的一种视觉经验。

在欧洲的美学史上，完整的透视概论的建立，是在文艺复兴时期，那种在二维平面上表现三维空间的绘画透视学开始被运用。达·芬奇对透视论归纳为三点——"透视分为三个部分：第一部分只研究物体的外形变化，第二部分研究物体色调随距离的变化，第三部分研究物体的清晰度随远近的变化。"达·芬奇对透视学的评价相当高，他认为这是绘画中的科学，今天许多艺术家更是把绘画透视理论看作是平面绘画上的空间定律，因此，深刻的认识和学习透视是非常重要的。重叠是透视中人们所判断空间深度的一个重要线索，也是判断两物体距离远近的一个最直接依据。今天在设计作品的表现形式上，更应该深刻地理解和运用透视和重叠视觉感受。尤其在设计成果中更不应该忽视透视学说中的各种表现形式。

3. 视觉空间概念 色彩空间是人的肉眼通过对光的视觉感受所营造出来的一种视觉空间，这里我们引入一个非常抽象的概念——视觉空间。在视觉传达和设计领域，许多设计师习惯把人类这种与生俱来的对空间的感知能力叫空间视知觉。视觉是人类最高发展的感觉通道，也是信息承载量最大的感觉通道，可以说人类对各种事物的感觉或情感联想最直接都是来源于视觉。据科学家研究发现，人的视觉具有两项最基本的功能：一个是感受性，即眼睛对光的刺激能力；一个是分辨能力，即能够分清两个以上在时间和空间上有间隔的光的刺激能力。

空间视知觉是人类自身所具有的对空间的感受能力，出生6个月的婴儿能够凭单眼的透视线作出空间的判断。所以，人类通过感官主要是通过视觉器官来感受自然和身边的事物，这一点也在吉布森对婴儿做的"视觉峭壁"实验中体现出来。利用这种视觉空间概念，设计师们便可以在二维的平面上尽情地发挥自己的想象，为大家勾勒出一幅幅完美的三维视觉空间，虽然映入视网膜的是一幅幅二维图画，但是可以感知到一个置身于其间，实实在在的三维空间世界。视觉空间概念理论的运用对艺术设计师尤其是平面设计师来说，更是不可缺少的一环（见图5-22）。

图5-22 色彩空间

（二）构想色彩间

虽然我们习惯把色彩和空间分开来进行研究，但是无法否认色彩在一定程度上的确是依附于某种空间形式而表现出来的。美国格式塔心理学派的代表人物R·阿恩海姆（R.Arnheim）指出："严格的说，所有的视觉现象都是有色彩和明暗造成的。规定形状的界限来自眼睛对属于不同的明度和颜色的面积进行区分的能力。"我们知道，色彩是一种比空间更抽象的形式感觉，然而色彩却不能以独立的形式存在。空间与色彩的关系紧密相连，不可分割。任何设计和绘画作品的表达都是有空间感的，同样对于色彩这么一个很抽象的概念名词，其本身也是有空间感的。而这种空间感在大多数情况下不是本身存在的实实在在的空间，一般是设计师和艺术家通过一定的经验和阅历所构想出来的，构想的动机可能是出于某种需要或情感理念的表达。

1. 色彩的扩张感和收缩感　在两个相同形状、相同大小的区域里分别填入不同的颜色，比如一黑，一白；或一红，一蓝，通过观察可以发现填上白色和红色区域的颜色就明显显得要比填上黑色和蓝色的区域要大一些。于是可以知道，亮的白与暖的红有扩张感，而暗的黑和冷的蓝有收缩感，这是一种由色彩所唤起的空间广延度上的关联感觉。一般而言，暖色、浅色和亮色有扩张感，冷色和暗色有收缩感。色彩的扩张感与收缩感在平面设计和许多室内设计行业应用得十分广泛，利用色彩的这个属性可以为我们更好地构建色彩空间作铺垫，使整体的色彩更加和谐、统一，色彩表达的形式感更加强烈。

2. 色彩的进退感　处于同一视觉距离的不同色彩，经常会给人以远近不同的感觉。人们常把使人产生远距离感的色彩叫"远色"或"后退色"，把使人产生近距离的颜色叫"近色"或"前进色"。一般来说，进退感对比最强烈的色彩组合是互补色关系。在赫林的对立色彩理论中，"红—绿"、"黄—蓝"和"白—黑"这几组对比色中，红、黄、白会表现出突出抢前的趋势；而绿、蓝、黑则明显地退缩，以前进色的背景表现出来。在实际生活中，在绿叶丛中的红花，天空中飘荡的落叶，黑板上的白色粉笔字，所以如此的醒目，都是由于这种进退感的对比。由此可见，色彩的进退感是从对比中表现出来的，除了我们都知道的几组互补色外，在色彩属性的对比条件下，明度对比中，亮色为进，暗色为退；纯度对比中，纯度高的颜色为前进色，纯度低的颜色为后退色；在有彩色系与无彩色系中，有彩色系的颜色为前进色，无彩色系的颜色为后退色（见图5-23）。

图5-23　色彩进退

3. 色彩的重量感　色彩重量感的感知来源于日常的生活经验，生活中会接触到许多膨松而轻的物体，比如天上的云，液体中的泡沫和棉花，都是色浅而轻，这是物质比重与密度决定的，深色往往给人一种沉重结实的感觉，而浅色则给人以轻浮的印象。除此之外，色彩的重量感还与色彩表面的质地有关，表面光滑均匀的物体色彩显得轻，如光滑材质的材料、交通车辆常用的铝合金、不锈钢和生活中的玻璃装饰等。表面粗糙的物体给人以沉重感，如钢铁制品和当代用的一些混凝土制品等。

　　色彩的重量感在产品设计的用色中是值得十分注意的一块，现在产品设计材质的选用大多表面十分光滑给人以轻快感，往往是为了给现代人压抑的都市生活以轻松感，而达到减压的效果。

　　4. 色彩的强弱感　当色彩处于某一空间中，我们所说的色彩的强弱感往往决定于色彩的知觉度。色彩在空间中给我们的视觉感受，凡是知觉度高明亮鲜艳的色彩具有强感，知觉度低下的灰暗色彩具有弱感。总的来说，单独色彩在空间中的强弱感是随着色彩本身纯度的变化而变化的，色彩纯度提高时则强，反之则弱。同时，色彩的强弱与色彩的对比也有关，对比鲜明则强烈，对比微弱则弱。在有彩色系中，以波长最长的红色为最强，波长最短的蓝紫最弱。有彩色系与无彩色系相比，有彩色系明显强于无彩色系（见图5-24）。

　　5. 色彩的明快与忧郁感　色彩在空间给我们的感觉中，所具有的明快感和忧郁感主要与色彩的明度和纯度有关，明度较高的鲜艳之色具有明快感，灰暗混浊之色具有忧郁感，高明度基调的配色容易取得明快感，低明度基调的配色容易产生忧郁感。在无彩色系中，黑与深灰给人忧郁感，而白色则给人明快感。另外，空间色彩比对也会影响色彩的明快忧郁感，对比强者明快感强，对比弱者忧郁感强。纯色与白色组合易明快，浊色与黑组合易忧郁。色彩在空间中给人的忧郁感和明快感属于色彩感性认识的一方面，对这点的把握在设计有题旨的作品时显得尤为重要，有时候利用色彩给人的这一感性认识可以更加明了地表达设计师所想要表达的设计题旨。

　　6. 色彩的兴奋和沉静感　在空间中色彩对视觉刺激的强弱我们通常称为色彩的兴奋和沉静感。从色相的角度讲，红、橙、黄灯具有兴奋感，青、蓝、紫等具有沉静感，绿与紫为中性色。往往偏暖的颜色给人兴奋感，即给我们"热闹"的感觉，偏冷的颜色给人沉静感，即所谓的"冷静"。从色彩明度的角度讲，高明度之色具有兴奋感，低明度之色具有沉静感。从色彩纯度的方面来说，高纯度之色具有兴奋感，低纯度之色具有沉静感。空间中色彩对比强弱也影响色彩的兴奋感和沉静感，对比强的给人兴奋感，对比弱的给人沉静感。色彩的兴奋感和沉静感也是空间色彩给人感想认识的一部分，色彩能够给人以兴奋感和沉静感，这种通过视觉传播的感性认识就限制了我们在不同空间、不同场合的用色，尤其是室内设计和平面设计应该特别注意这一点（见图5-25）。

图5-24　色彩强弱　　　　　　　　　　　　　　　　图5-25　色彩兴奋

7. 色彩的华丽感和朴素感　在色彩空间给人的构想和感觉中，色彩同样也会给人以华丽感和朴素感。影响色彩的华丽感与朴素感的最重要的因素是色彩的色相，其次是纯度和明度。红、黄灯暖色和鲜艳而明亮的色彩具有华丽感，青、蓝灯冷色和混浊而灰暗的颜色具有朴素感。有彩色系具有华丽感，无彩色系具有朴素感。空间色彩的华丽感和朴素感也与色彩组合有关，运用色相对比的配色具有华丽感，其中补色的组合最为华丽。为了增加色彩的华丽感，金、银色等极色的运用最为常见，映像中的金碧辉煌、富丽堂皇的宫殿色彩，昂贵的金、银装饰是必不可少的。

（三）色彩的联想

在空间色彩的运用领域中，色彩联想是所有运用色彩的人都不能够忽视的重要环节。在生活中，人们会依据生活经验和自身阅历对各种各样的色彩产生不同的心理反映。在色彩心理学中，色彩通常是借助人们的视觉经验来表达人们情感生活和精神世界的某种希望，因此，特定内容的色彩，其语境特征和给人的视觉感受会具有不约而同的普遍共通性，这种共通性不仅仅依赖于色彩物理属性上，还表达在社会群体的色彩意识上。

1. 色彩的情感　红色：热情、艳丽、兴奋、喜庆、高贵、奋进、血液、注目、火焰、恐怖。红色历来是我国传统的喜庆色彩。深红及带紫味的红给人以庄严、稳重、热情，常用于欢迎贵宾的场合。含白的高明度粉红色，则有柔美、甜蜜、梦幻、愉快、幸福、温雅的感觉，几乎成为女性的专用色彩。

橙色：光明、温暖、愉快、激烈、活跃、甜美、阳光、食欲、妒嫉、疑惑。橙与红同属暖色，具有红与黄之间的色性，它使人联想起火焰、灯光、霞光、水果等物象，是最温暖、响亮的色彩。含灰的橙成咖啡色，含白的橙成浅橙色，俗称血牙色，与橙色本身都是装饰中常用的甜美色彩，也是众多消费者特别是妇女、儿童、青年喜爱的服装色彩。

黄色：明朗、希望、贵重、愉悦、黄金、收获、华丽、富丽、警惕、猜疑。黄色是所有色相中明度最高的色彩，但黄色过于明亮而显得刺眼，并且与其他色相混极易失去其原貌，故也有轻薄、不稳定、变化无常、冷淡等不良含义。由于黄色极易使人想起许多水果的表皮，因此它能引起富有酸性的食欲感。黄色还被用作安全色，因为这极易被人发现，如室外作业的工作服。

蓝色：冷静、深远、透明、开朗、理智、天空、海洋、智慧、严厉、凄凉。与红、橙色相反，随着人类对太空事业的不断开发，它又有了象征高科技的强烈现代感。浅蓝色系明朗而富有青春朝气，为年轻人所钟爱，但也有不够成熟的感觉。深蓝色系沉着、稳定，为中年人普遍喜爱的色彩，其中略带暖味的群青色，充满着动人的深邃魅力，藏青则给人以大度、庄重印象。

紫色：高贵、庄严、神秘、豪华、思念、温柔、女性、朝霞、忏悔、悲哀。尤其是较暗或含深灰的紫，易给人以不祥、腐朽、死亡的印象。但含浅灰的红紫或蓝紫色，却有着类似太空、宇宙色彩的幽雅、神秘之时代感，为现代生活所广泛采用。

白色：纯洁、洁净、明朗、透明、纯真、简洁、白银、清爽、投降、失败。在它的衬托下，其他色彩会显得更鲜丽、更明朗。多用白色还可能产生平淡无味的单调、空虚之感。它不像黑色与白色那样会明显影响其他的色彩。因此，作为背景色彩非常理想。任何色彩都可以和灰色相混合，略有色相感的含灰色能给人以高雅、细腻、含蓄、稳重、精致、文明而有素养的高档感觉。当然滥用灰色也易暴露其乏味、寂寞、忧郁、无激情、无兴趣的一面。

黑色：黑夜、深沉、庄重、成熟、稳定、压抑、消极、沉没、悲伤、死亡。黑色的组合适应性却极广，无论什么色彩特别是鲜艳的纯色与其相配，都能取得赏心悦目的良好效果。但是不能大面积使用，否则，不但其魅力大大减弱，相反会产生压抑、阴沉的恐怖感。

以上这些都是比较常用的几种色彩联想的认知，作为一名艺术设计师，对色彩的认知可能还需要很多时间去进一步深入研究（见图5-26）。

2. 决定色彩联想的要素　视觉器官在空间中接受外部的色彩刺激的同时，大脑同时还会唤醒以往有关这部分色彩的记忆痕迹，并可以神奇地把二者巧妙地联系在一起，经过人自身心里的分析、比较、想象、归纳和判断等神经活动，而形成新的视觉体验和新的心理感受。人脑这一对空间色彩的创造性思维的过程，我们称之为"色彩空间的联想"。实践证明，色彩空间联想取决于色彩性质、主体感觉、创造题旨等三个方面。色彩性质是指色彩本身所具有的物理性质，它是制约色彩空间联想的第一要素。色彩的主体感受是色彩空间联想的第二要素，一般情况下，色彩的空间联想与个人的生理素质、年龄性别、气质秉性、文化修养、专长特长、社会意识等许多方面都融会贯通。不同的人对同一色彩联想是不一样的，美学专家朱光潜先生就对此有过阐述，他认为人在婴儿时期对颜色的偏好可以说是全由于生理作用，但随着年龄的增长，主体对色彩的的联想作用及层次会呈现出逐渐渗入的发展状态。

（四）色彩联想的类型

我们所处在一个有色的巨大色彩空间中，而这个空间中的许多色彩都会给我们不同的感受和联想。色彩的联想根据联想的主题与内容可分为具体联想、抽象联想和共同联想三种类型。

1. 具体联想　色彩的具体联想，是指由看到的色彩直接联想到客观存在的事物的颜色或者是与之相近似的某一事物的颜色。中国画历史悠久，许多文人墨客在总结色彩艺术创作规律时总是各抒己见，其中要数宋代山水画家郭熙所归纳的有关"天空水色"四季配色法最有建树，他把自己对不同季节的天色和水色的观察印象和平时的绘画心得相结合起来，使之成为相浓缩的色彩对应关系，且用理论诠释和艺术表达出来（见图5-27）。

图5-26　色彩情感

图5-27　色彩联想

图5-28 赵无极作品

欧洲色彩学家伊顿也有过关于研究色彩具象联想的学说，伊顿在色彩联想与构成时强调：春天的自然界青春焕发，黄绿色则是它的强色，浅的粉红色和浅的蓝色扩大且丰富了这种放射色。因为黄色、粉红色和淡绿色都是植物在萌芽期所呈现的颜色，所以用它们构建春天的颜色再恰当不过了。夏天的自然界具有丰富的形状与色彩，所以是最容易获取生动充实力量的季节，物象在似火的骄阳的照射下显现出冷暖分明的景象，这时的颜色大多给人一种饱和的、积极的、补偿的感觉。秋天的自然界随着丰硕的果实给人们带来欢快的心情，使那些成长后的事物的物象逐渐衰败为阴暗的颜色组合。土黄、橙红、褐石、深蓝、灰绿就演绎成了人们抒发和写意秋天情怀的颜色主体。冬天是由于大地内力的收缩性活动而展开的万物消逝之季，那些能够暗示退缩、寒冷和内在光泽、透明或稀薄的色彩主体总是可以不失时机地搭配这个季节给人的感受。如象征冰天雪地的各种蓝色和紫色，还有许多被柔化了的颜色，如土绿、褐色、灰色、烟色等。

2. 抽象联想　法国华裔艺术家赵无极先生说过："艺术不仅仅是再现可见的事物，而更应该是变不可能为可能。"我们知道，从艺术创作的角度来讲，某个艺术家如果想要表达某类精神题材的作品时，那么任何具象的色彩造型表达，如人物、风景等都会显得苍白无力，文不对题。这时，色彩的抽象联想便会独具力量，某个单纯的色彩表达就能将颇具禅意的画面主体表现的入木三分（见图5-28）。

现在我们可以得出色彩抽象联想的概念，所谓的色彩抽象联想，指的是通过观看某一色彩实体而能直接想到某个富于哲理性或逻辑性概念的色彩心理联想形式。如注视黄色，可以联想到光明、智慧、傲慢、颓废等；注视紫色，则遐想到高贵、吉祥、神圣、邪恶等。因此，从本质上说，色彩抽象联想构成，就是试图借助每个色彩所包含的丰富含义和符号特征，或含蓄或直白地某个抽象或不容易用具象表达概念或思想。

3. 共同联想　现代科学研究成果表明，感觉是客观事物的个别特性作用于人脑的反应，它主要包括视、听、味、嗅、触五种感觉。心里学家认为，感觉是人最简单的心理过程，感觉同时也是由各种心理活动所决定的。而我们所说的共感则是由一种感觉带动另一种感觉的心理反应形式。这种各种感觉互相转换与渗透的结果为"共感"或"统觉"，其特点是能够使人产生更加丰富而奇妙的心理体验。

图5-29 共同联想

共同联想的表现形式多种多样，在生活中我们见到的列子也很多，但是这里要提出来的共同联想主要是出现在艺术和设计领域中一些艺术和设计作品在用色上所带给人的共同联想。主要关心的是同造型艺术息息相关的色彩视觉与其他领域感觉发生的内在联系上。也就是说，借用色彩刺激人的感觉器官使之产生内在的联系以表达其他感觉，或者借其他感觉来反映色彩，具体包括色听、色味、色嗅、色触四种主要的共同心里联想类别。根据现代艺术创作者的经验，色彩的共同联想不单是人类所具有的一种特殊心里活动才能，而且还是当代造型艺术家常用的一种重要的艺术手段（见图5-29）。

第三节 不同领域色彩空间的运用

一、地域性的色彩

人们所处的地理位置和风俗习惯的差异会导致人们用色习惯的不同和色彩在各个地域的不同象征意义。这也是设计领域中我们常说的色彩的地域性，我们生活在一个有色彩的世界，无时无刻都离不开色彩。因此了解色彩的地域性对于生活在这个世界上的每一个人来说都是有必要的，尤其是对于设计师来说，很多时候都需要跨地域为各个不同地域国家的客户进行设计，有的时候你的设计作品也可能跨足许多政治、经济领域。所以，了解各个地方的用色习惯和他们的一些色彩象征意义就成为每一个设计师的必修课程。

（一）世界各国的色彩特征

1.亚洲部分国家的用色习惯

（1）印度。红色表示生命力、活跃、狂热。绿色意味着真理，而且表示对知识的追求，还意味着和平与希望。黄色代表太阳的颜色，表示华丽、光辉。紫色是使人心情沉静的色彩，但同时也会使人联想到悲哀。

（2）缅甸。最喜欢纯色。佛教的僧服是葵黄色，它是唯一带有宗教意义的颜色。

（3）菲律宾。他们喜爱的颜色按顺序是：红色、绿色、蓝色、深紫色、橙色、黄色。尤其是鲜明的红色和黄色，很受住在菲律宾群岛的当地人喜爱。

（4）泰国。特别喜爱纯色，从服装到广告，都喜欢使用纯色。泰国人普遍喜欢红色、白色、蓝色。黄色是象征泰国王位的颜色。按他们的生活习惯，至今仍流行着传统的"星期色"：星期日——红色；星期一——黄色；星期二——粉红色；星期三——绿色；星期四——橙色；星期五——浅蓝色；星期六——浅紫色（见图5-30）。

2.欧洲部分国家的用色习惯

（1）德国。由于政治上的原因，对下几种颜色特别有偏见。例如，对茶色、黑色、深蓝色的衬衫和红色领带特别讨厌。一般人喜爱纯色系颜色，尤其是南部人比北部人更喜欢纯色。

（2）荷兰。喜欢橙色和蓝色，特别是橙色，在节日里被广泛使用。

（3）法国。对绿色系的衣料非常反感，原因是它会使人联

图5-30 禁忌色彩（一）

图5-31　禁忌色彩（二）

想到旧德国陆军的军服。在法国，男人有喜欢穿蓝色服装、女人穿粉红色服装的习惯。法国东部则有所不同。

（4）爱尔兰。传统的荷兰紫云英（爱尔兰国花）的绿色，是人们最喜欢的颜色。一般来说，强烈的色彩比中间色更受人喜爱。作为色彩上的偏见，他们讨厌代表阿尔斯塔及新教教会的桔黄色。在古爱尔兰象征方位的颜色是：黑（北）、白（南）、紫（东）、深褐（西）。

（5）意大利。绿色象征美丽的国土。

（6）英国。色彩象征主义和徽章，曾广泛流行，即使在今天，著名的公司、学校以至橄榄球队仍在使用以色彩为象征的徽章。

（7）瑞士。国旗的红、白二色，最受瑞士人喜爱，而且他们非常喜欢将红色和白色同时使用。对于纺织品和家具等与农民艺术相关的一些产品，一般喜欢纯色和鲜明的色彩。

3.北美国家的用色习惯

（1）美国。一般浅洁的颜色受人喜爱，如象牙色、浅绿色、浅蓝色、黄色、粉红色、浅黄褐色。经心理学家调查表明：浅色在色彩方面比较受人欢迎；明亮、鲜艳的颜色比灰暗的颜色受人欢迎。

（2）加拿大。除少数受宗教影响的村庄外，一般无显著的色彩爱好。但受宗教影响的色彩，一般对于市场的影响不大（见图5-31）。

（二）各国象征等级的色彩

在中外文明史上，许多国家和地区都有以色彩标明一个人的社会地位、尊卑贵贱的习惯。这也可以说是色彩象征的重要功能，特别鲜明。

1.中国的等级色彩　在中国历史上，许多时候都是一种等级制度向另一种等级制度转化，中国的传统文化通常又被历史学家称为"等级制社会的文化"，而凭借色彩区别地位"高低"、"贵贱"则是这种等级文化的特点之一。在古代，鲜明的颜色只允许统治者使用，而普通的老百姓只可选用暗淡的青、灰、黑等颜色。而在全部的艳丽颜色中，又独以黄色地位至尊至高，为皇帝龙袍的专用色，从唐高宗时期开始就下令规定，除皇帝外，任何人的服装均不能够擅用黄色。从此，黄色成为象征帝王至高无上地位的特有符号。（见图5-32）。

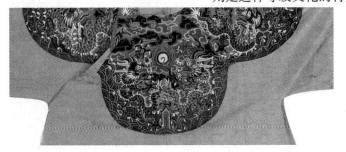

图5-32　地域色彩（一）

除黄色被历代统治者指定为御用服装外，朝廷命官的服装颜色也视品级而泾渭分明。唐代为我国章服制度制定的较为完善的时期，具体的服色标准为：官员级别三品穿紫袍，四品服深绯袍，五品着浅绯袍，七品为浅绿袍，八品是深青袍，九品用浅青袍。

2. 日本的等级制色彩　根据日本的史书记载，受中国衣冠制度的影响，日本天皇也颁布了以身份高低规定冠色及服色的诏令，把官员按地位划分为12个等级，并且按照中国的阴阳五行说，分别给以不同的颜色作标准（见图5-33）。

3. 欧洲的等级制色彩　欧洲自罗马时代起，色彩就逐渐具备了区别阶级的新用途。在此期间，紫色是备受王侯显贵们青睐的，也由此最为典型。为了表明自己是神灵的化身，古罗马的皇亲国戚们几乎垄断了这种颜色达数百年。这一色彩时尚在东罗马帝国时代更是强调到了无以复加的地步。君士坦丁堡为了炫耀显赫的权势，他甚至把自己的别名直接同紫色联想起来，称为"泊里菲罗克尼斯"，汉译为"从紫色诞生"之意。在东罗马帝国时代，皇后分娩时的产房都要有紫色来装饰，这样可以显现出将要出生的皇太子或公主的身份尊贵和前程似锦（见图5-34）。

二、绘画中的色彩

在表现视觉艺术的绘画领域，美术家们常借最直观、最鲜明的色彩内容和色彩表达方式，来向世人陈述与众不同的情感倾诉。例如，以"美术三杰"达·芬奇、拉斐尔和米开朗基罗为代表的文艺复兴时期，画家笔下的圣母，都是身着红色罩衣或红色礼服，并且外带蓝色斗篷的形象。用色大多轻柔、温和给人以亲切感。这恰如法国艺术家马蒂斯坦言："一切艺术家都带有时代的烙印，最伟大的艺术家就是那些烙印最深的人。"色彩的象征意义亦然。

野兽派画家马蒂斯在绘画史上指引着我们以新的绘画方式来表达现代绘画的多元性，即野兽派的绘画全凭画家对色彩敏锐的直觉感受和心里的感应，并通过这种感受、感应来释放人类对色彩本能的感受和对凝聚色彩本质力量的发挥，最终把作品表达出带有开创性、艺术实践和艺术理论为一体的新的色彩表达方式。使人们对色彩认识和表达不再受制于被塑造的物体表面真实的束缚，而是可以尽情地按照自己对色彩的理解、想象去构建一个完全属于自己的具有鲜明象征意义的色彩世界。鉴于野兽派画家在现代色彩发展史上的卓越成就，他们的艺术理论和艺术实践被艺术史学家们称为"创立20世纪绘画色彩的里程碑"（见图5-35）。

图5-33　地域色彩（二）

图5-34　地域色彩（三）

a)　　　　　　　　　　　　　　　b)

图5-35　绘画色彩

（一）各个时期的绘画色彩特征

1. 远古时期的色彩特征　原始人的色彩特点主要是：单纯、粗犷、强烈。原始人没有创造复杂色彩的能力，其色彩的来源也是非常有限的，他们多数追求各种形象的固有色。红、黑、白最初是被用得最广泛的颜色，红最有色彩的强烈感，黑白的明度对比强烈。所以，后来红、黑、白号称是世界永恒的色彩搭配，后来色彩开始丰富进入红、黑、棕、白、黄等。在原始时代，有无数不含色彩的形象，却没有仅是颜色的画面。动物只能靠无数万年的遗传本能，运用自身的颜色进行区别、吸引、恐吓对方和保护自己。而人类已经开始摆脱这种本能，主动地创造单纯而强烈的色彩，涂抹在自己身上，达到上述目的（见图5-36）。

2. 奴隶社会的绘画色彩特征　奴隶社会的特征是王权高于一切。而王权、国家的概念就是权威性和统一性。将所有的造型进入共性、规范，以显示王权的力量，这就是奴隶时期装饰性最兴盛的原因。那时的绘画，只要规范，就具有装饰的特点。在奴隶社会，人类还不具备成熟模仿自然和社会客观形象的复杂能力。奴隶社会后期，主要是随着农业的发展，个性的力量得到具体的保障，因此，社会仅以王权的单一形式统治国家，显然已力不从心。于是，宗教的高度统一就具有了新的历史意义。奴隶社会后期，农业与国家的征服战争同步，写实形象越来越多，标志个性的相对解放，于是高度规范、归纳的装饰风格，开始崩溃。

图5-36　色彩特征

3. 封建社会的绘画色彩特征　人与自然的关系主要是农业，号称是梳理地球。在封建社会，人与社会的关系是王权加宗教，号称政教并存。在人类历史上，精神是最伟大力量的时期，当属封建王朝时期。主要体现在这个时期人们的宗教信仰上，在这种宗教的高度神论统一中，信仰达到神圣，是国家与个人之间的相互调节、制约的新产物。那时候，为了信仰，人们甚至可以放弃自身的利益，甚至生命，去奉献、创造出无比巨大的精神殿堂。宗教的凝聚力甚至超出了国家与民族的界线。我们从东西方各国的宗教洞窟文化、教堂中的画卷都可以领略到这种精神的奉献力量（见图5-37）。

图5-37 宗教色彩

4. 古典绘画　古典绘画分为两个时期：其一是14世纪，以意大利为首的文艺复兴运动兴起；其二是18世纪起，起源于法国的启蒙运动。以下我们就简单地介绍一下这两个时期的两个文化运动，看看这两个时期绘画色彩的特点。

（1）文艺复兴时期的绘画色彩特征。文艺复兴时期的绘画，可谓是达到了历史社会的最高峰。之所以达到最高峰，其意义在于：社会的教育功能达到当时历史的最高地位，是当时的历史、宗教、哲学和其他媒介都无法达到的效果；是寓教于乐最完满的体态形式；是真善美在形象中的高度统一；是反对专制思想，将个性与共性都得到尊重的最佳时期。从绘画本身来讲，主要是光与透视的科学规律的发现。这样就导致了画面用色彩描绘来表达真实的三维空间，其形象逼真，既成功地表达了美，又体现了当时作者的情感及思想，迷倒了自上而下的各个阶层（见图5-38）。

（2）启蒙运动。它以法国大卫的新古典主义为代表，受"自由、平等、博爱"的思想影响，积极地参与资产阶级民主革命，全方位地向封建的宗教、王权发动进攻，具有英雄主义气概。正如大卫自己所说的："艺术不是目的，而是手段，是为了宣传某种政治的概念，为援助某种政治概念的胜利"。从绘画的角度，古典派追求以光影为根本的写实性。当时色彩主要是随着光影明暗虚实的变化而产生的变化，这时逐步摆脱了早期绘画的色彩平面性。古典主义尽管要求人性，但依然强调理性的规范与法则。

5. 近代绘画

（1）浪漫主义。法国的德拉克洛瓦被称为"烂漫主义的狮子"，他仇恨规范与法则，发动了对古典主义的冲击。他崇尚情感，追求运动，笔触奔放，热情洋溢，他的画面上红色到处跳动。带有强烈的个性化特点，色彩在他强烈感情的带动下，有力地挣脱了"形"的束缚。其作品《自由领导人民前进》一到革命时期就都会被人们挂起来，作为前进的动力。一到复辟时就摘下来，以稳定人心。

（2）现实主义。现实主义的画家具有社会最底层的情感，

图5-38 文艺复兴色彩

他们往往生活困苦，情感复杂。他们把眼光放在社会人之间的关系上去，并具有平民的革命倾向，带着对这个社会的不满，情绪相当激烈。同时，他们认为古典主义是造作的，浪漫主义是无病呻吟的。

（3）巴比松画派　巴比松画派的最大特点是逃离社会，逃离政治。一大批画家以法国巴黎附近巴比松村的风景为题材，描绘可爱的大自然，开始回避艺术以政治为主流的倾向，尤其是科罗，以灰色调的抒情，直接影响了以后的印象派。

6. 印象派　人们都说，印象派是色彩真正的革命。色彩如果不从印象派学起，是非常可惜的。印象派排斥一切固有色，认为暗部不是黑色的概念，所以一切都是由光所造成的色彩关系。他们仅仅关注光在瞬间与视觉形成的色彩感觉。在印象派时期，色彩第一次从形与明暗的控制下摆脱出来，被当做首要的追求目标。补色的全面运用，是印象派的骄傲，其画面到处是轻松、跳跃的笔触。

7. 象征主义　许多画家都说，象征主义是向着人的心灵深处进军。19世纪80年代，象征派崛起，他们非常不满意那种毫无思想、肤浅的记录艺术。而是受尼采、柏格森和弗洛伊德的主观和潜意识学说的影响，全面向人的心灵深处进军。他们的许多作品都有文学倾向，富有诗意和装饰特征。从某种角度上来讲，象征主义调和了古典主义的写实细腻、印象派的色彩灿烂及现代派的主观意识的三重特点，并具有唯美主义的倾向。

8. 现代派　现代派出现在现代社会文明中，是站在大工业、科技的基础上，高喊着反对客观写实、追求本质的口号，满怀热情地到征服与改造大自然的大军中去，从理论和实践上，都充当了社会的先锋作用，引起了新世纪的震撼。以下就来介绍现代派的一些主要特征。

（1）野兽派。野兽主义是自1898~1908年在法国盛行一时的一个现代绘画潮流。它虽然没有明确的理论和纲领，却是一定数量的画家在一段时期内聚合起来积极活动的结果，因而也可以被视为一个画派。野兽派画家热衷于运用鲜艳、浓重的色彩，往往用直接从颜料管中挤出的颜料，以直率、粗放的笔法，创造强烈的画面效果，充分显示出追求情感表达的表现主义倾向。就像马蒂斯所说的：“色彩的目的，仅仅是表现画家的需要，而不是事物的需要。”

（2）巴黎画派。巴黎是现代艺术的摇篮，19世纪后期至20世纪前期那一个个惊心动魄的艺术运动都在巴黎诞生。苏丁以旋转强烈为色彩，如鞭子一样，抽打着画面。夏加尔擅用强烈的色彩，给人以梦境、天真、愉快的感觉。莫迪里阿尼用简炼、纯净的色彩，变形、夸张的修长形体曲线，进行绘画。

（3）德国表现主义。意指不再把自然视为艺术的首要目地，以线条、形体和色彩来表现情绪与感觉作为艺术的唯一目的。表现主义电影则发源于1920年的德国，此种电影中的演员、物体与布景设计都用来传达情绪与心理状态，不重视原来的物象意义。《卡里加利博士的小屋》即以运用这种手法而闻名。之后德国表现主义的风格影响到默片时代的一些好莱坞电影与1940年的黑色电影，其他如希区考克与奥森·威尔斯亦受德国表现主义的影响。

（4）立体派。它是西方现代艺术史上的一个运动和流派，又译为立方主义，1908年始于法国。这个名称的出现含有偶然性。1908年G.布拉克在卡恩韦勒画廊展出作品，马蒂斯批评勃拉克的画是在描绘立方体。评论家L.活塞列斯在《吉尔·布拉斯》杂志上引用此话评论说："布拉克先生将每件事物都还原了……成为立方体"，这种画风因此得名。注重主观形体的几何表现及结构分割，色彩的结构感强烈。

（5）未来派。是由意大利诗人菲利波·托马索·马里内蒂（Filippo Tommaso Marinetti）作为一个运动而提出和组织的。他在1909年一年中，向全世界发表了一个宣言，这个宣言以浮夸的文辞宣告过去艺术（过去派）的终点和未来艺术（未来派）的诞生。用色彩表现动感是未来派的最大特点。

（6）达达主义。达达主义艺术运动是1916~1923年间出现于法国、德国和瑞士的一种绘画风格。达达主义是一种无政府主义的艺术运动，它试图通过废除传统的文化和美学形式发现真正的现实。达达主义的目的和对新视觉幻象及新内容的愿望，表明了他们在以批判的观念重新审视传统，力图从反主流文化形式中解脱出来。达达主义破坏的冲动给当代文化以重要的影响，成了本世纪艺术的中心论题之一。破坏就是创造的表现手法。

（7）抽象主义。抽象表现主义又称抽象主义，或抽象派。二战后直到20世纪60年代早期的一种绘画流派。抽象派这个字第一次运用在美国艺术上，是在1946年由艺术评论家罗伯特·寇特兹（Robert Coates）所提出的。"抽象表现主义"这个词用以定义一群艺术家所做的大胆挥洒的抽象画。他们的作品或热情奔放，或安宁静谧，都是以抽象的形式表达和激起人的情感，并喜欢将形象夸张为几何形，擅于运用点、线、面的抽象形体构画。

（8）超现实主义。是在法国开始的艺术潮流，源于达达主义，于1920~1930年间盛行于欧洲文学及艺术界中。其理论背景为弗洛伊德的精神分析学说和帕格森的直觉主义。强调直觉和下意识，给传统对艺术的看法有了巨大的影响，也常被称为超现实主义运动，或简称为超现实。艺术上的表现以探索潜意识中的矛盾为主，如生与死、过去与未来等，超现实主义的画家也为了表现这样的奇异异想，大多运用拓印法、粘贴法、自动性技法等特殊的表现技法来创作。另外，为了表现与真实世界的扭曲或矛盾，他们也常常采用精细而写实的手法来表达超现实的世界，甚至出现幽默的效果（见图5-39）。

（9）后现代。后现代是50年以来，自美国发起的一种艺术现象。"后现代"这个概念不清晰，与现代派区分界线不是很明确。多元论是后现代的世界观。后现代是对崇尚形式主义和弘扬自我的现代主义的反叛，它反对一切假想的中心或权威，尤其反对现代派在理性、主观、下意识建立整体感的企图。后现代的色彩给人的感觉是复杂多变的，因此，用色的反差和对比强烈。后现代认为世界是碎片、无意义、主体失落等。

（二）现代中国画色彩

现代中国画色彩随着西方文化艺术的"西

图5-39 现代派色彩

图5-40　中国画色彩

学东渐"发生了深刻的变化，"中国画"这一称谓意味着西方绘画的引入而确立的，是有别于西方绘画而言的。在20世纪的新文化运动中，把矛头直指墨守成规的文人画，打破了一时沉闷的空气。正是这一特定的变革时期，中国画的色彩风格呈现出丰富多彩的局面，并涌现出了许多现代中国画大师。这一时期水墨和重彩用色上追求墨色浓重，色彩强烈，表现出气势磅礴，意境开阔的境界。现代中国画大体经历着两条探索发展的路，一条是维护笔墨但求笔墨的风格，强调中国绘画的民族特色和精神性；另一条则是不维护传统笔墨但求意境新、趣味新，在中西结合，甚至在"改造中国画"的口号下，进行了艰苦的探索，包括在色彩领域也进行了变革（见图5-40）。

现代中国壁画发展迅速，各画种的相互渗透融合，其表现手法更趋向多样化。现代科学技术又为材料的更新、加工及制作提供了新天地，丙烯画、磨漆画、陶瓷板画、玻璃画、贝雕画等，表现出色彩风格的多样，题材丰富，工艺精湛等特点。例如北京国际机场候车厅壁画《哪吒闹海》，采用传统矿物质颜料结合喷绘制作而成。它以中国古典神话故事为题材，用生动的艺术形象再现了哪吒出世、斗恶龙、复仇三大部分，构成了气势磅礴、色彩厚重而丰富、线描精确而奔放的艺术效果。整个画面采用多层次反复渲染，色彩的强烈对照使画面产生迷离的气氛。同时，还吸取了古代重彩壁画用色绚丽辉煌——红色、青紫色、棕褐色的协调运用。部分形象用纯金粉绘制，极好地表现了小英雄的形象，强烈地歌颂了不畏强暴、勇于斗争的精神，也增强了画面的神秘趣味。色彩大胆运用而恰如其分，造型简炼夸张具有强烈的中国特色并富有时代精神。

三、设计中的色彩

（一）平面设计

色彩是把握人视觉第一关键所在，也是一幅平面设计作品表现形式的重点所在。有个性的色彩，往往能抓住消费者的视线，色彩通过不同的色调，让消费者产生不同生理反应和联想，树立牢固的商品形象，产生悦目的亲切感，吸引与促进消费者的购买欲望。色彩不是孤立存在的，它必须体现商品的质感、特色，又能美化装饰广告版面，同时要与环境、气候、欣赏习惯等方面相适应，还要考虑到远、近、大、小的视觉变化规律，使广告更富于美感，是广告的一个重要组成部分。一般所说的平面设计色彩主要是以企业标准色、商品形象色、季节的象征色以及流行色等作为主色调。采用对比强的明度、纯度和色相的对比，突出画面形象和底色的关系，突出广告画面和周围环境的对比，增强广告的视觉效果。

　　色彩在平面设计中的运用意义重大，设计师要表现作品的主题和创意，充分展现色彩的魅力，首先必须认真分析、研究色彩的各种因素。在色彩配置和色彩主调设计中，设计师要把握好色彩的冷暖对比、明暗对比、纯度对比、面积对比，混合调和、面积调和、明度调和、色相调和及倾向调和等诸多因素。色彩组合调配要保持整个平面设计色彩的均衡、呼应和色彩的条理性。平面设计作品还要有明确的主色调，并处理好图形和底色的各种关系（见图5-41）。

　　　　　　　　a)　　　　　　　　　　　　　　　　　b)

图5-41　平面设计

（二）包装设计

　　包装伴随着人类文明经历了从原始到现代的漫长历程。在经济迅速发展的今天，包装成为一座连接生产与消费者之间的桥梁。在现代文明社会里，产品一般要经过包装才能到达消费者手中。尽管消费者心存疑虑，虽不可"以貌取人"，但购物时也只能从包装来探究内容，并愿意去选择新颖美观的产品包装。包装色彩是一把打开消费者心灵的无形钥匙，也是产品重要的外部特征，它给产品所创造的低成本高附加值的作用是惊人的。

　　商品包装的色彩设计应该使顾客能联想出商品的特点、性能。包装的色彩应当是被包装的商品内容、特征、用途的形象化反映。也就是说，不论什么颜色，都应以配合商品的内容为准。顾客看到包装上的色彩，就能联想出包装中的商品，如绿色体现青豆罐头，橘黄色说明是橘汁等。在色彩中，这种体现商品的色彩，称之为形象色。比如，点心的包装色彩一般多为朱红、橙黄、黄，有引起食欲的功能。就各种色彩看，红色调用于化妆品、食品，绿色调可用于各式泳装、水上运动器具、冷饮、夏季的背心、风扇、冰箱等。蓝色用于五金机械、电器的包装，给人以清新之感。医药用品的包装也可采用蓝色调。紫色调用于高级化妆品、珠宝、馈赠礼品的包装，给人以高贵、端庄、典雅之感。这些并非是绝对的准则，对包装色彩的设计应多进行市场商品包装的调查，当然还要敢于创新、突破（图5-42）。

a）

b）

图5-42　包装设计

（三）室内设计

在室内设计中，色彩的运用和布局是反映主人艺术审美和个性特点的重要手段。室内设计中最常见的是室内客厅的设计，如果对客厅的设计没有把握和经验，可以统一淡化色调，然后用软装饰进行点缀，这是最常用的方法之一，往往可以产生意想不到的效果。在前几年的室内设计中，很流行用不同材质和不同颜色的地板装饰不同区域的地面，但是经过几年的实践，许多设计师发现这样效果并不好，这使得整个空间显得很凌乱，缺少整体美感。在室内设计中，用色是非常关键的一步，以下就按照室内设计的房间功能划分，给大家介绍一些最简单的配色和用色原则（见图5-43）。

1. 客厅　客厅是一套成功的房屋室内设计的最关键一处，也是一般住房的主体。对客厅的设计，需要着眼主体体现个性，考虑整个室内的空间、光线、环境以及家具的配置、色彩的搭配和处理等诸多因素。客厅的墙面是对整个室内装饰及家具起衬托作用，所以客厅的装饰不要过多过滥，以简洁为好，色调最好用明亮的颜色为主，同时，应该对一面主要的墙进行装饰，以集中视线，表现家庭的个性和主人的兴趣爱好。

2. 起居室　起居室是家庭群体生活的空间，除了用于休息外，也是接待客人和休闲娱乐的场

图5-43　室内设计

所，可谓是室内设计的重心，一般人会在这里逗留的时间相对较长，所以色调可明快活泼些，减少人的压抑感。但是不宜用太强烈的刺激颜色，以免给人烦躁的感觉。因此，应以中性色调为主，局部小面积可以采用纯度较高的颜色。

3. 卧室　卧室是家庭住宅中私密性要求最高的场所，其色调选择以私密和安静为前提。一般卧室的色彩最好采用偏暖、柔和些的颜色，以利于主人休息。家具如果颜色用得重，墙面颜色就要淡，若家具颜色用得淡，墙面适宜用与家具色彩类似的对比色加以衬托。

4. 书房　书房是人们用于阅读和学习的一种静态空间，在这里，人们要求头脑冷静、注意力集中、安宁。室内色调一般要求以雅致、庄重、和谐为主。因此，最常用的色调有灰色、褐灰色、褐绿色、浅绿色等。地面的颜色最好选用深色、褐色等色彩为材料，同时可以用少量的字画来点缀室内色彩的对比度，以增加书房的气氛。

5. 餐厅　餐厅是平时家人用餐或宴请亲友就餐时的生活空间，所以，对餐厅用色的设计目的很明确，主要是能给人以食欲，让人吃好、吃饱。故餐厅的色彩适宜以暖色为主，如橘黄、乳黄、柠檬黄等能够增加食欲的颜色。

6. 卫生间　卫生间最重要的要求是清洁卫生，所以装饰卫生间的颜色以素雅整洁为宜，其颜色以白色、浅绿色、浅蓝色等冷色为宜，使之有洁净、卫生、通风之感。根据其不同的主色调，房间的墙面造景不要千篇一律，可以据个人风格和喜好而定。

（四）服装设计

服装色彩设计是以服装为产品对象，以色彩学原理为基础，以人体为色彩感受的直接客体，以服装面料的肌理组合表现进行色彩创造和色彩造型的活动。我们常说"远看色彩，近看花"，色彩在这里起到主导作用，服装色彩必须从色彩心理与意向、服装色彩搭配，面料质感的轻薄、厚重、飘逸闪光、光源灯等方面进行考虑。服装颜色的来源，在前面一些基础的色彩解构学习中，我们了解到，色彩尤其是设计色彩更多的是源于生活，色彩的灵感大多也是从我们身边最平凡的事物中激发和寻找出来的（见图5-44）。

1. 面料色彩与服装设计　面料是服装制作的材料，可分为纤维制品、皮革裘皮制品和其他制品三大类别。服装设计要取得良好的效果，必须充分发挥面料色彩的性能和特色，使面料色彩特点与服装造型、风格完美结合，相得益彰。

2. 从大自然中寻找色彩意向　如热带雨林、山水风景、四季色调、花卉植物、小鸟、蝴蝶、蓝天大海、阳光、水果等，浩瀚的大自然多姿多彩，它本身就是一位色彩大师，向我们展示了它那美好迷人的景色，告诉我们色彩美的规律存在于无私的大自然中，从这里我们可以获得色彩搭配的灵感，运用到服装设计中去。

3. 民间传统色彩的联想与应用　如中国画、剪纸、玩具、面具色彩意向，以色彩饱和

图5-44　服装设计

度极高的原色对比关系，如红—绿，是中国民间传统中常用的色彩，灵活地运用到现代服装的色彩设计中去，在我们所看到的世界各国服装设计大师的作品中，常常可以发现许多作品确实融入了明显的民族文化与地区特色的成分，使其彰显独特的个性。

4. 运用流行色进行服装设计　流行色是合乎时尚的色彩，是指专家根据流行趋势和流行色彩的走向，研究用于服装色彩的预则和发布。流行色谱的发布具有很大的权威性，最活跃最明显并反映最快最早的是服装领域：染料商根据流行色谱生产销售，时装设计师根据流行色谱设计时装配色等。

（五）环境艺术

1. 城市色彩规划　城市色彩是指城市外部空间中各个视觉事物所具有的色彩，它是一个广泛、综合的概念，分为人工装饰色彩和自然色彩两大类，包括建筑、道路、标牌、广告、服饰、绿地、河流等城市内的人文景观和自然色彩（见图5-45）。

（1）城市色彩规划设计原则，突出自然美、人类美原则。人类的色彩美感来自其"自然向人生成"的历史进程中，来自大自然对人的陶冶。因此，城市的色彩永远不能与大自然比美。城市建设中，要尽量保护和突出自然色，特别是树木、草地、河流、大海，甚至岩石等自然元素。法国巴黎最美的风景就是时装女郎了，而城市的地面、墙壁都是素雅的灰色、米色，这便突出了流动人群的色彩美。

（2）城市功能区域色彩划分的基本原则。对城市的划分要有一个统一的风格，应注重主色调的选择，在不同的功能区中用一个或几个适当的辅助色调使城市色彩有所变化，功能区之间的色彩通过渐变过渡来协调一致。色彩的分区要切合城市空间结构点，以形成美好的城市景观。城市色彩服从城市商业性的典型案例——香港，人们对香港的喜爱便是它那突出的火爆繁荣的商业色彩，但对于像巴黎、维也纳等文化历史名城，繁荣的商业区就必须进行功能分区规划，否则，就会对城市形象有很大的损坏。

（3）建筑中的色彩设计。歌德说过"建筑是凝聚色彩的音乐"。建筑色彩是一定历史时期内的文化产物，它是遵循建筑美学原则而构成的建筑美学基础，建筑本身是离不开色彩的，于是色彩就成为表达不同建筑心情的最直接方式。建筑色彩设计不在色彩本身，而是色质的合理运用。不同材料的色反应不同的色质，不同反光的色表现出不同的色质。

2. 商业建筑中的色彩　商业建筑应突出其功能特征，特别是要适应市场建设多样化的要求，色彩应该以醒目、艳丽、新颖、别致为主，色彩之间的搭配可富于丰富的变化，也可以运用对比色，增加活跃、明快的色调，丰富人的视觉感受，建筑间也可以采用对比调和，以形成热烈的视觉效果。

图5-45　城市色彩

（六）工业产品设计

工业产品设计是随着工业变革的出现而兴起的，是工业时代科学技术与人类文化相结合的产物。就批量生产的工业产品而言，凭借训练、技术知识、经验及视觉感受而赋予材料、结构、形态、色彩、表面加工以及装饰以新的品质和资格，叫工业设计。工业设计的形态美是由造型、色彩、图案、装潢等诸多因素综合而成。在诸多因素中，色彩位于举足轻重的位置，它最能吸引消费者的注意，并给人以深刻的印象，是一条增加产品附加值的重要途径。在市场上，我们会经常见到，那些机能优异但外观笨拙、色彩陈旧的产品受到消费者的冷落，而那些外观色彩美又实用的产品却受到消费者的喜爱。（见图5-46）

a)　　　　　　　　　　　　　　　　　b)

图5-46　工业设计

1. 工业设计中的色彩特性　在工业产品的色彩设计中，一是要考虑使人感到丰富、愉悦；二是要方便快捷；三是要从物质上升到精神美感。因此，不能够孤立地研究产品的色彩造型，要与环境和人联系起来考虑。

（1）丰富性。工业产品的色彩设计应用不同的形状、不同的结构来提高视觉欣赏价值和丰富造型的单调形象。

（2）协调性。有些产品复杂、部件多，为了使产品达成统一的视觉效果，利用色彩设计给予归纳、整理和概括，从而产生统一、悦目的视觉效果。把色彩的审美形式与产品的实用性相结合，来取得高度统一的效果，有利于产品品牌的视觉传达。

（3）对比性。有的产品体量很小，为了醒目并增加感染人的强度，在色彩设计中常常运用注目性较高的色彩对比。

2. 色彩与材质的关系　在前面的论述中，我们了解到，色彩在产品设计中是非常重要的，产品的色彩不是单独存在的，而是和材质与表面处理一起构成了完整的产品色彩体系，相同的色彩配置方案使用在不同的材质上，经过不同的材质表面处理后，就会呈现出不同的效果。

3. 色彩与光环境　有过色彩基础知识的人应该知道，色彩本身是没有好看与难看的，主要是与光及周边环境特别的搭配与协调的效果。产品设计的色彩和光是离不开的，光源同样重要，人之所以能够看到物体的色彩是因为有光线的关系，如果没有光，再多丰富的色彩也只是一片黑暗。

四、环境中的色彩

（一）人文景观色彩

人文景观中的色彩变化多端，往往自成一番风味。

1. 北京人文景观色彩　北京的园林继承了北京宫殿的色彩特点，大多都修得金碧辉煌，由红色和黄色作为主调，以显示古代帝王贵族的霸气与权贵。北京包容了多种宗教信仰的传播，因而也留下了众多的宗教古迹。佛教、道教、基督教等都在北京这块沃土上找到了自己合适的位置，得到了长足的发展。北京周边的古代宗教建筑内容丰富多采，体现了不同民族、不同时期、不同教派、不同阶层（王室、达官、百姓）的建筑风格和审美意识。陵墓是历史与现实之间的一座桥梁。帝陵是集天下能工巧匠之力建造而成的，代表当时最先进的技术发展水平。北京周边保存有全国最完整、建筑规模最大的帝王陵墓群及众多的古墓葬建筑（见图5-47）。

2. 江南人文景观色彩　江南的人文景观中古时的园林艺术是不得不提的，其中典型的要数世界闻名的苏州园林了。中国园林讲究"步移景异"，对景物的安排和观赏的位置都

a）

b）

图5-47　景观色彩

有很巧妙的设计，这是区别于西方园林的最主要特征。中国园林试图在有限的内部空间里完美地再现外部世界的空间和结构。园内庭台楼榭，游廊小径蜿蜒其间，内外空间相互渗透，得以流畅、流通、流动。透过格子窗，广阔的自然风光被浓缩成微型景观。题词、铭记无处不在，为园林平添了浓郁的人文气息。

苏州园林的色彩别具一番特色，它大量融入了写意山水艺术画的思想特点，设计出来的园林给人耳目一新的感觉。大面积的白色使人可以感觉到当时园林主人的高尚情操，给人以纯净无暇的感受。让人感受到了与外面世界的不一样，创造出一种人在画中游的意境（见图5-48）。

图5-48　园林色彩

（二）自然光下的色彩

色彩作为视觉信息，无时无刻不在影响着人类的正常生活。美妙的自然色彩，刺激和感染着人类的视觉和情感，陶冶着人的情操，提供给人们丰富的视觉空间。众多艺术家、设计家师法自然，尽情讴歌大自然无私的赋予，同时也营造着科学与艺术完美结合的绚丽的人文色彩环境。在正常自然光线下色彩总要通过一定的形态或一定的条件体现出来，使周围的环境，沐浴在光的空间氛围里。物体对光的反射、透射和吸收，刺激了人的视觉，产生色的感觉，于是我们对某个物体总有一个俗成的色彩印象。说苹果，就会想到红苹果；说橘子，就会想到橙色。可以说苹果、橘子等物体吸收了一部分色光，反射了另一些色光。因此，久而久之，就产生了物体固有色的概念。固有色是在自然光的照射下物体所呈现的一般色彩。因此，说到自然光下的色彩，最容易想到的就是物体的固有色。自然界为我们提供了最为和谐的色彩美，是设计色彩的无尽源头，现代科学技术的发展又扩展了我们的视野，展现给广阔宇宙的绚丽色彩和肉眼不能及的微观粒子结构，使我们面对自然之美叹为观止。设计师要面向自然，深入自然不断发现自然界的奥秘，并从中吸收养分才能更好地捕捉到设计色彩的创意灵感。

1. 自然环境中的古建筑色彩　许多城市的特征，总是伴随着自然环境的特征展开。如杭州，我们会联想到西湖；重庆，我们会联想到山城；巴黎，我们会联想到塞纳河等。其次，阶级的地位，风俗习惯，建材的取向也决定着建筑色彩的基调。西方偏重石头，尤其是上层，众多的教堂、皇宫基本上以石头构建而成，为何选择石头，其原因有许多。中国偏爱砖木建筑，其本身色彩并不强烈，但从阶级地位取向角度来看，上层喜欢在上面覆盖强烈的人造色。"红墙绿瓦"都是色彩中最强烈的补色。皇宫中选择的黄琉璃瓦，与蓝天也形成强烈的对比，这些都显示阶级地位的无上权威。其余的阶层，按地位、色彩逐渐消弱，直至最贫穷者，其建材颜色几乎与自然形成同步，造成了古代建筑的阶级秩序性。至于"蓬门今始为君开"、"小扣柴扉久不开"，那都是文人们追求古朴自然、修心养性或怀才不遇的一种境界（见图5-49）。

图5-49　古建筑色彩

2. 生活中的自然环境色彩　由于人类的创造力的无限膨胀，人造建筑的体量、跨度与高度等许多方面已超过了自然本身的外貌特征。移山填海已不是梦想，因此，假如不以保护古建筑与自然环境的指导思想，现代城市几乎看不出与自然的关系，不管你走到哪里，几乎分不出城市之间的区别。没有建材的取向，没有历史的风俗习惯，而阶级的划分，已经到了以经济为轴心的建筑特征上。与古城、古建筑争夺谁是点、线、面的空间主流问题，而西方这种古代与现代的区域划分，早已非常明确了（见图5-50）。

图5-50　生活中的自然环境色彩

五、饮食中的色彩

中国菜肴素以"色、香、味、形、器"俱佳而闻名于世，其中"色"占在首位，这说明色彩在菜肴装饰上占有极其重要的地位。色彩给人的感觉与心理学有着密切的关系，心理学上影响视觉器官的刺激物主要是色泽，不同的色泽对人们产生不同的影响。颜色对菜肴的作用主要有两个方面，一是增进食欲，二是视觉上的欣赏（见图5-51）。

（一）几种色彩在饮食上的表达

1. 白色　给人以洁净、清淡、软嫩的感觉。不少原料的自然色泽是白色，这种白色是鲜嫩的表现。白色还表示清淡，相当一部分的热炒都是白色的，白色的菜肴不大可能是浓郁的滋味。

2. 红色　红色的最大特点是能够激发食欲，正因如此，红色也是与菜肴的味道关系十分密切的颜色。红色能给人强烈、鲜明、浓厚的感觉，也能给人一种快感、兴奋感。有相当一部分原料烹调后呈现出悦目的红色，有相当一部分美味的菜肴是红色或者接近红色。自然界不少果实是红色的，红色是成熟和味美的标志。

3. 黄色　在增进食欲方面仅次于红色。特别对金黄色来说，是一种颇受欢迎的食物颜色，能够诱发人的食欲。不少食物包括主食都是黄色或金黄色的，如各种面粉制作的饼类，烘烤或油炸后都呈天然的金黄色，这是一种令人愉快、温暖的颜色。

4. 绿色　绿色是不少蔬菜的天然色泽。绿色的菜肴给人清新、鲜嫩、淡雅、明快的感觉。在烹制绿色的菜肴时，要尽可能保持天然的绿色，避免成为黄绿色。绿色同样是一种使人愉快的颜色。

5. 褐色　褐色是红茶、咖啡、巧克力等的本色，能给人带来芳香、浓郁的感觉。在菜肴中，褐色一般是为了加重味感，是一种沉稳的色泽。干烧、炸煎、熏烤类的菜肴大都呈褐色，如香酥鸭、熏鱼、烤鸭、干烧鱼等。以上是菜肴食品的几类主要颜色。除了绿色外，大部分都属于暖色。

（二）饮食色彩的形式美

1. 鲜明与和谐　鲜明是指在菜肴的配色上运用对比的方法，形成色彩上的反差，也就是所谓的"逆色"。口诀是"青不配青，红不配红"。在嫩白的鱼丝中缀上大红的辣椒丝或者黑色的木耳，在红色的樱桃肉四周围上碧绿的豆苗，都是为了使菜肴的色彩感更加鲜明生动。民间的"豆腐花"虽然是十分简单的小吃，但在色彩的运用上却达到了完美无缺的地步，雪白的豆花

图5-51　饮食色彩（一）

里，加上翠绿的葱末、红色的辣椒、黄色的虾皮、紫色的紫菜和褐色的酱油等，不仅五味俱全，而且五色鲜明悦目，给人艺术的享受。

2. 主色和附色　　主色是指菜肴色彩上的基本色。画家钱松岩说："五彩彰施，必有主色，以一色为主，而他色附之。"在烹饪中，一般以主料的颜色为基调，再以配料的颜色作为点缀、衬托。辅料的色就是附色。附色不能喧宾夺主，应以衬托主色为目的。如"青椒鸡片"中的青椒，"鸡火菜心"中的鸡丝和火腿丝等，量不能过多，否则就掩盖了主色，体现不出菜肴的基调。

3. 单色和跳色　　有些菜肴利用原料或调料的颜色，不配其他颜色，成为单一色，如大红、翠绿、橘黄、乳白等。这些单一的颜色一方面能给人简洁大方的感觉，另一方面能以较大较有份量的色块，造成一种跳跃的色彩效果，给人以较强烈明快的感觉。在追求单色和跳色的视觉效果时，要注意菜肴之间色彩的交叉和配合，尽可能将不同色彩的菜肴交替上席，避免色彩上的单调和沉闷，只有这样也才能充分体现色彩的"跳"的效果，使人感到丰富多彩。

（三）色彩心理与饮食

色彩是由物体反射光通过对人的视觉器官（眼睛）的刺激，给人不同的心理感觉而产生的。色彩本身并无情感，在自然欣赏、餐饮活动方面，色彩心理是受传统的民族习惯、宗教信仰、生活经验、文化修养及年龄性格等的不同影响产生种种联想，使颜色蕴含了人类不同生理、心理的各种感受，即人们所产生的色彩经验积累对色彩的心理规范的变化程度。根据色彩心理对饮食的反应有以下三方面因素对就餐者的心理会产生重要的影响。

1. 食物色彩与饮食　　关于色彩心理与饮食国外有人做过这样的实验：把一只西瓜榨出西瓜汁，其中一半染成红色，结果绝大多数品尝者都感到这种西瓜汁要比另一种甜。这是由于人类的大脑经过长期生活经验的积累，形成了一种条件反射，看到西瓜汁的红色，就联想到香甜及多汁的水果。在冬季"东坡肉"色泽红润油光发亮会使人垂涎欲滴，盛夏季节人们对"东坡肉"的红色都会产生一种火辣辣的不舒服感觉。黄色可使人们联想起柠檬的酸味，促进唾液分泌而增加食欲。

2. 就餐环境色彩与饮食　　当到酒店就餐时，你一定会选择清洁优雅、安静舒适、优良设备以及优质服务的环境去进食。在这样的环境中进食会感觉到轻松愉快、心情舒畅。人们就餐在黄色或橙色的环境中会使人心跳频率趋于正常状态，调节人的情绪，能刺激人的食欲等。心理学家在实验过程中发现，在绿色的就餐环境中，会给人新鲜爽朗的感觉，可使人有一种回归自然的联想，达到陶冶心情、调节心理的作用。在这种环境下可观察到人体皮肤温度下降1~2℃。心跳每分钟可减少4~8次，呼吸也可变得平稳缓慢。但深绿色反倒会让人感到苦涩。医生利用这点可使高血压病人血压趋向平稳；粉红色还能给人以甜美的感觉，增进人的食欲。

颜色对人的心理状态有不同程度的影响，一般人不喜欢呆在以红色为主的房间里太久，因此若餐馆以红色为基调，客人轮替的次数就会提高。

3. 照明色彩与饮食　　在人们的生活中，灯光不仅是照明手段，还具有装饰美化环境的作用。在餐饮活动中，光源色的变化与人的食欲密切相关。国外心理学家伊顿曾做过一个

图5-52　饮食色彩（二）

实验：一位企业家在家举行舞宴，招待一批男女贵宾，厨房里飘出的阵阵香味在迎接着陆续到来的宾客，当快乐的宾客围着摆满了美味佳肴的餐桌就座时，主人便以红色灯光为主，照亮了整个餐厅，则肉食看上去颜色很嫩，使人食欲大增，但菠菜却变成黑色，马铃薯显得鲜红，使客人们惊讶不已；又将红光变换为蓝光，则使烤肉显出了腐烂的样子，马铃薯像是发了霉，宾客立即倒了胃口；当黄色的电灯一开，红葡萄酒仿佛变成了蓖麻油，把来客都变成了行尸，几个比较娇弱的夫人急忙站起来离开了房间，没有人再想吃东西；主人马上打开白色荧光灯，各种食物复现诱人的本色，聚餐的兴致很快就得以恢复。

综上所述，根据色彩心理与饮食的规律可以得出以下结论：物体的基本色彩由光源色、固有色、环境色三者共同构成，在不同情况下经过三者作用会出现各种色彩。因此，在菜肴制作、灯光设计、餐厅设计和装饰布置中，要充分考虑到食物色彩、环境色彩、光源色彩对饮食的影响，既要注意主流顾客对色彩认识的共性，也要区别对待不同地域、民族的人对色彩的审美情趣。以便灵活掌握色彩心理在饮食中的技巧，做到浓素相宜，使饮食中的色彩给人以艺术美的享受（见图5-52）。

六、流行色的运用

所谓"流行色"是相对常用色彩而言的，它是英文"Fashion Colour"的直译，有"时髦的、时兴的色彩"的意思，流行色彩的流行性是指在某一段时间，受某一群体审美情趣的影响，在一定的范围内流传的特性。流行色具有鲜明的时代性和地域性，往往表现人们追新求异的思想和对美好生活的向往。视觉空间是我们用色彩创造出来的，我们用色彩颜色的语言与社会进行沟通。流行色的应用范围很广，例如：服装、染织、包装设计、产品设计、室内装饰等，人们的生活方式、生活态度、生活观念等都会受到流行色的影响，同时人们年龄的差异、文化修养的不同、民族心理、社会背景、信息传播的速度等因素，都会影响到流行色的范围和内容。随着社会经济的发展进步，人们已经不仅仅满足于个人对物质的追求，大多数人开始追求新颖、新奇、怪异、时尚、追求自我表现的意识提高和凸显，流行色的出现大大地满足了新时代人们对美追求的心理需求（见图5-53）。

（一）流行色的历史

"流行色"这个名词最早出现在二战结束后不久，战后许多国家开始了经济复苏，这时欧美一些国家开始兴起流行色的热潮，这种现象首先出现在具有国际性的商业都市，最早表现在人们穿着的服饰上。战后在巴黎、伦敦等大都市，人们衣着随便，不讲究整体配套，不系领带和领结者比比皆是，打破了欧洲战前一贯绅士风度的穿衣作风，当时的衣着一般为黑色，表示对战争中死者的悼念，有的穿着浅淡素色服饰，表示对世界和平的深切向往。就这样，黑色和浅淡素色成了当时最早的"流行色"，到了五六十年代，一些老牌

a）   b）

图5-53 流行色彩

的资本主义国家经济回升、起飞，各国的经济交流、社会交往和国际贸易开始广泛开展，"流行色"也开始成为国际交流的一部分，逐渐渗入到国际贸易中去，"流行色"的范围也从单一的服装扩展到其他各个领域，国际性的流行色开始出现。

（二）流行色的变化规律

世界万物的变化都是有规律可寻的，流行色也不列外，简单地说，流行色的变化规律就是其色彩的明度、纯度、色相随着时间的推移而有规律地变化着。流行色的形成是基于人们对色彩视觉上的兴奋和抑制，心理上追求时髦、新颖。所以当人们面对一种色彩倾向达到一定的时间就会引起视觉上的审美疲劳和心理上的不满。这时就需要一种新的色彩趋向来满足人视觉和心理上的需求。然而人们对色彩的感知度是有限的，可见色光的波长只在380~780nm的范围内。所以流行色只在这个范围内变动，客观上存在一种自身的变化规律。流行色的变化往往也受到社会政治、经济、文化等各个方面的影响，一般来说，流行色会经历三个阶段：萌芽时期、盛行时期和衰退时期。这三个阶段一般都是遵从从冷到暖、从暖到冷、从明到暗、从暗到明的规律性循环。

第四节 观察色彩的方法

一、固有色

固有色就是在常态光源（太阳光）下，物体所呈现的颜色。列如，在日光下，叶子为绿色，香蕉为黄色，葡萄为紫色，西瓜为红色等。这些都是物体的固有色。大自然中颜色五彩缤纷，千姿百态。各种美妙的颜色令人为之惊叹。但是，需要注意的是，物体的固有色是物体在日光下表现出来的一种颜色，固有色本身在自然界中是不存在的，它只在日光下表现出来，如果换作其他光源，物体的颜色便会改变。固有色是一种处在变化中的相对存在，因为在地球所在的星系中，太阳是最具有普遍性的相对稳定的光源，阳光下的物体固有色常常被人们所默认为物体的特征色，认为固有色是物体所"固有"的属性。因此，固有色常常是人们认识物体色彩的一种心理定势。对于初学色彩的人来说，能够正确地排

图5-54　固有色

除物体固有色的干扰，由感性层次上升到对色彩理性认识的层次认识是很关键的，正确地区分固有色和物体也是我们学习色彩写生中非常重要的一个环节。对于艺术设计者来说，应该学会认识和利用固有色，在利用固有色的同时，更应该把固有色和物体本身区分开来，正确认识物体固有色的色彩属性，尤其在产品设计等领域中，发挥物体固有色的作用，熟悉并掌握各种不同材质的固有色，是设计作品成功的关键一环（见图5-54）。

二、光源色

能够自己发光的物体称为光源，光源发出的光分为两种，一种是自然光，如太阳光、月光、闪电等；一种是人造光，如灯光、烛光等。光源光由于光波的长短、强弱、比列性质等不同，会形成不同色相的色光。如普通灯泡光所含的黄色和橙色光的波长比其他光波多，因此普通灯泡发出的光呈黄调，而一般荧光灯发出的光呈蓝色，这是因为蓝色波长的色光多。对光源色的运用我们在上节介绍色光中已经进行了比较详细的说明，目前许多设计和绘画领域都运用了自然光和人造光，对光源色的把握好坏直接影响最后的设计和艺术作品，这就要求设计师和绘画师在对光源色的理解上达到一定高度。

三、环境色

环境色即物体周围环境的颜色，由于光照射到各个物体上，使各个物体之间的色彩相互作用、相互影响，因而形成了环境色。环境色的强弱与光的强弱成正比，表面越光滑的物体受环境色的影响越明显，表面越粗糙的物体受环境色的影响越不明显。在艺术设计领域，环境色对设计整体效果的影响是非常大的，这在室内装饰设计中体现得很明显。环境色的设计在室内设计中起着改变或者创造某种格调的作用，会给人带来某种视觉上的差异和艺术上的享受。在室内设计中色彩的和谐性就如同音乐的节奏与和声。在室内环境中，各种色彩相互作用于空间中，和谐与对比是最根本的关系，如何恰如其分地处理这种关系是创造室内空间气氛的关键。

四、空间色

与固有色、光源色和环境色相比，空间色是一个更为抽象的概念。空间色的概念更广，在具体生活中我们也更常见。空间色就是某一空间内环境空间里的色彩，空间中物体颜色的改变会影响空间的色彩。从广义上理解可以把空间色看作是某一空间的主色调，而处在这个空间环境里的任何一种色彩都可以说是构成这个空间的空间色。任何色彩都是一种抽象的视觉感受，而这种视觉感受又必须依靠某种介质所表达出来，在现实生活中，空间往往充当了色彩表达的工具，可以说，一切色彩都是依附在某一个或大或小的空间中的。而空间色就是色彩在空间中最直接的体现与视觉表达。

在前面色学习中我们知道，在艺术设计中，一般设计师对红色的选择是非常谨慎的，大面积的正红色有时候会给人以不安甚至恶心感。一般的设计师很少有用正红色作为自己作品的空间主色彩的，他们大多数选择匹配和调和后的红色。图5-55空间中，设计师用了加白的粉红作为主色调，同时把墙面刷成白色，使得整个空间的红色比重再次下降，大大地减少了红色给人的视觉刺激，同时使得整个设计色调和谐。

从图5-56我们可以明显地感受到整个设计的绿色主调。在可见光谱中，绿色的光波长度适中，绿色的视明度不高，刺激性适中，所以人们对绿色的反应都显得较为平和、宁静和温和。由于人类诞生在绿色空间的摇篮里，一直就成长在绿色植物环绕的大自然中，人们对观察、亲情和感悟也最为深沉。设计师利用这一点，在设计时添加了自然的设计元素，木质的地板，还有墙上树的装饰，都使得整个设计和自然贴得更加紧密。

图5-55　室内设计（一）　　　　　　　　　　图5-56　室内设计（二）

☞ **思考题**

① 简析二维色彩空间的解构与重组，找出它们在艺术设计中常用的表现手法和表达方式。

② 怎样运用二维色彩的构成来加强二维色彩空间设计中的视觉感染力？

③ 环境中的二维色彩设计怎样来把握和体现，列举2~3个案例说明。

☞ **作业**

① 用不多于4种色彩来组织1幅有关同解构与重组的图片，要求在尺寸为16cm×16cm的方格内完成，主题表达明确，创意鲜明。

② 选择一种色彩语言的表达方式，要求在尺寸为16cm×16cm的方格内完成两幅以"和谐"、"对抗"为主题思想的二维色彩空间设计。

③ 根据不同国家的地域色彩、地域禁忌色彩的理解和认识，做1幅色彩练习作业，要求与自己本专业设计有关（例如：工业设计——反映在产品设计，服装设计——反映在服装色彩上等）。

第六章 创意二维色彩空间

☞ **本章学习关键点**

①掌握二维色彩空间设计中的定向与时空的表现特征，并能充分应用到现实生活中。

②充分理解和认识艺术设计过程中的创意二维色彩空间的表达。

③掌握二维色彩空间设计过程中的整体思维和观察能力的应用。

④了解二维色彩设计中色彩的标准化。

☞ **本章命题作业**

①通过二维色彩的调和与对比，怎样来加强在艺术设计中的表现。

②通过二维色彩的整合与设计，列举5~10张设计作品阐述怎样体现艺术设计中色彩的创新思维。

③在材料与肌理的认识基础上，用1500~2000字来举例说明怎样通过这些元素来改善设计中的不足。

第一节 利用色彩营造空间感

设计师对色彩都有一种特殊的情怀，对色彩的敏感度要比其他人更高。他们知道，色彩不仅仅是点缀生活的重要角色，也是色彩学、心理学等领域的综合体现。要在作品中灵活、巧妙地运用色彩，使作品达到各种精彩效果，就必须好好地研究色彩。色彩通过属性要素、虚实关系和透视等因素来表现空间。在同样的空间里，色彩的变换可以营造出不同的色彩空间氛围，传达不同的信息，并用色彩来营造空间感。

一、定向与空间的平衡

一个二维空间一定有方向，色彩也是如此，这可以利用色彩知识的平衡方向与空间的关系来进行调节，我们定义这种方式为色彩的定向。当欣赏一幅完整的色彩作品时，总会受到审美意识的支配。平衡是形式美的基本法则之一，各种色块的分量将会在人们审美意识中的垂直轴线两边起作用。在色彩构图时，各种色块的布局应该以画面中心为支点和基准，向左右、上下或对角线上作力量相当的配置。

（一）色彩的定向表现

由于方向的变化，主体的轮廓形式、主体和背景的关系、面与面的关系都会在色彩上发生明显的变化。应当把握好色彩的方向，在每一个面上都用恰当的颜色表示该空间。例如，遵循近暖远冷，即近处以相对的暖色为主，远处以相对的冷色为妙。这样就会把色彩的方向与空间的关系处理得恰到好处，如果用近冷远暖的画法，结果色彩不仅没有很好的空间感，而且显得很凌乱，毫无章法。以下从不同方向来表现载体色彩空间的差异感。

正面方向：完全正面，有利于表现对象正面的特征，可将对象横向的线条充分展示在色彩上。正面角度容易显示出庄重、威严、静穆的气氛，有利于人物与观众面对面地交流，具有亲切感。有意识地运用正面角度，可以加强上述的感情色彩。例如，一幅正面表现会场气势的色彩，醒目的横条，分列两旁的旗帜，能够显示出一种庄严隆重的气氛。正面的不利因素是：容易产生形象本身的横线与色彩边缘横线平行的现象，显得呆板，缺少透视变化，不利于表现对象的立体感和空间感。

正侧面方向：是一个很有特色的角度，有助于突出对象正侧面的轮廓线条，容易表现轮廓和姿态的美。

背面方向：这也是一个具有特色的角度。在通常情况下，人们容易忽视这个角度，但是特殊的角度常常具有特殊的表现力。背面方向的角度可以将主体与背景融为一体，背景中的事物就是主体所关注的事物，便于启示观众去联想主体人物在面对着环境背景时会有怎样的内心感受。背面方向不重视人物的面部神情和细微的动作，常常以姿态作为重要的形象语言。

斜侧方向：在色彩上变为与边缘相交的斜线，物体会产生明显的形体透视变化，使色彩活泼生动，有利于表现纵深的空间感和立体感。斜侧角度在其他情况下也有利于配置事物之间的主次关系，安排主体和陪体的位置。斜侧角度是大量使用的角度，只是斜侧程度不同而已（见图6-1）。

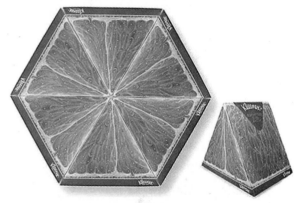

图6-1　色彩表现（一）

（二）色彩的时空表现

空间是从视觉角度对色彩的一种调和方法。色彩上的色块配置通过一定的距离在视网膜上产生一种色彩的混合效果。故空间的色彩要有一定的视距要求。空间涉及两个要素，一是构图，二是深度。一种色彩的空间效果可以由几种成分构成。在深度方面起作用的力量存在于色彩本身。这种力量可以在明暗、冷暖、色度或面积对比中表现出来。此外，空间效果还可以由对角线和重叠产生。空间里有很多错综复杂的关系：位置关系、遮挡关系、大小关系、色彩关系、虚实关系、光影关系、透视关系等。一般而言，色彩越浅空间感觉越宽阔，即使在小空间中也不显拥挤。配制色彩时一般没有不能用的颜色，即使红色，将其调稀薄，变得较轻，加入无色溶剂，油漆加松香水，水泥漆加水，红色变浅变明亮；或是加入大量的白变粉色，任何色彩都可以创造出空间感。色彩有前进感与后退感。暖色和明色给人以前进的感觉；冷色和暗色给人以后退的感觉。色彩有轻重感。高明度的色彩给人以轻的感觉；低明度的色彩给人以重的感觉。色彩有膨胀感与收缩感。同一面积、同一背景的物体，由于色彩不同，给人造成大小不同的视觉效果。凡色彩明度高的，看起来面积大些，有膨胀的感觉。凡明度低的色彩看起来面积小些，有收缩的感觉。一般而言，冷色系蓝、绿、紫色是后退色，有加大空间的感觉；暖色系红、黄、橘色是前进色，可使空间产生拥挤感。运用丰富的色彩是一种很好的创造空间感的方式，但重点是最好使用相近色，避免对比强烈的色彩。以同一色彩为背景，家饰品的色调统一，即使空间本身不大，空间的丰富感也能表现出来。色彩的真实性表现是多方面的，时空关系表现是其中一个重要方面。客观世界中色彩是受光色关系和环境制约的，因此，要表现色彩的空间感，就要整体地看待色彩。

要很好地表现色彩的空间，首先应对空间感有所了解。所谓空间感，是指物体的深度层次。依照几何透视和空气透视的原理，描绘出物体之间的远近、层次、穿插等关系，使之在平面的色彩上传达出有深度的立体空间感觉。在平面的色彩中取得空间感一般都采用以下五种方法，即：几何透视法、视觉透视法、晕光衬托法、焦点透视法和遮露法。设计师常利用这些方法来描绘物体的空间感，素描如此，色彩亦然。在不同的块面上有不同的色彩表现，如同素描中黑白灰都在其对应的位置上，要是偏离其位置就会显得突兀而不合逻辑，所以，色彩的颜色也应该在其固有的位置上（虽然说不合逻辑也是一种创新思维，但是，作为初学者，应当多了解色彩的基本知识，几乎所有的绘画、设计大师，都是先拥有最基本的造型功底后才渐渐转向抽象或意象）。一种色彩的空间效果可以是几种成分构成的，在深度方面起作用的力量存在于色彩本身，这种力量可以在明暗、冷暖、色度或面积对比中表现出来。

黄色、红橙色和蓝色出现在黑底和白底上时，黑底上的深度运动是：黄色强烈地向前推进，红橙色次之，而蓝色则几乎同黑色保持一样深度。在白底上效果相反：蓝色从白底上向前突出，红橙色次之，黄色更次。黑色底上的任何明亮色调都会按照它们的明亮级数向前推进；在白底上，效果则相反，明亮色调固守在背景的平面上，而接近黑色的暗色则以相应的级数向前突出。

在相同明度的冷色调和暖色调中，暖色调向前而冷色调向后。如果同时有明暗对比存在，深度方向的力量将会增加、减少或者抵消。同样明度的蓝绿色和红橙色衬以黑色背景观看时，蓝绿色后退，红橙色前进。如果将红橙色稍加淡化，它会更向前推进。如果将蓝绿色淡化，它会前进到与红橙色相同的水平；如果将它充分淡化，它会更向前推进，红橙色则更向后退。

色度对比的深度效果是：和相同明度的较暗淡的色彩相比，纯度色彩向前进，但是如果有明暗对比或冷暖对比存在，深度关系便会相应改变。面积是深度效果的另一个因素。当一个大的红色色域有一个小的黄色色块时，红色就起背景作用，黄色就会向前推进。当把黄色扩大并侵占了红色时，便会到达黄色成为主导的地步；这时它就扩张成为背景色，而使红色向前突出。但是，即使能把色彩配合中可能有的一切深度效果都加以分析，也无法使色彩构图的空间平衡得到保证。艺术家的个人辨别力和意图应该起主要作用。

形状是色彩存在的形象要素之一。一个颜色的出现总伴随一定的形状，形状由集中到分散逐渐分割，尽管色彩总的色量未变，但对比的效果却大大改变了。在构成设计中，色彩形象所占位置的不同给色彩的视觉效果带来相当大的影响。设计的过程实际上也是一个安排调整形象位置的过程，利用色彩形象位置的变化，可表现不同的色彩效果（见图6-2）。

（三）设计色彩中的定向与空间平衡

设计色彩与绘画中的色彩相比较，绘画属于纯欣赏的艺术色彩表达，具有直观的情感，以准确表达对象的客观存在的状态为目的。设计色彩主要强化了主观表现和设计师的理性思维，不以绘画对象的客观存在为目的，而是以设计对象为主要载体进行全面地表现，并以思维发展为方向，不仅要看色彩组织的和谐感，还要与材质、工艺技术的制约以及颜色的呈现等因素相关联。设计色彩偏重于理智的情感表现，其中的定向与平衡是设计色彩运用的基础，也是设计中色彩成败的主要因素之一，所以在进行设计色彩选择的时候（尤其在三维的色彩空间中）一定要注意色彩中的定向与色彩空间的平衡。

图6-2　色彩表现（二）

1. 化复杂为简洁　在描绘对象的观察与表现中，通常采用"减法"。通过较理性地运用色彩理论对客观物象的色彩进行概括、简化和条理训练，产生一种净化、单纯的效果。单纯不是简单，而是对所描绘的对象进行有意味的处理。实际上，这种简化设计的过程是一个概括、提炼的过程，目的是以此达到形与色的简洁，使主题更突出、形象更典型、色彩更鲜明。

2. 化繁复为条理　设计色彩的重要方法就是将对象繁复处理得更有条理与秩序性，通过变化处理，使构图、色彩在整体上趋于装饰的特点，使观赏者在心理上产生一种共鸣。这个过程需要仔细观察描绘对象，使不规则的事物规则化、条理化，把杂乱无章的东西归纳为有序的"人性化"过程。

3. 化平常为夸张　有意强调事物的某种特征，对其加以扩大或缩小，这种手法叫夸张。夸张是艺术处理手法的强化特征，是对平常和真实的夸大，也是艺术表现中最常见的手法之一。对于设计色彩而言，夸张手法存在很大的自由性，就如构图上打破空间关系、形态上进行变形处理、色彩上强调色彩主观意向等。通过夸张的手法，使主题更鲜明，使色彩更富有艺术感染力。其中变形是十分重要的造型手法，它关系到作品是否有意味、主题是否突出、作者的个性与情感是否能够更好地表达出来等（见图6-3）。

二、明暗与投影的对比

有光就有影子，用光线来创造影子，把光影和物体结合起来，可以创造丰富的形态。明暗与投影的对比是设计中最为常用的一组美学法则。所谓明暗对比，就是两种颜色因亮度不同而产生不同的效果形成的对比。任何色彩都可以还原为明暗关系来思

图6-3　色彩表现（三）

考。因此，明暗关系可以说是搭配色彩的基础，最适宜于表现封面的轻重感与层次感。投影使物体看上去有立体感、空间感、时间感。投影的形状来自于三维的物体，投影将其转化为二维平面。所以投影可以看做是一种视觉元素，是一种造型应用的手段。投影的形状可以有多种变化，如：长投影、短投影、变形投影等。

设计色彩的对比

设计色彩的对比，就是色彩之间存在的矛盾。各种色彩在构图中的面积、形状、位置和色相、纯度、明度以及心理刺激的差别构成了色彩之间的对比。这种差别愈大，对比效果就愈明显，缩小或减弱这种对比效果就趋于缓和。从一定意义上讲，装饰色彩配合都带有一定的对比关系，因为各种色彩在构图中并不是孤立出现的，而总是处于某种色彩的环境之中，因此，色彩对比作用在色彩构图中是客观存在的，不过在表现形式上有时强，有时弱罢了。装饰色彩诱人的魅力常常在于色彩对比因素的妙用。下面从以下几个方面来探索设计色彩的对比规律。

1. 色相对比　色相对比是利用各色相的差别而形成的对比。色相对比的强弱可以用色相环上的度数来表示。简单对比方法是：色相距离在色环中15°以内的对比，一般看做同色相即不同明度与不同纯度的对比，因为距离15°的色相属于较难区分的色相。这样的色相对比称为同类色相对比，是最弱的色相对比。色相间距离在15°~45°的对比，称为邻近色相对比，或近似色相对比，这是较弱的色相对比。色相距离在130°左右的对比，一般称为对比色相对比，这是色相中等对比。色相距离在180°左右的对比，称为互补色相对比，是色相最强的对比（见图6-4）。

2. 明度对比　明度对比是色彩的明暗程度的对比，也称色彩的黑白度对比。明度对比是色彩构成的最重要因素，色彩的层次与空间关系主要依靠色彩的明度对比来表现。只有色相的对比而无明度对比，图案的轮廓形状难以辨认；只有纯度的对比而无明度的对比，图案的轮廓形状更难辨认。据日本大智浩估计，色彩明度对比的力量要比纯度大三倍，可见色彩的明度对比是十分重要的（对比方法及调子类型参见前无彩色系）（见图6-5）。

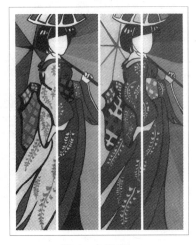

图6-4　色相对比

图6-5　明度对比

3. 纯度对比　纯度对比是指较鲜艳的色与含有各种比例的黑、白、灰的色彩，即模糊的浊色对比。在孟氏色立体中，纵向与中心轴平行的同一行色，表示着不同明度同纯度系列；横向的与中心轴垂直的同一行色，表示着相同明度不同纯度系列。色立体最表层的色是纯色，从表面层向内渐转变灰直至无彩色系。为了加强色彩的感染力，不一定依赖色相对比，有时一堆鲜艳的纯色堆在一起倒显得吵闹杂乱，相互排斥，有时相互削弱，只有跳跃、喧闹的效果，而无突出某一主色的效果。若想突出某一主色，自然要用降低辅色的纯度去衬托主色，这样主次分明，主题突出（见图6-6）。

a）　　　　　　　　　　　　　b）　　　　　　　　　　　　　c）

图6-6　纯度对比

4. 冷暖对比　利用冷暖差别形成的色彩对比称为冷暖对比。冷暖本来是人们的皮肤对外界温度高低的感觉。太阳、炉火、火炬、烧红的铁块等本身温度很高，它们反射出的红橙色光有导热的功能。其光所及，将使空气、水和别的物体温度升高，人的皮肤被它们射出的光照得发热。大海、蓝天、远山、雪地等环境，是反射蓝色光最多的地方，蓝光不导热，而有吸热的功能，这些地方总是冷的。这些是人们生活经验和印象的积累，使人的视觉、触觉及心理活动之间有一种特殊的类似条件反射的下意识的印象联系，视觉变成了触觉的先导，一看见红橙色光都会想到或感到应当是热的，心里也感到温暖和愉快；一看到蓝色，心里会产生冷的感觉，似乎皮肤也感到凉。

5. 聚散对比　通常把画面内图形称为图，背景称为底。由于图的形状不同，有的集中，有的分散；集中的色块少而大，并且醒目，对比效果好；分散的色块小而多，由于图底相切分散其视线，对比效果差，但调和效果好。这是因为，集中的色在视网膜上某处对视锥细胞中的感色蛋白破坏程度大，而分散的形色在视网膜上各处对视锥细胞的感光蛋白平均破坏，故刺激力量也就相应分散，对比效果就差。如以下几种图形，后者与前者总面积相当，但对比效果差，而调和效果好。

（1）色彩在图底中的对比与调和关系在形状的聚集与分散中的关系很大。聚集程度高时与其他色在空间混合的部分少，色彩稳定性高；分散的程度高时与其他色空间混合部分多，色彩稳定性低。

（2）形状集聚程度高时，受边缘视错影响的边缘相对短，稳定性相对高；形状集聚程度低时，受边缘视错影响的边缘相对长，甚至色彩形状全部都在边缘视错的影响之下，稳

图6-7　聚散对比

定性相对低。也就是说，面积比边长的比数大，对比效果强，调和效果弱；面积比边长的比数小，对比效果弱，调和效果强。

（3）色彩的形状是通过色彩对比表现出来的。作为图色的聚集，意味着底色的相对聚集；图色的分散也意味着底色的相对分散，因此，双方聚集时对比效果强，分散时对比效果弱，调和效果强。

（4）除了图底两色关系之外，还会与别的色发生对比关系。当别的色聚集不变时，该图色聚集程度越高，和别的色对比效果越强，反之即越弱。当别的色聚集程度降低时，对比效果随之削弱，调和效果即加强。

（5）色彩形状聚集程度越高，注目程度也高，对人的心理影响明显；聚集程度低，注目程度低，对人的心理影响也随之降低。但是，分散程度高的色彩，所影响的面积大，所影响的心理作用也并非减小，这又与以上的面积对比有同样的作用。也可以说：小面积的聚集与大面积分散力量是均等的（见图6-7）。

6. 位置对比　作为非概念的、客观存在的色彩，不仅具有一定的明度、色相、纯度、面积和形状的对比，还有距离、位置的对比关系。例如，一个白色热气球在淡蓝色的天空飘游，在远处是一片墨绿色的山林，白色气球与淡蓝色十分调和，整个画面对比并不强烈。当热气球飘到山谷边沿，白色气球与墨绿色山林的对比关系产生了，但还不十分强烈。当热气球飘到山谷之中，大片墨绿色包围着这白色的气球，对比关系达到了最大限度的强化，调和感相应地也大为减弱。

凡明度对比，色相对比，纯度对比，二色距离远，对比效果弱，调和效果强；二色距离近，对比效果逐渐加强；二色距离相切，对比效果则更为加强，调和效果相应减弱；二色相交，或一色包围另一色，对比效果最强，调和效果最弱。

7. 面积对比　是指各种色彩在构图中占据量的对比，这是数量的多与少，面积的大与小的对比。色彩感觉与面积对比关系很大，同一组色，面积大小不同，给人的感觉不同。如面积小的红绿色点或色线在空间混合中，在一定的距离之外的感觉接近金黄。而面积大的红绿色块的并置，给人以强烈的刺激感觉。同一种色彩，面积小则易见度低，因其色彩被底色同化，难以发现。面积大易见度高，刺激性也大，大片红色会使人难以忍受，大片黑色会使人沉闷、恐怖，大片白色会使人空虚。在用色彩构图时，有时会感到色彩太跳，有时则显得力量不足，为了调整这种关系，除改变各种色彩的色相、纯度外，合理安排各种色彩占据的面积是必要的（见图6-8）。

图6-8　面积对比

8.综合对比及色调变化

（1）综合对比。多种色彩组合后，由于色相、明度、纯度等不同差别，所产生的总体效果称为综合对比。这种多属性、多差别对比的效果，显然要比单项对比丰富、复杂得多。事实上，色彩单项对比的情况很难成立，它们不过是色彩对比中一个侧面，因此，在创作和设计实践中都较少应用。设计师在进行多种色彩综合对比时要强调、突出色调的倾向，或以色相为主，或以明度为主，或以纯度为主，使某一主面处于主要地位，强调对比的某一侧面。从色相角度可分为浅、深等色调倾向；从明度角度可分浅、中、灰等色调倾向；从感情角度可分冷、暖、华丽、古朴、高雅、轻快等色调倾向。

（2）色调倾向的种类及处理。色调倾向大致可归纳成鲜色调、灰色调、深色调、浅色调、中色调等。

1）鲜色调。在确定色相对比的角度、距离后，尤其是中差（90°）以上的对比时，必须与无彩色的黑、白、灰及金、银等光泽色相配，在高纯度、强对比的各色相之间起到间隔、缓冲、调节的作用，以达到既变化又统一的积极效果，使人感觉生动、华丽、兴奋、自由、积极、健康等。

2）灰色调。在确定色相对比的角度、距离后，于各色相之中调入不同程度、不等数量的灰色，使大面积的总体色彩向低纯度方向发展，为了加强这种灰色调倾向，最好与无彩色特别是灰色组配使用，使人感觉高雅、大方、沉着、古朴、柔弱等。

3）深色调。在确定色相对比的角度、距离时，首先考虑多选些低明度色相，如蓝、紫、蓝绿、蓝紫、红紫等，然后在各色相之中调入不等数量的黑色或深白色，同时，为了加强这种深色倾向，最好与无彩色中的黑色组配使用，使人感觉老练、充实、古雅、朴实、强硬、稳重、男性化等。

4）浅色调。在确定色相对比的角度、距离时，首先考虑多选用些高明度色相，如黄、橘、橘黄、黄绿等，然后在各色相之中调入不等数量的白色或浅灰色，同时为了加强这种粉色调倾向，最好与无彩色中的白色组配使用。

5）中色调。是一种使用最普遍、数量众多的配色倾向，在确定色相对比的角度、距离后，于各色相中都加入一定数量黑、白、灰色，使大面积的总体色彩呈现不太浅也不太深、不太鲜也不太灰的中间状态，使人感觉随和、朴实、大方、稳定等。

在优化或变化整体色调时，最主要的是先确立基调色的面积统治优势。一幅多色组合的作品，大面积、多数量使用鲜色，势必成为鲜调，大面积、多数量使用灰色，势必成为灰调，其他色调依此类推。这种优势在整体的变化中能使色调产生明显的统一感，但是，如果只有基调色可能显得单调、乏味（见图6-9）。

9.色调变化及类型 变调即色调的转换，是艺术设计中色彩选择多方案考虑及同品种多花色系列设计的重要课题，变调的形式一般有定形变调、定色变调、定形定色变调等。

（1）定形变调。实质为保持形态（图案、花形、款式等）

图6-9 色调倾向

不变的前提下，只变化色彩而达到改变色调倾向的目的，是纺织、服装、装潢、包装、装帧、环艺等多种实用美术中，经常采用产品同品种、同花形、多色调的设计构思方法。定形变调主要有以下两种形式。

1）同明度、同纯度、异色相变调。即根据原有设计色调，保持明度、纯度不变，只变化色相（原有色相对比距离不变）而改变色调的倾向。

2）异色相、异明度、异纯度变调。根据原有色调将色相、明度、纯度进行改变，使其变成完全不同的色调类型。

（2）定色变调。定色变调实质是保持色彩不变，变化图案、花形、款式等，即变化色彩的面积、形态、位置、肌理等因素，达到改变总体色调倾向的目的，是实用美术中产品、作品同色彩、多方案、多品种的系列设计构思方法。色调转变的关键在于大面积基调色的变化，其次是将色彩进行小面积点、线、面形态的交叉、穿插、并置组合，利用色彩的空间混合效应，少色产生多色的效果，鲜色产生含灰色的感觉，使色彩之间互相呼应、取代、置换、反转与交织，做到你中有我，我中有你，使各色调既有变化又很统一，既有整体性又有独立性，从而增强系列配套之感。

（3）定形定色变调。在各色调的花形与色彩都相同的前提下，可考虑采用大小、位置、布局适当变化的系列设计构思方法。

10. 色彩混合 将两种或多种色彩互相进行混合，造成与原有色不同的新色彩称为色彩混合。它们可归纳成加色法混合、减色法混合、空间混合等三种类型。

（1）加色法混合。加色法混合即色光混合，也称第一混合，当不同的色光同时照射在一起时，能产生另外一种新的色光，并随着不同色混合量的增加，混色光的明度会逐渐提高。将红（橙）、绿、蓝（紫）三种色光分别按适当比例混合，可以得到其他不同的色光。反之，其他色光无法混出这三种色光来，故称为色光的三原色，它们相加后可得白光。加色法混合效果是由人的视觉器官来完成的，因此，它是一种视觉混合。加色法混合的结果是色相的改变、明度的提高，但纯度并不下降。加色法混合被广泛应用于舞台灯光照明及影视、计算机设计等领域。

（2）减色法混合。减色法混合即色料混合，也称第二混合，是在光源不变的情况下，由两种或多种色料混合后所产生的新色料，其反射光相当于白光减去各种色料的吸收光，反射能力会降低。故与加色法混合相反，混合后的色料色彩不但色相发生变化，而且明度和纯度都会降低。所以混合的颜色种类越多，色彩就越暗越浊，最后近似于黑灰的状态。人们平时在绘画、设计、染色、粉刷中的色彩调合，都属减色法应用。

（3）空间混合。亦称中性混合、第三混合。它将两种或多种颜色穿插、并置在一起，于一定的视觉空间之外，能在人眼中造成混合的效果，故称空间混合。其实，颜色本身并没有真正混合，它们不是发光体，而只是反射光的混合。因此，与减色法相比，增加了一定的光刺激值，其明度等于参加混合色光的明度平均值，既不减也不加。由于它实际比减色法混合明度要高，因此，色彩效果显得丰富、响亮，有一种空间的颤动感，表现自然、物体的光感，显得更为闪耀。空间混合的产生须具备以下必要条件。

1）对比各方的色彩比较鲜艳，对比较强烈。

2）色彩的面积较小，形态为小色点、小色块、细色线等，并呈密集状。

3）色彩的位置关系为并置、穿插、交叉等。

4）有相当的视觉空间距离。

三、平面与深度的渗透

平面与深度是二维和三维空间构成的基础。平面就是空间图形的基本元素，很多空间图形的面都是平面图形。空间是具体事物的组成部分，是运动的表现形式，是人们从具体事物中分解和抽象出来的认识对象，是绝对抽象事物和相对抽象事物、元本体和元实体组成的对立统一体，是存在于世界大集体之中的、不可被人感到但可被人知道的普通个体成员。在色彩的平面中，空间是研究和利用形的组合，在二维平面内产生三维立体效果的可能性。

图6-10　平面与深度

实际上，但凡平面造型，都会涉及到空间的表现（见图6-10）。

轮廓看上去像是悬浮在基底面的上方，比轮廓线外的任意一个点都显得前进些，空间感就此产生。由此，空间是造型所派生出来的必然现象。无论是层次空间还是三维立体空间，都属于空间的概念范畴。

色彩空间主要是由二维空间和三维空间构成，很多时候设计师和艺术家都要进行这两种空间的转化，更多时候则是把二维的色彩空间转化成三维的空间，使一个只有二维的平面空间里有三维的深度概念。把二维空间转化成为三维空间的方式很多种，除了利用前面所说的光影的明暗和投影关系，更多的设计师选择用色彩的各种关系在二维的空间中来表现三维的视觉效果。平面上的深度概念，往往要牵涉到色彩的一种表现特性，这就是所谓的色彩空间感。

（一）利用空间元素来表现空间

1. 利用平面形态的重叠　重叠是一种关于空间的造型意识。在平面造型中，无论是透明的形态还是不透明的形态，无论是相同的形态还是不同的形态，只要它们彼此间部分相互叠掩，形与形之间就会产生前后空间错觉，往往上面的形显得近些，下面的形显得远些。

2. 利用点的大小和疏密　我们往往认为相对大一些的形象有前进感，小些的形象有后退感，点的大小表现空间，近大远小这符合焦点透视的原理。利用基本形的大小差距形成空间的方法比较容易掌握，但要注意形态的疏密安排，否则会使画面支离破碎。产生空间感最主要的条件就是物体形态的前后距离关系，在视觉范围内，相同的物体形态因距离远近的不同，看起来大小也不同，因此，在平面上由于视觉的关系，使较大的物体形态有向前感，较小的物体形态有后退感。

3. 利用线的疏密和色彩　我们可以利用线的宽度、间隔进行造型表现。改变线的长短、粗细、疏密、曲折等，在画面中都会产生空间效果。色彩除有明度、纯度的特性，还有冷暖之感。明度高、纯度高的颜色有向前感，明度低、纯度低的颜色有后退感；冷色有远离感，暖色有近在感。这种视觉上的错位会产生空间感。另外，颜色的渐变过渡也会产生空间感。

4.利用斜投影、光影　艺术中的透视画法在空间的表现方面起了十分重要的作用。线具有方向性，用斜线表现空间似乎就是对透视原理的简单概括。这种方法造就了斜投影法，是立体感最直接的表现。光具有影响一切视觉对象外表的种种特性，它既可以增加内容，也可以压缩内容，既能够显现视觉对象的外貌，又能够遮蔽事物的形状，在这若隐若现的过程中，视觉空间感就会产生。

5.利用互借互生的形态　共用形象是空间感受的一种新的、特殊的构造方式。利用物象间的相似形，使其彼此融合，形成两形或多形共用的有机整体。共用形象的产生是空间联想的结果。利用视觉空间上的错觉和形象的巧遇配置，让形象间发生关联、转换，致使现实中原有的空间形象转变为想象的新的空间形象。

6.利用形态矛盾　违反正常空间观念不同形态的组合可产生似是而非的矛盾空间印象，同时产生新的形态与观念。这也就是利用视觉差异创造新空间的目的，也是创造具有空间感图形的有效方法之一。利用对正常的空间透视方法的认识，凭借一定的构形手段，可以在同一视觉空间中表现不同空间观念的并存，从而显示出在视觉上矛盾的空间。表现不同空间观念的并存，还可以运用视觉认知状态的交替变化产生。通过线条、明暗以及透叠手法，表现或前或后、或凸或凹的双重视幻效果。这类视觉效果以几何化形象最易表现，因为几何化形象的单纯和简化便于视觉状态转化，并产生视觉动态和心理冲击。

7.利用明暗对比　通常情况下，明度高的形态较明度低的形态显得前进些。比如白色与黑色在灰色背景的衬托下，白色比黑色感觉离我们更近，面积更大。这是由于白色较黑色光亮多、刺激大。同时，明暗对比强的形态较明暗对比弱的形态也显得前进些。

8.利用色调的深浅　一般而言，色彩深的有后退感，色彩浅的有前进感，所以，利用色彩的深浅，同样可以表现空间。在色彩空间设计中，要注意色彩的整体统一，因为空间设计复杂多变，同一色彩在不同的空间距离内所显现的色彩品质会有差异。因而，如果空间色彩不统一在同一个基调中，整个空间会显得杂乱无序。另外，空间中色光的运用也会增加空间色彩配置的难度。因此，空间色彩的选择应更加强调主色调，避免多色共同使用。一般而言，主色不超过2~3色，以避免色彩杂乱，干扰空间色彩统一。空间色彩设计一般不使用大面积高纯度色彩，因为人置身于这样的环境中会产生压抑、紧张和烦躁感。因此，空间色彩的运用必须使一色处于支配地位，其他各色处于附属地位，空间色彩才具有整体秩序美。

通过以上几种方法都可以创造出具有空间感的二维空间图形，这种图形容易引起人们的联想与想象，符合现代人的审美观念，从而使作品能够更准确生动地传达信息，增强识别性。在信息爆炸的年代，人们在接受各种信息的过程中，思维已经麻木，传统的平面形式不能再激发人们的任何审美情趣了（见图6-11）。

图6-11　色调深浅

（二）色彩空间表现的原则

多色而统一的色调容易现出热烈、喧闹的感觉；类似色调容易产生平静、柔和的感觉；少色而统一的空间色彩，则显得高雅与宁静。局部对比色形成的强烈色调，可以使人感觉生动活泼。在立体空间色彩设计中，还要注意同一性原则和连续性原则、空间图形与空间色彩的关系、色彩设计的和谐性以及光在空间色彩中的运用等。

1. 同一性原则、连续性原则

（1）同一性原则。是指空间色彩在某一方面具有同一性，即具有相同的明度、纯度或色相。

（2）连续性原则。是指空间色彩的明度、纯度、色相按照光谱的顺序形成连续的渐变关系。根据这种变化关系来选择空间色彩，有利于色彩之间的统一。

2. 空间图形与空间色彩　空间色彩中高纯度的色块能够吸引观者的注意力，从而成为图像的中心，这些色块称为图形，图形周围的空间色彩则称为图形的背景。图形与背景的色彩比较关系要遵循图形色彩比背景色彩鲜艳，所占面积、体积要小的原则。

3. 色彩设计的和谐性原则

（1）共性。即明度、纯度、色相三者之间的相近性。缺少共性就不易形成统一的感觉，色彩之间缺少相异性就缺少活力，所以要处理好度的关系。

（2）主次性。空间色彩设计中主次之分尤为重要。主次的区别主要体现在所占空间的位置和面积的大小。可用某一类色作为主色调，其他色作为附属色，同时还要注意色彩面积、体积、大小的对比。例如，以浅色为大面积背景色，局部小面积色彩就要用深色作为对比色以取得色彩的和谐统一。

（3）差异性。无论整体设计的色彩如何统一，色彩的明度、纯度之间都要有鲜明的差异性，并且要求在色彩的局部设计中形成一定比例的对比关系，从而使色彩之间既和谐又不缺对比。

（4）光的作用。光照作用对人的视觉功能有着极为重要的意义，没有光就没有色彩。改变设计用光的光谱成分、光通量、强弱、投射位置和方向，就会产生色调、明暗、浓淡、虚实、轮廓界面的各种变化，这是运用光照艺术渲染空间艺术气氛和烘托设计主题的重要手段。

第二节　色彩的创新思维

一、色彩感知思维

色彩往往会产生一定的视觉刺激，诱发联想，这是色彩本身的性质和个人的生活阅历决定的。作为设计师我们应该清楚地认识到，色彩是决定设计成败非常关键的因素之一。因此，当真正开始一个设计创作时，色彩的感知思维就显得尤为重要。从色彩的基本感知开始深入到色彩的整体感知和联想感知，为大家在积累了前面的基础色彩知识后，建立起一个正确的色彩感知思维方式，让大家能够更好地把色彩的感知思维运用到自己的设计色彩中去。

色彩的心理感知

色彩是感知又是知觉。对于色彩的心理感知研究是色彩研究中的一个非常重要也是非常复杂的部分，因为颜色与一个人的生活环境、文化水平、爱好经验都有很重要的联系，也就是说同样一种颜色在不同的环境、时间、心情下产生的感觉都是不同的。如在冬天见到冷色系，就会觉得特别冷；通常要选用暖色如橙、大红；而夏天见到冷色，如蓝色，绿色，会让人觉得干净清爽。又如夏天可口可乐的广告就是以蓝色为主打色，让人联想到大海，产生凉爽的心理感觉。这就是色彩知觉的应用。因此色彩对人的不同情绪会有不同的反应。色彩的心理效应由色彩客观属性刺激人的知觉而产生，分为两种：一是直接的心理效应，二是间接的心理效应。

直接的心理效应：如红色，让人感觉脉搏加快，血压升高，情绪冲动，思维活跃；蓝色则脉搏减弱，情绪稳定。与儿童相关的设计用鲜艳、明亮快活的色彩，如：黄、橙、浅蓝，以促进儿童的智力，而不会用咖啡色、白色、黑色，这些颜色会显得较压抑。餐厅的环境色用黄色，而会议室就会选用庄重些的冷色系等。

间接的心理效应：由于人累积的经验、体验导致的联想。当心情平缓时看红色是美的，但是如果从战场归来的战士看到红色就会觉得痛苦，因为他们会联想到血。色彩的联想和象征：具象：白色—白雪、红色—红旗、黄色—柠檬；抽象：白色—纯洁、高尚、神圣，黑色—死亡、悲哀、阴沉，红色—热情、革命、危险。

1. 色彩的性质及其感知　色彩是光的恩赐，是太阳的杰作，有了色彩，世界才如此绚烂多姿。人对色彩的感知主要分成生理和心理两方面。作为视觉传达重要因素的色彩总会在不知不觉中左右着我们的情绪和行为。色彩其实有自己的表情。我们只有对色彩的表情深入了解之后才能驾驭色彩，创造更美妙的色彩，更美妙的人生。而心理的感知主要是靠联想。为了更恰如其分地应用色彩及其对比的调和效果，使之与形象的塑造、表现与美化统一，外表与内在统一，色彩与内容、气氛、感情等表现统一，配色与改善视觉效能的实际需求统一，使色彩的表现力、视觉作用及心理影响最充分地发挥出来，给人的眼睛与心灵以充分的愉快、刺激和美的享受，所以必须对色彩的功能进行深入研究。

2. 色彩的特性和感知　日常生活中不乏对色彩的感知。不同的环境、不同的灯光下，色彩都有它所特有的一面。了解色彩的适应性、恒常性以及色彩的胀缩感和进退感，这也是色彩感知思维的构成部分。色彩的适应性是指视觉在适应环境光线变化时所形成的生理自我调节现象。色彩的适应性包括暗适应，明适应和色适应。

（1）暗适应。当人们从比较明亮的环境转到一个比较昏暗的环境，会出现视觉的不适应，以至于无法看清物体，但是这种情况在很短的时间内会消失，人的眼睛很快就能适应新的环境，并且在这个比较昏暗的环境中恢复辨别能力。

（2）明适应。当人们从比较昏暗的环境转到一个比较明亮的环境，会出现视觉的不适应，以至于无法看清物体的情况，但是这种情况在很短的时间内会消失，人的眼睛很快就能适应昏暗与明亮的转换，在这个比较明亮的环境中恢复辨别能力。

（3）色适应。人对含蓄而微弱的的色彩倾向有一个从敏感到逐渐适应，以至在适应中感觉迟钝的过程，这种眼睛逐渐适应环境色调变化并形成反应迟钝的过程，就是色适应。

例如，当人们从一个以荧光灯为光源的房间进入到一个以白炽灯为光源的房间之初，会明显感觉到后者与前者相比有橙黄色的倾向。当人们在后一个房间停留一段时间后，眼睛就会逐渐适应了这种光源色调的变化，对橙黄色的知觉逐步减弱，最后完全消失。

3. 色彩的恒常性　色彩的恒常性是指观察物象色彩时，人们对客体色彩的认识并不随着客观对象的变化而改变，而是固守成见的心理倾向。

（1）明度恒常性。白天看到的一栋白房子，在晚上灰暗很多，成为事实上的灰房子，但是人们已经形成习惯的认知经验，依然将那栋灰房子视之为白房子。这种无视事实，对客观存在的明度变化视而不见的明度知觉现象就属于明度的恒常性。

（2）色相恒常性。当人们戴着黑色墨镜看白纸时，看到的白纸是偏黑色的，可是因为有先入为主的观念作祟，人们往往还是毫不犹豫地将所看到的"黑"纸视为白色的。这个对于客观存在的具体色相变化视而不见，始终保持对事物色相先入为主的现象，就是色相恒常性。

（3）纯度恒常性。一堆干草垛在晴天与阴天，在早晨、中午与傍晚所接受的投照光的光谱成分及其亮度都是不同的，而干草垛在不同的光线下，其反射光的成分也是不同的。也就是说，在不同的天气和时间，干草垛的色彩是不同的。例如：在晴天时亮一些，在阴天时则灰冷一些。早晨时，在受光面有显著偏橙的倾向，到了中午，偏橙色的倾向则减弱。但是，大多数人都会忽视这种色彩纯度的变化，而将其认为是相同的。这种对于客观存在的具体色彩纯度变化忽略不计的现象就是纯度的恒常性（见图6-12）。

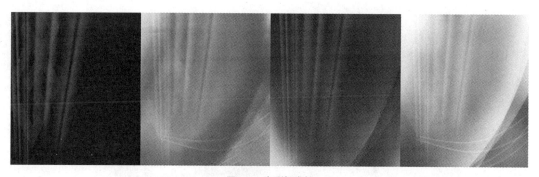

图6-12　色彩恒常性

4. 运用色调的冷暖感　在色彩设计中，常常运用暖色调来表现食品，因为食品的颜色大多以红、橙、黄等暖色调为主，儿童用品给人的感觉是热情、活泼、充满朝气，因而儿童用品广告也多用暖色调。空调、冰箱、冷饮的广告大都用白色、蓝色等冷色调，使人感到寒冷、清爽。

二、设计中的整体思维

所谓"整体思维"，即在作画时从全局着眼，是一种正确的必要的观察方法。专业绘画中，正确的观察方法是最重要的，它甚至高于熟练的技法。因为写生所面对的元素通常很复杂，作画时，就必须要考虑全局，不能看到哪里画到哪里。只有通过整体观察，才能让复杂的东西在画面上变成一个有机体。这种观察包括构图时上下左右的布局、明暗中的强弱对比。例如，作画前，可以在头脑里确定最暗的部分，之后其他的暗部就不能再超过这一部分了。当可以很熟练地运用这种思维方式的时候，娴熟的绘画技法才能最终派上用场。整体思维又称系统思维，它认为整体是由各个局部按照一定的秩序组织起来的，要求从整体和全面的视角把握对象。

（一）传统色彩的整体思维

现代色彩正是建立在传统色彩之上的。传统是土壤和根基，发挥民族传统色彩的优势，确立传统色彩在色彩学中的地位，不仅是文化自强的需要，也是现代设计的需要。这正是传统色彩发展的生命力所在。在此基础上有序地分析理解、消化吸收民族传统的色彩，有助于开创时代要求的新色彩。

1. **色彩解构**　解构所要达到的目的是突破，而突破也是一种创新思维。就色彩学而言，仅仅学习、了解色彩是远远不够的，还应充分利用丰厚的中国民族传统文化资源，作多层次、多角度的审视。继之，用现代构成原理作解构变异的重组，在归纳提取最具本质特征的色彩后打散、变化、整合，然后把最具代表性的色彩移入新的结构体和环境空间中，即从再组合、再加工中呈现传统色彩精神特色和意境，使解构重组后的新色彩从传统的原型中脱颖而出。但是，它不是古色古香的模拟和重现，而是如凤凰涅槃一样获得色彩民族性的新生。基于对传统色彩文化精神、美学特征、形式规律的了解，色彩经过解构处理，无论是改变面积，或择局部，或取其意蕴，或运用异质异形，都可以源源不断地生成具有新意的时代色彩奇葩（见图6-13）。

图6-13　色彩解构

2. **色彩再造**　学习传统色彩不能只是停留在传统色彩形色的表象层面上，要从深层次上去认识传统色彩创造的灵魂，学习传统创造者以自然为师、无止境的实践探索和不断创新发展的精神，在认识自然、总结自然、表现自然中善于运用典型化的概括和提炼，将复杂的空间关系转化为单纯的二维平面，化一般的生活形象为特殊的艺术形象、化杂纷呈的色彩为单纯明快的色块，从而实现再造构图、构形之美。再造，是一种发现、加工、创造新色彩美的能力。可以借鉴程式化的传统经验模式进行再造，以自然原形为依据，进行色彩构成方法的加工与提炼，化冗繁为简洁，化杂乱为条理，化分散为集中，化如实为夸张，达到个性鲜明、集中本质的归纳演绎，使之产生新的秩序感、节奏感、韵律感和平衡感。在反映人的美好愿望的同时让传统色彩得到科学的升华。唯其如此，再造才能更富有色彩艺术的新颖力。

3. 色彩互融　互融的目的是激发传统色彩的新生命力。传统色彩美的构成，特别是在把握色彩强烈对比时，化解色彩对立矛盾以及色彩和谐、协调两方面，互融的方式都起着很重要的作用。如：以色阶过渡渐变统一的方法，以金、银、黑、白色施以勾勒同一色连贯统一的方法，多样色彩对比组合中以点缀同一色统一的方法等。要把传统色彩美创造的整体思维与现代构成科学的理性分析思维相结合，让传统色彩得到现代营养的滋润，抽取"中、和"辩证的特质，使传统色彩审美的经验、方法、方式理性化。在色彩构成教学和训练中，让学生以多样的对比性色彩为元素，并由其色彩自身的一般构成，延伸向一定指向性的视觉形象、主题内容、适用功能的练习。掌握用继承的意识作指导，结合运用传统的设色技巧，来获得色彩对比变化及调和统一。传统与现代、继承与创新进一步、在共存共生、互补互惠的互相渗透中，使传统色彩在形象、构图、材质等要素的有机组织通过互融的方式构成整体，激发出传统特色的现代感。

4. 色彩建创　由于情感与科技的日趋平衡，现代色彩凸显多样化、个性化的特征和时代风貌。对传统色彩的教育意义在于挖掘其精神财富，回应时代需求。要把传统色彩教育的静态思维转化为动态思维，将定向思维拓宽为发散思维，首先是运用色彩多样化的光感特征、形象特征、心理特征，提供丰富的变化空间作为平台，引导学生从不同角度、不同性质、不同层面上去思考、去组创。更重要的是，要用由传统色彩学习所得到的启示，经过推理、判断，逻辑地引向宽泛、多样的色彩美的建创。建创应该特别专注传统的"外师造化，中得心源"、"不似之似"和传统所崇尚的"传神"、"写意"的审美艺术特征。挖掘色彩表现的精神内涵，创设鲜明的风致情境，重在发挥色彩的意象表现：用色通象、用象表意。通过色彩对人的心理直观感觉、间接联想、移情象征等作用，让色彩扬起声浪音响，充满诗情画意，更具人性。

5. 色彩虚拟　随着越来越多的计算机辅助设计手段进入色彩设计领域，传统色彩发展注入了新的生机与活力。时代呼唤崭新的艺术创作理念和表现方法，计算机的巨大功能，让设计者的想象力与表现力得到前所未有的发挥。理想化、浪漫化是中华民族固有美的重要特征。彩陶的"人面鱼"、中华龙的图腾、敦煌的"飞天"等，这些超现实的艺术作品所表现的是人的心理和梦境世界，是我们要传承的精髓。以艺术创造性思维为先，有目的性地运用传统文化艺术资源，借助计算机技术把不同时空单位、相近与相异元素作多层面的切换、交叠、相融、变异、连接……最后加以色彩的统一整合，进行文化风致与情调意境的渲染。虚拟手段完全可以在已知与未知、传统与现代、形象与色彩的交融中得到亦真亦幻、淋漓尽致的实际视觉呈现。

（二）建筑设计中的整体性思维

在生活中，任何事物都不可能离开其他事物而孤立存在，任何事物都和与这个事物相映衬的事物一起存在于自然界中。设计和绘画也是一样，都是映衬在它们所处的环境中，因此，设计给人的视觉感受会受到整个周围其他环境因素的影响和制约。正由于设计本身

图6-14　建筑色彩

的这一性质，决定了作为一个设计师，应该首先具备设计的整体思维。孤立的设计只会让人觉得单调无味，与周围的环境和气氛格格不入。

整体性设计原则是把要设计的建筑作为由各个组成部分构成的一个整体来进行全面研究，研究包括：整体的功能、构成及其发展规律，并从整体与部分相互依赖、相互结合、相互制约的关系中揭示系统的特征和运动规律（见图6-14）。

（三）视知觉的整体性思维

视觉感知"形"依靠于"差异"。例如，视觉能够通过色彩物体的相对体积、亮度以及在不同角度上的运动情况的差异掌握对象的形式、纵深和位移。视觉感知对象的时间则和事物的呈现速度有关。电影放映过程实际是每秒装载24帧图像的胶片在不断滚动，并由于脑海中暂存的视觉意象使之在人的心理上产生连续影像。视觉还具备归类的本能。对于相同的事物我们会归纳在一起，包括大小类似、造型类似、明度或色彩类似、位置类似以及速度类似的事物。

格式塔心理学认为，人的知觉存在某种简化倾向，看见较为对称、规则的图形，视觉上就会产生满足感，反之则竭力想把"不完美"的图形变成"完美"的图形，这叫"完性强压"。受众对不同"形"的观看产生不同的情绪反应，是视觉媒体设计不能忽视的重要因素。对简洁的"形"的追求，归根结底是便于掌握外界信息，看到一个简洁的"形"的部分特征，就能预见该整体的特征，搜寻信息的时间被缩短了。然而，简洁的"形"与复杂的"形"在审美感受上却很难比较哪一个更有优势，简洁的"形"固然使我们愉悦舒适，而非简洁的"形"能够因其造成的紧张情绪而引人注目。最终我们必须能够说明审美经验方面的一个最基本事实，即审美快感来自于对某种介于乏味和杂乱之间的"形"的观赏。单调的图案难于吸引人们的注意力，过于复杂的图案则会使我们的知觉负荷过重而停止对它们进行观赏。设计中采用"不完整"的视觉图形，或者以某个视觉形象的片断作为主体，有时能够起到提高观看者参与兴趣的作用，例如，处于对其"完形"破译的好奇而留有深刻印象。

（四）整理思维和数理推移方式

1. 对称的美　美存在于人们对生活的感悟中。科学家认为美的形式总是与简洁的结构有关，对称就是这样一种形式。对称是自然形态生长的基本法则，具有多种多样的形式。对称性在自然界中的存在是一个普遍的现象。最直观的对称是形象对称，比如六角星、菱形。对称结构是自然界在形态构造方面最显而易见的、最简单的规律。生物体为了获得生长力的平衡，必然要采用对称的结构形式。从本质上讲，对称说明了力量的均衡分布，对称的形态是生命力运动变化的外在表现形式。数学中的对称类型有四种：镜像、平移、缩放、旋转。镜像是在一个特定轴的两侧对称。平移不改变平行线。缩放不改变极坐标系中每个点的坐标。旋转不改变对象角度和各点之间的距离。在研究对称时，为使物体或图形发生有规律的重复，并凭借的一些几何要素（点、线、面、体等）来表现对称的美，这些要素称为对称要素。外形上可能存在的对称要素有：对称面、对称中心、对称轴、旋转反伸轴和旋转反映轴。其中旋转反伸轴与旋转反映轴之间有一定的等效关系，可以彼此取代。除上述对称要素外，还可能出现类似移动平面、螺旋轴的情况，而平移轴必定存在。结构越单纯的形态对称性越强。圆形或者球形的对称性最高，因为它旋转任何角度都不会变；矩形的对称性则比正方形低一些（见图6-15）。

2. 分形结构　说到分形，先来看看分形的定义。分形这个词最早是分形的创始人曼德尔布诺特提来的，他给分形下的定义就是：一个集合形状，可以细分为若干部分，而每一部分都是整体的精确或不精确的相似形。分形这个词也是他创造的，含有"不规则"和"支离破碎"的意思。分形通常和分数维、自相似、自组织、非线性系统和混沌等联系起来出现。分形的美，能够被大众所接受，因为它可以通过图形化的方式表达出来。而更重要的因素是它们的直观性，也被很多艺术家所青睐。分形在自然界里也经常可以看到，最多被举出来当作分形的例子是海岸线。分形绘画是计算机绘画的一种，它充分利用了数学公式，通过数学计算来求得每一个像素的数值，然后把众多像素组合起来就构成了奇妙的图形。分形绘画艺术所表现的是奇妙的数学结构，展现的是数学世界的瑰丽景象，它使枯燥的数学不再仅仅是抽象的哲理，从而成为很具体的感受。计算机分形绘画常常被用来描绘闪电、树枝、雪花、浮云、流水等自然现象，也被用来制作抽象风格的对称或不对称的图案。

3. 几何形态的衍生　无论何种生物，都按照自己独特的生命规律运动变化着，按照自己的方式繁衍下一代。衍生是一种生成方式。如果第一个原始形态是按照数理逻辑构成的，就很容易从中找到一些隐藏的数理关系。衍生构型的规律是根据几何形态所提供的几何特征为衍生线索的。因此，设计者掌握基本的几何知识是非常必要的。在素描教学中，几何形态的地位非常重要。在集合教学中，我们不仅学习了逻辑思维，而且可以利用这些做图方法，开拓造型思路，创造新的形态。规则几何形态中隐藏着很多结构线以及新颖的图形，关键在于如何取舍。选择和取舍的过程是审美感受能力和艺术想象能力在发挥作用。要充分调动形象思维，从抽象的几何线条中筛选出具有一定逻辑关系的美的形

图6-15　色彩对称美

态，并且做到反复推敲。圆形是非常基础的图形，它的结构要素是：圆心、半径、圆周以及圆周等分点和半径等分点。我们对它可以进行一系列的衍生，如从一个圆形开始，增加辅助线和辅助形，再发展到六边形的扩散，以此为中心，可以使这个图形有无数衍生的可能性。根据这个骨架，可以依靠审美评判，从中选择新颖有趣的图形，然后填充色彩。平面设计中常用的正多边形主要有正三角形、正四边形、正五边形、正六边形、正八边形，都可以对它的边长、顶点、对角线、角的等分线等元素进行有规律的衍生。椭圆也是非常对称的图形，它的衍生办法也有很多，如同心圆、移动圆心、变化椭圆度、固定长轴变化短轴、长轴短轴共同变化等。

4. 常用数列　数列指相邻数字之间含有固定或相似比例的一系列数字。常见数列主要有等差数列、等比数列、斐波那契数列、贝尔数列、物理数列等。平面设计领域常用的是前三种。

（1）等差数列。如果一个数列从第二项起，每一项与它的前一项的差等于同一个常数，这个数列就叫等差数列。在设计时，可以根据等差数列进行排列，得到一个有规律的图形，这时，等差数列在设计中就得到充分的运用了。

（2）等比数列。如果一个数列从第二项起，每一项与它的前一项的比等于同一个常数，这个数列就叫等比数列。它具有能够觉察得出来的数理渐变关系，画面会丰富而有变化。

（3）斐波那契数列。斐波那契数列指的是这样一个数列：1、2、3、5、8、13、21…这个数列从第三项开始，每一项都等于前两项之和。这是公认的最生动优美的数列关系，造型具有富于变化的秩序感。

（五）联想思维效应

想象和联想思维在视觉艺术思维中是不可缺少的重要成分，是决定艺术创作成功与否的重要条件之一。联想是人的头脑中记忆和想象联系的纽带。由人对事物的记忆而引发出思维的联想，记忆的许多片段通过联想形式进行衔接，转换为新的想法。主动的、有意识的联想能够积极而有效地促进人的记忆与思维。视觉艺术思维的训练首先要从想象和联想的训练入手。艺术家的想象力除了天赋之外，后天的训练也是举足轻重的。因此，要积极开动脑筋，针对艺术创作中的主题、类型、手法、思想内涵、形式美感和色彩表现等方面，充分展开想象的翅膀，发挥艺术创作的想象能力，不拘束于个别的经验和现实的时空，而让自己的思维遨游于无限的未知世界之中。爱因斯坦说："想象力比知识更重要，因为知识是有限的，而想象力概括着世界上的一切，推动着进步，并且是知识进化的源泉"。与科学一样，没有想象力的艺术创作，是不可能有永恒的艺术生命力和艺术感染力的。

1. 什么是联想思维　联想思维就是由此想到彼，并同时发现了它们共同的或类似的规律的思维方式。是通过赋予若干对象之间一种微妙的关系，从中展开想象而获得新的形象的心理过程；是艺术人才创意最基本也是最重要的一种思维方式；也是评价艺术工作者素质及能力的要素之一。说白了无非是在事物之间搭上关系，就是寻求、发现、评价、组合事物之间的相关关系。更进一步地讲，联想思维就是如何以有关的、可信的、品调高的方式，在以前无关的事物之间建立一种新的有意义的关系。

2. 联想思维的形式

（1）联想。由某一事物或现象想到与它相似的其他事物或现象，进而产生某种新设想的思维方式。

（2）近联想。根据事物之间在空间或时间上的彼此接近进行联想，进而产生某种新设想的思维方式。

（3）对比联想。根据事物之间存在着的互不相同或彼此相反的情况进行联想，从而引发出某种新设想的思维方式。

（4）连锁联想。根据事物之间某些联系，一环紧扣一环地进行联想，从而引发出新的设想的思维方式。

（5）跃联想。在粗看没有任何联系甚至相距甚远的事物之间形成联想，以引发出某种新设想的思维方式。

3. 联想思维的方法 联想和想象与印象或记忆有关，没有印象和记忆，联想或想象都是无源之水，无本之木。但很明显，联想和想象，都不是印象或记忆的如实复现。在艺术创作的过程中，联想与想象是记忆的提炼、升华、扩展和创造，而不是简单的再现。从这个过程中产生的一个设想而延伸出另外一个设想或更多的设想，从而不断地设计创作出新的作品。在国外一些艺术学院里，教授通常会给学生们出一些联想创作的练习题目，给出数个看似毫无联系的概念，充分发挥想象和联想能力，把它们有机地联系起来，用语言、画笔进行最佳的表现。联想思维方法主要有以下几种。

（1）类比法。把陌生的对象与熟悉的对象、把未知的东西与已知的东西进行比较，从中获得启发而解决问题的方法。

（2）移植法。把某一事物的原理、结构、方法、材料等转到当前研究对象中，从而产生新成果的方法。

（3）联想思维是建立在逻辑思维之上的正确想象的必然结果。联想思维要遵守三条法则：

1）有接近才能联想。即联想的事物之间必须有某些方面的接近与联系，能在时间或空间上使人脑与外界刺激联系起来。

2）有相似才能联想。即联想事物对大脑产生刺激后，大脑能很快作出反映，回想起与同一刺激或环境相似的经验。

3）有对比才能联想。即大脑能想起与这一刺激完全相反的经验。

4. 联想思维效应 联想思维效应就是指使两个看上去不相关联的事物建立联系，从而产生创新设想和成果。它会给人以不断的创新，通过联想，产生一系列效应。人们在日常生活中对事物产生的美感形成了特有的印象，而对视觉形象的记忆又随着人的思维活动形成了知觉与感觉形象的联系。因此，当某个对象出现时，人们的大脑会立即兴奋起来，随着它进行一系列的联想，从而得到好的设计效果（见图6-16）。

图6-16 色彩联想

三、构成中的色彩思维

（一）观察能力

观察就是要求在生活中加强对自然色彩与人为色彩的注意力、感受力以及鉴赏力。在千变万化的自然界中，不论是日月星辰、江河湖海、花鸟虫鱼、飞禽走兽，它们都有美丽动人的色彩面貌。若要认识他们，观察就必不可少。另外，明快古朴的彩陶色彩，含蓄深邃的青铜色彩，富丽堂皇的藻井色彩，华丽精美的织锦色彩等传统色彩和淳朴亮丽的民间刺绣、玩具等色彩，以及变幻莫测的绘画色彩，尤其印象派等现代派色彩，均提供了玩味无穷，妙趣横生的色彩现象，是色彩关系及弥足珍贵的色彩艺术创作的宝藏。只要善于在观察、感受、鉴赏的基础上，对它们从色相、明度、纯度等方面予以分析、比较、整理、归纳，就可以发现无穷无尽的美妙色彩，从而揭示色彩内在构成关系及美的组合规律。

1. 什么是观察能力　观察是一种能力，通俗地讲就是我们平时说的眼力，是一个或一系列的动作，是一种受主观控制的行为。观察是有目的、有计划、比较持久的知觉。这是人对客观事物感性认识的一种主动表现，是有意知觉的高级形式。观察力具体地讲，就是指一个人有计划地去看、去听、去闻、去尝、去思考。观察是人们认识世界、增长知识的主要手段。它在人的一切实践活动中，具有重大作用。人们通过观察，获得大量的感性材料，获得对事物具体而鲜明的印象。观察能力的强弱决定着一个人智力发展的水平，也是一个人联想思维能力的基础。观察力是在感知过程中并以感知为基础而形成的。脱离了感知就无所谓观察力。我们对客观世界的认识是从感觉和知觉开始的。心理学告诉我们，感觉反映的是外在事物的个别特点，如颜色、声音、气味、硬度等；知觉反映的是外在事物的整体和事物之间的关系，如形状、大小、远近等。观察与走马观花的随意浏览不同，观察必须先有一定的目的性，有选择地去知觉某种事物。观察与积极的思维活动相联系，是信息输入的通道，是思维探索的大门。敏锐的观察力是创造思维的起步器。可以说，没有观察就没有发现、没有创造（见图6-17）。

2. 怎样提高观察能力　要提高观察能力，观察任务要明确，须有两个要点：一是抓住所要描绘对象的主要特征，即物象的基本形、基本色调与大色块关系，黑、白、灰关系，人或事物形体相貌的主要特征。二是观察事物的个性、共性、区别与联系，在共性中求个性。观察方法要正确，要想提高观察能力，必须要有

图6-17　色彩观察

意识地进行训练。首先，要有审美的观察。无论什么事物，在观察时都不能盲目地看，应找出它们美的地方。其次，是整体的观察。也就是说，先观察整体大关系，再深入局部细致观察，然后再回到整体关系上观察，这是被艺术家的实践证明了的正确的观察方法，即整体—局部—整体，宏观—微观—宏观地认识事物、表现事物的观察方法。第三，是加以比较的观察，没有比较就没有鉴别。第四，先形后色的比较观察。物象是由形状和色彩构成，表现物象时，存在形与色的关系问题。在形与色的结合中，必须保持形的绝对优势，因为形是稳定的基础，色彩是可变的因素。这种训练可以不受时间和地点的限制，随时随地用眼睛观察和分析自然界一切可视现象，学会比较和鉴别，领会不同形象的特征，逐步加深对各种形象特征的认识、理解和记忆。养成这一习惯是非常重要的，久而久之会大有益处。在这个基础上，对平时观察到的印象突出的形象进行回忆默写。这种练习方法是更理想、效果更好的学习方法。

观察中不仅要定点观察，而且应该移动自己的位置，从各个角度全面观察，尽量使自己明确对象的整体及主要特征。要坚持多看、多分析，不断深化认识和理解的程度，养成这一习惯是极为重要的，它对于培养观察能力，准确把握物象很有好处。当然，要取得科学的观察方法并不是一件容易的事，但只要勇于实践、善于学习、不断积累、总结经验以及坚持不懈，是能够取得成功的。善于观察的人，在生活中不断地积累创作素材，在真正创作时才能水到渠成。

（二）思维能力

设计都是从观察到思维最后到表达创作的过程，因此，作为设计师，除了要有敏锐的观察能力外，还要有设计师所特有的思维能力。设计是一门艺术学科，在培养对美的感受力和提高对美的审美能力中起着重要的引导作用，从中受到教育和美的享受。当你面对一幅作品时，会不会思考一些东西呢？会不会从审美意识出发评价和把握作品形式的情感意味或剖析作品所激发审美体验的形式因素？思维能力中，审美能力是一种非常重要的能力。在提高学生审美能力的方法上，越来越多的教育者提出了各自不同的看法，大致可以归类为以下三大方面。

（1）通过对艺术作品内容的欣赏学习培养学生的审美思维能力。在对绘画作品内容的欣赏中，一般人认为再现性作品形式服务于内容，而表现性作品往往服务于形式。尽管二者的侧重点有所不同，但任何绘画都具有表现性的多重内容。在具象绘画中，再现性内容处于显处，而表现内容处于隐处。如：在平静中人物的动态变化，使画面产生从静到动、从安稳转向骚动之感，使观者体验到一种事物萌芽状态。我们必须要清楚的知道，明白了绘画所表达的内容、对作品作出正确的判断、了解作品内容就是抓住了绘画的精髓，能在提高学生审美能力的过程中让学生对作品有大概的认识。

（2）通过对绘画欣赏的形式分析培养学生的审美思维能力。在绘画欣赏的形式这一阶段的审美评价，需要把注意力比较长久地固定在作品上，并试图把握其中那些相互作用着的主要部分。如塞尚的《苹果与桔子》，产生顺畅、和谐及愉快情绪的形式机制是由那些主要成分造成的，线条是流畅的、形状是柔滑圆润的、色彩是暖调的；静物在大面积白衬布映衬下，整个明度是高调的。构图是由各个大小、方向不一样的三角形组成，变化而统一。桌面向左倾斜造成圆滑的果子不稳定感，但似乎又在右倾斜的果盆强力牵制下取得了平衡，这样画画既有欢乐的动感，又有祥和稳定的均衡感。一方面，我们需要直觉形式，但不能把直觉神化；另一方面，直觉后的理性分析帮助我们了解所能直觉的东西是哪些因素造成的。我们不仅要知其然，而且要知其所以然。

（3）通过对艺术作品内容和形式分析的关系来培养学生对作品的评价思维能力。我们可以通过作品的内容来分析作品的美，同样，形式的分析也需要首先了解作品的内容和中心思想。审美价值的客观性并不排斥主题感受在审美现象上的多样性。欣赏在主体参与下进行的个人的视野和知识经验决定了评价具有主观的成分，这些成分就造成了欣赏活动的复杂性，也造成了评价难统一。所以应该把内容和形式分析二者联系沟通起来欣赏绘画，提高自身的审美思维能力。

（三）表达能力

所谓表达，就是指在观察和积累自然、传统、民间、绘画、科技等色彩资料的基础上，学会运用、驾驭它们为我所用于指导设计。以下重点介绍两种色彩资料再创造的表达规律。

1. 整体表达　整体表达是指在认识、分析、归纳整体原始色彩资料的基本色以及大小比例的前提下进行的色彩构成的表现形式。对于初学者而言，要把握好基本色彩及比例关系。画面的基本色彩往往是经过设计者对纷杂的色彩形象加以概括、提炼、归纳而成的，是较为有代表性、较典型的颜色。最后将概括归纳出的色彩及比例运用于一定的色彩设计中，即可以形成具有原始色彩资料感觉与意味的画面。

2. 局部表达　整体表现的特点是对于原始色彩资料的整体概括与运用，而局部表现则倾向于对某一色彩形象局部的归纳与运用。因为，无论在自然界或人之目力所及的视觉领域都有许多物象的色彩，就整体看去显得平淡无奇，却常在某一局部或某一点上呈现出美妙诱人的色彩美。

3. 情感表达　设计归根到底还是表达自己的想法和创意的一个过程，表达是设计创作的关键一步，一个设计师的表达能力不容小视。我们平时的设计作业，也都是提高设计表达能力的途径和方式。然而表达能力与表达方式多数情况下是和不同的情感生活相联系的，一个设计师的表达语言与方式是需要不同的情感支持的。

（1）情感设计表达的需要性。现代科学技术的高速发展，需要人的丰富而高尚的情感与之平衡。因为情感是艺术的一个基本品质，也是美术学习活动的一个基本特征，所以艺术课程能陶冶学生的高尚情操，提高审美能力，使学生在积极的情感体验中提高想象力和创造力，增强对大自然和人类社会的热爱与责任感，发展创造美好生活的愿望和能力。在表现客观世界的同时，也将自己的喜怒哀乐表达出来。一方面使学生的心理得到疏导，另一方面又给家长和教师提供了学生实际心理状况的图像，以便针对性地采取措施维护心理的健康。

（2）情感设计表达的可行性。色彩就其本质来说，不过是波长不同的光线，本无什么"感情"可言。但是，人类生活在这个世界，需要依靠这些光线获取大量的信息。春夏秋冬、风云雨雪、金木水火土、酸甜苦辣咸，这一切变化对人生带来的影响无不通过色彩的记忆在人们的心灵深处留下烙印，加上人们的生活经历、文化素养、宗教信仰等不同，所以当人们看到某种颜色（或色组）时，不由自主地联想到生活经历中遇到过的与此相关的感觉，从而引起心理上的共鸣。从色彩的悦目得来的情感的共鸣，是直接的抽象审美，而那些振人心魄的色彩，或带给你失去平稳的惴惴不安，或送来一份超脱现实的心旷神怡，或令你有莫名的烦恼，或叫你情不自禁地附和着它进入一种昂扬和兴奋。不禁使人感慨万分，原来我们的品位是可以这般地远离物质、摆脱功利，心灵的深处还真有这么多的情感体验（见图6-18）。

图6-18　色彩情感

总之，通过以上观察、积累、表达三个步骤的色彩再创造形式的学习，可以进一步拓宽我们的色彩修养、色彩视野，以及实际的色彩运用和表现能力，这也是研究色彩构成的又一重要课题，也是未来色彩设计中取之不尽用之不竭的创作源泉，更是有待开辟的崭新的色彩领域。

四、色彩的视觉构成

（一）视觉属性与心理属性

1. 视觉属性　在不同的研究学科范畴里，色彩有不同的含义和量度，心理物理学研究光刺激的客观表征，色度学研究工业生产领域各种再现色彩的技术。我们先从心理学角度来研究色彩的视觉现象。喜欢设计就不能不知道有关色彩方面的知识，了解了这些才能通过练习和体验让色彩在我们手中运用自如，这里就来谈谈一些简单的色彩属性和色彩给人的一些心理感受。

色彩视觉的三个心理学量度——色相、饱和度和明度，是认识其他色彩心理效应和情感效应的基础，识别色彩与色差鉴别也同样建立在这三个基本心理学量度的基础之上。

（1）色相是能够感觉到的光谱上的各个色谱段（如红、橙、黄、绿、青、蓝、紫）。

（2）饱和度是对有色相属性的视觉在色彩鲜艳程度上作出评判的视觉属性。有彩色系的色彩，其鲜艳程度与饱和度成正比，色素浓度越高，颜色越浓艳，饱和度也越高。非彩色系是指饱和度等于零的状态。

（3）明度是可以区分出明暗层次的非彩色系的视觉属性，这种明暗层次决定于亮度的强弱，即光刺激能量水平的高低。在此基础上，按照色彩感觉的心理等距标尺来规范的色空间秩序就是色样系（见图6-19）。

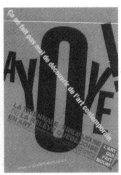

图6-19　色彩视觉

2. 心理属性　色彩给人的心理感受：色彩不同，其光波作用于人的视网膜使人产生的感受也不同，于是面对不同的颜色人们就会产生冷暖、明暗、轻重、强弱、远近、胀缩等不同的心理反应。

（1）色彩的冷、暖感。色彩本身并无冷暖的温度差别，是视觉色彩引起人们对冷暖感觉的心理联想与感知。

（2）色彩的轻、重感与色彩的明度有关。明度高的色彩使人联想到蓝天、白云、彩霞及许多花卉还有棉花，羊毛等。

（3）色彩的远与近。各种不同波长的色彩在人眼视网膜上的成像有前后，红、橙等光波长的色在后面成像，感觉比较迫近，蓝、紫等光波短的色则在外侧成像，在同样实际距离中会有偏远感。

（4）色彩的胀与缩。胀色感与缩色感，是由色彩的明度不同而在视觉上产生的。一般是胀色淡，缩色深。

（5）色彩的软、硬感其感觉主要也来自色彩的明度，但与纯度亦有一定的关系。明度越高感觉越软，明度越低则感觉越硬。

（6）色彩的大、小感。由于色彩有前后的感觉，因而暖色、高明度色等有扩大、膨胀感，冷色、低明度色等有缩小、收紧感。

（7）色彩的华丽、质朴感。色彩的三要素对华丽及质朴感都有影响，其中纯度的影响最大。明度高、纯度高的色彩，丰富、强对比的色彩感觉华丽、辉煌。

（8）色彩的活泼、庄重感。暖色、高纯度色、丰富多彩色、强对比色感觉跳跃、活泼有朝气，冷色、低纯度色、低明度色则显庄重、严肃。

（9）色彩的兴奋与沉静感。其影响最明显的是色相，红、橙、黄等鲜艳而明亮的色彩给人以兴奋感，蓝、蓝绿、蓝紫等色使人感到沉着、平静。绿和紫为中性色，没有这种感觉。

3. 自然属性　自然界本身就是一个巨大的色彩宝库，其包容的色彩千变万化，让人为之惊叹。我们现在所采用的设计中的色彩，绝大部分是从自然界的色彩里直接提取出来的，还有一部分是根据原有的自然色，人们根据色彩的一般规律而创作出来的。因此，色彩都具有自然属性，在设计中，应该认真地运用并把握好这些自然属性的规律，这样设计才会更加贴近自然，更加和谐。

（1）色彩的空间透视。色彩的透视实际上就是指空间色，这也是任何造型艺术无法摆脱的透视变化规律。因为人的视觉是按近大远小的透视原理来反映物体的远近距离的。同样大小的东西，靠近我们的则显得高大，距离我们远的，则感觉矮小。这是近大远小的形体透视规律。

（2）光与色的客观变化规律。我们能够看清物体色彩的媒介是光线，物体受到不同的光照，出现了阴阳向背及明暗、深浅，呈现出立体的、冷暖不同的色彩变化。因为光的作用，物体发生了环境色的相互散射的影响，不同的物体固有色互相辉映与影响而产生出五彩缤纷的丰富色彩。

（3）关于自然界的补色。色彩的冷暖关系，即补色关系。人们对色彩的明与暗、冷与暖的概念理解起来并不难。如红色光线射过来，物体的受光面就会罩上一层红暖色而人的视觉在观看暖色时间长了之后，就会想去尝试观察冷色系的色彩，反之亦然。这是人视觉上的正常要求，这种要求构成人视觉上的补色现象。

第三节　发展的色彩空间

一、色彩的应用

色彩学是一门跨越多学科的边缘学科，是我们生产和生活中的应用科学。色彩涉及范围很广，包括政治、经济、生理、心理、自然及文化等方面，可以说在人类社会生活中，以视觉为中心的感知力65%来自色彩，因此一切时尚的产品都离不开色彩设计。国际流行色专家为了商品的色彩形象而潜心研究，通过色彩预测，把主产者和商业流通及消费者的利益联系在一起，国际流行色的预测对社会经济发展有着重要的作用（见图6-20）。

（一）色彩与材料在设计中的应用

1. 室内设计中的色彩与材料　人们对室内环境的要求已不满足于遮风避雨，而是越来越讲究设施的齐全、舒适，将其营造成格调幽雅、愉悦轻松的空间。创造优美的室内环境，装饰材料

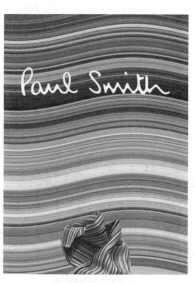

图6-20　色彩应用

图6-21　室内设计

色彩的应用起着极为重要的作用。因为色彩是营造室内环境氛围、体现品位高低的最直观的因素，而这些色彩都依附于室内装饰的各类材料之中。从原汁原味的石、木到各种物质元素构成的复合材料，都可以作为室内装饰材料。在室内艺术设计中，色彩是一个很重要的内容，它与室内设计是不可分割的，并与室内的材料、肌理紧密地联系在一起。这里要讲的就是如何将色彩恰当地搭配使用，使其呈现出最佳的视觉效果。

材质、色彩和照明。室内一切物体除了形、色以外，材料的质地即它的肌理（或称纹理）也是很重要的。我们平时对喜爱的东西，总是喜欢通过抚摸、接触来得到感受，因此材料的质感可以在视觉和触觉上同时反映出来（见图6-21）。

2. 建筑设计中的色彩与材料　建筑物所用材料的颜色、质感和纹理等特性给人以真实、具体的感受，从某种意义上来看决定了建筑物的视觉效果。建筑色彩的运用其实就是以材料选择为前提的。随着社会的发展和科技的进步，建筑材料的花色越来越多，为建筑色彩的表现提供了极大的便利。材料的固有色一般指在天然光照射下材料呈现出的颜色，实际上不同的环境所看到的材料颜色有所不同。材料的颜色主要取决于三个方面：①材料的光谱反射。②观看时投射于材料上光线的光谱组成。③观看者眼睛的光谱敏感性。

从色彩设计的角度选用材料，注重的是表面效果，所以常用的是饰面材料。有的饰面材料仅是结构材料的一种表面处理，如拉毛混凝土或其他装饰混凝土。面层同结构材料还有清水砖墙之类，也有起围护作用不作承重结构的，如玻璃。其表面可处理也可不处理，根据需要而定。用于建筑物内外表面的饰面材料摹本上可分为两大类：一类是取自大自然中，保留天然色彩、纹理的材料。这类材料，一般经过表面处理、加工过的，如石材、木材等，也称为天然材料。另一类是玻璃、金属、塑料等现代材料。这一类材料加工的特点是深度大，往往伴随复杂的化学反应，有时就称为人造材料。材料的选用除了考虑颜色、质感和纹理等美观因素外，还要兼顾防水、吸露、绝热等防护要求，采用适当的构造方式与固定方式，以达到建筑上的使用要求（见图6-22）。

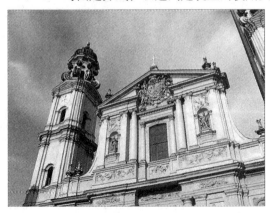

图6-22　建筑设计

3. 家具设计中的色彩与材料

（1）色彩。家具色彩不同于绘画色彩，绘画色彩可以采用缤纷的各类颜料进行自由创作，而家具色彩是通过物质材料来体现和物质技术手段来实现的，不只是"纸上谈兵"。追溯历史，中国正是发展了油漆技术才使得传统漆家具色彩斑斓、美不胜收。所以色彩在家具上的应用必须考虑家具材料或涂料所能表现的色彩范围、色彩变化、施工条件的制约因素。家具色彩在家具技术上主要涉及到家具材料、家具结构的用色问题。在家具材料的用色中，一是反映材料本身的色彩，如透明涂饰技术可表现出木质家具的材料木色，如核桃木色、紫檀木色、红木色、柚木色等，这既起到了保护家具表面的作用，又增添了家具材料的自然美；二是运用技术手段改变材料的色彩特征，使其在更大程度上发挥色彩的造型功能以满足家具表面装饰的需要，如不透明涂饰技术则表现出木质家具的其他色彩。现今许多家具的各部件的交接处都是采用某种色彩加以区分和强调，如此人们便可以看到各构件的交接关系，这是典型的表达结构技术的色彩手法。如在榫结构的家具接合部位，把露出的榫头涂饰色彩以突出构件间的结构关系。总之家具色彩需要考虑到技术条件的制约，同时又可以使之成为表现技术的手法，随着技术条件的不断进步和改善，色彩在家具上的应用必将有更为广阔的发展空间。

（2）材料。家具材料是构成家具艺术形象十分重要的特质特征。家具所用材料的固有色、质地、纹理等特性给人以真实、具体的感受，某种意义上来说材料决定了家具的视觉效果。色彩在家具上的运用是以材料的选择为前提的。色彩是物体在光照下呈现于人眼的一种感觉，所以家具色彩的显现和家具所用材料的质地有一定的关系。不同材料的表面质地，即通常所说的质感或肌理，对光的反射和吸收差异可能是很大的，会直接影响色彩的显现。如木材表面细腻均匀，对光的反射和吸收相对均衡，其固有色改变不多；而镜面不锈钢表面十分光洁，反射率近乎100%，更多显示的是非本身而是映像的色彩。质感除了对色彩的显现有一定影响外，对色彩的表情也是有影响的。一般来说，不同的色彩会使人产生不同的情感，色调的不同所创造出的视觉感也不一样，而家具色调，会因使用不同材料的质地差异产生不同的色彩效果（见图6-23）。

（二）色彩的形式语言

1. 色彩节奏　色彩的节奏是指色彩带有时间及运动的特征，是秩序形式美的一种，欣赏者能从中感知有规律的反复出现的强弱及长短变化。通过色彩的聚散、重叠、反复、转换等，在色彩的变换、回旋中形成节奏、韵律的美感。一般有以下三种形式。

（1）重复性节奏。通过色彩的点、线、面等单位形态的重复出现，体现秩序性美感。简单的节奏有较短时间周期和重复达到统一的特征，适宜机械和理性的美感。

（2）渐变性节奏。将色彩按某种定向规律作循序推移系列变动，它相对淡化了节拍意识，有较长时间的周期特征，形成反差明显、静中见动、高潮迭起的闪色效应。渐变性节奏有色相、

图6-23　家具设计

明度、纯度、冷暖、补色、面积、综合等多种推移形式。

（3）多元性节奏。由多种简单重复性节奏组成，它们在运动中的急缓、强弱、行止、起伏也受到一定规律的约束，亦可称为较复杂的韵律性节奏。其特点是色彩运动感很强，层次非常丰富，形式起伏多变。但是若在应用中如处理不当，易出现杂乱无章的"躁色"等不良效果。

2. 色彩呼应　亦称为色彩关联。为使用相同或相关平面、空间不同位置的色彩，相互之间有所联系避免孤立状态，采用"你中有我，我中有你"相互照应、相互依存、重复使用的手法，从而取得具有统一协调、情趣盎然的反复节奏美感。色彩呼应手法一般有以下两种。

（1）分散法。将一种或几种色彩同时应用在作品画面的不同部位，使整体色调统一在某种格调中，如浅蓝、浅红、墨绿等色组合，浅色作大面积基调色，深色作小面积对比色，成为粉彩的高长调类型。此时，墨绿色最好不要仅在一处出现，除相对集中以外，可适当在其他部位作些呼应，使其产生相互对照的势态。但色彩不亦过于分散，以免使画面出现平板、模糊、零乱、累赘之感。

（2）系列法。是一个或多个色彩同时出现在作品、产品的不同平面与空间，组成系列进行设计，能产生协同、整体的感觉。

3. 色彩重点　在组配色调的过程中，有时为了改进整体设计单调、平淡、乏味的状况，增强活力之感，通常在作品或产品某个部位设置强调、突出的色彩，以起到画龙点睛的作用。为了吸引观者的注意力，重点色一般都应安排在画面中心或主要地位。重点色彩的使用在适度和适量方面应注意如下几点。

（1）重点色的面积不宜过大，否则易与主调色冲突、抵消，使画面失去整体统一感。而面积过小，则易被四周的色彩所同化而被人们忽视，失去作用。只有恰当面积的重点色，才能为主调色作积极的配合和补充，使色调显得既统一又活泼，而彼此相得益彰。

（2）重点色应选用比基调色更强烈或相对比的色彩。

（3）重点色的设置不宜过多，多重点既无重点，多中心的安排将成为过头设计，将会破坏主次有别、井然有序的效果，造成无序、杂乱的弊端。

（4）并非所有的作品都必须或者适合设置重点色彩。

（5）重点色应用的同时应注意与整体配色相平衡。

4. 色彩混合　我们看到的色彩之所以丰富，是因为色彩不同量的配置所产生的变化效果。常见的颜色基本上是由三原色变化而来的。所谓原色就是不能再被分解或合成的色彩。三原色是目前最为广泛和常用的说法，是根据生理学及物理学的原理来立论的。德国物理学家霍姆霍尔茨的三色学说认为：人的视网膜的视锥细胞含有红、绿、蓝三种感光元素，由于光的刺激强弱而产生了色彩的视觉感觉。色光的三原色红、绿、蓝混合后变成白色光，称之为加色法混合。色彩的三原色红、黄、蓝混合后呈黑色，加入的种类越多，越显暗浊，称之为减光混合，另外一种我们称之为中性混合。

（1）加光混合。属于照光的混合。将光源体辐射的光合照于一处，可以产生出新的色光。例如，面前一堵石灰墙，没有光照时，它在黑暗中，眼睛看不到。墙面只被红光照亮时呈红色,只被绿光照亮时呈绿色,红绿光所照的墙面则呈黄色,而这黄色的色相与纯度便在红绿色之间,其亮度高于红,也高于绿,接近红绿亮度之和,由于投照光混合之后变亮了,所以称为加光混合。从投照光混合的实验中可以知道:朱红、翠绿、蓝三种色光是原色光,同原色光双双混合,又可以混合出黄、青、紫红三种间色光。一种原色光和另外两种原色光混合出的间色光称为互补色光。例如翠绿和紫红,黄与蓝,朱红与青等,三组都是互补色光,而互补色光依照一定的比例混合,可以得到白色光。

(2)减光混合。指不能发光,却能将照来的光吸掉一部分并将剩下的光反射出去的色料的混合。色料不同,吸收色光的波长与亮度的能力也不同。色料混合之后形成的新色料,一般都能增强吸光的能力,削弱反光的亮度。在投照光不变的条件下,新色料的反光能力低于混合前的色料的反光能力的平均数,因此,新色料的明度降低了,纯度也降低了,所以称为减光混合。每两个原色依不同比例混合,可以化为若干间色,其中橙、绿、紫是典型的间色。光混合间的纯度往往不够高,在实际工作中,往往用化工厂生产的纯度更高的间色,而不用减光混合间色。三个原色一起混合出的新色称为复色。一个原色与另外两个原色混合出的间色相混,也称为复色。复色种类很多,纯度比较低,色相不鲜明。三原色依一定比例可以调出黑色或深灰色。原色与相对立的间色可以依均等的份量调出黑色或深灰色,这两色就被称为色料无补色。

(3)中性混合。指混成色彩既没有提高,也没有降低的色彩混合。中性混合主要有色盘旋转混合与空间视觉混合。把红、橙、黄、绿、蓝、紫等色料等量地涂在圆盘上,旋转时即呈浅蓝色。把品红、黄、青涂上,或者把品红与绿、黄与蓝紫、橙与青等互补上色,只要比例适当,都能呈浅灰色。在色盘上,红与黄就旋出粉彩色,青与黄旋出粉绿色,红与蓝旋出粉紫色。若空间混合的原色与减光的原色相同,那么空间混合间色、复色等和色盘混合的间色复色接近。并且混出的色彩活跃、明彩、有闪动感,与橙光混合的色彩很不相同。空间里都有形的透视缩减,同样也有色的空间混合,这是由眼睛的感觉方法所决定的。印象派就遵循这个规律,创作了不少点彩油画。这些画面的色彩很响亮,阳光感和空气感均表现得很好。

5. 光照与视觉 色彩是大自然赋予人类最丰富也是最简单的礼物,它能产生强烈的视觉冲击力和艺术感染力。光色并存,有光才有色。色彩感觉离不开光的存在。光直射时直接传入人眼,视觉感受到的是光源色。当光源照射物体时,光从物体表面反射出来,人眼感受到的是物体表面色彩。当光照射时,如遇玻璃之类的透明物体,人眼看到是透过物体的穿透色。光在传播过程中,受到物体的干涉时,则产生漫射,对物体的表面色有一定影响。如通过不同物体时产生方向变化,称为折射,反映至人眼的色光与物体色相同(见图6-24)。

光照是影响视觉量感的又一个因素。当室内

图6-24 色彩光照

处于明亮光线照射下，会产生轻的视觉量感，而处于暗淡光线照射下的室内则有重的视觉量感。同时，光照下所产生的阴影对视觉量感也有极大地影响。在室内设计中由于装饰的需要常有一些凸出的部分，这些凸出部分产生的阴影会增加此部分的份量，因此必须预先有所考虑。

6. 物体色与材料　自然界的物体五花八门、变化万千，它们本身虽然大都不会发光，但都具有选择性地吸收、反射、透射色光的特性。当然，任何物体对色光不可能全部吸收或反射，因此，实际上不存在绝对的黑色或白色。常见的黑、白、灰物体色中，白色的反射率是64%~92.3%；灰色的反射率是10%~64%；黑色的吸收率是90%以上。物体对色光的吸收、反射或透射能力，受物体表面肌理状态的影响较大，表面光滑、平整、细腻的物体，对色光的反射较强，如镜子、磨光石面、丝绸织物等。表面粗糙、凹凸、疏松的物体，易使光线产生漫射现象，故对色光的反射较弱，如毛玻璃、呢绒、海绵等。需要注意的是，物体对色光的吸收与反射能力虽是固定不变的，但物体的表面色会随着光源色的不同而改变，有时甚至失去其原有的色相感觉。所谓的物体"固有色"，实际上不过是日光下人们对此的习惯而已。如在闪烁、强烈的各色霓虹灯光下，所有建筑及人物几乎都失去了原有本色而显得奇幻莫测。

材料和肌理对视觉量感的作用也是不可忽视的。一般说来，表面光滑的材料有轻的视觉量感。同样的一块大理石，当它处于毛坯状态时会有重的视觉量感，而一旦把它刨光加工变得光滑剔透，就会觉得它似乎轻了一些。在各种建筑物的大堂中常有承重柱的存在，为了虚化柱子的重量感，设计师就给它们装上抛光金属板或镜子，以反射减弱甚至掩饰它的存在。相应地，表面粗糙、对光线反射率低的材料有重的视觉量感。当地面铺上地毯时，人们会觉得视觉稳定，而当改做大理石时则往往更为明快轻盈。

二、色彩的标准化

从古到今，人们对色彩的研究可谓是历史久远，从绘画到设计，色彩在不同的时间段都会给人带来不一样的感受。在所有的绘画和设计语言中，色彩是最特别的，也是最令观看者、设计师和绘画者着迷的。因此，许多人致力于色彩研究领域，随着色彩研究成果的不断显现，加之设计和绘画的不断发展，在各种与色彩有关的领域中，色彩的运用往往从简单的实验尝试到成熟的标准化阶段。下面，就从绘画和设计这两个主要的色彩相关领域入手并结合一些实例看看色彩的标准化过程。

（一）绘画色彩的标准化

颜色不是物体的物理属性，而是一种感知现象。光照射于物体之上使我们感知到色彩。当一束白光照射在柠檬上我们看到柠檬是黄色的，而当把柠檬放置在阴影里就呈现出棕色，而在火炉旁则呈现出橙色。因此，我们不能断言柠檬是黄色的，只是感知它是黄色的。画家们早已了解到这一原理，因此在作画时会看到丰富的色彩而不是简单的固有色。在绘画中，色彩的标准化理论很多，慢慢地也就形成了今天我们所了解到的众多色彩理论及其相关理论体系，下面给大家介绍几个典型的例子。

约瑟夫艾伯斯是包豪斯学校享有声望的教师和画家，负责指导颜色如何互相影响的

实验。例如，同样的灰色如果和橘红色对比时，就能感觉到偏向
蓝色，当与浅蓝色对比时就偏向粉红色。这个色彩相互作用的原
理在绘画中的运用是最基本的。德拉克罗瓦曾说："给我泥，我
会画出维纳斯的肌肤…因为在它周围我可以使用任何色彩。"在
绘画中，不同的绿色通常描绘不同的植物、表现不同的自然生
机，这似乎成为绘画中的标准化约定，绿色的绘画调子给人美妙
的、邻近的感受。受到巴比松画派艺术家们这些榜样的吸引，皮
耶尔·奥古拉斯·雷诺阿致力于直接利用外观描绘。雷诺阿常常
出入于古尔斯堡咖啡馆，在那里，艺术家们在莫奈的领导下会聚
一堂，雷诺阿和他们建立了友谊。虽然雷诺阿被列为印象主义

图6-25 绘画色彩

画家的范畴，但他常常质疑印象主义，并坚定地断言："一幅画是高于艺术家想象力的
产物，绝不是照抄。"这就是他抛弃空间效果和抛弃万物是偶然和直觉的理念而追求更
为精巧的结局的原因，他在艺术创作中常常使用乐观的、宜人的颜色，主要包括各种绿
色、粉红色和橙色。他通过自己的油画作品成功地传达出他的色彩原则。调子美妙的色
彩等级汇集于具体的色彩，包括它们的近似色和邻近色。在这一例中运用的是绿色，色
调范围从蓝绿色到黄绿色。颜色的选择可以是饱和的或者中和的，浅色的或暗色的，但
总要在色彩的等级范围之内（见图6-25）。

有一类色彩也是色彩标准化的主要方面之一，画家们把它们归类为能够引起幻觉
的、酸性的、强烈的色彩。琼·米罗通过一系列具有丰富主观色彩系统的静物进入了超
现实主义，多年以后，他自我告白道："是由于在那段危险的时间里所承受的饥饿而
引起的幻觉。"他的著名作品《静物和旧鞋子》是这段话的最好诠释。米罗说："越是
简单的字母表，越容易读，所以那段时间我用原色画画"。对于他来说，鲜艳的色彩仅
限于原色，因为它们包含了所有彩虹颜色的纯净状态，一种意想不到的对比和硬的相互
作用：亮绿色和红色，黄色和蓝色、紫色，通常被认为是最人为的和最强烈的一种色
彩——迷幻色彩。当太阳升起和日落的时候，天空通常呈现出迷人的色彩：红色、紫
色、粉红、橙色、黄色，还有更多。这些暖色传达出光和热之源的太阳的感觉，它使生
命成为可能。高更从那个时代艺术家集体宣讲的教条中解放出来，开创了高度个性化的
作品形象。他对纯粹艺术的追求使他离开了巴黎到南方海岛去。他的绘画是人类激情的
表现，总是规避约定俗成的做法、拒绝文明的逻辑。他继续寻找着用色的两种效果：强
烈和简朴。在南方海岛粗犷、原始的文明中，他发现了被他说成"自然的孩子"或"永
不变坏"的人们，这正是他寻找的每天生活在和平和快乐状态的人们。在他的作品中，
人物和风景是温暖而充满活力的，他总是运用丰富多彩而充满活力的、强烈的对比暗示
这种原始的力量。我们把这一色彩在绘画的思维定式归为暖、红、干燥的色彩。

（二）设计色彩的标准化

就设计而言，设计的大部分给人的视觉感受都来源于设计的用色，由于设计的领域
繁多，设计中的色彩标准化就更为直观和分类明确。对于不同领域的艺术设计，都有色彩
的不同发展史，因此，在谈设计色彩的标准化时需要从不同的设计领域入手，看其色彩的

图6-26 室内空间

不同发展和形成的标准化体系。设计色彩在环境设计、平面设计、服装设计、产品包装设计领域中都有一定的标准化，下面介绍设计色彩的具体应用。

1. 环境空间的色彩标准化 当人们在图书馆时，所感受到的色调应该不能太强烈，否则就会令人眼花缭乱；又不能灰暗沉闷而让人感到死气沉沉。因此，在进行色彩设计时就应该选择既明快而又宁静和谐的色调，给人以不同于一般大众性公共空间的色调感觉。图书馆，是人们学习与研究为主的空间，是具有特殊功能要求的环境，其色调的处理一般选择中性色调或以偏冷色相为主，色彩的纯度也不宜太高，明度上可以考虑采用以高明度为基调的色彩组合，形成宁静、清爽的色调，以利于营造较好的学习氛围。如此设计，将有利于人们思路清晰，集中注意力。但在实际工作中也不都是这样，以教学环境为例，小学低年级或者幼儿园的儿童的教学空间环境所用色调就应根据儿童的心理特征来组合搭配色彩关系，可适当采用欢快的色调，以促进儿童的身心和智力的健康发育（见图6-26）。

2. 平面设计的色彩标准化 在平面设计这个领域，色彩的应用主要包括企业形象、广告、印刷品和装帧设计以及主题活动的形象设计等。现如今，利用色彩丰富的内涵，探讨其应用功能，以增强信息的传播力度和感人效果就成为设计师应努力解决的问题。所以，设计色彩就成为造势的手段，用有个性的色彩组合进行信息的传播和形象的表达，已成为平面设计的重要表现方式。

3. 服装的色彩标准化 色彩是服装构成的重要因素，服装的色彩一般可分为两类，一是面料色彩，二是服装本身的色彩搭配。由于服装的多样性和人们不同的审美情趣，使色彩的应用也充满多样化和个性化，这也在无形中增加了配色的难度。但每一类服装的色彩搭配方式也还有稳定的一面。针对相对稳定的服装加以一定变化的设计，才是服装色彩设计的着眼点。服装色彩除了要考虑色彩的互相组合搭配外，还要考虑服装与服饰的搭配，着装者的年龄、职业、性格等因素。色彩标准要达到一定的和谐美。强调色彩的和谐美的方法，有对比法和调和法。一般常用的调和法有同类色调和、邻近色调和、消色调和以及光泽调和。调和后的色彩易给人以平顺、温柔的感觉（见图6-27）。

图6-27 服装色彩

4. 产品包装的色彩标准化 产品包装的色彩设计一般分为食品、机械、日常生活用品、电子声像产品、儿童用品等设计。日常生活用品类的包装色彩宜使用暖色系列，电子产品类宜使用冷灰色系列的颜色，儿童用品宜使用色彩鲜艳且对比性强的颜色。也有些产品的包装色彩应按照民族习惯和色彩本身的意向性而定。如在工业产品的色彩设计中，冷色可以体现出它高不可攀的科技感，暖色则表现出它的亲和感。总之，如何把握好包装色彩的设计，是展示产品性格与使用价值的关键，也是产品包装的根本目的，同时，也是审美和创新的需要。

5. 产品设计的色彩标准化 决定产品中色彩配置的因素是多方面的，有功能因素、技术因素、成本因素以及传统与流行色因素等。这里举一些在实际色彩运用中需要注意的问题。①在一件产品的色彩配置中，颜色不宜过多，不同色彩的面积也不应平均分配，主色调的面积应大些。②要注意色彩配置的技术条件，并考虑成本问题。③产品的色彩要与它的使用环境相协调，强烈对比的色彩会使人感到疲劳，所以要追求平和的色彩。④设计配色时要考虑到人们的心理习惯。比如：一些医疗设备往往采用白色为主色调，让人们在心理上产生洁净卫生之感。

6. 网页设计的色彩标准化 网页是传播信息的载体，它要表达的是一定的内容、主题和意念，以满足人们的需求。对于网页设计者来说，色彩的心理作用尤其重要，因为网络的使用是在一种特定的历史与社会环境——高效率、快节奏的现代生活环境下，做网页时要把握人们在这种生活方式中使用网络的心理需求。要合理地使用色彩来体现网站自己的特色和偏爱的颜色或自己独特的用色习惯，并且要针对不同的主题来布置色彩。另外，还要考虑社会背景、心理需求和场合的差异，以及特别关注流行色的发展等。

总之，设计色彩的标准化应用极为广泛，其基本标准改变不大，都是在一些研究成果的标准化下，根据设计师和其设计作品的特殊性风格进行不同处理，设计中的色彩除了要符合一般标准化规律外，其改变和提升的空间也相对较大。设计色彩涉及社会生活的方方面面，关键是在实际运用时，要结合人的个性与共性、心理与生理等各种因素，充分考虑到设计色彩的功能与作用，体现以人为本的设计思想，从而达到相对完美的应用效果（见图6-28）。

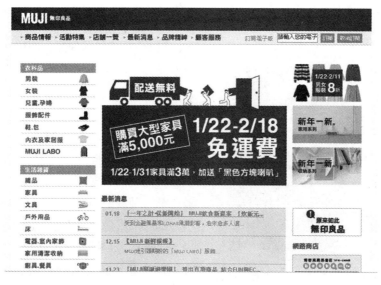

图6-28 网络色彩

三、构想色彩空间

（一）色彩与空间环境

色彩在空间环境中作为表现艺术，不能再现具体的实物形象，而只能通过对环境的渲染，对造型的处理，尤其是对空间的艺术化营造，从而表现出某种象征含义，以触发人的想象，从直观感受进入悠远深邃的意境中，从而完成得意的任务。意境的产生，是空间艺术的最高层面，这不是随意轻松就可以获取的，对空间色彩有了深刻的理解，方可有效合理地服务于人们的精神生活。色彩与空间的关系，就美学意义来说，是它的审美因素起着决定性作用，因而具有很好的审美价值与艺术性质。

（二）视觉的静态和动态

静态是相对而言的一种静止状态，动态就如同艺术形象表现出的活动神态，好比观看两种不同的色块，一块是偏冷色的蓝色，另一块是由冷色渐变至暖色的过渡色。前一种有相对静止的感觉，后一种则是一个变化的状态。色彩表现静态、动态的方式方法是多种多样的。利用明暗和色彩的变化，能打破画面上色彩的死板状态而形成生动的层次感。用色彩的对照和照应关系，使画面上的色彩给视觉灵动轻快之感。

各种色彩都具有自己的特性，而那些特性都是靠互相比较而成立的。通过色彩的对照关系，非但可以促成色彩的变化，也能产生生动的感觉，而色彩的变化生动，实际上也就是在一定程度上表示出色彩的运动感。然而依靠个别色彩的对照作用，而不能把这种作用广及于整体，就不能使整体的色彩配备形成一种反复变化，显然，就不会达到很好的效果。使整体色彩形成反复变化的方法，就是很好地利用色彩之间的对照关系，特别是加强各个部分的连续照应作用，使其色彩产生律动感。要根据具体的实际情况把握好色彩的相互作用，使色彩变得更加生动，这样的作品就可以形成色彩的静态和动态相互照应的效果。

（三）错觉与幻觉

物体是客观存在的，但视觉现象并非完全客观存在，而在很大程度上是主观的东西在起作用。人的大脑皮层可以对外界刺激物进行分析与综合，而在这一过程中遇到阻碍与困难时就会造成错觉；当前知觉与过去经验发生矛盾时，或者思维推理出现错误就会引起幻觉。色彩的错觉与幻觉会出现一种难以想象的奇妙变化。错觉是对正常事物歪曲的体验，如正常人会在光线暗淡、紧张等情况下产生错觉，经验证后可以纠正，常见的是错听和错视，比方杯弓蛇影、风声鹤唳等。而病理性的错觉常常伴有恐怖色彩，往往在意识障碍时发生。幻觉是没有现实事物刺激时发生的知觉体验，是一种虚幻的知觉，包括幻听、幻视、幻嗅、幻味、幻触以及内脏幻觉。幻觉是最常见而且最重要的精神症状，常与妄想一同存在。在从事设计实践时常常会碰到以下几种情况（见图6-29）。

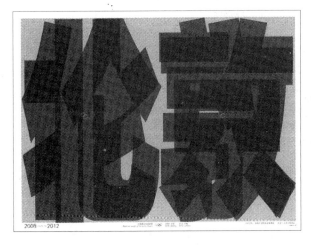

图6-29　视觉色彩

1. 视觉后像　当视觉作用停止之后，感觉并不立刻消失，这种现象叫视觉后像。这种后像一般有以下两种。

（1）正后像。如果你在黑暗的深夜，先看一盏明亮的灯，然后闭上眼睛，那么在黑暗中就会出现那盏灯的影像，这种叫正后像。荧光灯的灯光是闪动的，它的频率大约是100次/s，由于眼睛的正后像作用我们并没有观察出来。电影也是利用这个原理，所以才能看到银幕上物体的运动是连贯的。

（2）负后像。正后像是神经在尚未完成工作时引起的。负后像是神经疲劳过度所引起的，因此其反应与正后像相反。

视觉中的错觉是由于某种原因引起的对客观事物的不正确知觉。物体是客观存在的，但视觉现象并非完全是客观存在的，在很大程度上是主观的东西。当人的大脑皮层在对外界刺激物进行分析时，倘若发现困难，就会造成错觉。知觉与过去经验发生了矛盾，无法有序地进行思维推理时，便会出现错误，引起感觉上的幻觉。在时间和空间的相互作用下，在色彩的视觉感受中，在错觉与幻觉的感觉里，往往会出现难以想象的奇妙变化，在某种意义上也为创造性思维开辟了一个遐想的空间。

2. 物质性心理错觉　冷色与暖色是依据心理错觉对色彩的物理性分类，对于颜色的物质性印象，大致由冷暖两个色系产生。红光和橙、黄色光本身有暖和感，照射任何色都会产生暖和感。相反，紫色光、蓝色光、绿色光有寒冷的感觉。冷色和暖色除去温度不同的感觉外，还会有其他感受，如重量感、湿度感等。暖色偏重，冷色偏轻；暖色密度强，冷色稀薄；冷色透明感强，暖色透明感较弱；冷色显得湿润，暖色显得干燥；冷色有退远感，暖色有迫近感。色彩的明度与纯度也会引起对色彩物理印象的错觉。颜色的重量感主要取决于色彩的明度，暗色重，明色轻。纯度与明度的变化还会给人色彩软硬的印象，淡的亮色使人觉得柔软，暗的纯色则有强硬的感觉。

3. 色彩的表情　色彩的情感是指这样一种现象：长期生活在色彩的世界中的人们，积累了许多视觉经验，而这些视觉经验与外来色彩刺激产生呼应时，人类就会在心理上引出某种情绪。

（1）红色。强有力的色彩，是热烈、冲动的色彩，高度的庄严肃穆。

（2）橙色。十分欢快活泼的光辉色彩，是暖色系中最温暖的色。橙色稍稍混入黑或白色，会成为一种稳重、含蓄又明快的暖色，但混入较多黑色，就会成为一种烧焦的色；橙色中加入较多的白色会带有一种甜腻的味道。橙色与蓝色搭配，构成了最响亮、最欢快的色彩。

（3）黄色。亮度最高的色彩，在高明度下能保持很强的纯度。黄色的灿烂、辉煌，有着太阳般的光辉，因此象征着照亮黑暗的智慧之光；黄色有金色的光芒，因此又象征财富和权力，是骄傲的色彩。

（4）绿色。鲜艳的绿色非常美丽、优雅，很宽容、大度，无论蓝色或黄色渗入，仍旧十分美丽。黄绿色单纯，年轻；蓝绿色清秀、豁达。含灰的绿色也仍是一种宁静、平和的色彩。

（5）蓝色。博大的色彩，是永恒的象征。蓝色是最冷的色，在纯净的情况下并不代表感情上的冷漠，只不过表现出一种平静、理智与纯净而已。真正令人情感冷酷悲哀的色，是被弄混浊的蓝色。

（6）紫色。非知觉的色彩，神秘而给人印象深刻，有时又给人以压迫感，并且因对比不同，时而富有威胁性，时而又富有鼓舞性。当紫色以色域出现时便可能明显产生恐怖感，在倾向于紫红色时更是如此。紫色是象征虔诚的色相，当紫色深化暗化时又是蒙昧迷信的象征。

（7）黑、白、灰色。无彩色在心理上与有彩色具有同样价值。黑和白是对色彩的最后抽象，代表色彩的阴极和阳极。黑白所具有的抽象表现力以及神秘感，似乎能超越任何色彩的深度。康丁斯基认为：黑色意味空无，像太阳的毁灭，像永恒的沉默，没有未来，失去希望。

4. 色彩的象征性　色彩情感的进一步升华，在于它能深刻地表达人的观念和信仰，这就是色彩的象征性意义。色彩的象征性与大部分人的经验与联想有关，人们通过与自然界和社会的接触，逐步形成色的概念和联想。色彩的象征意义是具有世界性的，不同的民族产生的差异不大。

（1）红色。最引人注目的色彩，具有强烈的感染力，它是火的色、血的色。象征热情、喜庆、幸福。另一方面又象征警觉、危险。红色色感刺激强烈，在色彩配合中常起着主色和重要的调和对比作用，是使用得最多的色。

（2）黄色。是阳光的色彩，象征光明、希望、高贵、愉快。浅黄色表示柔弱，灰黄色表示病态。黄色在纯色中明度最高，与红色色系的色配合产生辉煌华丽、热烈喜庆的效果，与蓝色色系的色配合产生淡雅宁静、柔和清爽的效果。

（3）蓝色。是天空的色彩，象征和平、安静、纯洁、理智。另一方面又有消极、冷淡、保守等意味。蓝色与红、黄等色运用得当，能构成和谐的对比调和关系。

（4）绿色。是植物的色彩，象征着平静与安全，带灰褐绿的色则象征着衰老和终止。绿色和蓝色配合显得柔和宁静，和黄色配合显得明快清新。由于绿色的视认性不高，多使用为陪衬的中型色彩。

（5）橙色。秋天收获的颜色，鲜艳的橙色比红色更为温暖、华美，是所有色彩中最温暖的色彩。橙色象征快乐、健康、勇敢。

图6-30　色彩象征

（6）紫色。象征优美、高贵、尊严，另一方面又有孤独、神秘等意味。淡紫色有高雅和魔力的感觉，深紫色则有沉重、庄严的感觉。与红色配合显得华丽和谐，与蓝色配合显得华贵低沉，与绿色配合显得热情成熟。色彩搭配运用得当，则能构成新颖别致的效果。

（7）黑色。是暗色，是明度最低的非彩色，象征着力量，有时又意味着不吉祥和罪恶。能和许多色彩构成良好的对比调和关系，运用范围很广。

（8）白色。表示纯粹与洁白的色，象征纯洁、朴素、高雅等。作为非彩色的极色，白色与黑色一样，与所有的色彩构成明快的对比调和关系，与黑色相配，构成简洁明确、朴素有力的效果，给人一种重量感和稳定感，有很好的视觉传达能力（见图6-30）。

☞ 思考题

① 二维色彩的对比、色彩调和等在营造二维色彩空间设计的运用中应该注意哪些问题?

② 怎样运用二维色彩视觉与材料、肌理的整合等要点来强化艺术设计中的表现?

③ 为什么在艺术设计中要运用色彩的标准化来规范二维色彩设计的应用?

☞ 作业

① 在尺寸为16cm×16cm的方格内以红、绿、黑、白各色底上营造命题色彩空间。

② 在尺寸为16cm×16cm的方格内用三种自然材料来表现二维色彩肌理,要求材料色彩突出,要与表达的主题肌理相吻合。

③ 找5幅设计大师的作品来进行设计色彩的标准化分析,并通过自己的理解组织成另外两幅16cm×16cm的作业。

同类书推荐

《思与悟：当代工业设计师的思想集》

丁伟 主编

本书遴选了来自家具、汽车等行业的18位具有代表性设计师的文字和作品，他们从各自的角度以设计师特有的敏感展现自己的思考。正是角度和观点的不同，才呈现了本书的精彩。本书不仅向读者展示这些优秀设计师的作品，更希望呈现他们对创新的认识、对设计的理念，从而为年轻的学子和从业者提供有益的借鉴和启发。

ISBN 978-7-111-23997-0　出版年月：2010.4　定价：89.00元

《可能的设计：创造性艺术设计思维的解析》

范圣玺 著

本书在前人研究和大量成功设计范例的基础上，以探索具有可操作性的创造性艺术设计思维规律为宗旨，对艺术设计行为的过程和结果从认知科学的范畴化的视点作了分析。思维是一种技能，新的设计思维模式可以帮助我们更有效地提高设计创意能力。

ISBN:978-7-111-28018-7　出版年月：2009.9　定价：26.00元

《坐+座：椅子与艺术设计》

范圣玺 著

本书以"椅子"这一设计的永恒主题为线索，阐述了艺术设计的产生和发展历程，详细介绍了古今中外的椅子设计风格和流派。同时，又以"坐·座"这一独特的视角，结合大量的设计案例，论述了椅子设计的相关理论和设计要领，反映了艺术设计的前沿信息和发展趋势。

ISBN 978-7-111-27684-5　出版年月：2010.2　定价：32.00元

《视觉传达设计史》

（日）白石和也 编著

本书全面地论述了视觉传达发展的轨迹，探索了视觉传达的本质问题，阐释了其在社会发展过程中的重要作用。希望读者通过阅读此书，能从中找到解读当代社会文化现象的钥匙。

ISBN 978-7-111-28707-0　出版年月：2010.1　定价：48.00元

艺术设计类专业指导丛书

**阐述艺术前沿理论、总结设计程序方法。
使读者获取观念、知识、方法、技巧、启迪和兴趣！**

书名	书号	版次	定价
无障碍·通用设计	978-7-111-28451-2	1版1次	32.00元
设计心理学	978-7-111-23997-0	1版1次	26.00元
产品与包装	978-7-111-27944-0	1版1次	32.00元
产品设计的消费者分析	978-7-111-28395-0	1版1次	49.00元
产品构造原理	978-7-111-28523-6	1版1次	49.00元
通用设计应用	978-7-111-28638-7	1版1次	49.00元
环境与产品	978-7-111-27961-7	1版1次	45.00元
设计构成基础	978-7-111-26677-8	1版1次	58.00元

设计图典系列丛书

本套丛书囊括了北欧、美国、意大利、德国和英国从18世纪至今的众多优秀工业设计作品。近两个世纪的时间跨度，验证了每个国家工业设计的发展历程，全面地阐述了每个国家工业设计发展方向和特色的形成条件等。书中附有大量高清晰的作品照片，使读者能更透彻地了解国外的优秀作品。

书名	书号	版次	定价
美国设计图典	978-7-111-25274-0	1版1次	99.00元
德国设计图典	978-7-111-25705-9	1版1次	99.00元
英国设计图典	978-7-111-25703-5	1版1次	99.00元
北欧设计图典	978-7-111-25704-2	1版1次	99.00元
意大利设计图典	即将出版	1版1次	99.00元

实例教程系列丛书

本套丛书语言通俗、图文并茂、案例丰富，是学习立体构成知识及计算机设计方法的实用性教材，适合平面设计、工业设计、建筑设计、环境设计、服装设计等专业人员自学、培训或教学使用。

书名	书号	版次	定价
电脑平面构成实例教程	978-7-111-24306-9	1版1次	29.00元
电脑色彩构成实例教程	978-7-111-25278-8	1版1次	39.00元
电脑立体构成实例教程	978-7-111-25703-5	1版1次	42.00元

读者调查问卷

亲爱的读者：

感谢您对机械工业出版社建筑分社的厚爱和支持，并再次对您填写并寄出（或传真或 E-mail）下面的读者调查问卷表示由衷地感谢！

请邮寄到：北京市百万庄大街22号机械工业出版社　建筑分社　收　邮编100037

电话或传真：010—68994437　　E-mail：cmpjz2008@126.com

读者调查问卷

姓名			性别	□男	□女	年龄	
有效联系方式	地址					邮政编码	
	电话	手机/小灵通		网络	E-mail		
		住宅			QQ/MSN		
		办公室			其他即时方式		
现从事专业			从事现专业时间			所学专业	
现有职称	□建筑师　□建筑工程师　□土木工程师　□结构工程师　□建造师　□公用设备工程师 □咨询工程师　□房地产估价师　□城市规划师　□设备监理师　□造价工程师 □电气工程师　□安全工程师　□房地产经纪人　□化工工程师　□其他						
教育程度	□初中以下　□技校/中专/职高/高中　□大专　□本科　□硕士及以上						
个人平均月收入（元）	□1000以下　□1000~2000　□2000~3000　□3000~5000 □5000~8000　□8000~12000　□12000以上						
购书名称							
本书购买决定	□书店　□网上书店　□邮购　□上门推销　□其他						
促使您决定购买直接原因	□内容　□书名　□封面　□现场人员推荐　□报纸/期刊广告 □电视/网络广告　□同事/同行/朋友推荐　□其他						
您愿意收到与您职业/专业相关图书的信息					□愿意　□不愿意		
您有何建议？							

注：1. 可选择项目用笔在□划"√"即可。

　　2. 对信息填写完整的读者，我们将努力为您的职业发展提供更多量身定做的贴心服务（如提供相关职业图书信息，机械工业出版社及其合作伙伴的信息或礼品等）。